Stephen Laws wurde 1952 in Newcastle upon Tyne, England, geboren. Von phantastischer Literatur fasziniert, begann er schon in frühen Jahren selbst zu schreiben. Er verfaßte zahlreiche Kurzgeschichten und Hörspiele. Sein erster Roman »Geisterzug« wurde in England auf Anhieb ein Erfolg.
Stephen Laws lebt mit seiner Frau in Gateshead und ist in der Kommunalverwaltung tätig.

Von Stephen Laws ist ebenfalls als
Knaur-Taschenbuch erschienen:

»Geisterzug« (Band 1803)

Deutsche Erstausgabe 1988

Titel der Originalausgabe »Spectre«

Umschlaggestaltung Adolf Bachmann
Umschlagillustration Marion + Doris Arnemann
Satz Compusatz GmbH, München
Druck und Bindung Ebner Ulm
Printed in Germany 5 4 3 2 1
ISBN 3-426-01806-3

Stephen Laws:
Angst

Roman

Aus dem Englischen von Dinka Mrkowatschki

Knaur

Für Roland Alexander Laws
(der den Ball ins Rollen gebracht hat),
ein besonderes Dankeschön an Terry White
und Grüße an Peter Cushing,
den ich nie persönlich kennengelernt habe, aber seit Jahren
sehr bewundere, ein heroischer Gegner kinematografischer
Gespenster aller Arten

Teil 1

DIE PIRSCH

Dem Wandrer gleich, der bang und zag
Verlass'ner Wege geht
Und nach dem ersten Blick zurück
Sein Haupt nie wieder dreht.
Nun weiß er ja: ein Unhold folgt
ihm schreckensvoll und stet.

Samuel Taylor Coleridge,
Das Gedicht vom alten Matrosen

1

Südengland, Donnerstag, 22 Uhr 15

Phil Stuart riß die Lasche seiner sechsten Bierdose auf und nahm einen tiefen Zug. Die fünf Vorgänger lagen auf dem Teppich seines opulent eingerichteten Wohnzimmers, Bierlachen tränkten den tiefen Flor. Stevie Wonder sang laut und klar aus einem tragbaren Kassettenrecorder in der Küche. Im Schlafzimmer daneben dröhnte Bachman Turner Overdrive in voller Lautstärke aus der Stereoanlage. Im Gang trommelte Dave Brubeck aus einem kleinen Recorder.

Phil nahm noch einen Schluck und griff nach der Fernbedienung für den Fernseher. Im BBC 2 lief ein Tierfilm. Die Lautstärke war voll aufgedreht, die Schreie der Tiere des tropischen Regenwalds gellten durchs Zimmer und vermischten sich mit der Kakophonie der Musik. Phil schaltete alle Programme durch, suchte vergeblich eine möglichst laute, aufdringliche Show. Auf Kanal 4 lief ein Konzert des Boston Philharmonic Orchestra, eine Auswahl aus John Williams' Star Wars Trilogie. Schön laut, genau richtig.

Die Nachbarn klopften schon seit längerem nicht mehr gegen die Wände. Hoffentlich hat einer von ihnen aus Wut schon die Polizei angerufen, dachte Phil. Er saß unrasiert, im Morgenmantel, in seinem Sessel und malte sich aus, wie schön es wäre, wenn die Polizei endlich die Tür einschlagen und ihn verhaften würde. Wenigstens wäre er dann unter Menschen. Menschen waren Schutz.

Noch einen Schluck Bier. Ein Versuch, den neuerlichen Angstanfall zu unterdrücken. Da fiel ihm plötzlich der tragbare Fernseher im Schlafzimmerschrank ein. Er ließ die Bierdose auf den Teppich fallen, rannte ins Schlafzimmer, riß die Tür des Einbauschranks auf. Wie ein Verrückter durchwühlte er die oberen Regale,

Schachteln hagelten auf ihn, bis er schließlich fand, was er suchte. Er riß das Gerät vom Regal, steckte den Netzanschluß ein, dann schnell zur Steckdose. Das Themalied einer Polizeiserie dröhnte durchs Schlafzimmer. Phil lächelte – ein nervöses, tickhaftes Zucken der Lippen, bar jeden Humors.

Er drehte sich um, ging durchs Schlafzimmer in die Küche, trat dabei achtlos die neueste Bierdose beiseite, die zischend gegen die hellblaue Wand prallte. Es waren ja noch Dutzende von Dosen im Kühlschrank, mit ein bißchen Glück konnte er sich zu Tode saufen, bevor ... bevor ...

Bevor was?

Er ging zurück zu seinem Sessel. Die Boston Philharmonics hatten ihr Konzert beendet.

»Und jetzt«, dröhnte die Stimme des Ansagers, »ist es Zeit für einen Horrorklassiker, produziert von den Meistern des Makabren: Hammer Films. In den Hauptrollen sehen Sie Peter Cushing und Christopher Lee. Wir zeigen Ihnen heute abend ... *Die brennenden Augen von Schloß Bartimore.*«

Keine Horrorfilme, dachte Phil. *Bloß keine Scheiß-Horrorfilme. Ist sowieso schon alles schlimm genug.* Er griff sich die Fernbedienung und schaltete um. Auf diesem Kanal verdrosch ein altersschwacher Filmstar der fünfziger Jahre einen Bösewicht, der unter normalen Umständen wahrscheinlich Hackfleisch aus ihm gemacht hätte. Aber die Kampfgeräusche hallten schön laut durch die Wohnung. Genau das wollte er: viel Krach, damit nicht ... damit nicht ...

Damit nicht was?

Es wurde wieder gegen die Wand gehämmert, und das war auch gut so. Wenigstens wußte jemand, daß er hier war, Phil konnte sich einreden, er wäre nicht allein.

Ein nervöser Blick auf das Panoramafenster mit Aussicht aufs Stadtzentrum. Er hatte die Vorhänge schon am frühen Abend zugezogen, als seine innere Unruhe sich ganz allmählich in nackte Angst verwandelt hatte. Das Fenster war ein Rahmen für die

Nacht und ihre drohenden Phantome gewesen, er war sich zu angreifbar vorgekommen, als er vor dem Fenster gestanden und in der glitzernden Neondunkelheit nach der Quelle seiner Unruhe Ausschau gehalten hatte. Er hatte das Gefühl gehabt, Zielscheibe zu sein für alle, die da unten in dunklen Ecken lauerten und ihn beobachteten, in den Schatten, die die regennassen Gassen bewohnten, die kantigen, schwarzen Ecken der Büroblocks und Parkplätze.

Schon seit zwei Monaten versuchte er, das Gefühl gejagt zu werden, abzuschütteln. Die Angstzustände waren plötzlich, ohne Grund, in sein Leben gekommen. Anfangs hatte er sie mit Valium noch in Schach halten können, aber die Ängste waren stärker geworden, das Valium wirkte nicht mehr. In jedem Winkel, jedem Schatten lauerten Schrecken. Phil hatte sich nach und nach immer mehr in seine Wohnung zurückgezogen, sich von der Außenwelt abgeschottet. Seit letztem Monat war er nicht mehr fähig, nachts allein das Haus zu verlassen ...

Es kommt immer näher, es sucht mich.

Im Lauf der letzten Woche hatte er gemerkt, es war schon fast über ihm – ungesehen, ungehört, unbekannt; also versteckte er sich auf die einzige Art, die er kannte. Er ließ sich den Alkohol jetzt ins Haus liefern. Erst gestern hatte er eine neue Lieferung bekommen; da würden sie sich bei Mason im Schnapsladen wieder das Maul zerreißen.

»Wenn ich's dir doch sag'. Die Tür is' bloß 'nen Spalt aufgegangen, und er hat die Hand mit 'ner Zehnpfundnote rausgestreckt. ›Nimm's‹, hat er gesagt. Da sag' ich: ›Was?‹ Und die Stimme sagt: ›Nimm einfach das Geld und laß die Kiste im Gang stehn, ich hol' sie später rein.‹ Ich sag' also noch mal: ›Was?‹, da wirft er mir das Geld einfach hin. Ein Irrer! Ich nehm' also das Geld – rausgeben lassen hat der ja nicht nötig –, schieb' die Kiste gegen die Tür und hau' ab. Der Typ hat wohl Probleme, und das nicht zu knapp!«

Phil hatte erreicht, was er wollte: Die letzten drei Tage waren nur noch ein einziger Nebel. Die unbekannte Angst hatte ab und zu

ihren häßlichen, finsteren Kopf aus den tiefen, dunklen Wassern seines Unterbewußtseins gehoben, die Ereignisse wieder scharf ins Bild gerückt. Wenn das passierte, war's wieder Zeit, an den Kühlschrank zu gehen; dann war bald wieder alles im Lot. Aber heute nacht fraß sich die Angst sogar durch den Alkoholnebel.
Zeit hatte jede Bedeutung verloren; seine Gedanken irrten durch längstvergessene, schattige Korridore. Dann, plötzliche Angst, wie ein Messer in den Bauch, das holte ihn in die Realität zurück.
Ein neues, erschreckendes Geräusch schwebte im Raum: Orgelmusik und eine gespenstische Frauenstimme. Der Fernseher. Ein finsteres Schloß dräute aus dem zerfetzten Leichentuch eines Waldes – das war doch dieser Horrorfilm. Fluchend tastete er nach der Fernbedienung und schaltete um.
Keine ... Scheiß ... Horrorfilme ... Brauch' ich wie ein Loch im Kopf ... muß mich auf den Schalter gesetzt haben.
Eine leise, sanfte Ballade kam aus dem Kassettenrecorder in der Küche. Nicht gut. Laut mußte es sein, laut genug, damit nicht ...
Was?

... damit die Dunkelheit, die sich bedrohlich über ihm zusammenbraute, ihn nicht erstickte. Es war, als befände man sich auf dem Meeresboden, umgeben von kalter, erstickender Finsternis.
Aber da ist etwas unterwegs.
Phil hievte sich aus dem Lehnstuhl und stolperte in die Küche. Er drehte am Bandrad des Kassettenrecorders; Millionen statischer Signale zischten und krachten im Äther. Plötzlich hämmerten, unverkennbar, Status Quo ›Caroline‹.
»Gut«, murmelte Phil. »Ein bißchen *headbanging.*« Ein breites, trunkenes, verblödetes Grinsen zog über sein Gesicht bei der Vorstellung, er wäre ein Entertainer beim Varieté, der fünf Teller gleichzeitig auf langen, dünnen Stangen balancierte. Jedesmal, wenn einer der Teller langsamer wurde, mußte er schnell wieder dran drehen, bevor das Ding runterfiel.
Da fiel ihm noch etwas ein. Er wühlte in der Tasche seines Bademantels und zog lächelnd ein Farbfoto heraus. Die sieben

Gesichter auf dem Foto, diesem schrecklich wichtigen, vor so langer Zeit gemachten Foto, lächelten zurück, schmolzen den eisigen Klumpen der Angst. Eins der Gesichter war nicht mehr so deutlich – fast durchsichtig –, aber das war vielleicht nur der Alkoholnebel in seinem Gehirn.
»Zeit für den nächsten Drink«, murmelte er, schwankte zum Kühlschrank, kämpfte den ganzen Weg gegen die Schwerkraft. Er holte sich noch eine Dose raus und schob die Kühlschranktür mit der Hüfte zu. Als er die Dose öffnete, hörte er mit einemmal wieder Orgelmusik und die Frauenstimme.
»Ich hab doch gesagt, keine Horrorfilme«, schimpfte er, stolperte zurück ins Wohnzimmer, packte die Fernbedienung und schaltete einmal durch. Trotz des Höllenlärms fiel ihm auf, daß der Krimi im Schlafzimmer nicht mehr lief. Wütend torkelte er zur anderen Seite des Zimmers und blieb schwankend in der Schlafzimmertür stehen. Aus dem tragbaren Fernseher tönten Orgelmusik und eine weibliche Stimme. Angst schoß wie ein Pfeil durch den Alkoholnebel. Angst, die er nicht verstand. Zuerst das Gerät im Wohnzimmer, dann das im Schlafzimmer.
Wütend stürzte er sich auf das Gerät und drehte an den Schaltern. Sie ließen sich nicht bewegen. Auf dem Bildschirm tastete sich ein Mann durch die verfallene Halle einer Schloßruine. Im Schatten am Treppenabsatz bewegte sich etwas. Phil krallte sich in die Knöpfe, vergaß kurzzeitig seine Angst vor lauter Wut. Er packte das Gerät am Tragegriff und schleuderte es wutentbrannt von sich; der Stecker riß aus der Dose, es drehte sich in der Luft und implodierte an der Schranktür. Winzige Glasscherben regneten auf den Teppich.
»So, das hat dir das Maul gestopft ...«
Aber irgendwie konnte er immer noch die unheimliche Musik hören. Die Angst hatte ihn wieder in ihren Klauen. Irgend etwas war faul, etwas Entsetzliches ging da vor, etwas, das er nicht begreifen konnte.
Er tastete sich zurück ins Wohnzimmer. Die Musik kam aus dem

Fernseher; je näher er darauf zuging, desto mehr fühlte er sich vom Bildschirm angezogen. Der Mann im Film stieg eine Steintreppe hoch ... und etwas in einem wallenden Leichentuch, mit wehenden, schlangengleichen Haaren, wartete auf ihn. Das Geräusch zischender Schlangen wurde lauter. Jetzt kam es auch noch aus dem Radio und aus der Stereoanlage. Gelähmt vor Angst, mußte Phil ohnmächtig mitansehen, wie das Ding am oberen Treppenabsatz ins Bild trat und sich die Mattscheibe in einen zischenden, elektrischen Schneesturm verwandelte. Jetzt erfüllten Knäuel sich windender Tentakel von Schlangenhaaren das Bild, mit glänzenden Schlangenaugen und flackernden Zungen. Sie wälzten sich nach draußen, krochen aus dem Bildschirm auf ihn zu.

Nein ... das geht doch nicht ... das kann doch nicht sein ...

Mit zitternden Händen holte er das Foto aus seiner Tasche, drückte es an seine Brust wie einen Talisman. Es hatte immer die Angst in Schach halten können, aber diesmal war es machtlos.

Die geifernden, zischenden Schlangenknäuel wälzten sich aus dem Fernseher begierig auf ihn zu, jagten ihn. Panik erfaßte Phil, wand sich schlangengleich um seinen Hals, brandete durch seine Adern, schrie ihm zu: *Lauf weg! Schnell!* Aber er war wie gelähmt. Er fühlte das kalte Reptilienfleisch auf seiner Haut, als die erste Schlange ihn fand, fühlte den scharfen, brutalen Biß ihrer Fangzähne, die sie ihm in den Hals schlug, dann krochen sie in seinen Mund und seinen Schlund hinunter.

Alles vernebelte sich. Die Schlangen wanden sich um seinen Hals, innen und außen, beißend und reißend. Salzgeschmack in seinem Mund, seine Augen brachen in zischendem, rotem Schmerz, die Welt kippte aus den Angeln.

Die Kakophonie aus Phils Wohnung dröhnte und hallte immer noch durchs ganze Gebäude, als die Polizei eintraf, die die erbosten Nachbarn gerufen hatten. Nachdem man einige Male energisch gefordert hatte, die Tür zu öffnen, sagte eine Nachbarin den

Polizisten, sie hätte ... ja, also ganz sicher war sie nicht ... aber sie *glaubte*, sie hätte ... nun ja, *Schreie* gehört.
Die Tür wurde sofort aufgebrochen.
Im ersten Moment glaubte der Sergeant, jemand wäre mit einer roten Farbspraydose Amok gelaufen. Seine fünfzehn Jahre im Polizeidienst hatten ihn nicht auf den Anblick vorbereitet, der sich seinen Augen bot. Was da auf dem Sofa und dem Teppich verspritzt war, ließ sich zwar kaum mehr feststellen, aber er nahm an, die zerfetzte Masse vor ihm war einmal ein Mensch gewesen. In den Resten einer Hand hatte das Etwas ein Foto, ein Foto von sechs Leuten auf einem Sofa. Er war froh, daß der junge Constable grasgrün in die Küche geschwankt war, um sich zu übergeben. Der Junge sollte nicht sehen, wie er keuchend nach Luft am Sofa hing und sich ebenfalls übergab.
Gütiger Gott ...

2

Nordengland, Donnerstag, 22 Uhr 15
Richard Eden saß auf seinem Stammplatz in der Ecke der L-förmigen Bar des Imperial Nachtklubs. Heute abend war mehr los als sonst. Normalerweise konnte er direkt durch den mit üppigem Teppich ausgestatteten Haupttrakt mit seinen strategisch plazierten Stühlen und Tischen zum tiefer gelegenen Teil des Nachtklubs und zur Tanzfläche schauen. Man mußte zu ihr zwei Stufen runtersteigen – ein gefährliches Arrangement für diejenigen, die ein bißchen zuviel getrunken hatten – und anschließend noch durch einen falschen Proszeniumsbogen. Aber heute abend versperrten ihm die Menschenmassen die Sicht. Rote und grüne Scheinwerfer suchten die Tanzfläche nach Talenten ab; darüber schwebte ein Spiegelglobus wie Supermans Heimatplanet Krypton und verstreute pseudoradioaktive Lichtblitze in die Menge.

An den Wänden darüber liefen die neuesten Pop- und Rockvideos auf Monitoren.
Richard nippte an seinem Whisky und beobachtete, wie Barmann und Barfrau, funktionstüchtigen Robotern gleich, Drinks ausgaben. Merkwürdig, je mehr los war, desto gelangweilter wirkten Josh und Angie. Die schwarzen Westen sahen unbequem und hinderlich aus. Angie mißfiel die Arbeit, aber sie schaffte es nicht, einen anderen Job zu bekommen, und sie verdiente genug, um sich und ihr zwei Jahre altes Kind durchzukriegen, nachdem ihr Lover, wie sie das ausdrückte, »die Fliege gemacht hatte«. Sie war sehr attraktiv, und Richard beobachtete voller Bewunderung, wie sie ihr Aussehen benutzte, um mehr Trinkgeld rauszuschlagen. Sie hatte genug mitgemacht, das Leben war ihr wirklich einiges schuldig. Richard wandte seine Aufmerksamkeit Josh zu: Er war um die zwanzig, scheu und schwul – obwohl das kaum jemand wußte. Er hatte insgeheim Angst davor, geschnitten zu werden. Deshalb kämpfte er – mancher würde sogar sagen, wie ein Mann – darum, es geheimzuhalten. Und litt sehr darunter.
Angie schüttelte ihre blonde, gelockte Mähne aus den Augen, lockerte sich die Fliege und seufzte tief. Richard nickte ihr verständnisvoll zu, weil sie gerade in seine Richtung schaute. Das Publikum heute abend war, wie immer, sehr gemischt: mindestens zwei Frauentrupps, die offensichtlich schon im Pub auf der anderen Straßenseite zugeschlagen hatten – im Plough – und dann vor halb elf in den Nachtklub gekommen waren, damit sie keinen Eintritt bezahlen mußten. Er drehte sich wieder zur Tanzfläche. Man konnte gerade Kopf und Schultern von Dave Johnson sehen, dem Diskjockey – Spitzname *Deejay* (»Heiße DJ, bin ihr Deejay!«). Er stand in der erhöhten Kabine mit der Stereoanlage und den Plattenspielern.
»Und jetzt singt Laura Brannigan *Self Control*, aber nehmt das bloß nicht ernst. Im Imperial ist mangelnde Selbstbeherrschung auf der Tanzfläche angesagt. Laßt euch bloß nicht von den Rausschmeißern erwischen!«

Richard knirschte mit den Zähnen. Heute abend war er noch schlimmer als sonst drauf. Die Flasche Wodka, die er immer unter dem Plattenspieler versteckt hatte, war wahrscheinlich inzwischen fast leer. Die »Kräuterzigarette« zwischendurch machte die Sache auch nicht besser. Richard schüttelte den Kopf, weil Deejay einfach mal wieder zuviel riskierte. Die Polizeiwache war gleich um die Ecke, und die Blaufräcke aus der Nachtschicht schauten nach der Arbeit gern mal auf einen Drink ins Imperial. Ab und zu gab's auch mal ein paar Schlägereien, so daß die Bullen sowieso immer ein Auge auf den Klub hatten. Stänkerer hatten hier keine Chance; sie waren schneller hinter Gittern, als sie zuschlagen konnten.

»Weißt du, was das Miststück vorhat?«

Richard drehte sich zurück zur Bar, Angie stand ihm direkt gegenüber. »Wer?« fragte er.

»Das Weib. Weißt du, was sie vorhat? Sie streicht dem Barpersonal einfach das Taxigeld nach Hause. Ohne Grund. Einfach so. Das kann sie sich gleich abschminken. Ich denk' gar nicht dran, allein nach West Denton zu fahren, wenn wir hier dichtmachen. Auf dem Weg sind schon zwei vergewaltigt worden.«

»Wer hat dir das mit dem Taxi erzählt?«

»Deejay.«

Richard lachte. »Dann brauchst du dir gar nichts zu denken. Der ist heut abend total zu. Ich glaub', der sagt solche Sachen nur, um die Leute zu nerven. Irgendwann mal wird er's zu bunt treiben, dann fliegt er.«

»Ehrlich?«

»Natürlich! Das hat er doch schon öfter gebracht, stimmt's?«

»Ja ... da haste vielleicht recht ... Er hat doch auch mal erzählt, Josh und ich würden heiraten, und so weiter.«

»Genau das mein' ich. Vergiß die Geschichte. Nicht mal das Weib bringt so was.«

»Da haste recht«, sagte Angie energisch. Sie schnappte sich Ricks Glas von der Bar, füllte es wieder auf, stellte es vor ihn hin und murmelte: »*Geht auf Haus.*« Richard lächelte und wandte sich wieder seinen Tagträumen zu.

Das Weib. Das geheimnisvolle Weib.

Offiziell gehörte das Imperial Layla Management, und der Manager Douglas Pearson verwaltete den Klub. Aber der wahre Eigentümer war das Weib. Sie wohnte in üppiger, mysteriöser Isolation über dem Imperial. Keiner kannte ihren Namen, keiner wußte, wer sie war oder woher sie kam. Douglas Pearson war ihre Barriere gegen die Außenwelt, ihre Befehle wurden von ihm weitergeleitet. Es gab die wildesten Gerüchte um sie, von phantasievollen bis zu absolut unwahrscheinlichen, aber in einem Punkt waren sich alle einig: Sie hatte Geld und hatte es aus irgendeinem unerfindlichen Grund in dieses ehemalige Kino und Bingohalle investiert, es wieder zu dem Nachtklub gemacht, der es in Richards wildesten Zeiten gewesen war. Wer immer oder was immer sie war, die Investition hatte sich gelohnt: Das Imperial war beliebt und machte gute Einnahmen; das Weib beherrschte das Ganze und ließ sich nie blicken. Selbst die schlimmsten Tratschtanten der Gegend hatten nichts über sie in Erfahrung bringen können. Das Weib war und blieb ein Geheimnis. Richard fragte sich oft, wie es wohl oben bei ihr in der Wohnung wäre. Wahrscheinlich hatte sie die Wohnung schalldicht machen lassen, weil ihre Privaträume angeblich direkt über der Tanzfläche lagen. Er jedenfalls war schon vor langer Zeit zu dem Schluß gekommen, das Weib – sofern sie überhaupt existierte – sei eine recht ausgeschlafene Braut. Die geheimnisvolle Tour war genau das Richtige, um zu erreichen, was sie wollte: einen Haufen neugierige Gäste anlocken, die den Wunsch hegten, an ihrer Aura teilzuhaben.

Während Richard die Menschenmenge beobachtete, gingen ihm all die Jahre durch den Kopf, die er schon hierherkam. Ganz früher, als er noch ein Kind und das Imperial ein Kino gewesen war, da hatte er sich mit seinen Freunden immer in die Horrorfilme eingeschlichen, die für Kinder verboten waren. In den frühen sechziger Jahren hatte es zugemacht; in den späten Sechzigern machte es dann als Klub für Live-Musik wieder auf. Newcastles ureigenste Band, die Animals, waren hier aufgetreten. Sogar jetzt noch hing ein Bild von Eric Burdon im Foyer, neben einer signierten Notenkopie von *The House of the Rising Sun.* Aber dann gab's Schwierigkeiten unter den Eigentümern des Imperial, und die Lizenz wurde nicht mehr erneuert. Man machte wieder ein Kino draus und später dann eine Bingohalle. Danach war es langsam verfallen, war als Lagerhaus benutzt worden und kurz als Zentrum einer Künstlervereinigung. Schließlich erstrahlte es dann wieder in alter Pracht als Nachtklub, nach intensiver Restaurierung und Umbau.

Das neue Imperial sah ganz anders aus als der Nachtklub, den Richard und seine Freunde in den fünfziger Jahren besucht hatten. Jetzt war es eine Starwars-Version eines Nachtklubs, mit blitzenden Scheinwerfern, Flitter, völlig anonym, nur zum Betrinken und Aufreißen. Richard verstand eigentlich nicht, warum ihn dieser Ort immer wieder anzog, obwohl er ihn manchmal deprimierte. Es war ungesund, alten Träumen und Erinnerungen allzusehr nachzuhängen. Man sollte nach vorne schauen, nicht nach hinten; besser, man vergaß, wie es einmal gewesen war. Das wußte Richard, aber es war ihm einfach zur Gewohnheit geworden, hierherzukommen und Geistern der Vergangenheit nachzujagen – eigentlich das einzige, was er noch hatte, nachdem seine Ehe in die Brüche gegangen und sein Privatleben nur mehr eine Ruine war.

Er trank seinen Whisky aus und bestellte noch einen.

Er verließ den Klub um 2 Uhr 30. Es war einfach zu voll geworden; dauernd rempelten ihn irgendwelche Teenies an. Nachdem jemand ihm Bier über die Jacke gegossen hatte, beschloß er, nach Hause zu gehen.

Der stämmige, gefährlich aussehende Rausschmeißer namens Paul hielt ihm mißgelaunt die Tür auf, während er bei dem Mädchen, das sich vor dem großen Spiegel in der Garderobe selbst bewunderte, seinen Mantel holte. Richard wußte, daß der Rausschmeißer ihn aus irgendeinem unerfindlichen Grund nicht ausstehen konnte. Sie hatten noch nie ein Wort miteinander gewechselt, aber er spürte, daß diese hundertachtzig Pfund Muskeln nur auf eine passende Gelegenheit warteten, um ihn auseinanderzunehmen. Er ging hinaus in die eisige, verregnete Nacht. Die Nachtklubtür schlug hinter ihm zu.

Er blieb kurz auf dem Gehsteig davor stehen. Das Imperial stand oben auf der Byker Bank, die einen Bogen nach rechts machte, vorbei am Plough Pub und der mächtigen Siedlung Byker Wall, ehe sie steil nach unten abfiel. Zu seiner Linken war eine Ansammlung verfallener Gebäude und die Hauptstraße in Richtung Byker Bridge. Über ihm spannte sich die mächtige neue Metrobrücke, die hinter dem Nachtklub in eine Kreuzung Richtung Byker Bridge mündete, so daß das Imperial genau in der untersten Spitze eines V saß. Direkt vor ihm lagen offenes, planiertes Land und der Schatten der Kirche St. Silas.

»Das Alte und das Neue«, murmelte Richard. Dann erfaßte ihn plötzlich wieder diese merkwürdige Unruhe, wie schon so oft in den letzten Wochen. Die leeren Straßen, die Parkplätze voller Schatten, die schwach beleuchteten Gassen um ihn herum waren mit einemmal irgendwie bedrohlich. Die Schatten und dunklen Stellen hatten etwas Erwartungsvolles, das ihm eine Gänsehaut über den Rücken jagte. Er schüttelte das Gefühl ab und bog nach links in die Hauptstraße, Shields Road, ein. Minuten später war er auf der Byker Bridge, die sich über das darunterliegende Tal spannte, und schaute zurück zur Spitze des Hügels, wo das Imperial im phosphoreszierenden Blau seiner Leuchtreklame kauerte. Er ging zur Mitte der Brücke und schaute rüber zur Byker Bank, die steil und mehr und minder parallel zur Brücke verlief. Er blieb stehen, lehnte sich über das verrostete Gitter und schaute hinunter ins finstere Ouseburn-Tal. Direkt unter ihm floß der Ouseburn selbst, schwarzglänzend, durch sein labyrinthartiges, von Fabriken überschattetes, in den Stein gehauenes Bett zu den glänzenden Lichtern seiner dunklen Schwester, eine halbe Meile entfernt, dem Tyne-Fluß.

Drüben, auf der linken Seite, hinter dem Talrand, auf dem das Imperial stand, lag Byker, ein Vorort von Newcastle. Dort hatte Richard das Licht der Welt erblickt, als das Viertel noch ein lebendiges Schachbrettmuster von eng aneinanderstehenden, zweistöckigen Häusern gewesen war, angelegt auf den steilen Hängen des Tyne-Ufers. Die Häuser waren nach 1860 für die Arbeiter der nahegelegenen Schiffswerften und Schwerindustrien entstanden. Es lag nur eine Meile vom Stadtzentrum entfernt, wo er jetzt lebte. Das alte Byker-Viertel war zum Slum erklärt und abgerissen worden; ein neues Wohnviertel war entstanden, Byker Wall, eine Betonbarriere gegen den Autolärm einer Umgehungsstraße, die nie gebaut wurde. Die Siedlung war eineinviertel Meilen lang und fünf- bis achtstöckig; Menschen lebten in der Wall und in der neuen Siedlung dahinter. Die Hintergassen und Straßen, in denen Richard als Kind gespielt hatte, waren verschwunden.

Er schaute wieder hinunter zum Ouseburn. Als Kind hatte man ihm einmal erzählt, daß in längstvergangener Zeit das Tal einmal mehrere fruchtbare Bauernhöfe ernährt hätte. Aber dann war die Industrialisierung gekommen, und zu Richards Zeiten bildeten die Ufer des Ouseburn ein Konglomerat von Lagerhäusern, Farbwerken und alten, halbzerfallenen Fabriken, die unter der schlechten Infrastruktur litten. Die Steilufer waren Müllkippen gewesen, auf denen sich die Kinder Schlitten aus Pappe gebaut hatten. Und als das neue Byker langsam, wie ein Phönix aus der Asche, aus den Ruinen seiner eigenen Zerstörung wuchs, war das Ouseburn-Tal so geblieben, wie er es immer gekannt hatte: ein verfallener, geheimnisvoller Ort, voller Schatten, leerer Straßen, eng aneinanderstehenden Häusern, durch den sich der schwarze, verseuchte Fluß wälzte. In Richards Kindheitserinnerungen glich das Ouseburn-Tal einer Geisterstadt – ein Ort, den Erwachsene mieden, eine unheimliche Erinnerung an das alte Byker-Viertel. In den späten Siebzigern hatte der Stadtrat es zum Sanierungsgebiet erklärt. Die Steilufer waren neu bepflanzt worden. Finanzielle Unterstützungen halfen den dort angesiedelten Industrien wieder auf die Beine, die Flußverschmutzung wurde gesetzlich unterbunden. Byker City Farm war gegründet worden. Direkt unter der Brücke stand es auf einem dreiviertel Morgen Land. Aber für Richard war das Ouseburn-Tal immer noch ein verwunschener Ort.

Die drei Viadukte: Metro, Eisenbahn und Straße, die das Tal überspannten, betonten nur die Dramatik des Tals von oben und unten.

»Das Alte und das Neue«, wiederholte Richard. Hinter ihm ragten wie Gespenster das Ships Inn und ein riesiger, aufgelassener Kamin, der 1871 für eine Bleifabrik gebaut worden war, aus den neuen Siedlungen und Fabriken.

Wieder hatte sich das komische Gefühl bei ihm eingeschlichen. Die Schatten unter ihm machten ihm Zeichen.

Irgend etwas hinter ihm ... irgendwas schleicht sich an ... etwas stürzt sich auf mich, mit ausgestreckten Armen ... will mich über das Geländer werfen ... JETZT!

Verängstigt schaute er über die Schulter, schrie auf, weil er glaubte, jemand würde sich auf ihn stürzen.

Es war keiner da. Er atmete auf, verdrängte das Gefühl und ging weiter – zurück ins Stadtzentrum, zurück in seine Wohnung.

Und dann erinnerte er sich.

Das Byker Chapter. So hatten sie sich genannt.

Sie waren zusammen in Byker aufgewachsen, hatten zusammen auf der Straße und in den Hintergassen gespielt, hatten das Ouseburn-Tal erforscht. Sie waren zusammen zur Schule gegangen, hatten Freud und Leid des Teenagerdaseins miteinander durchlebt. Einige von ihnen waren sogar zusammen aufs College gegangen, wenn auch nicht auf dieselbe Fakultät. Verbunden durch Abstammung und sozialen Hintergrund, war ihre Freundschaft ein fester Anker gewesen. Später mal hatte Richard eine

Abhandlung über den starkentwickelten Stolz und das Identitätsgefühl dieses Gebiets gelesen – eine engverbundene Gemeinschaft mit sehr ausgeprägten Charakteristiken und gutem Nachbarschaftsgefühl. Viele Familien wohnten seit 1860, dem Gründungsjahr der Siedlung, hier; Geschwister und Geschwisterkinder lebten immer noch eng zusammen. Der Sinn des Viertels für Selbstachtung, Individualität und Freundschaft war verbrieft, und das Byker Chapter bildete den lebenden Beweis dafür. Es hatte sogar überlebt, als das alte Byker dem neuen gewichen war.

Richard sagte unterm Gehen ihre Namen auf: Stan Shaftoe alias Stan the Man. Derek Robson. Phil Stuart. Joe McFarlen. Barry Clark. Richard selbst.

Irgendwo auf dem Tyne heulte traurig eine Schiffssirene.

Und Pandora.

Pandora Ellison war das einzige weibliche Mitglied des Byker Chapter gewesen. Sie war in Cornwall geboren worden, aber in den Norden gezogen, nachdem sie ein Stipendium am Polytechnikum in Newcastle bekommen hatte. Während das Viertel abgerissen wurde, war sie in eine Wohnung in Byker gezogen. Sechs Typen, ein Mädchen – erstaunlich, daß sich aus dieser Konstellation nie irgendwelche Probleme ergeben hatten, weder sexuelle Eifersucht oder sonstige Plänkeleien. Jeder hatte tun und lassen können, was er wollte, auch Pandora. Sie waren immer gerne zusammen, auch wenn jeder anderweitige Beziehungen hatte. Sogar jetzt noch erstaunte es Richard, wie eng diese Beziehung gewesen war; die Zeit war ein Höhepunkt seines Lebens gewesen, eine wertvolle Erinnerung. Das Chapter war eine Festung, eine Zuflucht gewesen, in der jeder denselben Stellenwert gehabt hatte.

Bis zu der letzten Woche am College, als ...

Er wischte die Erinnerung von sich. Das gehörte nicht dazu. Er wollte sich nur an die guten alten Zeiten erinnern, nicht an das, was dann draus geworden war. Er ging weiter. Die Schiffssirene klagte erneut.

3

Zwei Stunden später krochen Regenschlangen die Fensterscheibe hinunter, durch die Richard aus seiner Wohnung im zehnten Stock auf die City schaute. Einen Augenblick lang wurde der glitzernde Neonmantel der Stadt von einem lautlosen Blitz überflutet, Sekunden später erschütterte ohrenbetäubender Donner die Szene. Die Fensterscheibe beschlug von Richards Atem, hüllte alles in Nebel. Ohne hinzuschauen, tastete er nach der Wodkaflasche, die fast leer neben ihm auf der Fensterbank stand. Er streifte mit den Fingern den Flaschenhals, die Flasche fiel rückwärts herunter. Er wirbelte herum und fing sie mit beiden Armen auf, wie ein Vater, der sein Kind vorm Fallen rettet. Dann drückte er sie fest an sich und stolperte durchs Zimmer.

Er ließ sich auf die Couch fallen und nahm einen bewußt dramatisierten, ziemlich lächerlichen Schluck aus der Flasche. Er schluckte, verzog das Gesicht, als der Alkohol brennend sauer in seinen Magen lief, und lachte über sich selbst. Sein Zynismus erlaubte es ihm nicht einmal, sich anständig zu betrinken. Er schaute sich im Zimmer um.

»Was für ein *Müllhaufen!*« sagte er mit tuckiger, hoher Stimme Marke: Elizabeth Taylor imitiert Bette Davis. In der letzten Woche hatte er sich wirklich gehenlassen. Schmutziges Geschirr türmte sich im Waschbecken, Wirtschaftstextbücher waren in der ganzen Wohnung verstreut. Der Staubsauger stand wie ein Wachtposten vor der Klotür. Er hatte ihn in einem depressiven Wutanfall aus dem Wandschrank gezerrt, um die Wohnung sauberzumachen, aber dann war er wieder von seinen Erinnerungen übermannt worden und hatte statt dessen die Wodkaflasche ausgeputzt. An der Wand hingen sechs eingerahmte Filmposter: Bogart, Cooper, Cagney, Lollobrigida, Bergman und Grahame. Er prostete ihnen allen zu, dann noch einen Extraschluck auf sein Traummädchen Gloria Grahame.

Morgen hatte er keine Vorlesungen am College, also war's egal, wenn er einen Riesenkater kriegte. Der Direktor hatte eine Lehrersitzung einberufen, aber Richard war zu dem Entschluß gelangt, sich telefonisch krank zu melden. Ein fehlender Wirtschaftsdozent würde das Ganze nicht sonderlich beeinträchtigen. Er fragte sich, was seine Frau Denys wohl im Augenblick machte. Wie immer tat das weh, und die Eifersucht nagte an ihm. Er zwang sich mit Gewalt, nicht mehr an die drei Jahre seiner Ehe vor der Trennung zu denken. Er war deprimiert, ja, aber wenn er daran dachte, dann würde alles nur noch schlimmer. Er kämpfte sich hoch und torkelte zum Plattenschrank. Unterwegs wischte er seine Textbücher vom Plattenspieler. Ein vertrautes Album ragte zwischen den anderen heraus. Voller Ehrfurcht zog er es nach draußen, und Sekunden später spielten Derek und die Dominoes *Layla.* Richard lehnte sich zurück und fühlte, wie die Musik ihn durchdrang. Ein Stück aus den guten alten Zeiten. Er drehte die Lautstärke ein bißchen auf, ließ Eric Claptons Gitarre seinen Verstand übernehmen. Seine Gedanken wanderten zurück zu der wilden Weihnachtsparty des Byker Chapters 1972, bei Stan the Man zu Hause. Und dann fiel ihm das Foto ein.

Als die Party ihren Höhepunkt erreicht hatte, hatte Stan eine seiner vielen Kameras im Wohnzimmer auf ein Stativ montiert. Es war eine Kamera mit Selbstauslöser, damit er zum Sofa zurücklaufen konnte, wo sich schon die anderen Mitglieder des Chapter aufgebaut hatten, ehe der Blitz losging. Das Bild hatte Richard seit Jahren nicht mehr gesehen. Mein Gott, war das ein toller Abend gewesen, einer der besten überhaupt. Plötzlich wollte er das Foto sehen.

Er ging, so zielstrebig es seine Trunkenheit erlaubte, ins Schlafzimmer. »Alter Schlamper«, beschimpfte er sich selbst, als er das ungemachte Bett sah. Er ging auf die Knie, langte unters Bett und zerrte einen recht mitgenommenen braunen Koffer heraus. Die Schlösser waren aufgebrochen. Scheiße, die waren schon immer kaputt gewesen. Während er in alten Stromrechnungen, Fernsehgenehmigungen und Weihnachtskarten wühlte, fiel ihm plötzlich

ein, daß das Foto auf weißen Karton geklebt war. Er fand es schließlich ganz unten im Koffer.
Er zwang sich, das Foto nicht gleich anzuschauen. Das wollte er genießen. Er ging zurück ins Wohnzimmer, drehte die LP, setzte sich und nahm noch einen Schluck. Dann schlug er das Foto auf. Sofort fühlte er sich in die Weihnachtsparty vor so langer Zeit zurückversetzt, in ein anderes Leben.

»Was willste damit sagen?« protestierte Derek, drehte sich vom Eiskübel weg und baute sich vor Phil auf. »Natürlich trink' ich nicht zuviel. Das meiste verschütt' ich schon auf dem Weg in den Mund.«
»Na, dann gieß mir doch noch einen ein«, sagte Phil, hielt ihm das Glas hin und wandte sich wieder zu den anderen. Joe stand mit dem Rücken zum Fenster. Hinter ihm wehte Schnee an die Scheibe. »Ich glaub', wir werden eingeschneit«, meinte er.
»O Gott«, sagte Pandora, die auf der Couch saß. »Bloß ich, und sechs total besoffene Idioten. Ein schweres Schicksal für eine arme Angestellte.«
»Ja, also wenn wir wirklich einschnein, dann fangen wir besser gleich an, Lose zu ziehen«, sagte Richard.
»Was willst du damit andeuten?« fragte Stan.
»Na, man hört doch immer diese Geschichten von Leuten, die auf Rettungsbooten verschollen sind oder wochenlang in den Bergen ...«
»Ich hab verstanden«, sagte Barry. »Wer ist am fettesten?«
»Haltet mich da raus«, erwiderte Derek. »Ich verspreche hiermit feierlich, daß jeder von euch, der was von mir will, brutale Verdauungsstörungen kriegen wird. Außerdem ist's jetzt Zeit für ein bißchen Unterhaltung mit Niveau, glaub ich.« Er langte hinters Sofa, zog einen Koffer vor und öffnete die Schlösser.
»O nein!« Allgemeines Stöhnen.
»Da sieht man's mal wieder«, sagte Derek. »Ihr habt eben alle keine Kultur, wißt echtes Talent nicht zu schätzen.« Er setzte sich

auf die Sofakante, zog etwas aus dem Koffer und setzte es auf sein Knie. Es war eine Bauchrednerpuppe. Die anderen bombardierten ihn mit Sofakissen, aber er wich den Geschossen geschickt aus und sang eine aberwitzige Version von *Sonny Boy*. Die Puppe hatte einen Abendanzug an, mit allem, was dazugehört – Schwalbenschwanz, Fliege, eingefrorenes Grinsen –, und klapperte völlig asynchron mit dem Mund.

Das war ihr Standardwitz, wenn sie zusammen eine Party feierten. Die Puppe, die sie liebevoll Charlie nannten, hatten sie vor Jahren gekauft. Sie war das achte Mitglied ihrer Truppe geworden. Manchmal setzten sie sie mit einem Drink in der Hand in einen Stuhl, badeten sie oder ließen sie telefonieren. Ein gut plaziertes Kissen warf Derek um. Er mimte den Beleidigten, setzte die Puppe auf den Boden und holte sich noch einen Drink.

»Hast du ein paar Oldies, Stan?« fragte Pandora und versetzte ihm einen spielerischen Hieb in die Rippen. »Anwesende natürlich ausgenommen.«

»Ja, was hättste denn gerne? Chuck Berry? Fats Domino?«

»*Blueberry Hill*, leg das auf.«

Stan suchte im Plattenschrank. Richard lehnte sich zurück und schaute sich die Freunde an, die für ihn alles bedeuteten. Irgend etwas passierte, wenn sie zusammen waren. Es paßte einfach alles. Sie holten gegenseitig das Beste aus den anderen raus, und das ganz, ohne etwas dafür zu erwarten. Keine Hinterhältigkeiten. Keine falschen Erwartungen.

»Warum schaust du denn, als hätte dir grade jemand den Lutscher weggenommen?« fragte Barry grinsend. »Es ist schließlich Weihnachten, da muß man fröhlich sein, du alter Stinker.«

Richard erwiderte das Grinsen. »Bin bloß nachdenklich, Alter, sonst nichts. Ich denk' bloß ein bißchen nach.«

»Wer hat das gesagt?« fragte Pandora. »Wer ist hier nachdenklich?«

»Der langhaarige Dussel hier unten«, sagte Barry und zeigte mit seinem Glas auf ihn.

»Okay, du hast es gewollt. Auf die Füße, Eden.«
»Was?«
»Wir tanzen.«
»Auf *Blueberry Hill*? Das ist zu langsam.«
»Und in meiner Wohnung gibt's keinen Zweierbauchtanz mit Schieber«, sagte Stan, der gerade die Platte gefunden hatte, »nur, wenn ich als Nächster dran bin.«
»Los, steh auf!« Pandora packte Richard an der Hand und zerrte ihn hoch.
»Das ist zu langsam, Pandora«, protestierte er.
»Stan!« schrie Pandora über ihre Schulter. »Stell sie auf 78!«
»Was?«
Derek mußte lachen. »Los mach, Stan. Das muß ich sehn.« Fats Domino tobte in Falsetto los. Pandora und Richard zuckten in aberwitzigen Rock-und-Roll-Figuren herum, die anderen bildeten einen kleinen Kreis, lachten und klatschten im lächerlichen Tempo mit. Bald tanzten alle, fielen kreischend vor Lachen im Zimmer herum. Als die Platte zu Ende war, kollabierte Richard aufs Sofa und Pandora sank mit verschränkten Beinen kichernd zu Boden. Sie konnten vor Lachen überhaupt nicht mehr reden.
»Einen Toast!« sagte Phil schließlich und hielt sein Glas hoch. Die anderen japsten nach Luft.
»Nicht zu braun, mit viel Butter«, keuchte Barry.
»Auf das Byker Chapter«, sagte Phil. Sie tranken.
»Mehr Musik«, forderte Pandora.
»Musik für die Dame kommt sofort ...« sagte Stan. »Einen Moment Geduld. Ich hab 'ne Idee.«
»Das kann teuer werden«, sagte Richard.
Stan stand auf und verschwand in einer Kammer neben der Küche. Sekunden später tauchte er mit einer Kamera und einem Stativ wieder auf.
»O mein Gott!« Pandora hielt sich die Hände vors Gesicht. »Bitte keine künstlerischen Posen!«
»Ich will ein Bild von euch allen machen, weil ich das beste

Weihnachten meines Lebens bildlich festhalten will. Drapiert euch ums Sofa.«

Richard und Derek sprangen auf, packten Pandora an Armen und Beinen und warfen sie quietschend aufs Sofa. Sie setzten sich auf sie und grinsten strahlend in die Kamera. Pandora kämpfte sich an die Oberfläche und bestand darauf, in der Mitte zu sitzen; die anderen sollten sich um sie herum aufstellen.

Barry postierte sich mit Joe und Philip hinterm Sofa, mit einer Plastikblume aus der Vase auf der Fensterbank zwischen den Zähnen. Nachdem Stan das Stativ aufgestellt hatte, schaute er durch den Sucher und befahl ihm, das Ding aus dem Bild zu nehmen. Barry begann, sie zu essen, was die anderen zu neuerlichen Lachsalven animierte.

»Los jetzt, ihr Idioten, reißt euch zusammen«, rief Stan. »Das soll ein anständiges Bild werden. Versucht wenigstens, halbwegs normal auszuschaun.«

Er stellte den Auslöser, lief schnell um die Kamera und sprang aufs Sofa neben Derek, wo er sich zurücklehnte und einen Arm um Pandora legte.

Der Blitz leuchtete auf.

Das Klicken der Nadel auf dem Plattenspieler holte Richard wieder in die Gegenwart zurück. Die Erinnerungen an das Byker Chapter hatten die Blues für kurze Zeit vertrieben, aber der Zustand war sehr labil; das Zünglein an der Waage konnte ganz schnell wieder zur anderen Seite rutschen, und dann würde die Depression noch schlimmer sein. Er brauchte mehr Musik – und mehr Alkohol. Hektisch riß er eine andere Platte heraus, auch eine, mit der starke Erinnerungen an das Byker Chapter verbunden waren: Bachman Turner Overdrives *You Ain't Seen Nothing Yet.*«

»*Play it hard*!«

Richard hob das Foto wieder auf. Er hatte es beim ersten Mal nicht genau genug angeschaut.

Irgend etwas stimmte nicht.

Er rieb sich verschlafen das Gesicht. Irgendwas an dem Foto stimmte nicht. Was war daran bloß so komisch? Vielleicht lag es an seinem Rausch, aber er hatte das Foto anders in Erinnerung. Er studierte jedes Detail eingehend: seine eigenen Plateauschuhe, die Hosen mit Schlag, die man jetzt gar nicht mehr anschaun konnte, Dereks Hemd mit dem riesigen, spitzen Kragen und dem Lappen von Krawatte, seine schulterlangen, fedrig geschnittenen Haare, die schlichten pastellfarbenen Wände von Stans Wohnung, wie sich der Blitz im Fenster spiegelte, der Schnee vor den Scheiben, Pandoras Augen, rot vom Blitz, ihr schönes Lächeln und die Hot Pants, ihre braunen Haare, das goldene Armband um ein Handgelenk, Stan und sein breites, bärtiges Grinsen.
Was zum Teufel stimmte denn nicht? Es war sicher ganz offensichtlich, aber Richard wußte nicht, was. Irgend etwas war da oberfaul, und er konnte es vor lauter Alkoholnebel nicht sehen.
»Das ist doch wohl zu dämlich, Eden. Du bist einfach besoffen, so einfach ist das.«
Betrunken, ja. Aber da war etwas faul.
»Na schön, na schön. Konzentrier dich.«
Joe, geheimnisvoll lächelnd hinterm Sofa, den Arm um Barrys Schulter gelegt. Richards eigenes Gesicht, das in die Kamera strahlte, der Pickel auf seinem Kinn, der plötzlich am Tag, bevor das Bild gemacht wurde, angeschwollen war. Das Glas Wodka, mit dem er fröhlich der Kamera zuprostete, der einzelne Ohrring, damals noch nicht gang und gäbe. Richard suchte das Foto Stück für Stück ab. Sein Blick blieb an der Sofalehne hängen.
Du schaust es an! Du schaust jetzt genau drauf!
Wo war Phil?
Er war nicht auf dem Foto.
»Das ist dämlich ... dämlich ...« Richard beugte sich vor. Phil sollte eigentlich direkt neben Joe stehen, den rechten Arm um Joes Schulter gelegt. Er sollte eine weiße, zugeknöpfte Wolljacke anhaben. Sein Goldring hatte den Blitz reflektiert.
Aber er war nicht auf dem Foto.

Barry stand lächelnd links, Joe in der Mitte. Aber rechts war ein leeres Stück rosa Wand, da wo Phil hätte stehen müssen.

»Nein ... nein ... das stimmt nicht. Er war dagewesen. *Natürlich war er dagewesen.*«

Etwas kroch am trunkenen Rande von Richards Bewußtsein, etwas Häßliches, Unangenehmes und Gefährliches. Er kniff die Augen zu und schüttelte den Kopf. Das machte alles noch schlimmer. Er knallte die Wodkaflasche auf den Glastisch und schaute sich das Foto abermals an. Es war immer noch genauso. Phil war nicht drauf.

Er klatschte das Foto kopfunter aufs Sofa und griff sich die Flasche. Er hatte sie schon fast am Mund, da packte ihn plötzlich die Wut. »Du dämliches, besoffenes Arschloch«, beschimpfte er sich selbst und schleuderte die Flasche durchs Zimmer. Sie prallte auf den Boden und rollte dann unter den Schreibtisch. Ein dünner Strahl Wodka ergoß sich auf den Teppich. Er hatte so verzweifelt versucht, seine Trübsal loszuwerden und sich vor der Wirklichkeit zu verstecken. Der Schnaps hätte ihm dabei helfen sollen, hatte aber total versagt, gerade als er ihn – hatte ihn betrogen, gerade als er das Foto vom Byker Chapter am dringendsten gebraucht hätte. Er war so besoffen, daß er nicht mal mehr richtig sehen konnte.

Mühsam richtete er sich auf, beugte sich vor und zog den Stecker aus der Anlage. Die Musik leierte zu Ende. Er torkelte ins Schlafzimmer, fiel mit dem Gesicht aufs Bett und versank sofort in Tiefschlaf.

Er hatte nur einen Traum, kurz bevor er ins Land des Vergessens abrutschte. Er träumte von dem Foto. Phil stand an seinem richtigen Platz, neben Joe, aber jetzt sah Richard, daß alle auf dem Foto, auch er selbst, kein Gesicht mehr hatten. Statt der Gesichter waren da glatte, leere rosa Fleischmasken. Irgendwo, weit weg, zischte eine Stimme immer wieder das eine Wort:

»*Phantom ... Phantom ... Phantom ...*«

Das Foto löste sich auf, und dann gab es keine Träume mehr.

4

Am nächsten Morgen fühlte sich Richard genauso beschissen wie erwartet. Sein Kopf war voller Glasscherben und sein Gaumensegel aufs Dreifache seiner normalen Größe angeschwollen. Alles tat ihm weh.
»War's das wert?« fragte er sich selbst, als er sich vorsichtig ins Badezimmer tastete. Diese masochistischen Sauftouren mußten einfach ein Ende haben.
Er rief im College an und erzählte dem Sekretariat, er hätte irgendeinen Virus aufgeschnappt. Den ganzen Morgen verfolgte ihn ein Gefühl der Unruhe. Er schrieb das dem Kater zu, wollte einfach nicht wahrhaben, daß es vielleicht mit der Person, die auf dem Foto fehlte, zusammenhing. Er war besoffen gewesen. Hatte nicht richtig sehen können. Das war's gewesen. Als er am Morgen die Wohnung aufgeräumt hatte, hatte er das Foto einfach in einen Stapel Illustrierte gesteckt, ohne es anzuschaun, und den Stapel unters Bett geschoben.
Ich war betrunken.
Ja, flüsterte eine zarte Stimme am Rande seines Bewußtseins, *aber Phil war nicht auf dem Bild. Er ist verschwunden.*
Ich hab' doch nur noch geschielt.
Aber was wird passieren, wenn du dir jetzt das Foto anschaust, bei Tageslicht, und Phil dann immer noch nicht drauf ist? Was machst du dann, Herr rationaler Dozent?
Halt die Klappe!
Der Rest des Tages war für die Katz. Richard versuchte zu lesen, konnte sich aber nicht konzentrieren, er versuchte fernzusehen, aber die dämlichen Seifenopern gingen ihm auf den Keks. Auf Kanal 4 zeigten sie nachmittags immer irgendwelche alten Filme, aber die hatten wohl erfahren, daß er heute nicht arbeiten mußte, und hatten den Film abgesetzt.
Der Himmel war bleiern, wolkenverhangen. Es nieselte immer noch wie gestern abend.

Allmählich wünschte sich Richard, er wäre heute doch zur Arbeit gegangen. Er stand am Fenster, schaute hinaus auf die Stadt, genau wie am Abend zuvor, und erwischte sich dabei, wie er überlegte, ob seine Frau wohl irgendwo da draußen in der Menge war.

Gott, was für ein elender Tag.

Er schaute auf die Uhr. Es war halb eins, und die Pubs hatten offen.

Besser dort als hier.

Er suchte sein Jackett.

Er saß im Portland Pub vor seinem Gegengift – einer Flasche Pils – und grübelte. Plötzlich mußte er wieder an das Byker Chapter denken. Er hatte versucht, die Geschichte mit dem Foto rational zu sehen, und war sehr streng mit der zarten Stimme gewesen, die ihm immer noch ins Ohr flüsterte, sogar jetzt, und wieder Angst und Zweifel aufkommen ließ. Aber trotz aller Anstrengungen mußte er wieder an Phil Stuart denken.

Jetzt siehst du mich, jetzt nicht!

Richard ignorierte das Flüstern und dachte an Phils spezielle Art irrsinnigen Humors. Er hatte sich einmal aus dem Labor Trockeneis besorgt und es eines Nachts in Stan the Mans Bier gekippt. Dampfwolken waren über den Rand gesprudelt und hatten das Bier in einen Jekyll-und-Hyde-Trank verwandelt. Gelassen wie immer und begleitet von lautem Gelächter, hatte Stan das Bier einfach weitergetrunken, als wäre überhaupt nichts passiert.

Nachdem sich das Byker Chapter aufgelöst hatte und alle ihre eigenen Wege gegangen waren, hatten sie den Kontakt zueinander verloren, aber Richard glaubte sich erinnern zu können, daß Phil in den Süden gezogen war und schließlich seine Wunschkarriere gemacht hatte, als Chemiker. Mehr wußte er nicht.

Der Traum von gestern nacht fiel ihm wieder ein: die glatten Fleischmasken und die zischende Stimme. Es war bloß ein Alptraum gewesen, eine Ausgeburt des Alkohols, sonst nichts. Aber diese schauerliche Stimme und das Wort, das sie wieder und wieder gezischt hatte, verfolgten ihn immer noch.

»Phantom«, sagte er laut vor sich hin. »Phantom.«

Ein Byker-Chapter-Wort.

Das Wort hatten sie sich vor vielen Jahren, als sie noch klein gewesen waren, einfallen lassen, und es hatte die Prüfungen der Zeit überstanden, war zu einem Teil ihres Erwachsenenvokabulars geworden. Richard erinnerte sich noch genau, wie dieses Wort zu seiner speziellen Bedeutung gekommen war. Joe hatte es bei einer Nachrichtensendung im Radio gehört – »Das Phantom der Arbeitslosigkeit«, hatte der Mann mit dem BBC-Akzent gesagt. Aber was zum Teufel war ein Phantom? Eine Diskussion der Truppe beim Blechdosenkicken in einem Hinterhof war ohne Ergebnis geblieben. Derek hatte geglaubt, es wäre der Nachname eines Typen, der Platten wie *Be my Baby* von den Ronettes produziert hatte, aber das konnte auch nicht stimmen. Einer von ihnen hatte im Wörterbuch nachgeschaut (nachdem sie mühsam herausgefunden hatten, wie es geschrieben wurde). Es bedeutete ›Gespenst‹ oder ›Erscheinung‹, aber irgendwie klang das auch nicht richtig. Das Ganze war ein Riesenwitz geworden. Schließlich hatte das Byker Chapter dem geheimnisvollen Wort eine neue Bedeutung gegeben. Ein Phantom war etwas, das einem die Tour vermasselte – etwas, das alles schief laufen ließ. Ein Phantom konnte ein Schreckgespenst sein, es konnte die geheimnisvolle Macht sein, die die Erdkundehausaufgabe auf Nimmerwiedersehen verschwinden ließ, so daß man mit Sicherheit »Tatzen« vom Lehrer bekam. Ein Phantom war der seltsame Typ, der durch den Park geisterte und begierig den kleinen Kindern nachschaute. Es konnte ein Eisstück sein, auf dem man ausrutschte und sich den Arm brach, oder die Truppe großer Kinder, die oben an der Straße warteten, wenn man Zeitungen austrug – an denen man vorbeimußte, ob man wollte oder nicht, und ihre gefährliche Aufmerksamkeit auf sich zog. Ein Phantom konnte der Grund für die Sirenen sein, die man in der Nacht hörte, wenn ein widerlicher

Wind am Schlafzimmerfenster rüttelte und klapperte. Ein Phantom konnte der Grund dafür sein, daß die Mutter allein in der Küche weinte und einem nicht sagen wollte, warum ...

Richard schüttelte sich und zwang sich wieder in die Gegenwart zurück. Es war Zeit, das Byker Chapter zu vergessen.

Aber bald sollte etwas passieren, das diese Erinnerung wieder erschreckend beleben würde.

5

Am nächsten Donnerstag um 8 Uhr 30 saß Richard über eine dampfende Tasse Tee gebeugt und hörte zu, wie Peter Ives und Norman Potter über die Chancen von Newcastle United im bevorstehenden Fußballspiel im St. James Park diskutierten. Irgendwie hatte er die Sache mit dem Sport total verpaßt – dieser heiligen Kuh der Nation –, sowohl als Zuschauer wie auch als Aktiver. Seine Kollegen fanden es etwas pervers, daß ein zweiunddreißigjähriger Mann Fußball nicht mochte. Vielleicht hatte er als Kind zu Hause zuviel Zeit mit Lesen verbracht, statt mit den andren Kindern in irgendwelchen Hinterhöfen Bälle herumzukicken (die vom Byker Chapter hatten ihn auch von jeher deswegen beschimpft). Aus welchem Grund auch immer, Fußball hatte ihn eben nie fasziniert – im Gegensatz etwa zu Ives und Potter.

Er zündete sich eine Zigarette an und schaute hinüber zu Crosse, der in seinem Karteikasten wühlte. Crosse warf ihm einen strengen Blick über die Schulter zu, als er hörte, wie er das Streichholz anzündete, um ihm zu zeigen, wie sehr er ihn für dieses Laster verachtete. Dann wühlte er weiter in seinen Papieren. Crosse war zweiundvierzig, zehn Jahre älter als Richard, sehr groß, trotz seiner gebeugten Schultern, hatte einen Vollbart und eine Brille. Richard hatte oft versucht, zu ergründen, warum sie beide sich so haßten. Es gab keinen konkreten Vorfall, der diese Feindschaft ausgelöst hatte. Wahrscheinlich war es etwas Instinktives, das sich nicht rational erklären ließ. Crosse schlug den Karteikasten übertrieben heftig zu und ging Richtung Tür, so daß Ives und Potter erstaunt ihr Gespräch unterbrachen.

»Bist wohl heute mit dem linken Fuß aufgestanden, George?« fragte Potter grinsend. Von Tag zu Tag wurde er dem Schauspieler Tom Baker ähnlicher. Crosse murmelte eine Entschuldigung und stapfte aus dem Büro.

»Hast du ihn wieder gereizt, Richard?« fragte Ives.

Richard hob mit gespielter Überraschung die Augenbrauen. »Ich reize Cross *nie*, das weißt du doch. Ich provoziere ihn schon durch meine bloße Existenz, glaub' ich.«

Ives lachte und schüttelte den Kopf. »Auf jeden Fall, Potter«, fuhr er fort, »ist das alles eine Sache der Verteidigung, wenn du mich fragst. Du kannst dich doch an die Probleme erinnern, die wir letzte Saison hatten ...«

Die Tür ging wieder auf, und Diane Drew kam herein. Fußball war sofort vergessen; alle Aufmerksamkeit richtete sich auf die große, blonde, gutaussehende Sozialpolitikdozentin, die zu Beginn des neuen Semesters am College angefangen hatte. Richard wußte schon, was jetzt kommen würde. Damit wollte er nichts zu tun haben. Das Gespräch würde nur noch aus sexuellen Andeutungen bestehen, als ob sie die Frau irgendwie testen wollten. Das war schon öfter passiert, und den Gesichtern der beiden Männer nach zu urteilen, würde es auch jetzt wieder passieren. Aber Diane hatte die beiden im Griff, und Richard bewunderte, wie sie den Spieß umdrehen konnte und ihnen den Wind aus den Segeln nahm.

Sie war zweifellos sehr attraktiv. Wenn er sich aus dem blöden Geplänkel raushielt, dann stellte sie ihn vielleicht nicht auf eine Stufe mit den zwei Idioten – vielleicht würde sie sich sogar für ihn interessieren, wenn sie glaubte, er wäre anders? Sie direkt ansprechen, kam überhaupt nicht in Frage, solche Taktiken hatte er schon vor langer Zeit aufgesteckt. Nachdem er sich von seiner Frau getrennt hatte, war's, als hätte man irgendeinen lebenswichtigen Funken in ihm gelöscht, so daß er nicht mehr fähig war, Frauen anzumachen, ob er sie nun begehrte oder nicht. Impotent war er nicht. Er hatte nach der Trennung mit zwei Frauen geschlafen – lässige, unemotionelle Geschichten nur für eine Nacht; danach schüttelte man sich die Hand, und keiner war traurig. Eine Zeitlang hatte er sich gefragt, ob er durch seine Erfahrung mit Denys wohl zum Frauenhasser geworden war. Aber nachdem er das analysiert hatte, war ihm klargeworden, daß dies keinesfalls zutraf. Es fehlte nur dieser gewisse, undefinierbare Funke. Manchmal wünschte er sich, er wäre anders, müßte nicht alles, was er fühlte und dachte, analysieren. Das verwirrte einen bloß, und es war verdammt dämlich, zu versuchen, alle seine Gefühle zu analysieren und zu interpretieren.

Er erlaubte sich ein »Guten Morgen«, als Diane ihre Aktentasche auf eine Bank in seiner Nähe warf, zum Teetopf ging und dabei elegant die krampfhaft lässigen Sprüche von Ives und Potter ignorierte. Sie machte sich eine Tasse Tee und setzte sich dann auf ihren üblichen Platz neben der Tür.

Ihre langen Beine in den Bluejeans erinnerten ihn an Pandora, wie sie auf dem Sofa gesessen hatte, umgeben von lachenden Gesichtern. *Und an ein Gesicht, das nicht mehr auf dem Foto war.*

Richard verdrängte das unangenehme Gefühl und schaute sich Dianes Gesicht an. Es war wohl so ziemlich das vollkommenste, das er je gesehen hatte. Er hätte vielleicht das Wort »schön« gebrauchen können, aber sein angeborener Zynismus wehrte sich dagegen.

Aber sie ist schön. Ihre Gesichtsform. Diese strahlenden Augen. Wie sich ihre Haare hinter den Ohren kräuseln und dann perfekt bis zur Schulter hängen. Schau dir diese Zähne an: wenn ich doch bloß Zahnarzt wäre. Und sie ist so verdammt selbstsicher, da bin ich richtig neidisch. Sie geht überhaupt nicht auf den Quatsch ein, den Ives und Potter ihr an den Kopf werfen. Es prallt an ihr ab wie Wasser von 'ner Gans.

Mit einemmal spürte Richard ein seltsames Verlangen. Er riß sich mit Gewalt zusammen.

»Ach du liebe Zeit!« sagte Potter plötzlich und schaute auf die Uhr. »Ich hab mich vor dem Seminar heute morgen mit einem meiner Studenten zu einem Gespräch verabredet ...« Er kippte schnell seinen Kaffee hinunter, schob den Stuhl nach hinten und ging zur Tür.

»Das ist ja wohl das traurigste Ende einer Fußballdiskussion, das ich bis jetzt erlebt habe«, sagte Ives und grinste erwartungsvoll Diane an. Er hatte wohl ein Lachen erwartet, aber da kam nichts.

»Schöne Nacht gehabt, Diane? Gestern nacht, mein' ich?« fragte er, als ihm klar wurde, daß die erwartete Reaktion ausblieb. Sein unschuldiger Blick konnte nicht kaschieren, was er eigentlich dachte.

»Wie bitte?« fragte Diane.

Richard hatte den hochglanzpolierten Mercedes auch gesehen, der gestern abend vor dem College auf sie gewartet hatte. Er stöhnte innerlich.

Du begibst dich auf Glatteis, Ives. Die macht dich fertig.

»Waren Sie mit Ihrem Freund gestern abend auf der Rolle? Habt ihr euch gut amüsiert?«

»Freund?«

Bei dem Zweikampf hat er keine Chance.

»Ja ... also ...« Jetzt war er schon verunsichert. »Ich hab' gesehen, wie sie abgeholt wurden ...«

»Ach so, Sie meinen meinen Zuhälter?«

»Ihren ... Ihren Zuhälter?«

»Ja, das war er. Viel zu tun gestern abend.«

Jetzt hat sie ihn aber.

Ives war total verunsichert. Richard schaute angestrengt in seine Teetasse und versuchte, sich das Lachen zu verbeißen.

»Vielleicht können wir ins Geschäft kommen.«

»Was?«

Und jetzt der Gnadenstoß.

»Haben Sie vielleicht Lust, ein bißchen von meiner Zeit zu kaufen? So, wie Sie und Potter mich anstarren, seit ich hierhergekommen bin, muß ich doch annehmen, daß ihr gewillt seid, euch den Spaß ein bißchen was kosten zu lassen.«

»Ach wirklich? ... Also, ich meine, wir sind ja hier alle recht liberal ... stimmt's, Richard? O Gott, ist es schon so spät? Da muß ich mich aber beeilen, sonst verpass' ich noch Mathe Drei ...« Und Ives war verschwunden. Hinter ihm schlug die Tür zu. Richard konnte endlich loslachen.

»Wunderbar! So muß man ihn behandeln! Gratuliere!«

»Ehrlich gesagt, find' ich mich selber zum Kotzen, wenn ich so was sage. Wie ich die zwei kenne, glauben die's auch noch, und heute nachmittag weiß es das ganze College.«

»Wahrscheinlich. Aber ich werde auch erzählen, wie's wirklich war.«

Dianes Eiskruste schien nach dieser Bemerkung ein bißchen zu schmelzen. Sie räusperte sich und prostete ihm mit ihrer Tasse zu. Er fragte sich ganz kurz, ob der »Funke« wohl wieder in ihm entfacht worden war.

Sie trank ihren Tee aus, stand auf und holte sich ihre Aktentasche von der Bank.

»Richard. Ich darf Sie doch Richard nennen?«

Der Funke war doch tatsächlich wieder entfacht worden! »Selbstverständlich. Bitte.«

»Also gut, Richard.« Eine Pause, sie ging zur Tür. Sie drehte sich um und schaute ihm direkt in die Augen. »Sie sind ein totales Wrack. Wenn Sie sich nicht am Riemen reißen, werden Sie auf dem Müllhaufen enden.«

Richard fühlte, wie der Funke wieder erlosch. Er schüttete sich versehentlich seinen Tee in den Schoß. Völlig verwirrt, wischte er sich ab, während Diane den Weg zu ihrer ersten Vorlesung antrat.

6

Richard las die ganze Zeitung, ohne ein einziges Wort davon zu begreifen. Sein Verstand stand auf Leerlauf, während er eine Spalte über Inflation las, bis hin zum sorgfältig arrangierten »Geheimbericht« über einen publicityhungrigen Filmstar. Dann hatte er einen Bericht über einen Mord in Shepherds Bush gelesen, einen besonders brutalen Mord an einem Halberemiten – ohne Motiv, ohne Grund. Über den Mord an sich wurden keine Details berichtet, nur daß es das Werk eines Verrückten gewesen sein mußte. Er überflog einen Bericht über Steuerbetrug, und als er ihn halb gelesen hatte, nagte plötzlich etwas an seiner Seele. Er war unruhig – nein, schlimmer, er hatte Angst, und hatte keinen blassen Dunst, warum. Hatte er etwas Wichtiges zu tun vergessen? Würde etwas passieren?
Nein. Etwas war schon passiert.
Es war der Artikel, den er gerade gelesen hatte. Etwas aus diesem Artikel hatte sich in seinem Unterbewußtsein festgesetzt. Er blätterte zurück und las ihn noch einmal.

»Polizei jagt brutalen Mörder. Ehemaliger Chemiker grausam ermordet.«

Ehemaliger Chemiker ... ?

Richard las weiter:
Die Umstände des Mordes an Phil Stuart, einem früheren Angestellten von One-Ten Chemicals, sind nach wie vor unklar. Es steht fest, daß die Polizei von den Nachbarn gerufen worden war, weil Fernseher und Radio auf voller Lautstärke in Mr. Stuarts Wohnung spielten. Die Polizei verschaffte sich gewaltsam Zutritt und entdeckte die Leiche. Zu diesem Zeitpunkt ließ sich aufgrund des Zustandes der Leiche nicht mehr feststellen, ob das Opfer männlich oder weiblich war ...

Das war's also: das Entsetzen, das Richard in jener betrunkenen Nacht vorige Woche beim Anschauen des Fotos gespürt hatte, war eingetroffen. Philip Stuart, Ex-Chemiker. Ex-Mitglied des Byker Chapter. Ex-Gesicht auf einem Foto.

Richards Hände zitterten, sein Magen drehte sich um. Er fror, schwitzte aber zugleich. Es war, als hätte er jeden Bezug zur Realität verloren, die Fähigkeit, zwischen Fantasie und Wirklichkeit zu unterscheiden. Er hob den Kopf. Die Studenten standen nach wie vor um den Tresen, saßen, lachten, scherzten oder lasen Zeitungen. Die Welt schien unberührt. Norman Potter stand in der Tür und diskutierte mit Ives über Fußball. Auch sie benahmen sich, als wäre alles normal. Das Universum war aus den Angeln gekippt, und nur Richard wußte es. Er las den Artikel noch einmal. Vielleicht hatte er sich geirrt? Vielleicht war's ein anderer Phil Stuart, der zufälligerweise auch Chemiker war?

Nein! Er ist es. Ich weiß, daß er es ist.

Das war eine unumstößliche Tatsache. Irgend etwas tief in seinem Innersten, etwas, das Alpträume und ihre irrsinnige Logik kannte, sagte ihm das. Der Alptraum aller Alpträume hatte ihn eingeholt.

Phil war auf dem Foto. Jetzt ist er tot. Und er ist nicht mehr auf dem Foto.

Richard ging völlig abwesend zurück ins Dozentenzimmer, den Kopf gebeugt, die Hände in den Taschen. Er dachte darüber nach, was in den letzten Tagen alles passiert war. Immer wieder nahm er die Zeitung und las den Artikel noch einmal, suchte etwas – egal was! –, wodurch das Ganze logisch erklärt werden konnte. Er ging durch die Gänge wie ein Schlafwandler, sah nichts, die Studenten wichen ihm aus.

Ein Schatten versperrte ihm den Weg.

Als er es bemerkte, war es schon zu spät, der Zusammenstoß nicht mehr vermeidbar. Ein Schmerzensschrei, Bücher klatschten auf den Boden.

»Tut mir leid ...« Richard machte einen Schritt zurück. Es war Crosse. Sein Gesicht war puterrot angelaufen vor Wut. Er bückte

sich, um seine Bücher aufzuheben. »Tut mir leid«, sagte Richard noch einmal und bückte sich, um ihm zu helfen. Crosse schlug ihm auf die Hand.
»Lassen Sie das, Eden. Das ist mal wieder typisch. Rennt hier mit geschlossenen Augen durch die Gegend.«
»Es war ein Unfall, Crosse, tut mir leid.«
»Tut Ihnen leid? Tut Ihnen leid? Wohl kaum.«
»Mensch, Crosse, was soll das, was paßt Ihnen denn nicht an mir?«
Crosse stand auf und schaute Richard direkt ins Gesicht. »Was mir nicht paßt an Ihnen? Alles. Sie leben in der Vergangenheit. Da ist kein Unterschied mehr zwischen den Kindern, die Sie unterrichten, und Ihnen.«
»Sollte es da einen geben?« sagte Richard. »Ich hab einen besseren Draht zu meinen Studenten als Sie. Das paßt Ihnen wohl nicht, stimmt's?«
»Schaun Sie doch mal in den Spiegel, Eden. Die Welt verändert sich, und Sie müssen sich mit ihr ändern.«
»Sie sind ein Wichser, Crosse. Am liebsten würde ich Ihnen ein paar scheuern.«
»Schaun Sie in den Spiegel, schaun Sie mal in den Spiegel.« Und dann ging Crosse einfach – stakste den Korridor hinunter.
Richard schaute ihm nach. Eine kleine Stimme in seinem Inneren flüsterte ihm zu:
Was wird denn passieren, wenn du in einen Spiegel schaust und du dein Gesicht nicht mehr siehst, wie das Gesicht auf dem Foto?

An diesem Nachmittag hielt Richard seine Vorlesung mit der Überzeugungskraft eines Roboters. Das Thema kannte er schon auswendig, normalerweise hätte er improvisiert, hätte sich auf die Launen seiner Studenten eingestellt und ihnen das Thema schmackhaft gemacht, aber dazu war er heute nicht fähig. Die Zeitung lag auf seinem Pult, so zusammengefaltet, daß der Artikel obenauf war. Das verfluchte Ding schien ihn zu verspotten, lenkte ihn dauernd ab, während er im Klassenzimmer auf und ab lief. Er redete ganz mechanisch; seine Gedanken kreisten immer wieder über dem, was letzte Woche passiert war, immer und immer wieder.

Als er mit seiner Vorlesung fertig war, wußte er immer noch keine Antwort. Und den Gesichtern der Studenten nach zu schließen, hatte er wohl die trockenste, langweiligste Vorlesung aller Zeiten gehalten.

»Zu diesem Zeitpunkt ließ sich aufgrund des Zustands der Leiche nicht mehr feststellen, ob das Opfer männlich oder weiblich war …« Er machte sich zu Fuß auf den Heimweg. Es regnete. Er wohnte nahe beim College in einem hohen Wohnblock. Der Verkehr brodelte und zischte um ihn herum, Pendler eilten geschäftig an ihm vorbei, aber er sah und hörte nichts. Der Regen durchtränkte seine Haare, lief ihm über die Stirn. Nur von seinem Instinkt getrieben, alles auf Automatik geschaltet, trugen ihn seine Füße nach Hause, allein mit seinen Alptraumgedanken.

Ein Reißen. Zischender, weißer Schneesturm. Blitzende Linien. Irgendwo, hinter dem Glas, verlorene, weit entfernte Stimmen. Undefinierbare Geräusche.

»Es ist Zeit.«

»Ich habe Angst.«

»Du mußt keine Angst haben.«

»Mir gefällt das nicht. Ich verlier' nicht gern die Kontrolle.«

»Ich werde dich kontrollieren. Ich werde dich führen. Ich werde das, was in dir ist, leiten. Aber es muß getan werden.«

»Was ist es? Was ist das für ein Ding? Was will es? Du darfst es nicht wieder rauslassen. Bitte laß es nicht raus. Bitte zwing mich nicht zu …«

»Gorgus … Imago … Pacter …«

»Bitte nicht …«

»Du mußt Ausdunkeln. Du mußt Ausdunkeln. Es giert danach zu pirschen.«

»Bitte ...«

»Necrolan ... Absavel ... Gorgus ...«

7

Die Wodkaflasche lockte ungeheuer, aber Richard widerstand der Versuchung und trank statt dessen Kaffee. Er beobachtete, wie die Pastelltöne der abendlichen Stadt zu schwarzen Leichentüchern wurden, fest um Beton und Putz der Häuser geschlungen. Wodka würde nur seine Sinne betäuben, und heute nacht mußte er einfach denken, klar und logisch. Er kämpfte gegen das, was er einwandfrei als abergläubische Angst identifiziert hatte (wie er sich haßte, weil er nichts dagegen machen konnte). Er tastete nach dem Koffer unterm Bett, ganz vorsichtig, als würde er eine giftige Schlange suchen. Schließlich fand er das Foto. Mit geschlossenen Augen, den bitteren Geschmack der Angst im Mund, hielt er sich's vor die Nase.

Es sah genauso aus. Genau, wie er es in Erinnerung hatte.

Nur fehlte natürlich Phil Stuart auf dem Bild.

Nüchtern und verängstigt versuchte er, eine rationale Erklärung für die Geschichte zu finden. Wahrscheinlich trog ihn sein Erinnerungsvermögen. Erst einmal war Phil an dem Abend überhaupt nicht auf der Party gewesen. Er hatte es nicht geschafft. Zweitens, Phil war zwar auf der Party gewesen, war aber gegangen, ehe das Foto gemacht wurde. Drittens war Phil auf der Party gewesen, wollte aber einfach nicht fotografiert werden. Hatte sich geweigert. Trotz seines schrägen Humors war Phil von jeher etwas schüchtern. Drittens war er in die Küche gegangen und hatte sich noch einen Drink gemixt, während das Foto gemacht wurde. Viertens, Phil war zwar auf der Party gewesen, hatte aber das Foto selbst geschossen, nicht Stan the Man.

Richard versuchte, sich der Reihe nach jede dieser Hypothesen

glaubhaft zu machen, aber nach einiger Zeit wurde ihm klar, daß es nur eine Möglichkeit gab.
Ich bin nicht verrückt, ich bin nicht irrsinnig. Natürlich trink' ich zuviel, aber deswegen hab' ich noch nicht meinen Verstand verloren. Ich denke ganz rational. Phil Stuart war bei der Party. Ich kann mich genau an die Party erinnern, sie war einer der Höhepunkte meines Lebens. Phil Stuart war da, und er war auch auf dem Foto. Jetzt hat ihn jemand umgebracht, und er ist aus dem Foto verschwunden. Er war drauf gewesen! Die einfachste Lösung wäre, ich bin übern Jordan, aber das ist nicht wahr, weil, als Phil noch auf dem Bild war, stand er mit dem Rücken zur Wand. Jetzt, wo er nicht mehr drauf ist, sieht man den kleinen gerahmten Druck von Bamburgh Castle, den Stan an der Wand gehabt und den Phil verdeckt hatte. Das blöde Ding hatte ich total vergessen. Aber jetzt ist es da, gestochen scharf, weil Phil nicht mehr davorsteht. Ein kleiner gerahmter Druck, den ich bis zum heutigen Tag total vergessen hatte.
Mit einemmal bekam Richard das Gefühl, die Decke würde ihm auf den Kopf fallen; er hatte Platzangst. Er mußte raus auf die Straße. Beim Gehen oder Fahren konnte er immer am besten denken. Vielleicht würde ein langer Spaziergang seinen Kopf freiblasen.
Eine halbe Stunde später war er unterwegs durch die Nacht, mit zugeknöpftem Anorak. Aus lauter Angst, wahnsinnig zu werden, versuchte er krampfhaft, sich auf etwas anderes zu konzentrieren. Aber das half alles nichts, er dachte an Denys.
Sie hatten schon zwei Jahre vor ihrer Ehe zusammengelebt, aber zu sagen, die Heirat wäre der Hauptgrund für den Bruch der Ehe gewesen, war nicht ganz richtig; die Ansätze dazu hatten sich schon lange vorher gezeigt. Er hatte einfach beide Augen zugedrückt und sich selbst vorgemacht, es würde schon alles gutgehen, wenn er nur bei der Stange blieb. Er wollte in die eine Richtung, sie in die andere. So einfach war das gewesen. Und dann, vor sechs Monaten, hatte sie kurzerhand ihre Koffer gepackt und ihn verlas-

sen. Sie war zu einem Vorarbeiter eines technischen Fertigungsbetriebes gezogen, einem Typen namens Swan. Richard war erst da bewußt geworden, wie sehr er Denys brauchte. Natürlich war die Tatsache, daß sie ihn verlassen hatte, keine Überraschung gewesen – es hatte sich schon seit einiger Zeit herauskristallisiert –, aber es hatte ihn zutiefst getroffen, als es dann passiert war. Er war völlig aufgelöst gewesen, sein Leben zerstört. Denys war aus härterem Holz geschnitzt; sie hatte das Ganze philosophischer gesehen. Und Richard hatte sich mit Wodka und endlosen schrägen Parties getröstet, bei denen man Anschluß finden konnte.

Und jetzt dieses verfluchte Foto!

Der Gedanke an das Foto brachte ihn mit Gewalt wieder ins Hier und Jetzt zurück, und er verfluchte sein Unterbewußtsein, das ihn ausgerechnet an diesen Ort geführt hatte. Er stand mitten in der neuen Byker-Siedlung, vor einer Reihe Häuser mit Balkonen und Terrassen. Direkt vor ihm, in einem der Häuser mit Terrasse, wohnten seine Frau und dieser Bastard Swan.

Richard rieb sich verlegen seine eiskalten Hände und trat von einem Fuß auf den anderen. Direkt vor seiner Nase lockte ein Pub. Hinter ihm die Straße nach Hause. Oder eine Bushaltestelle, an der er in einen Bus zurück ins Zentrum steigen konnte. Depression kauerte über ihm wie eine dunkle, dräuende Wolke. Vielleicht sollte er da runtergehen und versuchen mit Denys zu reden? Vielleicht hatte Swan heute Nachtschicht. Andrerseits war's vielleicht falsch, in alten Geschichten rumzustochern. Er hatte auch so schon genug Probleme.

Sie ist meine Frau!

Er ging über die Straße zum Haus. Es fing wieder an zu regnen. Die Straßenlampen warfen grelle orange Lichtbalken auf ihn, als er den Gehsteig vor Nummer 73 erreicht hatte. Er wußte zwar immer noch nicht, was er tun oder sagen würde, aber er drückte auf die Klingel. Irgendwo drinnen zwitscherte eine Glocke. Ungeduldig klingelte er erneut und schaute hoch zu den Schlafzimmerfenstern. Da rührte sich nichts. Er drückte noch mal auf den Knopf.

Was mach' ich denn wirklich hier? fragte er sich. *Was will ich denn überhaupt sagen?* Insgeheim hoffte er, es wäre niemand zu Hause. Dann konnte er getrost in seine Wohnung in der City zurückgehen mit dem Gefühl, er hätte etwas erledigt. Er verfluchte sich selbst, weil er sich nicht entscheiden konnte. Er wollte gerade noch einmal auf den Knopf drücken, da hörte er, wie sich im Haus etwas bewegte. Ein merkwürdiges Gefühl breitete sich in seinem Innern vom Magen zum Brustkorb aus: ein Gefühl des Schmerzes, das nach Einsamkeit schmeckte, der Ziellosigkeit seines Lebens und der Sehnsucht, Denys wiederzusehen. All diese Gefühle vereinten sich zu einem: Angst.

Die Tür ging auf.

Denys war im Morgenmantel; das machte natürlich alles noch schlimmer. Ihre Reaktion, als sie ihn sah, verstärkte das miese Gefühl in ihm noch mehr. Sie stöhnte, drehte den Kopf weg und wollte gleich wieder zumachen. Richard tat schnell einen Schritt nach vorn und steckte nach alter Vertretermanier einen Fuß in die Tür.

»Was, zum Teufel, willst du denn, Richard? Was soll denn das?«

»Ich muß einfach mit dir reden, Denys. Bloß reden.«

»Klischees war'n schon immer deine Stärke. Wir haben schon über alles geredet. Da kommt nichts dabei raus. Geh nach Haus.«

»Wenn ich ein richtiges Zuhause hätte, würd' ich ja gehn. Aber du bist nicht da.«

»Mach halblang, Richard. Du weißt, es ist hoffnungslos ...«

Ein Geräusch irgendwo im Haus. Eine Männerstimme, wütend, undeutlich.

»Du gehst jetzt besser, Richard. Ich will hier keine Szene haben.«

»Schau, wenn wir bloß reden könnten ...«

»Richard, geh nach Hause!«

Die Tür wurde plötzlich aufgerissen, und Swan stand vor ihm: kurze, dunkle Haare, Gorillaaugenbrauen, T-Shirt und Jeans. Schützend legte er eine Hand um Denys' Schulter.

»Sie schon wieder.«

»Ja, ich schon wieder.«
»Verpiß dich, Eden. Tu dir selbst einen Gefallen.«
»Ich will mit meiner Frau reden.«
»Sie ist nicht mehr Ihre Frau.«
»Ist sie doch, bis das Gericht uns scheidet, Swan. Ich will doch bloß reden mit ihr. Das ist mein gutes Recht, wenn sie mich reinläßt. Ich zahl schließlich die Hälfte von dieser Wohnung.«
»Dein gutes Recht ist das hier, Freundchen!«
Richard sah den Schlag überhaupt nicht kommen; er hatte sich zu Denys gewandt, um sie noch einmal zu bitten. Swan hätte nicht dasein dürfen, er hatte alles verdorben. Swans Faust traf ihn genau zwischen die Augen. Das nächste, was Richard wußte: Er lag auf der Straße. Der Knorpel in seiner Nase fühlte sich gequetscht an. Blut spritzte ihm übers Hemd. Denys schrie auf, aber nicht aus Mitleid, sondern weil sie erschrocken war.
Die Tür schlug zu.
Richard richtete sich mühsam auf und hielt sich die Nase. Das Blut lief ihm übers Handgelenk und den Arm. Er empfand überhaupt nichts, weder Wut noch Rachegefühle oder Haß, hatte nicht das Bedürfnis, gegen die Tür zu schlagen, bis Swan noch einmal herauskam. Keine Reue. Keine Liebe. Nichts ... nein, nicht einmal Liebe.
Denys' Reaktion – oder ihre mangelnde Reaktion – hatten einen Schlußpunkt unter die Sache gesetzt. Die Konfrontation, die Faust, die Erniedrigung – das alles war wie eine Katharsis gewesen. Richard wurde mit einem Schlag bewußt: Sein altes Leben hatte hiermit geendet und ein neues begonnen. Er fühlte sich alt und hohl, wußte aber, von jetzt an ging's bergauf. Er machte kehrt und strebte der Bushaltestelle an der Shields Road zu.

Die Wohnung war still, als er nach Hause kam. Zu still. Beim Eintreten hatte er das Gefühl, die Dunkelheit und Stille würden die Leere in seinem Inneren reflektieren. Er machte kein Licht und schob die Tür hinter sich zu. Das Panoramafenster an der hinteren

Wand umrahmte ein Gewirr von Blau und Schwarz: die Skyline von Newcastle. Die Wodkaflasche stand auf dem Sims, in der Mitte der Bühne. Das kalte, blaue Licht ließ den Inhalt einladend schimmern, wie Platin.
»Warum nicht?«
Er machte immer noch kein Licht, ging zur Flasche, drehte den Verschluß auf, schloß die Augen und nahm einen tiefen Zug. Der Anblick von Denys an der Haustür verfolgte ihn hinter den geschlossenen Lidern. Es war eine andere Denys als die, die er gekannt hatte.
Es ist, als wäre man tot, dachte er. *Inwendig tot. Tot und begraben.* Er schaute auf die Stadt hinaus. Alles und alle waren ihm scheißegal. Er war tot. Er tastete sich zu der Tischlampe neben sich. Schaltete sie an. Vor ihm lagen der Zeitungsartikel und das Foto. Und die waren ihm momentan auch scheißegal.
Bis sein Blick auf das Foto fiel.
Phil Stuart war nicht auf dem Foto, und alle anderen Mitglieder des Byker Chapter waren immer noch ums Sofa gruppiert – *alle, bis auf Derek.* Angst schnürte Richard die Kehle zu, lähmte ihn. Er riß das Foto hoch.
Da, wo Derek neben Pandora auf dem Sofa gesessen hatte, war nichts mehr. Es war, als wäre er nie da gesessen.
Richard schrie auf. Ein langer, wortloser Schrei. Die Wodkaflasche zerschellte an der gegenüberliegenden Wand. Er brach in seinem Sessel zusammen, vergrub das Gesicht in den Händen. Die Schleusen von Trauer und gesundem Menschenverstand brachen kurzzeitig zusammen. Tränen des Verlusts und der ständig steigenden Angst überfluteten sie.
Mein Gott, nein! Nein, nein, nein, nein ... NICHT SCHON WIEDER!

Richard reiste in fiebrigem Traum in Richtung Norden, entlang der hochgespannten Brücke über den Tyne-Fluß. Weit weg stand majestätisch die Byker-Wall-Siedlung hinter den dichtgedrängten

Gebäuden der City. Mit ihren Galerien, Balkonen, Veranden, Pergolen, Geländern und Holzverschalungen sah sie aus wie eine Barriere, die ein Dorf inmitten einer Stadt abgrenzt.
Jetzt stand er oben an einer Straße im alten Byker-Viertel, viele Jahre vor dem Neubau und dem Abriß des Slums. Es war spät nachts, und von seinem Standpunkt aus konnte er die langen steilen Straßen sehen, gesäumt von schimmernden Häusern mit schwarzen Schieferdächern, bis runter zum Tyne. Ein grausamer Novemberwind pfiff durch die Straßen, Schiffssirenen heulten traurig vom fernen Kai. Er wußte, alle Häuser waren leer, alle. Er schaute zu dem Haus neben sich. Aus einem zerbrochenen Fenster im ersten Stock flatterte ein zerfetzter Vorhang triefend im Wind. Er wußte, er mußte das Haus betreten. Der feuchte durchdringende Geruch von Fäulnis und zerfallenen Tapeten schlug ihm entgegen. Etwas raschelte in der Dunkelheit. Eine Tür öffnete sich neben ihm, und er fühlte sich von furchtbarer Angst überkommen. Er wollte dieses Zimmer nicht betreten, ging aber trotzdem hinein, konnte seine Augen nicht abwenden von dem schrecklichen Anblick, der sich ihm bot.
Tapetenbahnen hingen von den Wänden, riesige Flecken Farbe hingen wie aufgebrochene Brandblasen von der Decke. Das Zimmer war eine Ruine. Nackte Bohlen knarzten unter seinen Füßen, als er das Zimmer betrat. Ein kalter Wind zischte durch die zerbrochenen Scheiben. Nur ein Möbelstück stand in dem Raum – ein Sofa. Und um dieses Sofa stand das Byker Chapter, aufgebaut in den vertrauten Posen. Alle außer Phil, Derek und ihm selbst. Genau wie in seinem vorhergehenden Traum hatten sie nur schreckliche, gesichtslose Fleischmasken auf dem Kopf – keine Augen, keinen Mund, keine Nase. Sie winkten Richard zu sich. Lautlos schreiend, versuchte er sich von dem entsetzlichen Anblick loszureißen. In Zeitlupe, mit trägem Körper, gelang es ihm, sich umzudrehen, und da schaute er direkt in einen reich verzierten Spiegel, der plötzlich an der abgeblätterten Wand neben ihm erschien. Jetzt sah er das Entsetzen in seinem Gesicht, den Schrek-

ken in seinen Augen. Sein Mund stand weit offen, bereit, zu schreien. Der Alptraum hatte kein Ende, denn jetzt mußte er mit ansehen, wie sein Mund verschwand und statt dessen nur noch glattes rosa Fleisch da war. Seine Nase und seine Augen verblichen allmählich, er glich sich den anderen Mitgliedern des Byker Chapter an; ein unsichtbarer Künstler löschte seine Gesichtszüge aus. Er zerrte voller Entsetzen an der glatten Leere seines Gesichts. Er erstickte. Und jetzt wurde sein Körper durchsichtig, verschwand langsam aus dem Spiegel.

Ich verblasse ... ich verschwinde ... irgend etwas wischt mich weg.

Sein Körper hatte keine Substanz mehr, wie ein Geist, und auch das Geisterbild verschwand allmählich.

Nein ... nein ... nein ... NEIIIIN!

Richard wachte schweißgebadet auf. Der Schrei steckte immer noch in seinem Hals. Mondlicht strömte durchs Fenster herein. Er stand nackt vor seinem eigenen Spiegel im Wohnzimmer.

8

»So ein Glück, daß ich einen so guten Freund von Derek aufgetrieben habe«, sagte Richard. »Ich wußte gar nicht, wen ich ansprechen sollte, als ich in Durham College angerufen habe. Ich wollte eigentlich nur rausfinden, was passiert war ... mit jemandem reden, der mit ihm gearbeitet hatte ...«

»Wollen Sie wirklich keinen mehr trinken?« sagte der stämmige Mann neben ihm. Er hatte eine angehende Glatze; dadurch sah er älter aus, als er in Wirklichkeit war. Die dünne Wollkrawatte um seinen Hals sah aus, als würde sie ihn erwürgen. »Nein. Na schön. Ja ... ich hab Derek recht gut gekannt. Wir haben an derselben Fakultät unterrichtet. Je eher Sie das Schwein erwischen, das ihn umgebracht hat, desto besser. Zum ersten Mal in meinem Leben tut's mir leid, daß wir die Todesstrafe abgeschafft haben. Früher war ich immer dagegen, aber für den Irren ist Aufhängen noch zu milde.«

Dereks Kollege Robinson bestellte noch einen Drink an der Bar. Das Pub in der Nähe von Durham war voller Gäste zum Mittagessen. Richard war eingefallen, daß Derek kurz vor der Auflösung des Byker Chapters einen Posten an dem College angenommen hatte, und hatte gebetet, daß das College, falls er nicht mehr da war, ihm wenigstens seine neue Adresse geben könnte. Glücklicherweise hatte Derek noch dort gearbeitet, als ... *als er aus dem Foto verschwunden war*, dachte Richard. Er mußte einfach rausfinden, was passiert war, und als er Robinson erklärt hatte, er wäre auch Dozent, war dieser sichtlich aufgetaut und hatte ein Treffen vorgeschlagen.

»Was genau ist wirklich passiert?« fragte Richard, nachdem der Barmann Robinsons Gin Tonic gebracht hatte. »Die Presseberichte, die ich gelesen habe, waren recht verworren.«

»Ja, nun, es war etwas bizarr, das ist noch milde ausgedrückt. Ich war dabei, müssen Sie wissen. Ja also, nicht gerade *dabei* ... ich bin grade bei ihm zur Tür reingekommen, als die Polizei die Leiche entdeckte. Aber ich fang' am besten von vorne an ...

Also, Derek hatte in den letzten Wochen große Probleme. Depressionen, soweit ich es beurteilen konnte, völlig grundlos. Er hatte sich ein bißchen mit seiner Freundin Linda verkracht, aber nichts Ernstes, er hatte das gut verarbeitet. Ich weiß es nicht, vielleicht lag's doch daran. Jedenfalls hatte er sich ganz in sein Schneckenhaus zurückgezogen, ging nicht mehr soviel unter Leute wie sonst. Die letzten zwei Wochen hat er sich überhaupt nicht mehr blicken lassen. Valium. Krankschreiben. Nervöse Erschöpfung. Also hab' ich ihn angerufen. Keiner hat abgenommen. Eines Nachmittags bin ich dann nach dem Unterricht in seine Wohnung gefahren. Ein Privathaus oben an der Bymoor Road. Der verrückte Kerl wollte die Tür nicht aufmachen! Er hat mich fluchend weggeschickt, hat lauter verrücktes Zeug gequatscht. Wie zum Beispiel: ›Ich weiß, du bist es nicht wirklich. Geh weg.‹ So was Verrücktes – ›ich weiß, du bist es nicht wirklich‹.

Jedenfalls bin ich richtig sauer geworden, hab' gegen die Tür geschlagen und gedroht, ich würde sie eintreten und ihm ein paar aufs Maul hauen, wenn er weiter solchen Blödsinn redet. Dann hat er die Tür einen Spalt aufgemacht – die Kette war vor, – und da hätt' ich am liebsten gleich den Krankenwagen gerufen. Er hat furchtbar ausgesehn! Weißes Gesicht. Eingefallene Augen, konnte kaum reden. Als wenn er einen Nervenzusammenbruch gehabt hätte oder den größten Kater aller Zeiten – oder beides. Er stank zehn Meilen gegen den Wind nach Whisky. Ich hab' alles versucht, um in diese Wohnung zu kommen, aber er ließ sich einfach nicht breitschlagen. Hat mir ganz einsilbige Antworten gegeben. Hat mich angeschaut, als würde ich gleich über ihn herfallen oder so was. Und der Fernseher im Wohnzimmer lief volle Lautstärke. Ich hab' auf ihn eingeredet, und nach einiger Zeit hat er sich ein bißchen beruhigt. Aber er wollte mich immer noch nicht reinlassen. Ich hab's ihm ganz offen ins Gesicht gesagt: wenn du dich nicht sofort zusammenreißt, hol' ich einen Arzt. Schließlich hat er mir versprochen, mich am Mittwoch hier zu treffen, um mal über die Sache zu reden. Der Vorschlag schien ihm zu gefallen.

Am Mittwoch hab' ich dann zwei Stunden hier auf ihn gewartet. Er kam nicht. Dann bin ich zu ihm gefahren. Ich war fest entschlossen, die Tür aufzubrechen und ihn am Kragen rauszuzerren. Dann hab' ich natürlich erfahren, warum er nicht erschienen war. Er war tot. Ermordet. Und die Wohnung war voller Polizisten. Kaum hatten sie mich gesehen, schleppten sie mich aufs Polizeirevier und verhörten mich nach allen Regeln der Kunst. Ich war froh daß ich ein Alibi hatte – ich hab' die Barfrau hier angemacht.«

»Und was genau ist mit Derek passiert? Wissen Sie das?«

»Das ist wirklich total bizarr. Sie wissen sicher, er hat da ein ganz bescheuertes Hobby gehabt ...«

»Bauchreden. Hatte nicht das geringste Talent dazu.«
»Ja.« Robinson lachte resigniert. »Nicht das geringste. Aber es war immer sehr komisch, weil er genau wußte, wie schlecht er war. Das hat er total ausgespielt. Hat auf Parties immer wie eine Bombe eingeschlagen.«
»Ja«, sagte Richard und erinnerte sich an eine ganz besondere Party, »mit seiner Holzpuppe. Charlie.«
»Genau, Charlie ...« Robinsons Gesicht verdüsterte sich. »Also irgendein Schwein ist, obwohl er da war, in seine Wohnung eingebrochen. Vielleicht war er im Bad oder so was, hat sich gerade umgezogen, weil er mich im Pub treffen wollte. Er muß den Einbrecher überrascht haben. Und das Schwein hat ihn totgeschlagen. Ihn mit der Bauchrednerpuppe totgeschlagen.«
»Das darf doch nicht wahr sein!«
»O doch. Er muß ihn durch die ganze Wohnung geprügelt haben. Die ganzen Möbel war'n kaputt, der Fernseher zertrümmert, die Bücher zerfetzt, alles kurz und klein. Die glauben, der Typ hat die Puppe wie eine Keule benutzt. Die Wände waren voller Blut, der Boden ... Gott. Die Puppe troff vor Blut. Der Kerl muß verrückt gewesen sein. Sie glauben, er hat auch noch auf ihn eingeschlagen, als er schon tot war. Hat ihn in Stücke gerissen, glauben sie.« Robinsons Gesicht war jetzt schneeweiß. Er kippte seinen Gin Tonic in einem Zug runter.
»Einen Drink?«
»Ja«, sagte Richard. Grauen fraß sich in seine Knochen. »Whisky.« Robinson bestellte. Sie warteten schweigend, bis die Drinks kamen.
»Das hört sich vielleicht blöd an«, sagte Richard und nippte an seinem Whisky, »aber ich würde mir gerne Dereks Wohnung anschaun.«
»Warum?«
Richard ließ sich verschiedene Lügen durch den Kopf gehen, aber sie klangen alle so fadenscheinig, daß er sich entschloß, die Wahrheit zu sagen.

»Irgend etwas geht vor. Ich weiß nicht, was, aber ich hab' das ungute Gefühl, daß es jemand auf ein paar Freunde abgesehn hat, die sich mal das Byker Chapter nannten. Derek und ich waren Byker-Mitglieder.«
»Derek hat mir vom Byker Chapter erzählt. Schießen Sie los.«
»Hat Derek je was von Phil Stuart erzählt?«
»Moment mal ... der Witzbold, richtig?«
»Richtig. Der ist letzte Woche ermordet worden. Jemand ist in seine Wohnung in Shepherds Bush eingebrochen und hat ihn in Stücke gerissen.«
»Du lieber Gott!«
»Er ist genauso umgebracht worden wie Derek. Es muß eine Verbindung geben.« *Das Foto. Erzähl ihm von dem Foto!* Und dann: *Nein! Das packt er nicht. Der wird mich für verrückt halten.*
»Waren Sie schon bei der Polizei?«
»Nein, noch nicht.«
»Finden Sie nicht, Sie sollten das machen?«
»Ich kann nicht. Noch nicht. Es gehn da noch ein paar andere Sachen vor, die ich Ihnen leider jetzt noch nicht erzählen kann.«
»Vielleicht sind Sie der Killer.« Robinson zündete sich eine Zigarre an und beobachtete Richards Reaktion durch seine Hände.
»Ich hab' mich in Byker vollaufen lassen, während Phil ermordet worden ist. Mit meiner Frau gestritten, als man Derek ...«
»Tut mir leid. Blöd von mir, so was zu sagen. Sie sind offensichtlich kein Mörder ...«
»Nein, Sie haben recht, wenn Sie so was denken. Sie kennen mich ja überhaupt nicht. Bevor wir unsere Sache also fortsetzen, möchte ich, daß Sie ein paar Anrufe machen, die das, was ich sage, bestätigen. Ich möchte, daß Sie ganz sicher sind.«
»Nein, das ist nicht nötig. Ich glaube Ihnen. Warum wollen Sie sich seine Wohnung ansehn?«
»Um ganz ehrlich zu sein, das weiß ich nicht. Vielleicht, wenn ich mich umschaue, finde ich etwas, was ein bißchen Licht auf die Sache wirft.«

»Die Spurensicherung der Polizei hat die Wohnung mit der Lupe abgesucht. Was wollen Sie da noch finden?«

»Das ist es ja gerade, ich weiß es nicht. Aber vielleicht ... etwas ... Woher wissen Sie eigentlich soviel?«

Robinson griff in die Tasche, zog einen Schlüsselring heraus und ließ ihn vor Richards Nase baumeln. »Weil mir Dereks Wohnung gehört. Ich hab sie ihm vermietet. Und außerdem ist mein Bruder bei der Polizei in Durham.« Robinson kippte seinen Gin Tonic hinunter und stand auf. »Die Polizei hat die Wohnung gestern abend freigegeben. Wenn wir jetzt losfahren, sind wir in fünfzehn Minuten da. Los, mein Renault steht draußen auf dem Parkplatz.« Er walzte zum Ausgang, den Kopf von Zigarrenrauch umnebelt. Richard kippte seinen Drink hinunter und folgte ihm.

9

Brewster Dwellings war ein sechstsstöckiger Block von Eigentumswohnungen mit Blick auf Durham und die Kathedrale. Äußerlich war das Gebäude nicht sonderlich beeindruckend; es hatte eine nichtssagende Fassade mit Stuckleisten und überdachten Veranden, aber soweit Richard Robinsons Erzählungen im Auto entnehmen konnte, waren die Wohnungen selbst sehr luxuriös. Bei näherem Hinsehen entdeckte er, daß die Fenster aus Rauchglas waren, ein sicheres Zeichen für Reichtum und streng gehütete Privatsphäre. *Nicht schlecht für einen Collegedozenten. Woher er wohl das Geld hat?* Sie stellten das Auto in einer Tiefgarage ab. Etwas verlegen erklärte ihm Robinson, daß sie Dereks Identitätskarte benützen würden, um reinzukommen.

»Elektronisch kontrolliert?« fragte Richard überflüssigerweise, als Robinson einen Schlüssel in die Eingangstür steckte, die von der Garage ins Haus führte.

»Ja«, sagte Robinson und schob die Tür mit der Hüfte auf.

»Und die Polizei ist sicher, daß kein anderer Mieter Derek ermordet hat?«

»Ja!«

»Ich hätte gedacht, es wäre fast unmöglich, in so ein Haus einzubrechen.«

»Sicherheitstüren sind auch nicht unfehlbar. Es braucht nur einer was dazwischenzustecken, wenn er schnell um die Ecke was einkaufen will.«

»Ja, vielleicht in einer Sozialwohnung. Aber Ihren Erzählungen nach sind die Leute hier so versnobt, daß sie sicher hypervorsichtig sind.«

»Genau meine Meinung.«

»Wie, zum Teufel, ist dann jemand in Dereks ...«

»Genau meine Meinung«, wiederholte Robinson und führte Richard in die Eingangshalle. Die Lifttüren öffneten sich sofort auf Knopfdruck.

Derek hatte im obersten Stock gewohnt, im sechsten. In Sekundenschnelle waren sie in dem kleinen funktionellen Gang, der zu den Wohnungen im obersten Stock führte. Der Teppich knirschte unter ihnen wie zusammengepreßter Schnee. »Haben Sie in letzter Zeit einen guten Krimi mit einem ›Geheimnis der verschlossenen Tür‹ gelesen?« fragte Robinson, als sie den Gang entlanggingen.

»Nein, warum?«

»Weil Dereks Tür verschlossen war, als die Polizei kam. Und der Schlüssel war in seiner Tasche. Sie mußten die Tür aufbrechen.«

»Wer immer das getan hat, ist durch die Vordertür reingekommen, hat sie mit irgendeinem Dietrich wieder zugesperrt und ist dann über den Balkon geflohen.«

»Unmöglich. Dazu hätte derjenige dreißig Meter Seil und stählerne Nerven gebraucht. Außerdem war's hellichter Tag, und unten auf der Straße war viel Verkehr. Da hätte ihn jemand gesehen.«

»Er ist auf den Balkon darunter gesprungen ...«

»Unmöglich. Der obere steht zu weit über.«

»Dann war's eben dieser Scheiß-Batman!«
»Kein Grund auszuflippen, Eden. Ich stelle nur Tatsachen fest.«
»Tut mir leid.«
Die Wohnungen waren wirklich sehr luxuriös. Man betrat das geräumige Wohnzimmer durch ein kleines Foyer. Links führte eine Tür ins Bad, rechts ins Schlafzimmer. Gegenüber vom Eingang lag der Balkon, mit voll verglasten Türen. Die Sonne strahlte durch die Fenster ins Wohnzimmer, warf scharfe Schatten und beleuchtete die Staubflusen, die durch die Luft tanzten. Der Balkon war voller Topfpflanzen und Klettergewächsen. Sie waren schon länger nicht mehr gegossen worden; die meisten waren verwelkt oder abgestorben. Hinter den Fenstern thronte majestätisch die Kathedrale von Durham.
Richard ging in die Mitte des Zimmers. Robinson sperrte die Tür hinter sich zu. Ein Kaffeetisch mit einem abgebrochenen Bein stand in der Mitte eines Rechtecks, das von einem Sofa, zwei Sesseln und einem Fernseher gebildet wurde. Bei näherem Hinsehen sah Richard, daß die Platte des Tisches zersprungen war. Den beigen Teppich entstellte ein großer, unregelmäßiger Fleck zwischen Wohn- und Schlafzimmer. Richard versuchte, nicht hinzusehen. Er wanderte durch den Raum und schaute sich die Nippes an. Das Zimmer war wie ein Puzzle, das jemand verstreut und dann schnell wieder zusammengesetzt hat. An manchen Stellen hatte man das falsche Stück mit Gewalt in eine Lücke gehämmert. Jemand hatte die Plastikblumen in einer Vase auf dem Kaminsims kopfunter zurückgesteckt, mit den kahlen Stielen nach oben, ein Stich von Durham lehnte verkehrt herum auf einem Tisch in der Ecke, der Rest einer Glühbirne baumelte von der Decke. Sieben Jahre Pech hingen an der Wand neben der Schlafzimmertür: ein zerbrochener Spiegel; der Riß zog sich wie ein gefrorener Blitz durchs Glas.
»Wie ich sehe, hat die Polizei wenigstens versucht, ein bißchen aufzuräumen«, sagte Richard deprimiert und schaute sich ein Regal voller gängiger Paperbacks an.

»So'n bißchen, ja. Sagen Sie, Richard ... was wollen Sie denn überhaupt finden?«
»Wie ich Ihnen schon gesagt habe. Etwas. Nichts. Ich weiß es nicht.«
Die Tür ins Schlafzimmer stand offen. Richard ging hinein. Die Steppdecke auf dem Bett war zerknüllt und zur Seite geschoben. Die halbe Wand auf derselben Seite wie der Balkon war Fenster. Die Höhe garantierte, daß niemand reinschaun konnte. Mehr Bücherregale, eine Kommode und zwei große Schränke. Richard machte einen davon auf. Jacketts und Hemden hingen auf der Stange. Unter den Kleidern waren zwei eingebaute Regale, in denen LPs und ein halbes Dutzend Singles verstreut lagen. Er hob die oberste auf: Derek and the Dominoes: *Layla*.
Eine Byker-Chapter-Platte.
Zum ersten Mal wurde ihm der Verlust wirklich bewußt. Das Gefühl schnürte ihm die Kehle zu. Bis zu diesem Augenblick hatte er in einem Traum gelebt – einem mobilen Alptraum. Phils Tod war ein entsetzliches Hirngespinst gewesen; die verschwundene Gestalt auf dem Foto war eine Fantasie, die er nicht mit einer Person in Verbindung bringen konnte, mit einem Freund aus Fleisch und Blut, den er so gut gekannt hatte ... Das Hirngespinst hatte sich konkretisiert, als Derek aus dem Bild verschwunden war, aber jetzt, in Dereks Wohnung, mit der Platte in der Hand, die sie so oft gespielt hatten und die eins dieser belanglosen, aber emotional doch wichtigen Bande gewesen war, die das Byker Chapter zusammengehalten hatte, da fühlte er mit einemmal Trauer.
»Haben Sie da drinnen etwas gefunden?« Robinsons Stimme schwebte zur Tür herein. Richard hörte, wie er die Türen öffnete und auf den Balkon ging.
Er räusperte sich. »Nein ... noch nichts ...«
»Lassen Sie sich Zeit.«
Richard legte die Platte zurück. Im Schrank war sonst nichts, nur noch ein paar verstreute Schuhe auf dem Boden. Er ging weiter

zum nächsten. Die Tür öffnete sich mit einem leisen, schneidenden Geräusch.
Ein monströses, blasses, grinsendes Gesicht schaute ihn vom Boden des Schranks aus an.
Richard fühlte, wie sein Herz einen Satz machte. Er wich entsetzt zurück, stieß gegen das Bett. Puppenähnliche Augen starrten bösartig nach oben, scharlachrote Lippen kräuselten sich verächtlich um kantige, glänzende Emaillezähne.
Die Angst ebbte ab. Er atmete erleichtert auf und ging wieder zum Schrank.
Es war Charlie, Dereks Bauchrednerpuppe. Er bückte sich, um sie näher anzuschauen. Die etwa einen Meter große Puppe lag mit grotesk verrenkten Gliedern auf dem Boden des Schranks. Sie trug immer noch denselben Anzug wie damals auf den Parties des Byker Chapter, nur war er jetzt völlig verdreckt und verkrustet, da sollte man wohl besser nicht näher hinschaun. Schwarze Jacke mit Schwalbenschwänzen, eine Fliege mit blauen Tupfen, die sich wie ein Vampirschmetterling um den Hals der Puppe schlang – eine Fliege, die sich drehte, falls Derek nicht vergessen hatte, neue Batterien einzusetzen. Auf dem monströsen Kopf glänzten aufgemalte schwarze Haare. Eine Strähne kräuselte sich über der Stirn.
Richard hörte, wie Robinson in die Küche zurückkam, während er einen Schrank durchsuchte. Noch mehr Kleider, Schuhe, eine leere Flasche Jim Beam. Er schob die Tür zu und ging zu einem Bild an der Wand gegenüber. Plötzlich verspürte er wieder diese Unruhe. Dasselbe Gefühl wie in jener trunkenen Nacht in seiner Wohnung, als Phil aus dem Foto verschwunden war. Irgend etwas stimmte nicht an den Sachen, die er gesehen hatte. Aus dem Wohnzimmer hörte er Gläser klirren.
»Einen Drink?« fragte Robinson. Eine Kühlschranktür wurde zugeschlagen. Eiswürfel klapperten.
»Nein ... nein danke ...«
Richard schaute sich im Schlafzimmer um, versuchte sich zu

erinnern, was er alles angeschaut hatte. Vielleicht war es auch im Wohnzimmer gewesen, nicht im Schlafzimmer. Plötzlich klickte hinter ihm leise die Schranktür wieder auf.
Er drehte sich um.
Die Tür des zweiten Schranks öffnete sich langsam. Sie schlug leicht gegen die Wand, schwang in den Angeln hin und her. Die Hand der Puppe hing aus der Tür.
Sieht beinah so aus, als hätte die Puppe sich die Schranktür selbst aufgemacht, dachte Richard. Er ging darauf zu und sah, daß da noch etwas in dem Schrank war. Da lag etwas unter den Decken und dem ganzen Haushaltsschrott begraben. Etwas, das sich wand und krümmte. Es sah aus, als würde die Puppe selbst sich bewegen, versuchen, aus dem Schrank zu steigen. Er ging vorsichtig ums Bett herum, versuchte besser zu sehen. Eine Katze vielleicht? Die Puppe klatschte aus dem Schrank und auf den Boden. Und da wußte Richard, was ihn beunruhigt hatte: die Puppe selbst. Robinson hatte ihm gesagt, sie wäre die Mordwaffe gewesen. Unter keinen Umständen hätte die Polizei ein so wichtiges Beweisstück in Dereks Wohnung zurückgebracht und sie einfach in einen Schrank gestopft. Wie zum Teufel war sie also hierhergekommen? Das Gesicht der Puppe drehte sich und schaute ihn an.
Schwerkraft ... das ist alles ... bloß die Schwerkraft ...
In diesem Moment wurde ihm schlagartig bewußt, daß nichts anderes in diesem Schrank war. Die Puppe hatte sich selbst bewegt. Ihre entsetzlichen hölzernen Augenlider blinzelten mit lautem Klicken. Die Marmoraugen drehten sich und fixierten ihn. Der Mund ging auf und zu; ein hohes stammelndes Geräusch kam aus der viereckigen Öffnung. Richard beobachtete starr vor Schreck, wie die Puppe auf allen vieren auf ihn zukroch. Das wahnsinnige, emaillierte Gesicht fixierte ihn. Sie kam immer näher. Der Kopf wackelte hin und her, die entsetzliche Kinderfratze war voller Drohung.
Die Schlafzimmertür hinter Richard ging auf, und Robinson kam mit einem Glas Whisky in der Hand herein.

»Na, Sherlock, haben Sie was gefunden? Keine verdächtigen Spuren oder ...« Robinson blieben die Worte im Hals stecken beim Anblick des unförmigen Zwerges, der mit Klauenhänden auf Richard zurutschte. Aber die Worte holten Richard aus seiner Hypnose. Er ging schnell ein paar Schritte zurück und drehte sich, eine unausgesprochene Frage auf den Lippen, zu Robinson. Robinson ließ das Glas fallen. Das Gegacker der Puppe schwoll zu einem Crescendo des Irrsinns.

»Nein ... nein ...« murmelte Richard, als wolle er seinen eigenen Augen nicht trauen. »Das glaub' ich einfach nicht.«

Die Puppe kniete sich hin, wedelte mit den Armen, die Klauen hackten durch die Luft, die Augen rollten, der Mund klappte auf und zu, *klack-klack-klack*.

Sie stieß einen Schrei aus und stürzte sich wie ein wildes Tier auf Richard.

Robinson warf sich zur Seite, Richard riß die Arme hoch, um sein Gesicht zu schützen. Die Nippes auf der Kommode wurden zu Boden geschleudert. Die Puppe heftete sich an seinen Arm, die Emailzähne bissen durch den Stoff ins Fleisch, die Klauen zerfetzten sein Jackett. Richard fühlte vor lauter Entsetzen keinen Schmerz. Er stolperte rückwärts, versuchte seinen Arm wegzureißen, schlug mit der Faust auf den starren hölzernen Kopf. Die Puppe klammerte sich an ihn, verbiß sich in seinem Arm wie eine riesige, tollwütige Fledermaus, die Schwänze an ihrem Anzug schlugen wie irrsinnig hin und her. Richard stieß heisere, laute Entsetzensschreie aus; die Puppe versuchte sich noch fester an ihn zu klammern. Instinktiv wußte er, sie wollte an sein Gesicht.

... an meine Augen ... an meinen Hals ...

Die Puppe schrie unaufhörlich.

Die Nachttischlampe zerbarst.

Robinsons Worte:

Die glauben, der Typ hat die Puppe als Keule benutzt. Die ganze Wohnung war voll Blut. Die Puppe war blutgetränkt ... muß

ein Irrer gewesen sein, sie glauben, er hat noch weiter auf Derek eingeschlagen, als er schon tot war. Ihn in Stücke gerissen.
Richard fiel gegen die Schlafzimmerwand. Die Puppe sprang hoch. Er schlug ihr mit der Faust mitten ins Gesicht, fühlte, wie das Gesicht zersplitterte, das Email zerbarst. Er schwang den Arm gegen die Wand. Die Puppe klatschte mit hörbarem Knirschen an den Putz, verlor den Halt an seinem Arm und wurde quer durchs Zimmer geschleudert. Sie krachte gegen den Schrank und fiel auf den Teppich.
Keuchend, mit zerfetztem, blutigem Arm, als hätte er gerade mit einer Wildkatze gekämpft, sah Richard, wie Robinson starr vor Schreck in der Schlafzimmertür stand.
Die Puppe wand und krümmte sich, als läge sie im Todeskampf. Aber sie war noch lange nicht tot und gibberte vor Wut. Sie versuchte, sich wieder aufzurichten.
Es lebt! Das Ding lebt! Und es will mich umbringen!
»Schnell, Robinson! Raus hier ... raus, bevor es ...«
Die Puppe rollte sich wieder herum, drehte den Kopf, suchte sie. Richard stürzte nach vorn, packte Robinson am Arm und zerrte ihn ins Wohnzimmer. Robinson hatte sich so weit von dem Schock erholt, daß er sich zurücklehnen und den Türknopf packen konnte, aber die Puppe hatte sie wieder entdeckt, kreischte und stürzte sich auf sie.
»*O Gott!*«
Die Tür klatschte gegen den Arm der Puppe und den oberen Teil des Kopfs. Robinson trat gegen den Kopf, versuchte, ihn wegzustoßen und die Tür ganz zu schließen. Der Kopf drehte sich. Kleine Klauenhände rissen Holzsplitter aus dem Rahmen.
»Ich kann sie nicht mehr lange halten!« Robinson mußte brüllen, um das Geifern und Gibbern der Puppe zu übertönen. Die Tür rappelte unter den Schlägen von der anderen Seite, Holz auf Holz. Verzweifelt schaute sich Richard nach einer Waffe um.
Das abgebrochene Tischbein.
Er schritt entschlossen auf die Schlafzimmertür zu, das Bein wie

eine Keule in der Hand, ging um Robinson herum, kniete sich hin und schlug hemmungslos auf den Emaillekopf ein. Farbfragmente rieselten auf den Teppich.
»Eden, ich kann sie nicht mehr halten!«
Die Tür sprang auf, Robinson fiel auf den Rücken, die Puppe krabbelte ins Zimmer, den Kopf gebeugt, mit wedelnden Armen. Richard stellte sich über sie, schlug immer wieder auf ihren Kopf ein.
Sie schlängelte sich auf allen vieren ins Zimmer. Richard verfolgte sie verbissen. Bei jedem Versuch, den die Puppe machte, sich aufzurichten, schlug er mit aller Kraft auf ihren Kopf ein. Mit lautem Knacken riß der Kopf vom hölzernen Hals. Richard gab ihm einen Tritt, und er rollte weg wie ein grinsender Fußball. Richard stemmte seinen anderen Fuß nach wie vor mit vollem Gewicht auf den Körper; die Arme und Beine der Puppe bearbeiteten den Boden in rasender Wut. Er packte einen Arm, riß ihn aus dem Körper und schleuderte ihn auf den Teppich. Der Kopf blieb am Sofa liegen, mit rollenden Augen und klackenden Kiefern. Richard trampelte auf der Puppe herum. Der gibbernde Kopf krächzte. Der Arm und die Beine zuckten leblos. Augen und Mund klappten zu.
Die Puppe war tot.
Richard ließ das Tischbein fallen und lehnte sich gegen einen Stuhl, rang nach Luft.
»Mein Herz!« schrie Robinson plötzlich.
Richard fing ihn auf, als er gegen den anderen Stuhl stürzte. Seine Augen traten aus den Höhlen, er röchelte. Richard führte ihn zum Stuhl. »O Gott, ich hatte schon mal Schwierigkeiten. Ich hab Pillen ...«
»Wo?«
»Brauch Wasser zum Einnehmen ...«
»Wo sind sie?«
Robinson kratzte an seiner Jackettasche. Richard fand die Pillen, lockerte Robinsons Krawatte, lief ins Bad und blieb nur kurz

stehen, um sich die Puppe anzuschauen. Der Kopf und der abgetrennte Arm lagen reglos mitten im Zimmer.
Robinson legte den Kopf zurück, schnappte verzweifelt nach Luft. Der Schmerz in seiner Brust zerquetschte ihm die Lungen, seine Fingerspitzen kribbelten. Er versuchte, sich zu beruhigen, seinen Atem und seinen Herzrhythmus in den Griff zu kriegen.
Richard stürzte ins Bad. Alles was in den letzten drei Minuten passiert war, glich einem Alptraum, war völlig irrational. Was zum Teufel war das für ein Ding? Wie konnte Dereks blöde Puppe – das vielgeliebte Maskottchen des Byker Chapter – plötzlich lebendig werden? Wie kam das Ding überhaupt hierher?
Im Wohnzimmer zuckten die Finger an dem abgetrennten Arm der Puppe und streckten sich in die Luft. Robinson merkte nichts, ein neuer Schmerzensdolch stieß ihm in die Brust.
Richard fand ein Glas im Badezimmer und füllte es am Waschbekken. Seine Hände zitterten, als er die Gebrauchsanweisung auf der Flasche las: »Bei Bedarf drei Stück einnehmen.« Es waren nur drei Pillen in der Flasche. Der Deckel flog aus seiner zitternden Hand. Die Pillen klapperten auf den Boden.
»Scheiße!« Richard suchte verzweifelt nach den Pillen. Er hörte Robinsons schweres Atmen. *Lebendig,* dachte er. *Das verfluchte Ding war lebendig. Es hat Derek umgebracht und versucht, mich umzubringen.*
Im Wohnzimmer öffnete die Puppe langsam ihre Augen. Der Kiefer klappte auf. Lautlos und gemächlich rollte der Kopf über den Teppich zum Torso.
»Einen Moment! Halt durch! Alles in Ordnung!« Richard hatte zwei der drei Tabletten gefunden. Wenn er die dritte nicht innerhalb der nächsten Sekunden entdecken würde, würde er einfach rauslaufen und ihm die zwei geben, die er gefunden hatte. Das mußte erst mal reichen.
Der Arm schleppte sich nach vorne, die Finger krallten sich in den tiefen Teppichflor. Näher und näher. Der Kopf rollte lautlos an Robinsons Füßen vorbei, das Gesicht grinste ihn kurz an.

Richards Gedanken kreiselten wie verrückt. *Die Puppe hätte nicht hier sein dürfen. Auf keinen Fall. Sie hätte hinter Schloß und Riegel, auf der Polizeistation sein müssen, hätte nicht im Wohnzimmer sein dürfen* ... Und dann eine andere, noch erschreckendere Stimme in seinem Kopf: *Sie ist ausgerissen und hierher zurückgekommen. Sie ist gekommen, um etwas zu suchen. Hat auf etwas gewartet ... O mein Gott, sie hat auf mich gewartet!*

Etwas klapperte zu Robinsons Füßen. Ein saugendes Geräusch. Er war zu müde, um hochzuschauen.

Richard holte die dritte Pille aus ihrem Versteck hinter dem Abflußrohr und lief zurück ins Wohnzimmer.

Die Puppe stand schwankend in der Mitte des Zimmers.

Der abgetrennte Arm war wieder an seinem Platz. Beide hielten den Kopf, der auch wieder an seinem Platz war, wie eine Parodie eines Menschen mit schlimmen Kopfschmerzen. Das Gesicht war eine undefinierbare schwarze Masse, das Gibbern klang weit weg. Erst als die Puppe mit dem Kopf zuckte und daran zerrte, merkte Richard, daß die schwarze Masse die Emaillehaare auf ihrem Hinterkopf waren. Der Kopf saß verkehrt herum auf dem Torso, und die Puppe rückte ihn zurecht. Das Gesicht drehte sich und geiferte ihn an. Das Gibbern wurde lauter. Sie schwankte wie betrunken hin und her, als Robinson sie endlich sah und unter großen Schmerzen versuchte, seitlich aus dem Stuhl zu rutschen. Der Kopf drehte sich nicht, aber die Augen verfolgten ihn gnadenlos. Sie rollten zurück zu Richard, häßliche Augen voller Bösartigkeit.

Mit einem Schrei stürzte sich die Puppe ungelenk auf ihn.

Auf dem Fernseher neben Richard stand eine Topfpflanze. Er reagierte instinktiv, packte den Topf und schleuderte ihn dem Angreifer entgegen. Der Topf explodierte auf der Puppe in einem Hagel von knochentrockener Erde, verschlungenen Wurzeln und Porzellanscherben. Die Puppe schrie abermals und ging zu Boden, wand und krümmte sich auf dem Teppich. Sie schlug mit den

Füßen gegen den Lehnstuhl, hinter den sich Robinson verschanzte. Sein entsetzter Blick war auf die Eingangstür gerichtet; er schaute vor lauter Panik einfach durch Richard hindurch, wollte nur die Tür erreichen. Der Sessel schwang auf Rollen zur Seite, rammte seine Hüfte. Er keuchte, fiel um. Der Stuhl kippte durch Robinsons Gewicht, und er fiel mit dem Gesicht auf die Puppe.
Jetzt mußte Richard, starr vor Schock, mitanhören, wie sich das triumphale Gegacker der Puppe mit Robinsons Angst- und Schmerzensschreien vermischte. Robinson richtete sich wieder auf. Richard sah, daß die Puppe sich in sein Gesicht verbissen, ihre Klauen in seinen Haaren hatte. Die Emailzähne arbeiteten wie wild. Robinson torkelte rückwärts durchs Wohnzimmer, zerrte an dem hölzernen Alptraum. Ein Stück Wange hing scharlachrot, einem Deckel gleich, über seinem Kinn.
Richards Starre löste sich; er stürzte sich auf die beiden.
Aber Robinson hatte mehr Schwung. Brüllend und kreischend rammte er rückwärts die Balkontüren. Eine Glasexplosion, eine glitzernde Detonation wirbelnder Scherben. Robinsons Arme kreisten hilflos durch die Luft. Richard warf sich durch das Loch auf den Balkon. Er erwischte die Puppe an ihrem Schwalbenschwanz, als Robinson sich abermals drehte. Sein Schwung trug ihn bis zum Balkongeländer.
»*Nein!*« brüllte Richard.
Robinson schrie einmal auf, dann war er weg, übers Geländer.
Richard packte das Geländer. Ihm wurde schwarz vor Augen, er beugte sich darüber.
Robinson kreiselte nach unten, ein undefinierbares Knäuel von Armen und Beinen, die Puppe fest um Gesicht und Hals geschlungen. Den ganzen Weg nach unten konnte man das entsetzliche Gibbern hören.
Richard wandte sich vor dem Aufprall ab.

10

Wie im Traum sah Richard sich aus der Wohnung gehen. Der Lift wartete auf ihn. Er fuhr hinunter in den Keller und ging durch die Tiefgarage hinaus in den Hof vor den Brewster Dwellings. Er hatte insgeheim eine hektische Menge erwartet, schockiert, aber blutlüstern um die Leiche gedrängt. Er hatte eine Hand auf seiner Schulter erwartet und eine uniformierte Gestalt, die ihn plötzlich herumdrehte und fragte: »*Können Sie uns etwas über diese Sache sagen, Sir?*« Aber er begegnete niemandem. Keinem. Es war, als wäre die Zeit stehengeblieben, so daß Richard den Ort des Grauens verlassen konnte, während alle anderen versteinert auf ihren Plätzen verharrten. Völlig benommen verließ er Brewster Dwellings, vorbei an der verstümmelten Leiche im Hof, die über den Beton verspritzt war. Er brachte es nicht fertig, die Leiche oder die irrwitzigen Überreste der mörderischen Puppe anzuschauen. Eine innere Stimme sagte ihm, die motivierende Kraft hinter Charlie war nun, da die Puppe ein Leben genommen hatte, außer Gefecht gesetzt.

Er konnte nur gehen.

Sein Auto stand im Stadtzentrum. Hatte irgend jemand gewußt, daß er sich an diesem Tag mit Robinson in dem Pub verabredet hatte? Hatte sie jemand dort gesehen? Wenn man ihn wiedererkannte oder aufspürte, wie konnte er der Polizei glaubhaft machen, daß Robinson von einer Bauchrednerpuppe getötet worden war? *Also, Officer, es ist eigentlich alles ganz einfach. Ich hab' da ein Foto, das vor ungefähr zehn Jahren gemacht worden ist. Ein Foto von einer Gruppe von Freunden. Bloß, die verschwinden einer nach dem andren aus dem Bild, versteh'n Sie? Und als ich den Tatort besichtigt habe ... die zwei, die verschwunden sind, sind ermordet worden, verstehen Sie ... da hat eine Bauchrednerpuppe Mr. Robinson und mich angegriffen ... aber eigentlich war sie gar nicht hinter Mr. Robinson her, sondern hinter mir ... und sie sind aus dem Fenster gefallen ...*

Die würden ihn einsperren und den Schlüssel wegschmeißen.
Zeit und Raum tauchten in Nebel, rückten ein Stück. Richard stand vor dem Parkplatz und wußte nicht mehr, wie lange er gelaufen war. Irgendwann hatte er vage, in der Ferne, eine Krankenwagensirene gehört, aber sein Verstand war ein Chaos kreiselnder, wirbelnder Bilder – er konnte das Geräusch nicht genau identifizieren –, Bilder verschwommener Fotografien und fluktuierender Gesichter. Der Schmerz in seinem zerfetzten Arm berührte ihn nicht sonderlich. Ein paar Augenblicke später fuhr er benebelt, ganz mechanisch aus Durham hinaus in Richtung Newcastle.
Zwanzig Minuten danach stellte er das Auto am Straßenrand vor einer Hecke ab, stolperte nach draußen und übergab sich, bis er nur noch Galle hochwürgte. Aschfahl und zitternd lehnte er sich gegen die Autotür, stützte seinen Kopf gegen das kühle Blech. Er stand nicht mehr unter Schock, und der Abwehrmechanismus seines Bewußtseins, der ihm den Verstand gerettet hatte, war durchgebrannt. Entsetzliche Angst erfaßte ihn. Er stieg zurück ins Auto und widerstand der Versuchung, Vollgas zu geben und die Geschwindigkeitsbegrenzung zu überschreiten. Wenn ihn jetzt ein Polizeiauto angehalten hätte, hätte er ihnen einfach alles, was passiert war, an den Kopf geworfen, ohne Rücksicht auf Verluste. Er dachte an das Byker Chapter, die Parties, die sie gefeiert hatten, daran, wohin sie gefahren waren, die Ferien, die Sachen, die sie gemacht hatten. Vor allem dachte er an Charlie, die Bauchrednerpuppe, die so eine Art Kulisse gewesen war. Derek hatte sie auf alle Parties mitgeschleppt. Sie hatten sie scherzhaft als achtes Mitglied ihrer Truppe behandelt. Aber jetzt war das achte Mitglied entsetzlicherweise zum Leben erwacht, wie etwas aus den Horrorfilmen der fünfziger oder sechziger Jahre, die sie sich immer im Imperial angeschaut hatten. Richard versuchte, das Gefühl zu verdrängen, er wäre einer der Schauspieler in so einem Film. Jetzt mußte er sich, laut Drehbuch, für den Rest des Films wohl einreden, alles wäre nur ein Traum oder eine Halluzination – daß er vor lauter

Alkohol unter Delirium tremens litt, daß das alles nur ein gut geplanter Streich gewesen war, daß er einen Nervenzusammenbruch gehabt hätte und daß es nichts Übernatürliches gab. Er hatte diese ganzen alten Filme gesehen. Deshalb wußte er auch, daß, während das Opfer sich gerade selbst davon überzeugt hatte, es weder Zombies noch Vampire gab, sich der Zombie oder Vampir gerade an es heranschlich und es dann tötete. Richard wollte das Kinoklischee nicht bis zum bitteren Ende durchdenken, aber die Versuchung war stark. Er wußte, er hatte es mit etwas außerhalb des normalen Erfahrungsbereiches zu tun, etwas Übernatürlichem (ein besserer Ausdruck fiel ihm dafür nicht ein), etwas zweifellos Tödlichem. Es war etwas, das seine Freunde tötete, etwas, das sie irgendwie aus diesem Foto wischte.

Diesmal war es ihm gelungen zu entkommen.

Aber wann würde der nächste Anschlag erfolgen?

»*Weg?* Was soll das heißen *weg*?«

Der diensthabende Sergeant stand in Habachtstellung, während der Chefinspektor wutentbrannt im Büro auf- und ablief.

»Sie muß ...« begann der Sergeant – er hatte Angst, das nächste Wort auszusprechen –, » ... gestohlen worden sein ...«

»*Gestohlen?* Aus einem Polizeirevier? Das ist doch wohl ein Witz!«

Der Chefinspektor ging zu dem Schrank, in welchem die mutmaßliche Mordwaffe eingesperrt gewesen war. Die Tür war total verbogen, das Schloß hing zerschmettert an einer Schraube.

»Wir haben im Verhörzimmer ein kleines zerbrochenes Fenster entdeckt. Für einen Erwachsenen ist es nicht groß genug zum Durchklettern, aber vielleicht jemand sehr Kleines, ein Kind vielleicht ... ?«

»Wie, zum Teufel, sollen wir das erklären?« Der Chefinspektor schaute noch einmal in den Schrank, als würde er hoffen, die Puppe wäre plötzlich wieder da.

Der Sergeant machte den Mund auf, um etwas zu sagen, biß sich aber statt dessen auf die Zunge. Er hatte wirklich vorgehabt, die

Geräusche zu melden, die er in den letzten paar Tagen bemerkt hatte, aber jetzt sah er keinen Grund, das auch noch aufs Tapet zu bringen. Es würde genausowenig helfen. Spät nachts hatte er merkwürdig raschelnde und irgendwie verstohlene Laute aus dem Schrankzimmer gehört und vergebens nach der Ursache gesucht. Wasserblasen in der Zentralheizung? Irgendein Fehler im Lüftungssystem? Ja, das war wahrscheinlich die Lösung. Warum überhaupt davon anfangen?
Warum sollte er erzählen, daß er gestern nacht hätte schwören können, die Geräusche kämen aus dem Schrank, in den man die verfluchte Puppe gesperrt hatte?

11

Richard saß auf demselben Platz. Derselbe Drink. Dieselben roten und grünen Scheinwerfer. Dieselbe Musik.
Es war Dienstag nacht, und er hatte sich im Imperial verschanzt. Angie hatte versucht, mit ihm zu reden, aber offensichtlich war irgend etwas faul, und er brauchte das Alleinsein, um nachzudenken. Das respektierte sie und ließ ihn in Ruhe. Deejay spielte auf besonderen Wunsch *A Whiter Shade of Pale*, ein halbes Dutzend Tänzer bewegte sich langsam mit ihren Partnern über die Tanzfläche.
Die Morgenausgabe des Evening Chronicle steckte in Richards Jackettasche. Auf Seite drei stand ein kurzer Bericht über den Todesfall vom vorigen Samstag. Ein Collegedozent war vom Balkon seiner Wohnung zu Tode gestürzt. Mehr stand da nicht. Kein Wort über den vorangegangenen Mord in der Wohnung. Kein Wort über eine Bauchrednerpuppe am »Unfallort«. Kein Wort über eine verdächtige Gestalt, die zum Zeitpunkt des Unfalls Brewster Dwellings verlassen hatte. Nichts. Richard versuchte alle Fakten aneinanderzuordnen, um zu sehen, ob ihm irgendeine

Verbindung entgangen wäre, irgendein Faden, der diesem Alptraum einen Sinn geben würde. War es möglich, daß die Puppe Phil und Derek getötet hatte? Wie in aller Welt konnte das Ding aus eigener Kraft bis nach Shepherds Bush kommen, Phil töten und dann wieder zurück nach Durham gelangen? Vielleicht hatte Derek etwas damit zu tun? Vielleicht steckte er hinter allem? Aber Derek war tot, genau wie Phil. Was hatte das alles zu bedeuten? Und was sollte Richard jetzt tun? Wie konnte er diese schrecklichen Ereignisse verhindern? Über eins war er sich im klaren: Das Byker Chapter war der Schlüssel zu dem Ganzen. Und er war sich auch sicher, daß der Alptraum noch nicht vorbei war, daß da noch einiges passieren würde.

Er war überfordert. Er schob das Phantom beiseite und versuchte, seinen Verstand mit etwas anderem zu beschäftigen.

Das Imperial.

Er schaute sich um. Dieser Ort hatte dem Byker Chapter viele Jahre lang einiges bedeutet, zuerst als Kino, da waren sie noch ganz klein gewesen, dann als Klub. Jeden Tag waren sie hier gewesen, in diesen vier Wänden hatten sie die tollsten Erlebnisse gehabt. Nachdem der Klub geschlossen worden war und wieder Kino wurde, hatte das Byker Chapter einmal in der Woche den neuesten Double Feature angeschaut, um die Verbindung zu diesem Ort aufrechtzuerhalten. Aber nach einer Weile hatten sie das eingestellt. Es erinnerte sie bloß an die schönen, vergangenen Zeiten. Den stetigen Verfall mitansehen zu müssen war, als würden einem die liebsten Erinnerungen im Kopf verfaulen. Pandora hatte sogar einmal versucht, das Eric-Burdon-Foto von der Wand zu klauen, aber ein wachsamer Platzanweiser hatte sie daran gehindert. Wieder einmal fragte er sich, was wohl das Byker Chapter von dem neuen Nachtklub halten würde.

Meinst du die Toten oder die Lebendigen?

Aufhören!

Wer wird der nächste sein? Wann wirst du aus dem Foto verschwinden?

Aufhören, hab' ich gesagt! Aufhören!
Eine Gruppe Leute betrat gerade den Nachtklub. Sie scherzten und lachten, er bemerkte sie kaum. Sie gingen an die Bar und bestellten Drinks. Eine Gestalt kam auf ihn zu, aber Richard war in seiner Alptraumwelt verloren.
»Für einen Gigolo hätt' ich Sie nun wirklich nicht gehalten!«
Richard schaute hoch. Diane Drew stand vor ihm. Sie amüsierte sich, weil er so überrascht war, lachte und legte ihm eine Hand auf den Arm. Er rutschte verlegen auf seinem Hocker hin und her.
»Schon gut. Sollte ein Scherz sein.«
»Tut mir leid. Sie haben mich erschreckt.« Richard sah, daß sie mit der Gruppe lachender Leute hereingekommen war. »Feiern Sie?«
»Nein, eigentlich nicht. Wir wollten nur mal schaun, wie's hier so ist. Haben schon viel Gutes drüber gehört. Und Sie?«
»Zum Feiern bin ich wirklich nicht hier. Das ist meine Stammkneipe. Ich gehör' zwar nicht zur Diskoszene, aber ich komm' gern zum Entspannen hierher.«
»Der Collegedozent sucht Trost in der Neonszene?«
»Ja, so ungefähr. Möchten Sie was trinken?«
»Nein, danke. Jemand holt mir schon was.«
»Doch nicht der Zuhälter im Mercedes?«
Diane lachte. Richard gefiel ihr Lachen sehr gut. Wirklich sehr gut. »Nein, nicht der Zuhälter im Mercedes. Das war nämlich mein Cousin. Setzen Sie sich doch zu uns.«
»O ... nein ... nein, danke. Sehr nett, aber ich muß sowieso gleich gehn.«
»Sie lügen.« Die Worte kamen ganz leise, boshaft. Wieder dieses Lächeln.
»Ja«, sagte Richard locker. »Ich lüge. Aber heute abend bin ich wirklich keine gute Gesellschaft, Diane, wirklich nicht. Wenn ich mich zu ihren Freunden setzen würde, dann würden die mich als erster Klasse Arschloch einstufen – und Sie – Sie wären froh, wenn ich endlich ginge. Mir ... mir geht's nicht so gut, bitte ...«

Diane lächelte wieder. Was sie dachte, war nicht festzustellen. Ihre Fähigkeit, ihn zu durchschauen, war wirklich beunruhigend. Was sie jetzt wohl dachte?
Sie drehte sich um und ging zu ihren Freunden. Er wandte sich wieder seinem Whiskyglas zu. Das Glas war voll, er konnte es unmöglich auf einen Zug leeren. Ein Schluck, zwei, drei ... so, jetzt konnte er gehn. Aber plötzlich war da wieder eine Hand auf seinem Arm, und Diane stand neben ihm, zog sich einen Hocker her und setzte sich. Resigniert nahm Richard wieder Platz.
»Um ganz ehrlich zu sein, Richard, ich bin heute abend nur hier, weil man mich dazu gezwungen hat. Nachtklubs sind gar nicht meine Szene. Ich bin froh, wenn ich ein bekanntes Gesicht sehe.«
»Hören Sie, Diane. Wirklich, ich bin keine gute ...«
»Eden, halten Sie die Klappe und bestellen Sie mir was zu trinken. Sie können gar nicht schlimmer sein als der Rädelsführer von dem Haufen da drüben. Ich hab' denen erzählt, Sie wären ein alter Freund, den ich schon eine Ewigkeit nicht gesehn habe, und das müssen Sie, verdammt noch mal, respektieren. Also holen Sie mir einen Drink!«
»Sind Sie immer so aggressiv?«
»Dienstags und donnerstags ist's immer besonders schlimm, aber ansonsten ... ja, bin ich.«
»Wissen Sie, daß Sie mich, seit wir uns das erste Mal sahen, immer nur beleidigt haben?«
»Vielleicht verdienen Sie's.«
»Verdienen es alle?«
»Die meisten Leute ... Sie momentan besonders. Wo bleibt also mein Wodka?«
Richard lächelte resigniert und bestellte noch zwei Drinks.
»Ich mein's doch gar nicht so«, fuhr sie fort. »Das ist nur Fassade, sonst nichts. Ich geb' mich so, damit ich meine Ruhe hab'. Sehen Sie ... jetzt hab' ich Ihnen meine Seele offenbart und mein Geheimnis. Jetzt können Sie mich bloßstellen, wenn ich mal wieder zu persönlich werde. Aber ich warne Sie, ich sage immer, was ich denke. Ich glaube an Ehrlichkeit.«

»Haben Sie mir deshalb gesagt, ich wäre ein Wrack?«
»Sind Sie doch auch, oder etwa nicht?«
Richard wußte nicht, was er dem entgegensetzen sollte. »Ja«, sagte er. Und dann, voller Überzeugung: »Ja, bin ich! Was gedenken Sie dagegen zu tun?«
»Sie brauchen ein Regenerationsprogramm. Ich werde Sie wieder auf den rechten Pfad führen.«
»Keiner ...«
»... kennt die Sorgen, und so weiter. Klar, den Spruch hab' ich auch schon gehört. Das bringt nichts, Richard. Schmollen hat keinen Sinn. Sie müssen sich ...«
»... an den eigenen Haaren wieder hochziehn? Ich hab' das Gefühl, wir werden uns hier die ganze Nacht ein Klischee nach dem anderen an den Kopf schmeißen.«
»Wenn's Ihnen Spaß macht. Wenn das was hilft.« Wieder dieses Lächeln. Diane hob ihr Glas, prostete ihm ironisch zu und trank. Trotz allem, was passiert war, trotz allem, was ihm durch den Kopf ging, hatte dieses seltsame, unglaublich attraktive Mädchen mit ihrer wunderbar arroganten Lebenseinstellung ihn aus seinem Frost und Frust geholt. Der eisige Käfig der Angst war momentan vergessen, und obwohl er wußte, daß dieser Zustand nur vorübergehend war, genoß er ihn einfach. Er hob sein Glas und prostete zurück.
»Sie müssen mir das glauben«, sagte er, »und Sie müssen mir auch glauben, daß das nicht einfach so ein Spruch ist, wenn ich sage ... ich bin wirklich froh, daß Sie heute abend hier aufgetaucht sind. Ich fühl' mich schon besser.«
»Na, wenn's wirklich nicht bloß ein Spruch ist ... mein lieber Herr, ich danke Ihnen. So und jetzt erzählen Sie mir Ihre Lebensgeschichte. Der Doktor ist ›da‹.«
»Dozent hat sich vor kurzem von seiner Frau getrennt und sucht seine Identität in einer seltsamen neuen Welt. Ende der Geschichte.«
»Da steckt viel mehr dahinter. Das spür' ich.« Wieder diese

außerordentliche Auffassungsgabe, das Gefühl, sie würde direkt durch ihn hindurchschauen. »Los, raus damit.«
»Nein, Diane, ich will Sie nicht langweilen ...« *Warum schaut Sie mich so an? Das gibt's doch nicht, daß sie an mir interessiert ist ...*
»Sprechen wir doch über Arroganz und Beleidigung. Sprechen wir über Sie.«
Diane lachte laut und herzlich. »Okay, Richard. Frage und Antwort. Schießen Sie los ...«

12

Sie verließen das Imperial bald. Diane entschuldigte sich bei ihren Freunden, die ohnehin mit sich selbst und ihrer Umgebung beschäftigt waren. Richard verstand Dianes Verachtung für sie. Sie hatten sich ganz locker und gut unterhalten. Richard war immer wieder überrascht und entzückt von Dianes offener Lebenseinstellung. Sie hatte in Nottingham in Soziologie promoviert – daher der leichte Akzent – und war dann nach ihrem ersten Kurs nach Newcastle ans College berufen worden. Die entsetzlichen Ereignisse der letzten Zeit waren irgendwie in den Hintergrund gedrängt worden. Richard war dankbar für diese kurze Periode des Vergessens. Der Wahnsinn und die Zweifel konnten ruhig ein paar Stunden warten. Aber er hatte das Gefühl, er würde in eine noch tiefere Depression stürzen, sobald Diane ihn verlassen hatte. Er brauchte ihre Gesellschaft dringend, um das Phantom fernzuhalten. Sie stiegen an der Shields Road in ein Taxi und waren schnell im Zentrum von Newcastle. Es war halb zwei, ein leichter Regen hatte eingesetzt. Beim Überfahren der Byker Bridge schaute Richard hinunter zum Ouseburn, der sich dem Tyne entgegenschlängelte. In seiner Kindheit waren noch Fische darin geschwommen.
»Das hört sich jetzt vielleicht wieder wie ein Klischee an ...«
»Sagen Sie's einfach.«

»Kaffee?«

Diane lächelte ihn im Dunkeln an. Ihre Augen glänzten im Licht der Straßenlampen, die an ihnen vorüberzogen, blitzten ihm zu. Wieder so ein seltsamer Blick, der entweder bedeuten konnte ›Natürlich‹ oder ›Sie machen wohl Scherze!‹

Richard hielt sich die Hand aufs Herz. »Ehrbare Absichten. Ehrlich. Ich zahl' Ihnen auch hinterher das Taxi nach Hause.«

»Okay«, sagte sie. »Aber, Richard ...«

»Ja?«

»Wenn Sie mir schräg kommen, brech' ich Ihnen den Arm.«

»Karateexperte?«

»Ich hab' *Eine Frau sieht Rot* zweimal gesehn.«

»Verstanden.«

Um dreiviertel zwei führte Richard sie durch die Empfangshalle seines Wohnblocks. Ganz kurz fielen ihm die Sicherheitsmaßnahmen von Brewster Dwellings wieder ein. Das Grauen jagte ihm Gänsehaut über den Rücken. Irgendwie mußte man ihm das angemerkt haben, denn Diane warf ihm einen sorgenvollen Blick zu. Sie würde bestimmt einen ausgezeichneten Lügendetektor abgeben. Er bereute schon, daß er sie eingeladen hatte. Brauchte er wirklich so dringend einen Menschen um sich? War es das wert? Würde er alles ausplaudern und Diane überzeugen, sie wäre in die Höhle eines Wahnsinnigen gekommen?

»Sie müssen entschuldigen, die Wohnung ...«

»Nein, tu' ich nicht. Wenn sie so schlimm aussieht, müssen wir eben aufräumen.«

Richard lachte. »Sie sind mir eine.«

»Ich werde stundenweise bezahlt.«

»Ein wirklich ehrlicher Hostessenservice, wenn ich das mal so sagen darf.«

»Zufriedene Kunden sind unser Hauptanliegen.«

Die Wohnung sah gar nicht so schlimm aus, wie Richard gedacht hatte. Staubsaugen hätte nicht geschadet, aber sonst war alles in Ordnung.

Bis auf die zwei Gesichter auf dem Foto. Richard biß die Zähne zusammen und befahl sich: *Aufhören!*
»Schön ist es hier«, sagte Diane, als sie die Wohnung betrat. Von jedem anderen wäre diese Bemerkung trivial gewesen, eine Höflichkeitsfloskel. Aber Richard merkte, sie meinte es ehrlich.
»Spannteppiche und stramme Miete. Ja, mir gefällt's.«
Sie ging zum Panoramafenster, Richard in die Küche.
»Kaffee, oder was anderes?«
»Kaffee wär' schön.«
Als er mit den zwei Tassen ins Zimmer kam, stand Diane immer noch am Fenster und schaute über die Stadt. Sie hatte die Arme um sich geschlungen, als würde sie frieren.
»Manchmal macht es mir angst.«
»Was?«
»Die Stadt. Manchmal kommt's mir vor, als wär' sie ein lebendiges Wesen. Es heißt zwar, Leute gäben einer Stadt den Charakter, aber ... Ich weiß nicht ... Mir kommt's vor, als hätten die Stadt selbst, die Gebäude, die Straßen, alle ein eigenes Leben. Nachts ist das Gefühl viel stärker, wenn nicht so viele Leute unterwegs sind.«
Was sie da sagte, überraschte Richard sehr. Soviel Tiefgründigkeit hatte er ihr gar nicht zugetraut – ein unheimlicher Spiegel seiner jüngsten Empfindungen.
Mit ernstem Gesichtsausdruck drehte sie sich zu ihm um, als sie ihm aber in die Augen sah, mußte sie grinsen.
»Ziemlich heavy, was?«
»Ich hoffe, ich riskiere keinen gebrochenen Arm, wenn ich sage... Sie sind wirklich ein seltsames Mädchen. Und ich hab' keinen blassen Dunst, warum Sie sich überhaupt mit mir abgeben.«
»Machen Sie sich selbst nicht dauernd runter, Eden. Sie sind gar nicht so übel.« Sie trank einen Schluck Kaffee und beobachtete ihn dabei über den Rand ihrer Tasse. »Was mich betrifft ... ja, Sie haben recht ... recht, wenn Sie sagen, Sie riskieren einen gebrochenen Arm.«
Beide mußten lachen. Ein gutes, gesundes Lachen.

»Ich stamme aus einer ungewöhnlichen Familie«, sagte Diane.
»Ich fühle, da kommt eine Geschichte auf mich zu.«
»Da haben Sie recht. Meine Mutter war Medium. Hellseherin.«
»Wirklich?«
»Ja, aus dem Kaffeesatz wahrsagen, aus Kristallkugeln, lauter solche Sachen. Sie sagen, es sei erblich ... Vielleicht bin ich deswegen so merkwürdig. Sie war eine erstaunliche Frau. Ich hab' viel übers Leben von ihr gelernt. Sie war sehr sensibel, trotz des ganzen Brimboriums.«
»Sie glauben also an das Übernatürliche?« *Oder an Geisterfotografien ... oder gehende, sprechende, mordende Bauchrednerpuppen ... Aufhören!*
»Nicht so wie Mum. Aber ... ja ... ich glaube schon, daß es einige Phänomene gibt, mit denen man sich näher beschäftigen sollte. Vorahnung, Sensitivität in bezug auf gewisse Atmosphären, solche Dinge.«
»Sie waren nie versucht, in die Fußstapfen Ihrer Mutter zu treten?«
»Sie meinen, in Kristallkugeln starren?« Diane grinste boshaft. »Nein, ich hab' in so was keine Zukunft gesehen. Aber ich spüre oft Dinge ... Dinge, die mit Leuten zu tun haben ... und ich habe fast immer recht. Bei Ihnen spür' ich etwas, Richard. Ich hab' die Vibes gespürt, als wir uns das erste Mal sahen.«
»Alle Frauen reagieren so auf mich. Haben Sie die Heerscharen vor der Tür nicht gesehn? Können ihre Finger nicht von mir lassen.«
»Nein, Sie verstehn mich falsch. Irgend etwas läßt Ihnen keine Ruhe, und ich glaube, es hat nichts mit Ihrer gescheiterten Ehe zu tun. Irgend etwas belastet Sie. Ich hab's sogar während unserer Unterhaltung den ganzen Abend gespürt. Also ... vielleicht finden Sie, ich mische mich da in Dinge ein, die mich gar nichts angehn, dann können Sie mich rausschmeißen. Aber ich würde es wirklich gerne wissen ... vielleicht kann ich helfen.«
Richard sagte lange nichts. Diane war wohl die erstaunlichste

Frau, die er je kennengelernt hatte. Sie bot ihm einfach an, an seinem Alptraum teilzuhaben. Aber keiner konnte doch je seine Geschichte glauben, nicht mal eine Soziologiedozentin mit hellseherischen Kräften und der unheimlichen Fähigkeit, immer genau den wunden Punkt zu treffen.

»Los, Eden, raus damit.«

»Diane, wenn ich Ihnen alles erzählen würde, würden Sie wie der Blitz aus dieser Wohnung rennen. Und die Polizei und die Männer mit den weißen Kitteln rufen.«

»Versuchen Sie's doch erst mal.«

Ja, versuch's. So schnell kannst du gar nicht gucken, wie du in einer Gummizelle bist, unter Mordanklage. Aber ... Scheiße, was hab' ich schon zu verlieren? Sterben werd' ich sowieso, oder? Irgendwas hat's auf mich abgeseh'n. Und sehr bald schon wird mein Gesicht für immer von diesem Foto verschwunden sein.

»Ich werde Ihnen ein Bild zeigen, und dann werd' ich Ihnen eine Geschichte erzählen. Danach können Sie dann entscheiden, ob Sie bleiben oder gehen.«

»Ein faires Angebot.«

Richard ging zum Schreibtisch und zog die oberste Schublade auf. Das Foto war noch da. Mit klopfendem Herzen untersuchte er die Gesichter, erwartete eigentlich, daß schon ein weiteres verschwunden wäre. Aber nein, das Foto hatte sich seit dem letzten Mal nicht verändert – zwei Gesichter fehlten. Er ging zurück zu Diane und gab ihr das Bild. Eigentlich hatte er erwartet, sie würde die üblichen Mediumsmätzchen abziehen, die Augen fest zumachen, das Bild an sich drücken und so weiter. Er wußte nicht, sollte er jetzt enttäuscht sein oder nicht, als sie es einfach nahm und anschaute.

»Das ist ein Bild vom Byker Chapter ...« begann Richard.

Eine Stunde lang erzählte er ihr haarklein alle Ereignisse des Alptraums.

Im Verlauf der Geschichte gingen sie von Kaffee zu Wodka über.

Richard ließ nichts aus; immer wieder kehrten Dianes Augen zu dem Foto zurück. Sie hielt es die ganze Zeit über in der Hand. Endlich war er mit seiner Erzählung am Ende. Er stand vorm Fenster und schaute übers Stadtzentrum. Er drehte sich langsam zu Diane zurück und wartete ängstlich auf ihre Reaktion. Sie hatte schon lange nichts mehr gesagt.

»Das ist es also! Die Puppe war schon da. Ich glaube, sie hat bloß drauf gewartet, daß ein andres Mitglied des Chapter kommt. Verrückt, aber ich glaube, so war's. Und das arme Schwein war einfach im Weg. Sie hat ihn aus Versehen getötet.«

Diane schwieg weiter.

»Ja ... Sie wollten es doch wissen. Jetzt wissen Sie's. Ich versteh's nicht ... nichts davon, nur daß etwas ... und das muß etwas Übernatürliches sein, Mitglieder des Byker Chapter umbringt. Und ich muß herausfinden, was zum Teufel es ist und was es will, damit ich das verhindern kann. Ich kann es schließlich nicht bekämpfen, wenn ich nicht weiß, was es ist. Was denken Sie?«

»Ich denke, ich brauch' noch einen Drink«, sagte Diane und reichte ihm ihr Glas. Richard goß ihr nach und wartete auf ihre Reaktion. Als nichts kam, glaubte er, seine schlimmsten Ängste hätten sich bewahrheitet. Er ließ sich auf einen Stuhl fallen, fuhr sich mit der Hand durchs Haar und griff dann nach dem Telefon.

»Tut mir leid«, sagte er. »Es war ein Fehler. Ich werde ein Taxi rufen ...«

»Nein.« Wieder Schweigen. Diane war ganz in Gedanken. Sie nippte nachdenklich an ihrem Wodka. Dann sagte sie: »Sie sind in großer Gefahr, Richard. Ihr seid alle in großer Gefahr, wenn das, was Sie sagen, wahr ist.«

»Dann glauben Sie mir also?«

»Na ja, ich habe zwei Möglichkeiten zur Wahl, stimmt's? Entweder Sie sind reif fürs Irrenhaus, oder alles, was Sie mir erzählt haben, ist wahr. Und in Ihrer Geschichte gibt es keine Möglichkeiten für Mißverständnisse. Wenn eine Bauchrednerpuppe versucht, einem den Hals aufzureißen, dann kann man das nicht so einfach zerreden, kann ich mir denken. Und ich hab' die Wunden an Ihrem Arm gesehn. Nein, Richard, Sie lügen nicht. Das spür' ich.« Sie trank wieder. »Ich versteh' das alles auch nicht. Mein Gott, ich hab' richtig Gänsehaut gekriegt. Die Geschichte mit der Puppe ... das ist ja grauenhaft.« Sie stand auf und begann, im Zimmer auf und ab zu laufen.

»Noch mehr Eis?« fragte Richard, dem einige Steine vom Herzen gefallen waren. Er hatte seine Geschichte erzählt, und Diane war nicht schreiend zur Tür rausgelaufen. Er war sich ganz sicher gewesen, sie würde ihm nicht glauben, und hatte sich aufs Schlimmste vorbereitet. Die Angst war zwar nicht leichter geworden, aber er fühlte sich besser, weil er alles ausgesprochen und man es akzeptiert hatte.

»Nein, danke, mein Magen ist ohnehin schon ein Eisklotz.« Richard ging in die Küche, um sich selbst Eis zu holen. Diane blieb sitzen und überlegte. Was als potentiell langweiliger Abend begonnen hatte, hatte sich völlig konträr entwickelt. Langweilig war das alles bestimmt nicht mehr. Sie war überrascht gewesen, als sie Richard an der Bar des Imperial hatte stehen sehen, überraschter, als sie sich selbst eingestehen wollte. Trotzdem er immer schlecht angezogen war und keinen an sich ranließ, war er für sie ein außergewöhnlich attraktiver Mann. Er machte sie nicht an wie einige andere, aber dadurch wurde er nur interessanter. Sie mochte Richard, soviel stand fest, aber sie würde sich auf keinen Fall wieder mit jemandem einlassen – nicht nach ihren Erfahrungen mit Gary. Sie waren über zwei Jahre zusammengewesen, und die Wunden der Trennung hatten lange zum Heilen gebraucht. Sie wußte auch, daß Richard dieselben Probleme hatte und sich mit denselben Depressionen herumschlagen mußte wie sie manchmal.

Aber das war alles nur oberflächlich. Da war noch etwas anderes, das sie an Richard mochte und das sie besser kennenlernen wollte. Vielleicht, irgendwann einmal, aber nicht sofort. Und überhaupt, nach der Geschichte ... *dieser Geschichte* ... Sie glaubte ihm.

Sie war verrückt, aber sie glaubte ihm. Sie kannte den Kerl ja kaum, vielleicht war er wahnsinnig. Er hatte zugegeben, in einen Mord verwickelt zu sein. Er hatte ihr sogar den Ausschnitt aus dem *Evening Chronicle* gezeigt. Vielleicht war alles, was er ihr erzählt hatte, nur eine Wahnvorstellung. Vielleicht hatte Richard den Verstand verloren und Robinson in einem Tobsuchtsanfall aus dem Fenster geworfen. War sie vielleicht als nächste dran? Ihr gesunder Menschenverstand sagte ihr: Pack deine Handttasche und schau, daß du auf dem schnellsten Wege aus dieser Wohnung verschwindest. Aber Diane blieb sitzen, während Richard sich in der Küche zu schaffen machte. Sie glaubte ihm. Und insgeheim verfluchte sie das Erbe ihrer Mutter. Sie irrte sich nie, auch jetzt nicht.

Diane ging in der Wohnung auf und ab; ihre Gedanken schwirrten ihr durch den Kopf. Sie schob mit dem Fuß die Wohnungstür zu. Der Wind hatte sie aufgeblasen.

Sie ging zurück zum Sofa und schaute sich das Foto noch einmal ganz genau an, als könne sie darin die Antwort finden. Sie fühlte sich von dem Mädchen, das in der Mitte des Sofas saß, angezogen.

»Was ist eigentlich aus Pandora geworden?«

»Pandora?« Richard kam aus der Küche. »Sie war die erste vom Chapter, die wegging. Ich glaube, sie ist irgendwo in den Süden gezogen und hat einen Geschäftsmann geheiratet. Ich weiß nicht mehr, wer mir das erzählt hat, aber ich glaube, so war's.«

Diane schaute wieder auf das Foto. »Und Sie sagen, Derek hätte auf dem Sofa zwischen Pandora und Stan gesessen?« Richard nickte. »Wo war die Puppe?«

»Irgendwo hinter dem Sofa, glaub' ich.«

»Sie war lebendig? Die Puppe war lebendig?«

»Sehr.«

Diane nickte. Jetzt wirkte sie doch tatsächlich wie ein Detektiv am Tatort, der einen Zeugen verhört. »Es sieht wahrhaftig so aus, als hätte es jemand auf Sie abgesehn, nicht wahr? Und das Foto ist offensichtlich der Schlüssel.«

»Genau das glaube ich auch. Aber ich bin schon alles durchgegangen. Das Chapter. Die Party. Alles. Das gibt keinen Sinn. Es gibt nichts Greifbares. Irgend etwas da draußen jagt uns ... pirscht sich an uns ran ... und einen nach dem andern kriegt es uns ...«
In der Küche krachte etwas zu Boden.
Diane schrie auf und ließ ihr Glas fallen. Richards Herz machte einen Satz. Das entsetzliche Geräusch wurde plötzlich zum Klirren zerbrochenen Geschirrs.
»Du lieber Gott, das war die Kaffeekanne. Ich hab sie auf der Bank stehen lassen. Sie ist runtergefallen.« Richard ging schnell in die Küche. Die Kaffeekanne lag zerbrochen auf dem Boden. Überall auf dem Kachelboden war Kaffee verspritzt. Richards Herzschlag normalisierte sich allmählich wieder. Diane stand plötzlich neben ihm, die Hand auf der Brust, und lachte nervös.
»Ich bin wirklich zu Tode erschrocken. Wahrscheinlich hat mich Ihre Geschichte so verängstigt.« Sie nahm einen Lappen von der Anrichte und ging ins Wohnzimmer. »Ich wisch' lieber den Wodka auf, bevor's Flecken gibt ... ja also, Richard, was gedenken Sie jetzt zu tun?«
»Ich kann nicht bloß hier rumsitzen und auf, was immer das ist, warten, um mich von ihm umbringen zu lassen. Ich glaube, das Wichtigste ist, die anderen Mitglieder des Byker Chapter zu finden, egal, wo die sein mögen ... bevor es sie oder mich erwischt. Vielleicht weiß einer von ihnen eine Antwort.«
»Es«, sagte Diane, bückte sich und rieb den Flecken auf dem Teppich. »Was ist *es* bloß? Das ist doch die Frage, oder? Und was will es?«
»*Dich?*« krächzte eine Stimme vom Sofa.
Diane schaute hoch. Die Puppe balancierte auf dem Rand des Sofas. Ihre zerfetzten, zerschmetterten Gliedmaßen baumelten herunter. Sie fixierte Diane mit glitzernden Augen. Der zertrümmerte Kiefer hing offen herunter, als würde sie idiotisch grinsen. Sie kicherte. Klauen klickten wie Schnappmesser an ihren Händen.

Diane schrie wie am Spieß.
Die Puppe ließ sich aufs Sofa fallen und wackelte mit ihrem zerbrochenen Kopf wie eine entsetzliche Parodie auf ein lachendes Kind.
»*Richard!*« Starr vor Schrecken blieb Diane stehen, während die Puppe auf sie zugehüpft kam.
»*Du lieber Gott im Himmel!*« Richard stand plötzlich neben ihr, packte sie an den Ellbogen und stieß sie zur Seite; die Puppe stürzte sich mit irrsinnigem Geschrei über ihren Kopf hinweg auf ihn. Diane hörte etwas krachen und sah, wie die Puppe einen Meter weiter in sich zusammensackte. Richard stand schneeweiß da, die Faust, mit der er zugeschlagen hatte, immer noch geballt. Er zerrte Diane hoch und schob sie hinter sich. Jetzt erst sah sie die Schlammspur auf dem Teppich, die von der Tür zum Sofa führte. Die Puppe war ins Zimmer gekrochen, während sie sich in der Küche unterhalten hatten. War hereingekrochen und hatte auf ihn gewartet.
Richard trampelte mit den Füßen auf ihr herum, genau wie in Dereks Wohnung. Die Puppe war zertrümmert, zerschellt, ihre Lebenskraft versickerte. Ihr Versuch, ihn zu töten, war wieder fehlgeschlagen. Die krächzende, gibbernde Stimme wurde immer leiser. Richard hielt inne, schnappte nach Luft.
»Alles in Ordnung«, fragte er.
»Mein Gott, Richard, was ist das?«
»Sie hat mich hier aufgespürt wie ein Bluthund, Diane. Sie hat gewußt, wo ich bin.« *Hat gewußt, wo ich bin.*
Diane schnappte sich voller Panik das Foto. Richard wußte, was sie dachte, und ging nervös zu ihr, ein Auge auf die Puppe, mit dem andren versuchte er einen Blick auf das Foto zu erhaschen.
»Nein, Richard. Alles in Ordnung. Das Foto ist genau wie vorher.«
»Ich muß dieses Ding zerstören, Diane. Wirst du mir dabei helfen?«
Sie nickte, kämpfte gegen das Gefühl an, alles wäre nur ein Traum.

»Hol mir einen Müllbeutel aus der Küche. Im obersten Schrank.«
Diane ging in die Küche. Als sie einen schwarzen Beutel aus dem Schrank nahm, hörte sie draußen etwas reißen. Sie ging zurück ins Wohnzimmer und sah, wie Richard die Puppe mit bloßen Händen zerfetzte. Ein ekelhafter Anblick. Die Puppe sah aus wie ein kleines Kind, und Diane mußte wegschauen, als er Arme und Beine abriß. Richard zerstampfte den Kopf. Sägemehl ergoß sich über den Teppich. Sie öffnete den Beutel und hielt ihn auf.
Stück für Stück steckte Richard die Überreste der Puppe in den Beutel. Er behandelte die Fragmente, als wären sie immer noch gefährlich und giftig. Bald waren alle Teile im Beutel verschwunden. Verrückterweise fiel Diane plötzlich ein, was Bauchredner am Schluß ihrer Vorstellung machen, nämlich die Puppe quasi zwingen, wieder in ihren Koffer zu gehen ...
... ich will aber nicht in die Schachtel zurück ...
»Mach die Tür auf.« Richard packte den Sack mit beiden Händen, Diane öffnete die Wohnungstür, und dann gingen sie zusammen die Treppe hinunter.
»Wohin?« fragte sie.
»In den Keller. Wir können nicht mit dem Aufzug fahren, sonst sieht uns vielleicht jemand. Wir gehn in den Heizungskeller. Ich werd' das verfluchte Ding verbrennen und es endgültig aus der Welt schaffen.«
Im dritten Stock blieben sie stehen, weil ihnen plötzlich das Geräusch einer zuschlagenden Tür entgegenhallte, gefolgt von Gelächter und Stimmen. Glücklicherweise kam niemand ins Treppenhaus. Sie gingen weiter nach unten bis in den Keller. Richard war noch nie hier unten gewesen. Er konnte die Tür zum Heizkeller nicht gleich finden.
Er versuchte, die schrecklichen Bilder aus seinem Kopf zu verdrängen – Bilder, wie die Puppe ungesehen durch die Nacht kroch, entlang an Gräben und durch die Büsche am Rande der Autobahn. Ohne Verstand, allein von Rachegefühlen getrieben, war sie durch die Schatten von Durham nach Newcastle gekrabbelt, nur

nachts, hatte sich bei Tag versteckt. Eine Gänsehaut lief ihm über den Rücken.
Schließlich fand er die richtige Tür und stieß sie mit dem Fuß auf. Den Sack hielt er immer noch weit weg von sich, so als würde er eine Giftschlange tragen. Er langte mit dem Arm um die Ecke, suchte den Lichtschalter. Diane schlängelte sich an ihm vorbei, fand den Schalter, und dann waren sie beide drin. Sie machte schnell die Tür hinter ihnen zu. Mitten in dem kleinen geziegelten Raum und in einem Gewirr von Röhren stand der Heizkessel mit dem Brenner und seiner Heizklappe. Das Zimmer war erfüllt von lautem Zischen, der Boden lag voller Abfall.
Richard ging ein paar Stufen hinunter und legte den Sack hin. Er hatte keine Ahnung, wie man diese Ofentür öffnete und ob es gefährlich war, aber er würde es auf jeden Fall tun. Diane blieb oben an der Treppe stehen, stand Schmiere, während er den Verschluß untersuchte. Es schien ganz einfach. Er stellte sich auf die Seite der Tür mit dem Scharnier – er wollte nicht unbedingt im Flammenstrahl stehen, falls da einer rauskommen sollte – und langte nach dem Griff. Er war zu heiß zum Anfassen. Er schaute sich um, fand einen Lumpen und wickelte ihn sich um die Hand.
Richard ging zurück zur Ofentür, riß an dem Hebel, und die Tür schwang auf. Röhrendes, oranges Licht ergoß sich aus dem Schlund des Brenners. Richard ging den Sack holen. Die Haare standen ihm zu Berge. Lag es am Licht aus dem Ofen oder bewegte sich der Sack wirklich?
Versucht das verfluchte Ding etwa, sich wieder selbst zusammenzusetzen?
Er ging langsam darauf zu. Diane hatte die Bewegung auch gesehen. »Sei vorsichtig, Richard.« Ihre Worte gingen im Gebrüll des Ofens unter. Er schlich sich vorsichtig näher heran. Der Sack raschelte und drehte sich zur Seite. Richard packte ihn am oberen Ende und warf ihn in Richtung Ofentür. Der Sack klatschte genau vor der Klappe auf. Die Bewegung wurde stärker. Eine Klaue hatte sich durch das Plastik gearbeitet und schlitzte ihn nach unten auf.

Richard hörte Diane hinter sich schreien, als er das Bündel noch einmal packte und es zur Tür hochhob.
Etwas aus dem Sack packte seinen Arm, bohrte sich ihm ins Fleisch.
Richard schob den Sack mit aller Kraft durch die Öffnung, fühlte die furchtbare Hitze auf seinem Körper, sein Gesicht glühte, seine Augenbrauen und Haare rauchten. Das Ding im Sack jaulte jämmerlich, aber haßerfüllt, drohend. Die Plastiktüte begann zu schmelzen.
Ein kleiner, zerfledderter Arm schoß daraus hervor, suchte Richards Hals. Er packte die Klaue, so fest er konnte, und schob noch einmal mit aller Macht an. Der Sack glitt in den Ofen, das Plastik ging in Flammen auf. Richard fiel rückwärts auf den Boden.
Im Ofen schrie die Puppe.
Richard richtete sich wieder auf, warf sich gegen die Ofentür und schlug sie zu. Diane lief zu ihm, und plötzlich lagen sie sich in den Armen. Jetzt war das Brüllen des Ofens das einzige Geräusch. Sie machten sich auf den Weg zurück in die Wohnung.
»Diane«, sagte Richard, als sie die Treppe hochstiegen, »bitte, bleib heute abend hier. Ich möchte dich bei mir haben.«
»Ich möchte bei dir bleiben, Richard. Ich geh' heute nirgends mehr hin.«

13

Der nächste Tag war Mittwoch, der letzte Tag des Semesters. Traditionell wurde an diesem Tag kaum noch was gearbeitet, und normalerweise hätte Richard mit ein paar Studenten ein bißchen was getrunken und mit ihnen das Ende des Semesters gefeiert. Aber heute hatte er weiß Gott keinen Nerv für Feiern.
Er fuhr ziemlich spät mit Diane zum College. Richard blieb auf dem Parkplatz, während Diane das Gebäude betrat. Keiner von

beiden wollte sich dem Gestichel und den bösen Kommentaren von Ives und Potter aussetzen. Richard stellte sich neben sein Auto und schaute ihr nach, wie sie zur Haupteingangstür ging. Sie war wirklich etwas ganz Besonderes. Sie war stark, und ihre Kraft gab ihm Kraft. Er hätte nicht gewußt, wie er mit dem Grauen allein hätte fertigwerden sollen in seiner hoffnungslosen, verzweifelten Welt. Mit ihr ... gut, mit ihr würde er diese verfluchte Geschichte schon durchstehen. Wie sie gestern miteinander geschlafen hatten, war für ihn eine ganz neue Erfahrung gewesen. So etwas hatte er vor Denys, mit Denys und nach Denys nicht erlebt. Keiner von beiden hatte irgendwelche Versprechungen gemacht, keiner hatte gelogen oder falsche Besitzansprüche angemeldet. Es war eine Nacht ohne Versprechungen, obwohl Richard wußte, sie gehörten zueinander, ohne viele Worte. Seltsamerweise schien sie das Grauen noch enger aneinanderzuketten. Sie hätte ja einfach gehen können, hätte ihn mit dieser Geschichte allein lassen können. Aber sie war geblieben. Aus freien Stücken war sie bei ihm geblieben, hatte sich entschieden, ihm zu helfen. Sie wollte *ihn*. Sie war wahrscheinlich das Beste, was ihm je passiert war.

Sie trafen sich in der Morgenpause. Unter normalen Umständen hätten sie gelacht, gescherzt und im stillen überlegt, was wohl die Zukunft bringen würde. Aber der Schatten des Phantoms hing immer noch über Richard und war das einzige Gesprächsthema.

»Wie willst du die anderen finden? Weißt du, wohin sie nach dem Byker Chapter gegangen sind?«

»Derek war leicht zu finden. Ich hab gewußt, daß er als Dozent nach Durham ging. Stan war Automechaniker. Gott weiß, wo der hin ist. Die alten Byker-Adressen nützen uns nichts. Die ganzen Häuser sind abgerissen und neue gebaut worden. Ich bin mir ziemlich sicher, Joe hat einen Job bei einer Werbeagentur in Liverpool angenommen.«

»Da kann ich dir vielleicht helfen. Ich kenn' mich ziemlich gut aus in Liverpool.«

»Na, das ist doch schon mal ein Anfang. Aber ich habe nicht die geringste Ahnung, wo Pandora oder Barry sein könnten. Vielleicht kann man im Zentralarchiv was erfahren ... oder bei der Wählererfassung.«

»Das ist einen Versuch wert. Hast du das Foto dabei?«

Richard holte es aus der Tasche, warf einen kurzen Blick darauf und gab es dann Diane. »Ich halt's für das Beste, wenn ich das verfluchte Ding die ganze Zeit bei mir trage.«

»Was geht hier bloß vor, Richard? Warum das Foto? Warum hat nicht ...« Dann plötzlich ganz aufgeregt: »Richard, wo ist das Negativ? Hast du's?«

»Nein, Stan the Man war der Fotograf. Der müßte es haben.«

»Schade.«

»Du willst wissen, ob mit dem Negativ auch was passiert ist.«

»Ja, obwohl, selbst wenn, weiß ich auch nicht, wie uns das weiterhelfen könnte. Das Ganze ist einfach total irrsinnig. Wo zum Teufel sollen wir bloß anfangen?«

»Heute nachmittag versuch' ich's mal im Zentralarchiv, dann sehn wir weiter.«

Am Ende der Nachmittagsvorlesungen traf er sich mit Diane, und sie gingen zusammen zu seiner Wohnung. Unterwegs wollten sie in einem lateinamerikanischen Restaurant in der Nähe eine Kleinigkeit essen. Richard hatte im Archiv nichts in Erfahrung bringen können. Kein einziger Hinweis auf den augenblicklichen Aufenthaltsort der übrigen Mitglieder des Byker Chapter. Diane hatte ein Branchenbuch von Liverpool aufgetrieben. Da gab es zahllose Werbeagenturen, aber es war einen Versuch wert.

»Die Puppe«, sagte sie schließlich. »Vielleicht war die Puppe der zentrale Auslöser, und jetzt, nachdem sie zerstört ist, ist alles vorbei.« Sie schaute Richard fragend an. »Ja, ich weiß, ich lüge mir selbst in die Tasche. Die Puppe war nur ein Teil davon. Ich fühl' es.«

»Was immer Phil getötet hat, ich bin mir ziemlich sicher, die Puppe war es nicht. Das war etwas anderes.«

»Nach dem Essen wirst du mir alles über das Byker Chapter erzählen. Ich weiß, wir haben schon viel darüber geredet, aber ich muß alles wissen, jedes Mitglied vor Augen haben. Alles, was ihr getan habt, bis ins kleinste Detail.«
Sie hatten das Ende der Fußgängerbrücke über die Hauptstraße erreicht. Vor ihnen stand das Haus mit Richards Wohnung. Unter ihnen rauschte unablässig der Verkehr. Vor ihnen lockte das lateinamerikanische Restaurant. Ein kalter Wind strich um ihre Gesichter. Richard zog Diane fester an sich. Erst jetzt wurde ihm klar, wie egoistisch er war.
»Das geht doch einfach nicht, Diane. Das ist nicht fair. Diese verfluchte Geschichte ist mein Problem ... und ich hab' dich da einfach mit hineingezogen. Es könnte für dich sehr gefährlich werden. Vielleicht sollte jeder jetzt seiner Wege gehen und ...«
»Halt die Klappe, Eden! Ich mag dich. Ich will helfen.«
»Du solltest dir das wirklich noch mal überlegen. Schließlich ...«
»Den versprochenen gebrochenen Arm kannst du immer noch haben.«
»Okay, Madam. Es steht mir nicht zu, Sie umzustimmen.«
»Das hört sich schon besser an.«
Sie waren vorm Haus angelangt. Vor dem Haupteingang standen zwei Männer. Einer der beiden lehnte an der Wand. Sein Atem machte kleine, regelmäßige Dampfwolken. Der andere hatte einen Bart, trug eine Seemannsjacke, Rollkragenpullover und Wollmütze. Über seiner Schulter hing ein kleiner Rucksack. Er hüpfte ungeduldig hin und her, um sich die Füße zu wärmen. Er klatschte in die Hände, als sie sich näherten, und schien überraschenderweise an ihnen interessiert.
»Wir müssen einen Schlachtplan ausarbeiten«, fuhr Diane fort. »Stan the Man ist Nummer eins auf der Liste, weil er wahrscheinlich leichter zu finden ist als die anderen. Vielleicht ist er noch in Byker. Was Joe betrifft, hast du wahrscheinlich demnächst eine ziemlich hohe Telefonrechnung. Aber wenn wir

wenigstens ein Chapter-Mitglied finden können, dann wäre das schon mal ein Anfang. Da hätten wir vielleicht schon eine Spur zu den anderen.«

»Die Spur ist deutlicher, als du glaubst«, sagte Richard, als sie die Treppe zum Eingang hochstiegen.

»Wie das?«

Der Mann, der im Eingang auf und ab gehüpft war, ging auf sie zu und schlug sich den Kragen seiner Jacke gegen die Kälte hoch. »Weil das Byker Chapter anscheinend uns gefunden hat.«

»Hallo, Richard«, sagte der Mann mit der Wollmütze.

»Hallo, Stan«, erwiderte Richard.

Der Mann, der an der Hausmauer lehnte, winkte ihnen betrunken zu.

»Joe?«

»Genau der«, sagte die trunkene Gestalt. »Guter, alter Trickie Dickie. Du hast dich überhaupt nicht verändert.«

Eine eisige Windbö pfiff ums Haus, zerrte gierig an ihren Kleidern, wie ein Tier. Der Mann namens Stan schaute sie lange an. Er klatschte in die Hände, um sich anzuwärmen.

»Wir müssen uns unterhalten«, sagte er schließlich.

Teil 2

DAS BYKER CHAPTER

Wie oft müssen wir sterben, ehe wir wirklich von dieser Bühne abtreten? In jedem Freund verlieren wir einen Teil unserer selbst, und zwar den besten.

Alexander Pope,
Brief an Jonathan Swift

1

»Nicht gerade ein freudiges Wiedersehn, was?« sagte Stan, nachdem sie bei Richard in der Wohnung saßen. Seine Jacke hatte er achtlos auf einen Stuhl geworfen, die Wollmütze aber immer noch tief über die Ohren gezogen. Sein langes Gesicht sah durch den Bart noch länger aus. Nachdem man sich gegenseitig vorgestellt hatte, waren sie zusammen mit dem Aufzug hochgefahren, ohne ein Wort. Dianes besonderes Interesse galt Joe. Er schien total abhängig von Stan. Der mußte ihm sogar sagen, wann er sich zu bewegen hatte. Im Aufzug hatte Stan ihn in die Ecke gestellt, wo er in sich zusammengesackt war und wirres Zeug vor sich hinmurmelte. Jetzt stand er in der Zimmerecke neben dem Panoramafenster wie eine Marionette an einem Draht, mit starrem Blick auf die Stadt unter ihm. Er war offensichtlich zu, seinem Benehmen nach von Drogen, nicht von Alkohol.

Richard hatte Gin und Whisky ins Wohnzimmer gebracht, dazu Tonic und Ginger Ale zum Mixen. Obwohl alle schwiegen, vibrierte der Raum vor unterschwelliger Spannung.

»Viel getrunken in letzter Zeit?« fragte Stan. Komisch, wie er das formulierte! Da steckte mehr als eine einfache Frage dahinter.

»Ja, ganz schön«, erwiderte Richard und wartete, was jetzt wohl kommen würde.

»Warst du nervös, deprimiert, down? Klaustrophobie und Agoraphobie, alles in einem?«

»Worauf willst du hinaus, Stan?«

»Ha!« Stans Lache war mehr ein Bellen, völlig humorlos. »Natürlich. Und du glaubst, das kommt nur von den alltäglichen Sorgen, stimmt's? Und wie ist es mit dem Verfolgungswahn? Hast du vielleicht das Gefühl gehabt, da draußen pirscht sich etwas an dich ran, jagt dich? Nein? Na ... das kommt noch ... das kommt noch ... Stimmt's, Joe?«

Joe wedelte nichtssagend mit der Hand. »Der große böse Wolf holt tief Luft und bläst mein ganzes Scheißhaus um.« Seine Worte erstickten in kindischem Kichern.
»Wir haben ein Problem, Richard«, fuhr Stan fort und goß sich einen Drink ein. »Ein großes Problem. Ich weiß nicht, wieso und warum. Ein Phantom. Ein großes.«
»Das Foto«, sagte Richard ohne Umschweife. Der Whisky entfachte ein Feuer in seinem Magen und dämpfte die Angst in ihm.
»Du weißt es also? Was noch? Was weißt du sonst noch? Was zum Teufel geht hier vor?« Stans tiefliegende grüne Augen glühten fanatisch.
»Nein, ich weiß es nicht. Du erzählst mir am besten deine Geschichte. Dann erzähl' ich dir, was mir passiert ist ...«
» ... *uns* ...«, sagte Diane von ihrem Platz an der Stereoanlage. Sie lächelte doch tatsächlich.
Richard schluckte, spürte, wie er wieder Kraft bekam. »Uns«, sagte er.
»Was ist ein Phantom?« fragte sie. Richard erklärte ihr das. Dann wandte er sich wieder an Stan.
»Ich lebe in Middleborough«, sagte Stan. »Ich bin Mechaniker. *Immer noch*, Richard. Ja, ich weiß, ich hatte große Pläne, wollte Fotograf werden. Große Pläne. Aber das ist nach wie vor bloß ein Hobby.« Er lachte wieder und fuhr fort. »Ich hab das Foto vom Byker Chapter vergrößern lassen, vom Negativ.«
»Das Negativ!« rief Diane. »War da irgendwas drauf, was ... ?«
»Langsam, langsam!« Stan hielt abwehrend die Hände hoch. »Ein Sänger, ein Lied. Okay? Also gut ... ich hab' die Vergrößerung einrahmen lassen und sie mir im Wohnzimmer an die Wand gehängt. Da hing sie jahrelang. Schöne Erinnerung an die guten, alten Zeiten. Ich hab' in der Zeitung von Phils Tod gelesen, hab' gleich gewußt, daß er das ist. Dann hab' ich bemerkt, daß das Foto sich verändert hat. Er war verschwunden. Ich hab' gedacht, ich werd' verrückt! Ich hab' das Foto immer und immer wieder angeschaut, hab' das Negativ untersucht und so weiter. Nichts! Es

war, als wär' er von Anfang an überhaupt nicht auf dem Bild gewesen. Dann ist Derek vom Foto verschwunden, und ich hab' rausgefunden, daß man ihn auch umgelegt hat.«
Stan kramte in seinem Rucksack und zog drei große Farbfotos heraus. »Immer noch nichts. Da hab' ich mir gedacht, es wäre das Beste, wenn ich versuche, die anderen Byker-Chapter-Mitglieder zu finden. Wo ich die drei anderen auftreiben kann, hab' ich gewußt. Du warst der schwerste, Mr. Lehrer, auch wenn du noch in deinen alten Jagdgründen wohnst. Barry ist Museumsdirektor in Nottingham, und ich wußte, daß Joe Graphikdesigner in Liverpool ist. Barry war am leichtesten, also bin ich zuerst zu ihm gefahren. Fehlanzeige. Er ist im Ausland auf Urlaub und kommt erst Ende der Woche zurück. Also, nächste Haltestelle Liverpool ...«
Joe sang in bizarren, schrägen Tönen *Ten Green Bottles* monoton vor sich hin. Diane bekam Gänsehaut. Irgend etwas war ganz faul bei diesem Mann.
»Ist er okay?« fragte Richard.
»Ja, der ist okay. Halt die Klappe, Joe.«
Joe grinste wie ein Affe und tat so, als würde er sich die Lippen zunähen. Richard ging zu ihm und versuchte ihn zu einem Stuhl zu führen. Joes Reaktion war überraschend und erschreckend. Er wich zurück, schlug nach ihm und sagte: »Laß mich bloß in Ruhe, Dickie. Nicht anfassen. Niemals anfassen ... Nur Stan ... nur der darf mich anfassen ...«
»Ganz ruhig, Joe. Keiner will dir was tun.« Richard machte einen Schritt zurück.
»Ist schon okay, Richard. Laß ihn einfach in Ruhe.«
Richard ging zurück zu seinem Platz und setzte sich, etwas verunsichert. Er schaute immer noch Joe an. Diese abgerissene, inkohärente Gestalt war nur noch ein Schatten des Mannes, der zu Zeiten des Byker Chapter immer gelacht und gescherzt hatte.
»Ich hab' die Firma gekannt, bei der Joe gearbeitet hat. Dort hab' ich erfahren, daß man ihn die Woche zuvor wegen seltsamen

Verhaltens gefeuert hätte. Hat allen erzählt, es würde ihn jemand verfolgen. Jemand wollte ihn umbringen. Ich hab' seine Adresse von einem verständnisvollen Mädchen am Empfang gekriegt. Er hatte sich in seiner Wohnung verbarrikadiert. Wollte nicht für Geld und gute Worte rauskommen. Hat lauter doofes Zeug gequatscht. Hat gesagt, er wüßte ja nicht, ob ich's wirklich wär' ...«
»Du lieber Gott«, sagte Richard. Ihm war eingefallen, was Robinson von Derek erzählt hatte. Diane war auch erschrocken, sagte jedoch nichts, und obwohl Stan es bemerkt hatte, fuhr er mit seiner Geschichte fort.
»Ich hab' dann einfach die Tür eingetreten; da hätt' er mich beinah erschossen.« Er holte zwei automatische Pistolen aus seinem Rucksack und legte sie auf die Fotos. Richard hörte, wie Diane entsetzt nach Luft schnappte. »Ich weiß nicht, wo er die her hat, aber wenn ich ihn nicht niedergeschlagen hätte, dann würd' ich jetzt in einer Schublade im Leichenschauhaus liegen. Jetzt ist er ganz okay, wenn er voll Smack ist, aber wenn die Wirkung nachläßt, ist er total paranoid. Dann kommt die Angst wieder.«
»Was ist denn los mit ihm?«
»Dasselbe, was mit uns allen los ist, nur ist's bei ihm schon weiter fortgeschritten. Schau ihn dir an. Schau ihn dir ganz genau an. Weil wir demnächst genauso sein werden.«
»O mein Gott.« Diane hatte eines der Fotos vom Tisch in der Hand. »Schau dir das an, Richard.«
Richard stellte sich neben sie und folgte ihrem Zeigefinger zu Joe, der auf dem Bild hinter dem Sofa in Stans Wohnung stand. Auf Richards kleinem Farbfoto hatte man nichts sehen können, aber auf der Vergrößerung war es ganz deutlich. Joe hatte zum Zeitpunkt der Aufnahme in der Mitte des Sofas gestanden. Jetzt war ein zarter rosa Fleck auf seiner Brust und auf seinem Kopf – dieselbe Farbe wie die Wand hinter dem Sofa.
Joe verblaßte allmählich aus dem Bild.
»Das ging gerade los, als ich ihn gefunden hab'«, sagte Stan. »Er ist der nächste. Er ist als nächster dran.«

»Was geht da vor?«
»Wir sind einer nach dem andren dran. Jemand verfolgt uns, jagt uns. Soweit ich das überblicke, spüren wir im Unterbewußtsein, daß es sich uns nähert. Wir kriegen Angst, weil wir tief in unserem Innersten spüren, daß wir sterben müssen. Es ist ... es ist, als ob es ... als ob's uns Stück für Stück auffrißt ... unseren Verstand auffrißt ... unsere Seelen. Schau dir Joe genau an, Richard, weil, sehr bald, wenn wir dran sind, werden wir genauso sein.«
Richard schaute sich selbst auf dem Foto an, suchte verzweifelt nach einem Anzeichen von Durchsichtigkeit, irgendeinem Zeichen, daß er nach Joe der nächste war.
»Ich weiß, was du denkst«, fuhr Stan fort, »und bei uns hat's schon angefangen. Die Angst. Das wollte ich vorhin damit sagen, als ich dich wegen der Depressionen und der Trinkerei gefragt habe. Das ist die erste Stufe, glaub' ich. Eine Todesahnung. Joe hat viel erzählt, seit ich ihn getroffen und aus Liverpool weggeschleppt habe. Die meiste Zeit redet er nur wirres Zeug, weil ich ihn ständig unter Drogen halten muß. Es kostet mich ein Vermögen, aber das ist es wert, wenn ich ihn damit retten kann. *Uns* retten kann. Aber was ich ihm bis jetzt aus der Nase gezogen hab', bestätigt alles, was ich gesagt habe.«
»Was zum Teufel ist das? Warum passiert das mit uns?«
»Das weiß der liebe Gott«, erwiderte Stan, »Und der verrät's uns nicht.«
»Jetzt erzähl' ich dir wohl besser meine Version«, sagte Richard. Die Nacht kroch über die Stadt, während er das Grauen noch einmal durchlebte.

2

»Das wär's. Jetzt weißt du alles.«

»Ach du große Scheiße ...«

»Da kann ich dir bloß beipflichten.«

Stan wandte sich an Diane. »Mich geht's ja nichts an, aber ich hab' das unbestimmte Gefühl, Sie sollten sich da besser raushalten ...«

»Richtig, es geht Sie nichts an.«

Stan zuckte mit der Schulter. Dann ging er zum Fenster und schaute hinaus in die Nacht. Er war sehr nachdenklich. »Dereks Bauchrednerpuppe, das glaub' ich doch einfach nicht. Was hab' ich da gesagt? *Natürlich* glaub' ich's. Aber du hast recht – die Puppe war bloß ein Werkzeug. Dahinter steckt was anderes.« Er nahm eine der Pistolen und reichte sie Richard. »Ich glaube, die solltest du besser nehmen. Ich behalt' die andere.«

»Ich kann damit nicht umgehn!« rief Richard. »Ich hab' in meinem ganzen Leben noch keine Pistole abgefeuert. Höchstens eine Wasserpistole.«

»Dasselbe Prinzip. Einfach zielen und abdrücken. Einer wird naß.«

»Und was hilft die zum Beispiel gegen eine Holzpuppe?«

»Jetzt hör schon auf. Auf jeden Fall bringt sie mehr als ein Blumentopf, das kannst du mir glauben.«

»... Stan ...« Joe war wieder unruhig geworden, machte kreisende Bewegungen mit den Händen, wie ein hungriges Kind, das essen will. »Stan, du mußt mir ... ich brauch' noch was ...«

»O Gott«, sagte Stan leise. Er ging zu Joe, packte ihn an den Armen und drückte ihn fest gegen die Wand, wie ein kleines Kind. »Es gibt nicht mehr, Joe. Du mußt noch warten.«

»Ich brauch' noch was. Ich fühl's. Es kommt. *Es will mich.*«

»Nein, es kommt nicht. Wir sind davongelaufen, Joe. Es weiß nicht, wo wir sind. Es kann uns nicht finden.«

»Brauch' noch was ...«

»Joe, schau', ich kann dir nicht unbegrenzt geben. Siehst du das nicht ein? Wenn du zuviel nimmst, wirst du sterben.«
»Sterben? Ja ... O, Gott, Stan ... gib's mir, Mann. Laß mich sterben. Das wär' das beste.« Joe fing an zu weinen.
Stan knallte ihn gegen die Wand. Diane zuckte zusammen.
»Du wirst nicht sterben! Ich lass' dich nicht sterben! Kapiert?« Und dann, etwas weniger heftig: »Bei mir bist du sicher. Richard ist auch da. Hier kriegt dich keiner.« Stan führte ihn zu einem Stuhl, drehte ihn zum Fernseher und schaltete ein. Es kam eine Quizsendung. »Da schau, Kleiner. Schau dir das an. Das ist besser für dich. Konzentrier dich einfach auf die Leute, dann wird alles wieder gut. Okay? Du bist jetzt in Newcastle, Joe. Wir sind weit weg von Liverpool. In Newcastle findet uns keiner.«
Joe kauerte wimmernd in seinem Stuhl. Stan ging zurück zu Richard und Diane und machte ihnen ein Zeichen. Unterwegs holte er sich sein Glas. »Ja, ich weiß«, flüsterte er. »Es ist scheißegal, wo wir sind. Zeit und Raum haben anscheinend keinen Einfluß. Wenn es uns will, ...« Er zuckte mit der Schulter.
»... kriegt es uns«, beendete Richard den Satz für ihn.
Stan bedeutete ihnen, weiter von Joe wegzurutschen, der in seinem Stuhl saß, sich hin und her wiegte und wie hypnotisiert auf den Bildschirm starrte.
»Irgendwie werd' ich das Gefühl nicht los, daß wir es mit etwas ... ja, also ich weiß nicht ... mit etwas ganz *Seltsamem* zu tun haben.«
»Und warum?« fragte Richard.
»Die Träume. Ich hab' dieselben Träume wie Joe gehabt. Genau dieselben ...«
Angst nagte von innen heraus an Richard.
»Träume von dem Foto«, fuhr Stan fort. »Und mir ist, als hättest du sie auch gehabt. Richtig? Unsere Gesichter verschwinden ... und dann fangen *wir* an zu verschwinden ...«
»Und eine Stimme«, sagte Richard, »eine Stimme, die immer wieder dasselbe Wort sagt, immer und immer wieder ...«

»Phantom«, sagte Stan.
Richard kippte einen Schluck Whisky hinunter und schnitt eine Grimasse.
»Ist euch eigentlich klar«, sagte Diane, »daß wir hier ganz auf uns gestellt sind? Ich meine, wo holen wir Hilfe? Bei der Polizei?«
»Das können wir natürlich nicht«, sagte Richard. »Wir sind auf uns allein gestellt.«
»Sieht irgendeiner von euch hinter dem Ganzen irgendeine Logik oder ein Schema?« fragte Stan und nahm einen Zug direkt aus der Whiskyflasche. Richard fühlte sich an sich selbst erinnert, als er sich vor einiger Zeit richtig hatte vollaufen lassen. Er hatte gemeint, er wäre wegen der Trennung von Denys so deprimiert, aber jetzt wurde ihm klar, daß es der Beginn von Phantoms Einfluß war.
»Also, da wäre einmal das Foto. Das Verschwinden. Die Puppe. Phil und Derek, in Stücke gerissen – Derek wahrscheinlich von der Puppe, Phil von jemand oder etwas anderem.«
»Und dann wäre da Joe«, fuhr Stan fort.
»Die einzige Gemeinsamkeit ist das Byker Chapter«, sagte Richard. »Was sollen wir jetzt tun?«
»Es muß etwas sein, was in der Nacht, als das Foto gemacht wurde, passiert ist«, sagte Diane. »Irgend etwas auf der Party.«
»Da ist nichts passiert«, erwiderte Stan. »Jedenfalls nichts Schlechtes. Oder weißt du da was, Richard? Es war einer der schönsten Abende, die ich je erlebt habe.«
»Es war einer der schönsten Abende, die *wir* je hatten«, sagte Richard.
Stan zuckte wieder mit der Schulter. War wohl eine Angewohnheit. Diane drehte sich zum Fenster und biß sich auf die Unterlippe. Sie schaute hinunter auf die Stadt. Eine Weile lang schwiegen alle, versunken in ihre eigenen Gedanken.
»Es ist also eine Art Kernpunkt«, sagte Diane schließlich.
»Was?« Richard fand sich plötzlich gewaltsam wieder in der Gegenwart.

»Das Foto ist ein Kernpunkt eurer Freundschaft. Einer der Höhepunkte, an dem ihr alle zusammen wart.«
»Und?« fragte Stan.
»Und ... nichts. Das gibt uns keine Anhaltspunkte, ich weiß. Außer, ihr beide verschweigt etwas aus irgendeinem Grund. Die Party ist wichtig ... da bin ich mir ganz sicher. Ein starker Schlüsselpunkt für das Byker Chapter.«
»Dieses abstrakte Gerede macht mich wahnsinnig!« schimpfte Stan, kippte seinen Drink hinunter und goß sich nach. »Da draußen ist etwas, irgendwas Unfaßbares, aber Tödliches. Und es wird uns einen nach dem andren kriegen. Wie zum Teufel können wir uns wehren, wenn wir nicht mal wissen, was es ist oder was es will? Warum macht es diese Sachen?«
Joe war wieder ganz aufgeregt. Das Bild im Fernsehen war gestört, rollte und flatterte mit wütendem Summen. Richard ging zum Gerät und stellte das Bild wieder ein.
»Was machen wir also als nächstes?« fragte Diane.
»Wir fahren nach Nottingham und reden mit Barry«, sagte Stan. »Er kommt bald aus dem Urlaub zurück. Vielleicht hat er eine Ahnung, was das alles zu bedeuten hat.«
»Telefonieren ist einfacher«, sagte Richard.
»O ja. Kannst du dir das Telefongespräch vorstellen? Würdest du dir den Quatsch anhören oder würdest du auch glauben, da ist ein Verrückter in der Leitung, und gleich auflegen?«
»Wenn ihm auch so verrückte Sachen passiert sind, dann müssen wir ihn gar nicht erst überzeugen.«
Stan zuckte wieder mit der Schulter. Dann drehte er sich zu Joe. Er saß immer noch zusammengekauert in seinem Stuhl. Sein Gesicht glühte weiß im Licht des Fernsehers. Richard ging wieder zum Gerät und streckte die Hand nach dem Einstellknopf. »Du hast recht. Fahren wir einfach hin. Aber wir müssen uns beeilen, wenn wir ...«
Joe schrie wie am Spieß.
Und dann gingen die Lichter aus.

Der zischende Schneesturm war mit einemmal zu einem heulenden, brüllenden Inferno geworden. Alles flackerte schwarz-weiß im Licht der Röhre. Etwas kaum Sichtbares peitschte mit einem Knall auf Richard ein. Schreiend vor Schmerz, wurde er mit schrecklicher Wucht durchs halbe Zimmer geschleudert, schlug einen Salto in der Luft.

Ein elektrischer Schlag! dachte Diane in diesem entsetzlichen Sekundenbruchteil. *Ein elektrischer Schlag! Alle Lichter sind ausgegangen. Die Sicherung! Der Fernseher steht unter Strom!*

Aber Joe schrie immer noch, kauerte in seinem Stuhl, die Knie unterm Kinn, und seine glasigen Augen sahen im Licht des Fensehers aus wie die eines Ertrunkenen. Als Diane zu Richard lief, der stöhnend auf dem Teppich lag, schaute sie zum Fernseher und sah jetzt, was Joe so entsetzt hatte. Es ließ auch sie vor Schreck erstarren.

Der Schneesturm auf dem Bildschirm war verschwunden. Der Bildschirm *selbst* war verschwunden. Und in dem Kasten, wo Drähte und Röhren hätten sein sollen ... war eine Ausgeburt des Alptraums. Ein seltsam amorphes Wirrwarr von Licht schlängelte sich darin, ein substanzloses, blau-weißes Etwas, trübte und schwärmte wie eine lebendige, elektrische Gewitterwolke.

Stan starrte wie hypnotisiert in den formlosen, schlängelnden Rauch. Ein ohrenbetäubendes, gackerndes Geräusch kam aus der Masse. Er spürte, wie die zischende Erscheinung ihn *anschaute*, mit bösartigen, feindseligen Augen. Obwohl er nichts genau erkennen konnte, war er sich sicher, daß da ... Mäuler waren, formlos, klaffend, hungrig, mit Reihen unregelmäßiger ... Rasiermesser ... zähne ...

Der Fernseher lebt! dachte Diane. Ein Teil von ihr weigerte sich zwar, das Gesehene zu glauben, ein anderer Teil aber wußte instinktiv, daß das Ding, das da durch Richards Wohnzimmer flackerte und schwärmte, ohne jeden Zweifel lebendig und gefährlich war.

Und es war hier ... bei ihnen ... jetzt.
Ein Knäuel glühender Phosphoreszenz kam aus der Öffnung, in der die Bildröhre gesessen hatte, kräuselte sich in der Luft wie ein Nebelfangarm, wie eine seltsame Antenne – suchte sie.
Das ist verrückt! dachte Stan. *Fernsehbilder werden nicht lebendig! Die kommen nicht einfach aus der Röhre ins Wohnzimmer ...*
Die schlängelnde Wolke wälzte sich langsam in den Raum, weitere Tentakel leuchtenden Rauchs wanden und drehten sich. Diane schrie den anderen zu: »Los! Rennt weg! Raus, bevor es ...«
Und dann war der Alptraum über ihnen.
Ein Rauchband schoß aus dem Gerät und wickelte sich mit tödlicher Zielstrebigkeit um Joes Hals. Seine Schreie erstickten, wurden zu Röcheln. Er versuchte verzweifelt, sich zu befreien.
Stan reagierte wie der Blitz. Ohne eine Sekunde zu überlegen, stürzte er sich auf Joe. Der würgende Nebel fühlte sich eiskalt und feucht an, irgendwie hatte er Substanz. Stan versuchte ihn von Joes Hals zu reißen. Irgend etwas riß an seinem Kragen, seine Wollmütze wurde ihm vom Kopf gerissen. Joe ging zu Boden, schlug mit den Beinen um sich. Stan warf sich neben ihn, krallte sich in das schreckliche graue Knäuel um seinen Hals, aber der Rauchfangarm zerrte Joe unaufhaltsam zu dem Platz, an dem der Fernseher gestanden hatte. Stan konnte die Gewitterwolke hinter sich nicht sehen, aber vor seinem inneren Auge spielte ein Alptraum voller geifender, obszöner Mäuler, spitzer malmender Zähne. Er stampfte mit dem Fuß auf das Knäuel, fühlte, wie es unter seinem Stiefel nachgab und riß. Dann wickelte sich eine andere eiskalte Schnur um sein eigenes Bein.
Du lieber Gott im Himmel!
Dann fiel Stan die Pistole ein. Er riß sie aus seinem Gürtel, lud durch und richtete den Lauf auf den leuchtenden Fangarm, der drohte, Joe zu erwürgen. Joes Augen traten aus den Höhlen, als Stan abdrückte. Der Knall ging im Heulen und Gibbern des Monsters unter, aber der Fangarm flog entzwei.

»*Was zum Teufel ist das?*« brüllte Stan. Der Fangarm war in eine Wolke schwebender, elektrisch blauer Punkte explodiert, nichts Lebendiges war mehr zu sehen. Sie verblaßten wie die Funken eines Feuerwerks. Joe stieß sich mit den Füßen von Stan weg, zerrte die Reste des Fangarms von seinem Hals. Der abgetrennte Fangarm auf dem Boden begann wie eine geköpfte Schlange zu zucken, dann war er verschwunden, hatte sich in graue Dunstfetzen aufgelöst. Die leuchtende Rauchschlange um Stans Bein schnürte sich fester. Stan stolperte und schrie auf, schwang die Pistole nach oben. Eine weitere Schlange blitzte aus dem Gerät und heftete sich an die Hand mit der Pistole. Stan verlor das Gleichgewicht, zerrte an dem Fangarm, versuchte die Pistole loszureißen, die jetzt an seiner Hand klebte. Die Pistole ging los. Gloria Grahames Porträt an der Wand zersprang in tausend Stücke, der Druck flatterte zu Boden. Stan brüllte, aber seine Stimme ging im Getöse unter.
Richard hatte sich so weit erholt, daß er begriff, was vorging. Er hatte sich vorgebeugt, um das Bild einzustellen. Eine Sekunde später lag er an der Wand. Die Muskeln in seinem Arm schmerzten wie verrückt, die Wunden, die ihm die Puppe zugefügt hatte, waren wieder aufgerissen. Jetzt, während Diane sich abmühte, ihn hochzuheben, mußte er mitansehen, wie Stan und Joe einen Kampf auf Leben und Tod mit einem körperlosen, alptraumhaften Gewirr von schlangenartigen Fangarmen ausfochten. Unaufhaltsam wurden sie in Richtung von etwas gezogen, das in dem höllischen, flackernden Licht wie ein Schlangennest aussah, dorthin, wo einmal der Fernseher gestanden hatte. Joe war es gelungen, sich zu befreien. Er versuchte wegzukriechen, aber ein weiterer Nebelfangarm schnellte über den Teppich, packte ihn am Fußgelenk und zerrte ihn wieder in Richtung Fernseher. Joe weinte hemmungslos. Verschwommen sah Richard, wie Stan kämpfte, um die Pistole von seiner Hand zu reißen. Dann fiel ihm die andere Pistole ein. Er zerrte an seiner Jackentasche. Sie war leer, die Pistole war bei seinem Salto durchs Zimmer hinausgefal-

len. Verzweifelt suchte er auf dem Boden, bedeutete Diane, ihm doch zu helfen.

»Die Pistole! Die Pistole!« brüllte er in den Höllenlärm. Das schwarz-weiße Geflacker war wie ein Alptraum vom Fegefeuer. Er dachte: *Genau wie diese verfluchten Pillen! Zuerst find' ich die verfluchten Pillen nicht, und jetzt find' ich die verfluchte Pistole nicht!*

Stans Gebrüll wurde jäh unterbrochen. Der graue Nebel hüllte seinen Kopf und seine Schultern in eine erstickende Umarmung. Die Zeit war abgelaufen. Richard richtete sich auf, torkelte zum Couchtisch, wischte Gläser und Flaschen beiseite.

»Du Schwein!« schrie er und schleuderte den Tisch auf den brüllenden Fernseher. Die lebendige Gewitterwolke bauschte sich sofort nach außen. Richard sah ein Spinnennetz von Blitzen in der flackernden Masse. Ein Etwas aus dieser Wolke schnellte heraus und peitschte gegen den Tisch. Der Aufprall zertrümmerte das Glas und schleuderte den Tisch zur Seite, weg vom Fernseher.

Richard hatte sich auf Stan geworfen, riß an der grauen Masse um seinen Kopf. Sie lockerte sich und schlug zu wie eine Schattenkobra. Richard wich aus, packte Stan und zerrte ihn weg. Aus dem Augenwinkel sah er, daß Joe schon direkt vor das Gerät gezerrt worden war.

Weg hier ... wir müssen weg hier ... schrie er, brachte aber keinen Ton heraus. Er zerrte vergeblich an Stans Pistole.

Das Zimmer war jetzt erfüllt von der lebendigen Gewitterwolke und ihren Todesranken. Sie schwärmten über Richards Körper aus, würgten, erstickten, suchten seine Augen und seinen Hals. Als sie seinen Mund erreicht hatten, wußte Richard, er mußte sterben.

Ein Donnerschlag erschütterte das Wohnzimmer, erlöschte die schwarz-weißen Blitze in einer strahlend weißen elektrischen Flamme. Etwas schrie auf – ein animalischer Schrei, kein menschlicher. Richard fühlte einen Funken- und Scherbenregen auf seinem Gesicht. Die Nebeltentakel lösten sich in zischendem Blau

auf. Es wurde schlagartig dunkel im Zimmer. Die Schreie verebbten – erstarben, als wäre etwas in einen grundlosen Brunnen gestürzt.
Das Licht ging wieder an.
Richard sprang auf. Stan hustete, würgte und zerrte an seinem Kragen. Joe kauerte in der hintersten Ecke, wie ein verschrecktes Tier. Das Wohnzimmer sah aus, als hätte eine Bombe eingeschlagen. Der Fernseher stand in der Mitte. Die Bildröhre war zertrümmert, der Teppich darum herum voller Glasscherben. Das Innere war nur noch ein Gewirr von Drähten und Röhren. Da war keine lebendige, elektrische Gewitterwolke mehr, keine Nachtmahrfangarme aus der Hölle, nur noch ein Haufen rauchender Industriemüll.
»Diane!« Mit einemmal fiel sie ihm wieder ein. Er wirbelte herum. Da stand sie, genau an dem Fleck, an dem er nach seinem Salto gelandet war.
Sie stand stocksteif da, ihr Gesicht eine Maske aus Stein, Richards Pistole mit beiden Händen fest umklammernd, die Arme ausgestreckt. Der immer noch rauchende Lauf war direkt auf den Bildschirm gerichtet. Sie drückte noch einmal ab. Die Pistole spuckte Feuer. Das Fernsehgerät implodierte. Ein Gewirr von Glas, Röhren und Drähten kippte nach hinten. Dianes Lippen zitterten, als Richard ihr die Pistole aus den eiskalten Händen nahm. Er schloß sie in seine Arme. Es schüttelte sie von Kopf bis Fuß.
»Schon gut, Diane. Alles wird wieder gut. Was immer das war, du hast es aufgehalten.«
Joe hielt sich das Gesicht und faselte: »Das wär' nie passiert, Pandora ... nie ... wenn du bei mir geblieben wärst, wie du versprochen hast ... du hast gesagt, du liebst mich mehr als die andren ... Bloß mich ... Du hast gesagt, ich wär' der einzige.«
»Beruhig dich, Joe«, sagte Richard. Stan würgte immer noch. Er reichte Joe die Hand, wollte ihn trösten.
»Du warst nie mit einem von den andren zusammen ... nur mit mir ... Du hast gesagt, du liebst mich, Pandora ... du hast gesagt,

du verläßt mich nie ... aber dann bist du doch fortgegangen ... wenn du dageblieben wärst, wär' das nie passiert. *Ich hab dich geliebt, Pandora. Ich liebe dich immer noch!*« Joe rannte schluchzend zur Tür. Im Vorbeilaufen schnappte er sich etwas vom Tisch. Er war verschwunden, ehe sie ihn aufhalten konnten.
Joes Worte jagten Richard Kälteschauer über den Rücken. Die Angst hatte in seinem Innersten gelauert. Er verdrängte sie und drückte Diane noch fester an sich. Stan richtete sich benommen auf. Richard setzte Diane aufs Sofa. Stan stocherte mit dem Fuß am Fernsehgerät herum. Richard stellte sich neben ihn.
»Hat meine Mami schon immer gesagt«, sagte Stan, »zuviel fernsehen ist schlecht.« Er rieb sich den Hals.
»Haben wir uns das alles nur eingebildet, Stan? Das ist doch bloß ein ganz normaler Fernseher. War das eine Halluzination?«
»Glaubst du, ich hab' mir das hier nur eingebildet?« fragte Stan. Er zog seinen Rollkragenpullover ein Stück herunter und zeigte Richard das rote Würgemal an seinem Hals. »Oder das?« Er zeigte ein ähnliches Mal auf seinem Handgelenk. »Das war ganz bestimmt keine Halluzination.«
»Das ist doch wahnsinnig.«
»Kann man wohl sagen.«
»Wo ist Joe?« Die hektische Flucht durchs Zimmer. Die Tür zum Gang stand offen.
»Verdammt noch mal!« Stan lief zur Tür und schaute in den Korridor hinaus. »Er ist weg. Der Aufzug fährt nach unten. Und er hat die Autoschlüssel!«

Das Phantom hatte ihn gefunden. Joe konnte an nichts anderes mehr denken. Er riß die Sicherheitstür auf und lief hinaus in die Nacht. Die Dämmerwelt, in der er lebte, erlaubte nur selten rationale Gedanken, aber diese eine unumstößliche Tatsache war ihm sonnenklar. Stan hatte sich geirrt, als er sagte, er wäre in Newcastle in Sicherheit. Das Phantom war gekommen, um ihn zu holen.

Die eisige Nachtluft nahm ihm den Atem. Er rannte mit wehenden Mantelschößen über den Hof. Er fühlte sich bedroht, hatte das Gefühl, die Glas- und Betonklötze um ihn herum könnten jeden Augenblick zusammenstürzen, ihn für immer begraben. Plötzlich fielen ihm die Autoschlüssel wieder ein. Wo hatte Stan das Auto geparkt? Er rannte zum Parkplatz. Da waren zu viele Autos. Zu viele! Wimmernd vor Angst sprang er von Auto zu Auto, versuchte die Schlösser. Das Phantom konnte ihn jeden Moment wieder einholen, so wie in dem Wohnzimmer von diesem Fremden. Stan hatte kein Recht gehabt, ihn aus seiner vertrauten Umgebung zu holen; wenn er ihn in Ruhe gelassen hätte, dann wäre das Grauen an ihm vorübergegangen. Da war er sich jetzt ganz sicher.
Was für eine Farbe hat das Auto? Grün? Blau? Rot?
Rot? Genau! Rot war es!
Joe brach über der Haube eines blauen Autos zusammen. Der Aufprall verschlug ihm den Atem. Er richtete sich auf, rang nach Luft. Da sah er das vertraute rote Auto danebenstehen. Am Spiegel hingen zwei große Würfel. Er erkannte die Würfel sofort, hatte endlich das Auto gefunden. Wimmernd nestelte er am Schloß herum. Endlich ging die Tür auf. Er sprang ins Auto, ließ den Motor an. Auf dem Gehsteig bewegte sich etwas. Drei Gestalten waren zu sehen, eine von ihnen lief ihm gestikulierend entgegen. Schrie, er solle doch zurückkommen. In wilder Panik rammte Joe den ersten Gang ein und fuhr direkt auf sie zu. Das war wieder das Phantom; es schickte Dinge, die ihn töten sollten. Die Gestalt warf sich zur Seite, er gab Vollgas, raste über die Rampe in Richtung Autobahn. Kein Phantom verfolgte ihn.

Diane und Richard halfen Stan auf die Beine. Das Auto verschwand mit quietschenden Reifen. Es hatte ihn kurz gestreift, aber er war anscheinend nicht verletzt.
»Wir müssen ihn aufhalten«, keuchte Stan. »Hast du ein Auto?«
»Das ist in der Werkstatt« erwiderte Richard.

»Ich hab' eins«, sagte Diane, »aber es steht am College.«
»Scheiße!«
»Wie können wir ihn finden?« fragte Richard.
»Ich weiß, wohin er fährt. Er wird wieder nach Hause fahren, nach Liverpool. Zuflucht. Wenn er nicht unterwegs gegen irgendeinen Baum rast.«
»Los, holen wir das Auto.«

3

Joe fuhr nur nach Instinkt, das Auto glitt durchs Neonlicht. Er hatte Stans Zeug im Handschuhfach gefunden und gierig alles hinuntergeschluckt. Bald war die Angst davongekrochen. Mit dem täuschenden Gefühl geschärfter Sinne raste er über die Autobahn.
»Autopilot«, kicherte er und schaltete das Radio ein. Derek und die Dominoes spielten *Layla*. Er schaltete ganz schnell wieder aus. Das Lied erinnerte ihn an Pandora, und diese Erinnerung brachte den Alptraum aus der Wohnung zurück. Er wühlte in den Kassetten im Handschuhfach, fand eine von den Rolling Stones und steckte sie in den Schlitz. Grinsend und mit wildem Gehupe überholte er einen Laster. Er dachte an Liverpool. Alles würde gut werden, wenn er erst mal da war. Zu Hause würde ihn keiner finden.

Als Diane endlich die Autobahnausfahrt hochfuhr, hatte es angefangen zu regnen, und Joe hatte fünfzig Minuten Vorsprung. Insgeheim war sich jeder von ihnen sicher, er würde Liverpool nie erreichen. Stan hatte ihnen von den Drogen im Handschuhfach erzählt – zugegeben, wirklich dumm von ihm –, keiner von ihnen bezweifelte, daß Joe inzwischen alles genommen hatte. Es war nur eine Frage der Zeit, bis er durchdrehte und irgendwo im Graben landete.

Wenn Diane weiterhin Vollgas fuhr, würden sie gegen halb elf in Liverpool ankommen; dann war's noch eine halbe Stunde Fahrt bis zu Joes Wohnung. Seit über einer Stunde hatten sie kaum geredet. Schließlich brach Stan das Schweigen.

»Was, zum Teufel, ist da bei dir in der Wohnung passiert? Was war das?«

»Ich hab' so was schon mal gesehen«, sagte Diane. Ihre Stimme war unnatürlich ruhig, gefaßt. Am liebsten hätte sie laut gebrüllt, ihrem Entsetzen freien Lauf gelassen. Gott sei Dank hatte jemand das Schweigen gebrochen. »Es ist schon lange her, ich war noch ein Kind. Es war bei einer Séance. Wie ich schon sagte, meine Mutter war Medium.«

»Was ist da passiert, Diane?« fragte Richard. Er saß auf dem Beifahrersitz neben ihr.

»Ektoplasma.«

Die Scheinwerfer eines entgegenkommenden Autos blendeten sie für einen Augenblick. Ganz in der Nähe tönte eine Hupe.

»Du meinst ... Tische rücken, Stimmen aus dem Grab? Den ganzen Käse?« fragte Stan.

»Das mein' ich.«

Richard sah, daß Dianes Knöchel ganz weiß waren, so fest hielt sie das Steuerrad umklammert. Da waren Erinnerungen, hinter ihren Augen – Erinnerungen, die sie versteckt halten wollte.

»Wie dieses schreckliche Zeug geleuchtet hat, wie es ausgeschaut hat. Ich hab' einfach gewußt, es ist Ektoplasma. Aber so etwas Teuflisches, Tödliches hab' ich in meinem ganzen Leben noch nicht gesehn, schon gar nicht so was *Großes*.«

»Medien produzieren das bei Séancen, stimmt's?« fragte Richard vorsichtig. »Eine Art Rauch, aus dem sich Geister und Erscheinungen bilden.«

»Nicht ganz. Es ist Gewebe. Einige Wissenschaftler behaupten, es bilde sich aus den Körperzellen der Medien, wenn sie in Trance sind. Als ich klein war, hab' ich meine Mutter mal in Trance gesehen. Eigentlich sollte ich gar nicht dasein. Sie wollte mich nicht dahineinziehen – ja, nicht mal mit mir drüber reden. Aber ich hab' mich im Gang versteckt und dann in den Salon geguckt. Mutter hatte an dem Tag drei Klienten. Ich hab' gesehn ...«, Diane versuchte das Schaudern zu unterdrücken, holte tief Luft und fuhr fort, »wie Knäuel von leuchtendem Rauch aus ihrer Nase und ihrem Mund kamen – wie Schlangen. Sie sind über den Salontisch gekrochen, haben sich gekräuselt und plötzlich das Gesicht eines alten Mannes gebildet. Ich weiß noch, ich hab' geschrien und geschrien; dann bin ich in Ohnmacht gefallen. Hinterher hat meine Mutter alles, so gut es ging, von mir ferngehalten. Später hat sie mir das mit dem Ektoplasma erklärt und wie sich Erscheinungen daraus bilden können. Sie hat es mir erklärt, weil sie fürchtete, das, was ich gesehn hatte, könnte mir irgendwie schaden. Sie wollte mich nicht verschrecken. Ich war erst sieben, aber das werd' ich nie vergessen.«

»Ektoplasma«, wiederholte Stan. »Aber aus einem *Fernsehgerät*, das darf doch wohl nicht wahr sein!«

»Ektoplasma bedeutet also, daß ein Medium beteiligt ist, stimmt's?« überlegte Richard.

»Das Ding, das wir in deiner Wohnung gesehn haben, kann kein Mensch produzieren«, sagte Diane.

»Es ist auch keine Erklärung dafür, daß Holzpuppen plötzlich zum Leben erwachen und versuchen, dir den Hals aufzubeißen«, sagte Stan.

Richard mußte erneut an das entsetzliche hölzerne Monster und Robinsons schrecklichen Tod denken. Dann fiel ihm Joes inkohärentes Gestammel wieder ein – was er da vor sich hin brabbelte, nachdem Diane die Erscheinung in seiner Wohnung in die Luft gejagt hatte. Seine dunklen Andeutungen verunsicherten Richard total. Was hatte das zu bedeuten? *Du hast gesagt, ich wär' der einzige, Pandora. Du hast gesagt, du wirst mich immer lieben. Du hast gesagt, ich wär' der einzige.*

Richard dachte an die letzte Woche vor dem Semesterende. Damals, zu Zeiten des Byker Chapter. Es war die letzte gemeinsame

Woche des Byker Chapter gewesen: eine bittersüße Zeit. Alles hatte sich verändert, würde nie wieder so sein wie früher. In diesen letzten Tagen war plötzlich ein seltsames Gefühl der Zerrissenheit aufgekommen; sie gehörten mit einemmal nicht mehr zusammen, und – irgendwie – war ihre Freundschaft, das Beste in ihrem Leben, total in Frage gestellt gewesen.

Es war an einem Abend in Mark Antonys Coffee House gewesen. Pandora, Phil, Derek und er selbst waren nach dem College und der Arbeit dorthin was essen gegangen. Derek und Phil hatten sich etwas eher verabschiedet, er und Pandora wollten noch eine Tasse Kaffee trinken. Sie hatten beide an diesem Abend nichts mehr vorgehabt, also hatten sie sich unterhalten, noch mehr Kaffee getrunken und geredet, geredet ...

Und Pandora hatte ihm erzählt, wieviel ihr das Byker Chapter bedeutete, genau wie allen anderen. Es war eine tolle Sache, eine kleine Gruppe, verbunden durch Freundschaft. Kein kleinlicher Hickhack, keine Rivalität, in keinen wurden spezielle Erwartungen gesetzt ... nur Freundschaft. Keine Eifersüchteleien ... und ganz besonders keine sexuellen Eifersuchtsgeschichten wegen ihr. Sie führte ihr eigenes Leben, außerhalb des Byker Chapter. Sie waren sich einig: Sollte sie je mit einem von ihnen was haben, dann würde sich das Byker Chapter sofort auflösen. Das Band zwischen ihnen würde zerreißen, weil kein Vertrauen mehr da war. Richard war sich dessen immer bewußt gewesen und deshalb völlig überrascht, als Pandora ihm eröffnete, sie würde ihn lieben.

Sie wäre sich schon seit langem darüber im klaren gewesen, hätte aber aus den vorher erwähnten Gründen nichts gesagt.

Richard war überrascht von dem Gefühlsschwall, den diese Bemerkung bei ihm ausgelöst hatte.

Ihnen blieben nur noch wenige Tage bis zum Semesterende, die anderen durften nichts erfahren. Beide wußten, das wäre das Ende des Chapter gewesen. Sie hatten ihren Gefühlen freien Lauf gelassen. Aber trotz aller Geheimniskrämerei hatte sich das

Chapter auf Nimmerwiedersehn aufgelöst. Fast schien es, als wäre das Chapter ein lebender Organismus, der seine Vitalität aus der Summe seiner Individuen zog. Jetzt war ein Teil dieses Organismus von einer schrecklichen Krankheit befallen, von der die anderen Teile nichts ahnten. Der Organismus hatte gespürt, daß etwas nicht in Ordnung war, und war gestorben.

Am letzten Tag, nachdem das Byker Chapter aufgehört hatte zu existieren, war auch Pandora aus Richards Leben verschwunden. Ohne Grund, ohne Antworten. Sie hatte ihn verlassen, und er hatte sie nie wiedergesehen.

Jetzt, nachdem ein lebender Alptraum sie in Richards Heim überfallen hatte, hatte Joe die Worte gestammelt, die eigentlich nur Richard hätte kennen dürfen. War Joe wahnsinnig? Hatten die Drogen und die Angst seinen Verstand völlig zerstört? War er vielleicht im Delirium gewesen? Hatte er vielleicht Richards Gedanken lesen können? Oder könnte es sein, daß Pandora ... daß Pandora vielleicht *tatsächlich* ... ?

»Was ist los?« Diane beobachtete ihn besorgt. »Los, Richard. Raus damit.«

»Was?«

»Irgendwas läßt dir keine Ruhe.« Wieder dieses Gespür. »Ich glaube, du hast eine Antwort gefunden, stimmt's?«

»Nicht wirklich. Aber Joe hat da etwas gesagt, das hat mich stutzig gemacht.«

»Und das wäre?« fragte Stan.

»Du hast gehört, was er gesagt hat?«

»Nein, ich war viel zu sehr damit beschäftigt, wieder Luft zu kriegen.«

»Es war etwas verworren. Aber ich glaube, er hat gesagt, er und Pandora wären ineinander verliebt gewesen. Sie hätte ihm gesagt, sie würde ihn nie wieder verlassen – solche Sachen – absoluter Wahnsinn!« Richard hielt inne. Die angestauten Schuldgefühle lasteten schwer auf ihm. »Das weißt du nicht, Stan, aber ... kurz bevor sich das Byker Chapter aufgelöst hat ... hatte ich was mit

Pandora.« Richard warf einen Blick zu Diane, fragte sich, wie sie wohl darauf reagieren würde. Ihre Augen waren auf die Straße gerichtet; er konnte nicht erkennen, was sie dachte. »Wir haben es geheimgehalten. Dann ist sie fortgegangen, und ich hab' sie nie wiedergesehn. Aber nach dem, was Joe gesagt hat, haben er und sie ...«

Richard drehte sich zu Stan um. Neonlicht und Schatten jagten über sein langes, bärtiges Gesicht. Seine Miene überraschte Richard. Er war in sich zusammengesunken, hatte die Augen auf seine Hände gerichtet, die sich immer wieder zu Fäusten ballten.

»Was ist los, Stan?«

»Was los ist? *Was los ist?* Ich glaub', mich tritt ein Pferd, Mann! Pandora ist zu mir gekommen ... zu mir ... *mir!*« Stan schlug sich mit der Faust auf die Brust. »Mir hat sie genau dasselbe erzählt. Wir hatten auch eine heimliche Affäre.«

»Dann haben wir alle drei ...« stammelte Richard.

»Warum bloß drei? Warum nicht alle?«

»Da habt ihr die Antwort«, sagte Diane gelassen. »Pandora ist der Schlüssel zu allem, was passiert ist.«

4

Es war schon nach zehn, als Joe in die Außenbezirke von Liverpool einfuhr. Unterwegs hatte er zwei Autounfälle verursacht und ein Rasthausschild zerstört. Und war irgendwie dreimal der Polizei entkommen. Überglücklich und ohne Rücksicht auf Verluste rauschte er in seine heimatlichen Jagdgründe ein. Aber der Anblick des Mersey-Flusses erinnerte ihn plötzlich an seine Wohnung. Leere, klaustrophobische Dunkelheit, der Fernseher in der Ecke neben seiner Stereoanlage. Der Gedanke bremste seine Euphorie. Dieselbe Rolling-Stones-Kassette lief schon zum zigsten Mal. Er machte eine aberwitzige Wendung auf der Hauptstra-

ße, fuhr ein Verkehrsschild um und raste dann in Richtung seiner einzigen wirklichen Zuflucht.
Dem Studio.
Er war schon viele Wochen nicht mehr dort gewesen. Nachdem die schlechten Gefühle begonnen hatten, hatte er sich nicht mehr wohl gefühlt in dem einsamen, verglasten Bau. Das Haus stand ganz allein auf einem Privatgrundstück. Er hatte es für ein Ei und ein Butterbrot von dem exzentrischen Einsiedler gemietet, der das riesenhafte Tudor-Herrenhaus auf dem Grundstück bewohnte. Joe vermutete, die Jahresmiete für das Studio reichte gerade für eine vierteljährliche Strom- und Gasrechnung des großen Hauses. Nachdem das Phantom aufgetaucht war, fühlte er sich nicht mehr sicher hinter der verglasten Front des Studios, zu sehr auf dem Präsentierteller. Er hatte sich in die angstvolle Einsamkeit seiner Wohnung zurückgezogen, hatte das Werk, an dem er gerade arbeitete, einfach zurückgelassen. Jetzt aber fand er die Glasfenster gar nicht mehr so bedrohlich. Und selbstverständlich gab es im Studio kein Fernsehgerät.
In totaler Euphorie rauschte er durch das Tor aufs Grundstück. Er mußte wieder arbeiten, sich auf sein Werk konzentrieren. Der Gedanke an die unfertige Tonfigur, die mitten im Studio stand, beflügelte ihn.
Er stellte das Auto an einem verfallenen Holzzaun ab; dabei büßte er auf einer Seite die ganze Farbe ein. Joe lief durch die Dunkelheit. Die geisterhaften Bäume schreckten ihn nicht. Er hatte die Fahrertür offengelassen; die Rolling Stones schmetterten *Brown Sugar* in die Nacht hinaus.
Er riß hektisch die Tür auf und schaltete die Lampen ein. Hartes, gelbes Licht löste die Dunkelheit auf, verjagte die Schatten. Die vertraute Umgebung beruhigte ihn – sein Zeichentisch, seine Staffeleien, die überall verstreuten Leinwände, die Regale mit Material. Und, genau in der Mitte, mit einem weißen Laken verhangen – die Statue.
Joe schlug achtlos die Tür zu, ein Lächeln im Gesicht. Er lief zur

Statue und riß das Laken herunter. Eigentlich wußte er gar nicht, wieso er damit angefangen hatte. Niemand hatte ihn beauftragt, das Werk hatte eigentlich keinen Zweck. Aber es war zu einer Art Therapie geworden, entspannte ihn nach der Routinearbeit als Designer. Die Möglichkeiten dieser Plastik faszinierten ihn. Er hatte das Bedürfnis, endlich einmal etwas wirklich Schönes zu schaffen.

Es war ein Frauenbildnis, lebensgroß, mit fließendem Gewand, die Arme ausgestreckt in einer geheimnisvoll bittenden Geste. Vielleicht eine Imitation einer griechischen Göttin? Joe wußte es nicht. Und das faszinierte ihn am allermeisten. Der Körper war vollendet. Er hatte immer wieder versucht, das Gesicht zu skizzieren, genau das Richtige zu finden, aber es wollte ihm einfach nicht gelingen. In letzter Zeit hatte er versucht, blind zu arbeiten, nur vom Instinkt getrieben. Aber alle Bemühungen waren nur halbwegs zufriedenstellend. Immer wieder hatte er den Ton vom Unterbau gerissen. Er wollte etwas ganz Besonderes schaffen, auch wenn er das nicht näher definieren konnte. Heute abend würde es ihm bestimmt gelingen, so high wie er war und alle bösen Erinnerungen weit weg.

Er warf seinen Mantel auf den Boden, stieß ihn mit dem Fuß beiseite und ging zu dem kleinen Ölofen. Er zündete ihn an, damit seine Finger bei dem nassen Ton und dem lauwarmen Wasser, das er zum Formen brauchte, geschmeidig blieben. Er machte seine Tonwanne auf. Das Material war noch gut und frisch. Mit zittrigen Fingern drehte er am Knopf des kleinen tragbaren Radios auf der Bank neben sich, bis er gute Musik gefunden hatte. Dann wandte er sich der Statue zu. Im sauberen, hellen Licht der Scheinwerfer begann er zu arbeiten. Draußen drängte die Dunkelheit gegen das Studio, aber Joe berührte das nicht. Hier drinnen war nur Licht; alles andere zählte nicht.

Heute abend würde er alles geben. Die Linien, die Konturen dieses unbekannten Gesichtes würden unter seinen Händen wachsen. Er war der Schöpfer. Und aus Ton würde er Schönheit erschaffen.

5

»Das ist die Antwort, da bin ich mir ganz sicher«, sagte Diane und brachte damit zum Ausdruck, was sie alle dachten. Der Satz hing gewichtig im Raum. Nach Richards Geständnis war es für beide eine schwere Stunde gewesen. Jetzt wünschte sie, sie hätte den Mund gehalten. Richard hatte über sein Verhältnis mit Pandora gesprochen, Gespräche und Erinnerungen offenbart, die er sich jahrelang im Herzen bewahrt hatte. Verbittert ergänzte Stan halbausgesprochene Sätze und mit Herzblut gegebene Versprechen. Pandora hatte dieselben Sachen zu Richard gesagt wie zu Stan, und wahrscheinlich auch zu Joe ... und vielleicht auch noch zu den anderen Mitgliedern des Byker Chapter. Diane konzentrierte sich verbissen auf die Katzenaugen entlang der Straße. Sich diese beiderseitigen Erinnerungen anzuhören und das Erkennen des Verrats waren ihr sehr nahegegangen. Was beide für ein intimes, persönliches, gefühlvolles Erlebnis gehalten hatten, offenbarte sich jetzt als gemeinsame Erfahrung. Sie fühlte, wie Richard sie während der Erzählung immer wieder anschaute, zu entdecken suchte, wie sie reagierte. Mein Gott, wie gerne hätte sie reagiert. Die Ereignisse der letzten zwei Tage hatten ihre Welt aus den Angeln gehoben: Richard, die Puppe, der Alptraum und das verfluchte Fernsehgerät. Normale Überlegung kam nicht in Frage. Pures Adrenalin und Instinkt hielten sie in Gang. Aber ihr Instinkt band sie auch fester an Richard, fester, als sie für möglich gehalten hatte. Aus irgendeinem Grund, den sie selbst nicht realisieren konnte, war sie nicht in der Lage gewesen, zu reagieren, als er ihr immer wieder diese Blicke zugeworfen hatte. Dabei wollte sie ihm zeigen, daß seine Affäre mit Pandora völlig gleichgültig war. Die Geschichte hatte keinen Einfluß auf ihrer beider Zukunft. Seltsamerweise war es, als hätte Richards Ex-Frau Denys nie existiert. Von jetzt an würden sie zusammensein.
Natürlich nur, wenn er am Leben bleibt.
Sie weigerte sich, diesen Gedanken ernst zu nehmen. Natürlich

würde er es schaffen. Zusammen würden sie diese verdammte Geschichte ausfechten. Sie würden diese Pandora finden – oder wer immer oder was immer sie war – und das Problem aus der Welt schaffen.

Die beiden hatten sich leergeredet. Das Schweigen legte sich wie ein trauriger Mantel über sie. Diane verfluchte sich selbst wegen ihrer dummen, überflüssigen Bemerkung, mit der sie sie unterbrochen hatte. Aber das Schweigen war furchtbar; sie mußte etwas sagen.

»Wird Joe es schaffen?« *Verdammt, wieder so eine überflüssige Bemerkung!*

Stan zuckte mit der Schulter. Diane sah ihn im Rückspiegel. Es schien ihm egal, ob sie ihn sah oder nicht; das ärgerte sie jetzt.

Richard schien ihre Gedanken zu fühlen. Plötzlich fiel ihm wieder ein, wie sie dagestanden war, mit der Pistole in den ausgestreckten Händen, in klassischer Schützenpose, obwohl sie noch nie zuvor eine Pistole abgefeuert hatte.

»Diane«, sagte er schließlich, »du hast mehr Mut als wir beide zusammen.«

Sie wandte sich ihm zu, sah, wie er lächelte, und erwiderte das Lächeln.

Richard drehte sich zu Stan. Sie schauten sich lange in die Augen, und die Jahre zwischen der Auflösung des Byker Chapter und ihrem Wiedersehen waren einfach vergessen. Die Freundschaft war so stark wie eh und je, sie war nur eingefroren gewesen. Stan war genau, wie er ihn in Erinnerung hatte. Er fragte ganz dumm:

»Wie ist's dir denn eigentlich in all den Jahren ergangen, Mann?«

Stan war sichtlich verwirrt ob dieser unpassenden Bemerkung. Er schaute Richard an, als wäre er gerade aufgewacht. Dann hatte er kapiert und grinste breit.

»Gut, Mann.«

Beide lachten.

»Verheiratet?« fragte Richard.

»Ich? Nöö. Ich hab' nie was unterschrieben.«
»Du stehst auf Blondinen, stimmt's?« fragte Diane. Sie hatte den Blick immer noch auf die Straße gerichtet, aber jetzt glänzten ihre Augen vor Freude.
»Richtig! Woher weißt du das?«
»Sie weiß mehr über dich, als du dir vorstellen kannst. Diane hat Intuition zur Kunst entwickelt.«
»Ja. Bist du eine echte Blondine, Diane?«
»Nicht schlecht, Mr. Lässig«, erwiderte Diane und lächelte.
Richard beugte sich zu ihr und streichelte ihr den Arm.
»Du hast vielleicht ein Schwein«, sagte Stan leise von hinten.
Egal, wieviel Wasser unter der Byker Bridge durchgeflossen war, egal was ihnen auch alles passiert war seit der Zeit des Byker Chapter – es schien, als wären sie nie getrennt gewesen. Sie hatten es nicht nötig, über ihr Leben zu reden – die Auf und Abs von zehn Jahren Lebenserfahrung –, Richard wußte alles, wenn er Stan nur anschaute. Seine Augen strahlten. Plötzlich hatte Richard das Bedürfnis, ihm die Hand zu reichen, und streckte sie nach hinten.
Instinktiv drückte ihm Stan ganz fest die Hand.
»Wir kriegen das schon hin, Stan.«
»Da kannste Gift drauf nehmen, Herr Lehrer.«
In diesem Augenblick, als Stan seine Hand drückte, fühlte sich Richard zurückversetzt an einen glühend heißen Sommertag im alten Bykerviertel. Er war neun Jahre alt, Stan ein Jahr älter, und Spinne Parker hatte sie gerade zu einer Doppel-Ober-Mutprobe herausgefordert. Eine Mutprobe war schon Herausforderung genug. Eine Doppel-Mutprobe konnte man nicht einfach ignorieren. Aber eine Doppel-Ober-Mutprobe, da mußte man einfach die Herausforderung annehmen, wenn man nicht das Gesicht verlieren wollte. Spinne Parker hatte seinen Spitznamen, weil er unwahrscheinlich gelenkig war und überdies keinerlei Höhenangst kannte. Er hatte mal eine vierzig Meter lange Schnurschaukel an die unteren Streben der Eisenbahnbrücke gehängt, und während

die anderen Kinder ihn von der Wiege des Ouseburn-Tals aus beobachteten, war er von Träger zu Träger gehuscht. Richard erinnerte sich noch genau, wie seine Zehen und Finger vor Angst gekribbelt hatten, als Spinne an einer Hand über dem Abgrund baumelte. Jetzt mußte er nur die Schnur packen und die Müllhalde an der Talseite raufsteigen, bis zu dem Punkt, an dem die Brükkenträger in der Erde verschwanden. Ein einfacher Sprung in die Luft konnte einen weit in den Raum hinausschleudern, hundert Meter über der Talsohle.

Und Spinne hatte Richard und Stan gesagt, sie würden sich nicht trauen, eine ähnliche Schaukel unter der Byker Bridge zu machen, die sich parallel zum Eisenbahnviadukt übers Tal spannte. Richard war schon oft in die unteren Streben auf der Talseite geklettert. Das war einfach. Man mußte nur am Zaun des Kohlenhändlers hinaufsteigen.

Stan und er hatten keine Angst, als sie über die riesigen heißen Stahlplatten mit Nieten, so groß wie die Fäuste eines Neunjährigen, rutschten. Aber trotzdem lauerte die Angst einem unsichtbaren Monster gleich hinter einem besonders großen, grauen Träger voller Taubenkot. Richard war noch nie weiter als bis zu diesem Träger geklettert. Jetzt mußte er daran vorbei, höher und immer höher. Stan ging voraus; die Schnur, die er sich um die Schulter gewickelt hatte, zog er zur Sicherheit hinter sich her wie eine Nabelschnur. Richard schämte sich seiner Angst und kletterte Stan nach.

Nicht runterschaun ... das hatte Professor Challenger in *The Lost World* zu den anderen Forschern gesagt, als sie einen gefährlichen Klippenüberhang über einem Hexenkessel voll geschmolzener Lava entlangkletterten. Den Film hatte er letzte Woche mit Stan, Phil und den anderen im Imperial gesehen. *Niemals runterschaun ... einfach weitergehn ...*

Das Metall unter seinen Fingerspitzen schien lebendig. Es elektrisierte seine Arme und Beine, raubte ihm die Kraft.

Nicht runterschaun!

Stan war stehengeblieben und ließ die Schnur zwischen zwei Trägern hinunter.
Richard konnte ihm nur zuschaun, war starr vor Angst. Es war egal, ob er runterguckte oder nicht, er konnte sich's sowieso vorstellen. Er konnte immer noch die Flickenteppichdächer der Spielzeughäuser sehen, die großen Schieferdächer der Fabriken, den Ouseburn, der träge dahinfloß und im starken Sonnenlicht wie flüssige Kohle glühte. Der Teergeruch von der Brückenstraße direkt über seinem Kopf machte ihn schwindlig, benebelte sein Gehirn. Der Schlund des Bleifabrikschlots mit seinem runden Unkrautgarten, den seit seiner Erbauung kein menschliches Wesen mehr betreten hatte, schien bedrohlich nahe. Die Schnur hatte sich in einem Metallgitter neben Richard verfangen, und Stan sagte ihm, er solle es losmachen und nicht unnütz rumstehn ...
... Richard war eigentlich gar nicht da. Er war zu Hause im Bett und träumte bloß. Er beobachtete, wie seine Hand nach der Schnur griff, und wußte einfach, der Alptraum forderte, er müsse fallen. Es war die Logik jedes Alptraums, daß nur das Schlimmste passieren konnte und es seine Bestimmung war, schreiend und sich überschlagend in die leere Luft zu fallen, runter, immer weiter runter ... bis er schließlich den glänzenden, schwarzen Spiegel des Flusses tief unten zerschmetterte.
Seine Hand bewegte sich immer noch. Das Licht aus der Stahlfabrik neben ihm schien ihm direkt ins Gesicht. Seine Hand umfaßte die Schnur.
Und dann rutschten seine Füße unter ihm weg; er fiel zwischen zwei Stahlträger.
Alles wurde weiß. Das war immer so bei den schlimmsten Alpträumen. Wenn das Schlimmste passierte, wurde alles weiß, und man wachte auf. Bloß in diesem Traum hing Richard mit einer Hand in einer Seilschlinge, als er aufwachte. Er baumelte unmittelbar unter den Verstrebungen einer Brücke. Unter ihm schwankte weit weg die Welt.

Stan hing an einem Ende der Schnur, das andere Ende war immer noch im Gitter verfangen.

»O Gott, nein ... Stan ... ... Laß mich zurück ... laß mich zurückkommen ...«

Und Stan, das Gesicht weiß im dunklen Überhang, holte Stück für Stück die Schnur ein.

»Laß bloß nicht los, Stan! LASS NICHT LOS!«

Stans Hand um sein Gelenk fühlte sich an wie die eines Mannes –, wie die Hand seines Vaters –, irgendwie war es die Kraft eines Mannes, die ihn da in die Streben hochzog. Und nur Stans erwachsenes, brutales Geschimpfe brachte ihn dazu, wieder unter die Brücke auf der anderen Seite des Tales zurückzukriechen.

Richard und Stan waren danach eine Woche krank gewesen und nicht in die Schule gegangen. Sie hatten seitdem nie wieder über diesen Vorfall gesprochen. Damals hatten sie beinahe das Phantom kennengelernt. Es war so nahe gewesen, daß man nicht mal drüber flüstern durfte. Es hätte vielleicht ihre Witterung aufgenommen, wenn sie drüber geredet hätten – ihre Witterung aufgenommen und wäre zurückgekommen.

Richard dachte: Vielleicht war das Phantom immer der Tod gewesen. Jetzt, als Erwachsener, wußte er, daß der Schock sie krankgemacht hatte. Stan hatte ihm das Leben gerettet. Seitdem verband sie eine geheimnisvolle Kraft. Jetzt, in einem Auto, das auf unbekannte Schrecknisse zuraste ... unbekannte Phantome ... jetzt fiel Richard dieser Tag wieder ein, an dem er Stans Hand gehalten hatte. Dieser Handschlag bedeutete Kraft, Macht, etwas Unbeschreibliches.

Aber konnte diese Kraft Phantome verjagen?

Diane hatte das Radio eingeschaltet. Plötzlich hatte sich Nebel über die Autobahn gesenkt. Zuerst wirbelten und zupften Dunstfetzen ums Auto; jetzt erstickte sie der Nebel mit einemmal in einem dichten Leichentuch.

»In der Suppe wird's Joe nie schaffen«, sagte Richard.

Diane drehte sich zu ihm, wollte etwas sagen.
Da materialisierte sich etwas aus dem wirbelnden Nebel und bäumte sich im Scheinwerferkegel vor ihnen auf.
Richard schrie vor Entsetzen, Diane riß das Steuer nach links, bevor sie erkennen konnten, was es war. Mit quietschenden Reifen prallte das Auto auf das harte Bankett, raste auf zwei Rädern die Böschung entlang. Diane versuchte verzweifelt, das Steuerrad herumzureißen. Die Böschung war plötzlich zu Ende, Stans Kopf klatschte gegen das Dach, als das Auto wieder auf seine anderen beiden Räder fiel. Diane trat in die Bremsen, aber es war zu spät. Das Auto raste mit der Nase voran einen grasbewachsenen Hügel hinunter und knallte gegen einen verfallenen Zaun. Der Zaun zersplitterte. Das Reißen des Sicherheitsgurts preßte Richard die Luft aus den Lungen.
Lange saßen sie so da, benommen und reglos. Im Radio spielte immer noch die Musik aus *Midnight Express*. Diane sagte:
»Was war das? Hab' ich jemanden angefahren?«
»Nein«, sagte Richard. »Hast du nicht.«
»Was war das? Hast du's gesehen?«
»Nein, wir sind zu schnell gefahren. Woher ist denn dieser verfluchte Nebel plötzlich gekommen?«
Der Nebel war verschwunden, genauso schnell, wie er gekommen war.
Diane sah im Rückspiegel, wie Stan sich stöhnend den Kopf rieb.
»Alles okay?«
»Ja ... grade noch ...«
»Was, zum Teufel, ist das?« fragte Richard. Im Rückspiegel sah Diane, wie sich hinter dem Auto etwas bewegte. Sie drehte sich um und registrierte Richards verwirrten Gesichtsausdruck. Dann schaute sie aus dem Heckfenster.
Der Nebel war nicht verschwunden. Er hatte sich mitten auf der Autobahn zu einer unnatürlichen, wogenden, formlosen Masse vereint. An der dicksten Stelle war die Masse ungefähr dreißig Meter lang und verschwand nach ungefähr fünfzig Metern auf

beiden Seiten im Nichts. Die Masse sah seltsam ungesund aus. Jetzt begann sie, sich von der Autobahn wegzukräuseln und zu schlängeln. Voller Entsetzen mußte Diane mitansehen, wie es sich mit Rauchranken über die Böschung zu ihnen tastete. Es erinnerte sie an die grausigen Tentakel in Richards Wohnung.
»Das glaub' ich doch einfach nicht«, sagte Richard. »Der Scheißnebel verfolgt uns.«
»Mein Gott«, sagte Diane. *»Es glüht!«* Stan drehte sich um, gerade als die ersten Nebelranken das Auto erreicht hatten. Seine Stimme klang lächerlich normal und gefaßt, als er sagte: »Es lebt. Es ist dasselbe Ding wie in Richards Wohnung.«
Jetzt hörten sie das Zischen und Klappern und Gibbern. Irgendwo in dieser pulsierenden Masse waren höllische Augen und gierige, klaffende Mäuler.
Diane drehte den Zündschlüssel. Der Motor stotterte und starb; noch einmal: stotterte und starb.
Nackte Angst erfaßte sie. Sie konnte ihre Furcht fast schmecken, als das Grauen über die Böschung auf sie zurollte.
»Richard«, schrie sie plözlich. »Mach das Fenster zu!«
Richard befolgte ihren Befehl überrascht und rollte das Fenster hoch, gerade als die ersten wogenden Wolken und schlängelnden Ranken seine Tür erreichten. Sekunden später war das Auto in eine dichte graue Decke eingehüllt, als hätte eine riesige Spinne sie plötzlich in einen grauen Kokon gesponnen. Durch das Gebläse kroch eisige Luft ins Auto. Diane drehte schnell zu. Das Auto saß auf der Böschung wie ein seltsames Unterseeboot auf dem Meeresgrund. Die Fangarme waren irgendwo außer Sichtweite.
Etwas kratzte am Dach.
»Bleibt um Himmels willen im Auto!« zischte Stan.
Das Auto begann, heftig hin und her zu schaukeln. Richard holte die Pistole aus dem Handschuhfach. Nach dem, was in der Wohnung passiert war, wußte er zwar nicht, was er damit tun sollte, aber sie beruhigte ihn. Plötzlich hörte das Schütteln auf, dann – ein Geräusch auf dem Dach.

»Das Dach«, flüsterte Diane. »Es ist auf dem Dach.«
Stan duckte sich in seinen Sitz, verrenkte sich den Hals, um besser sehen zu können. Etwas peitschte gegen das Glas. Ein Spinnennetz von Rissen durchzog die Scheibe. Stan machte einen Satz rückwärts, aber er war unverletzt. Richard hielt die Pistole umklammert und wartete auf die nächste Bewegung.
Abermals schlingerte das Auto hin und her.
»Es ist runtergesprungen«, sagte Diane.
»Was, zum Teufel, ist das?« Richard versuchte, etwas im Dunst zu erkennen. Kein Anzeichen von Bewegung – nur der wogende, giftige Nebel.
Irgendwo im Dunst kicherte etwas.
Es war ein hallendes, hohles Geräusch. Und Diane wußte sofort: Nichts Menschliches konnte so ein Geräusch verursachen. Sie gab Richard ihre Hand; der verrenkte sich den Hals, um zu sehen, woher die Stimme kam. Auf dem Rücksitz versuchte Stan das gleiche. Das Lachen kam wieder, diesmal von hinten, erschrekkend nahe.
»Es spielt mit uns«, sagte Stan.
»Es will uns erschrecken, damit wir aus dem Auto steigen«, sagte Diane, so gelassen es ging. »Wenn wir das tun, sind wir tot.«
Wieder dieses unmenschliche Lachen – ein blubberndes, giftiges Geräusch. Es hallte und wogte. Plötzlich tauchten Worte auf. Entsetzliche, widerliche *tote* Worte.
»Necrolan ... Absavel ... Gorgus ...«
Es lachte wieder.
»Einer nach dem andern, einer nach dem andern, einer nach dem andern ...«
Diane biß sich in die Faust. »O mein Gott, was ist das?«
»Was ist das?« hallte es zurück, und dann wieder dieses schreckliche Lachen: *»Suchen und finden. Versteckspielen. Verstecken. Suchen. Finden ... finden ... FINDEN!«* Mit einemmal wurde der Singsang bedrohlich: *»Einer nach dem andern war besser. Aber jetzt wißt ihr. Egal! Es ist nicht mehr nötig, euch Stück für Stück aufzufressen, einer nach dem andern. Nicht mehr.«*

Die Stimme verstummte. Richard spürte, wie das Blut in seinen Ohren rauschte. Eine Ader zuckte auf seiner Stirn. Er sah Schweißtropfen auf Stans versteinertem Gesicht. Diane klammerte sich an seine Hand. Die Worte kamen wieder, diesmal von der anderen Seite des Autos. Man konnte immer noch nichts sehen.
»*Zu spät! Zu spät, um Joseph zu retten!*« Wieder dieses entsetzliche Lachen. »*Ihr alle* ...« Die Stimme wurde leise. Verschlagen dröhnte sie durch den Nebel. »*... ihr werdet alle sterben! Jeder von euch ... jeder vom Chapter ... jeder einzelne ... Die Sünden der Väter ... jeder ...*«
Der Nebel wurde jetzt dichter, bauschte sich enger ums Auto.
»Es kommt«, sagte Diane. »Ich kann es fühlen! Es kommt näher ... O Gott! Was sollen wir tun?«
Richard drehte sich im Sitz hin und her, suchte nach einem Anzeichen von Bewegung im wogenden Grau vor den Fenstern.
Näher ... Näher ...
Im Radio spielte immer noch *Midnight Express.* Richards Gedanken kreisten wie verrückt um die Ereignisse der letzten Tage.
Phil: »Die Polizei wurde gerufen aufgrund der Beschwerden der Nachbarn wegen des unwahrscheinlichen Krachs, den Mr. Stuarts Fernseher und Radio verursachten. Beide Geräte liefen auf voller Lautstärke, als die Polizei die Tür aufbrach und die Leiche entdeckte ...«
Kriechender Tod ... schleicht jetzt ums Auto ... gleitet hungrig und böse übers Dach ...
Robinson über Derek: »Und sein Fernseher im Wohnzimmer war voll aufgedreht.«
Der Alptraum in seiner Wohnung. Die wahnwitzige Monstrosität aus dem Bildschirm.
Ranken aus der Hölle ... geifern nach Tod ... Jetzt ... Jetzt! JETZT!
Das Fernsehen ... das Radio ... Midnight Express *... das Autoradio ...*
Richard stürzte sich auf den Radioknopf, gerade als die ersten

dünnen, giftigen Nebelfetzen sich durch die Lüftung ins Auto schlängelten. Etwas biß ihn brutal in den Finger, tief ins Fleisch. Er ignorierte es und schaltete das Radio aus. Die Ranken verschwanden.

Draußen im Nebel kreischte etwas. Das Geräusch war fast nicht zu ertragen.

Das Kreischen verhallte. Richard sah, wie der Nebel sich lichtete. Spinnwebenfetzen schwebten weg von den Autofenstern. In der Ferne hallte die Stimme.

»Ich komme bald wieder ... bald ... aber du! Die Frau! Du bist jetzt wie einer von ihnen ... du wirst auch sterben ... bald ... zu spät für Joseph ... zu spät ...

»Es verschwindet«, sagte Richard. Das Blut war ihm in den Adern gefroren, als die Stimme Diane drohte. »Jetzt kann es uns nichts mehr anhaben.«

Und dann war der Nebel in der Nacht verschwunden, genauso schnell, wie er gekommen war.

»Wie ... ?« begann Stan und starrte hinaus in die klare Nacht.

»Das Radio«, sagte Richard. »Frag mich nicht wie, aber das Ding benutzt Radio oder Fernsehen, um uns aufzuspüren. Wenn etwas eingeschaltet ist und wir in der Nähe sind, benutzt es das als Peilsender, um uns zu finden. Irgendwie schlüpft es da hinein und packt uns.«

Diane legte den Rückwärtsgang ein. Das Auto schwankte aus der Rille, raste zurück auf die Straße. Sekunden später reihten sie sich wieder in den Verkehr auf der Autobahn ein. Keiner sagte etwas.

»Sie haben entdeckt. Das ist gleichgültig. Bald wird es stark genug sein, sich ohne Hilfsmittel an sie heranzupirschen. Aber da ist einer, der nicht bei Ihnen war. Du mußt den Schlüssel noch einmal drehen und den Käfig öffnen.«

»Warum machst du diese Dinge? Was will es?«

»Das Fleisch ist der Käfig, und du bist das Fleisch. Es ist wieder Zeit für die Pirsch.«

Der zischende Schneesturm. Das Zischen und Summen unsichtbarer Kräfte in der Luft. Irgendwo da draußen ein kurzes, grausames Lachen. Das Zischen von Schlangen. Ein Blizzard elektrischen Schnees.

»Ich kann's nicht tun. Ich will's nicht tun. Nicht schon wieder.«

»Du wirst es tun. Du mußt vollkommen sein. Gorgus ... Imago ... Pacter ...«

»Es macht mich krank.«

»Nein, es macht dich vollkommen. Jedesmal macht es dich vollkommener. Ausdunkeln jetzt ... Ausdunkeln ... Necrolan ... Absavel ... Gorgus ...«

6

Zeit hatte für Joe jede Bedeutung verloren. Die Alptraumdrohung des Phantoms war ganz tief in sein Unterbewußtsein eingetaucht. Es war, als hätte sie nie existiert. Nur noch seine Arbeit war wichtig. Es war ohne Bedeutung, ob er nun schon Tage oder Wochen arbeitete. Nur noch der Ton und das Formen des Tons waren relevant. Er formte Stück für Stück, Handgriff für Handgriff. Die Arbeit ging entsetzlich langsam voran, aber das mysteriöse, kaum greifbare Gesicht begann endlich, unter seinen Händen zum Leben zu erwachen. Die Lippen waren perfekt, die Form, der leichte, einladende Schmollmund. Alles war perfekt. Für das Kinn hatte er länger gebraucht, aber schließlich war es ihm gelungen, diese gewisse Zartheit einzufangen. Er hatte sich keine Pause gegönnt, brauchte keine. Die Locken über den hohen Backenknochen waren nur unwichtige Details. Sie hatten viel Zeit gekostet, aber er hatte sich nicht so konzentrieren müssen. Die Stirn war das nächste gewesen, die sanfte Wölbung der Stirn. Die Nase hatte ihm große Schwierigkeiten bereitet, viel mehr, als er erwartet hatte. Aber endlich war es ihm gelungen, die leicht gebogene Nase perfekt zu formen.

Die Augen.
Er wußte, das war die allergrößte Herausforderung, und hatte sich darauf vorbereitet – das letzte, wichtigste Detail. Hatte nicht mal jemand gesagt, die Augen wären ein Spiegel der Seele? Die Augen hatten ihn verzehrt. Er hatte sich in ihnen verloren, mehr noch, als er sich in Pandoras Augen verloren hatte ...
Pandora ... Pandora ... Pandora ...
Wer war Pandora?
Der Name erweckte fremde, unliebsame Erinnerungen. Er verdrängte sie und konzentrierte sich noch stärker auf seine Arbeit. Die Augen beobachteten ihn dabei. Sie flehten ihn an, ihnen doch gerecht zu werden. Nur unter seinen Händen konnte das Bildnis zum Leben erwachen. Ein Gefühl des Unbehagens wuchs in ihm, die Wirkung der Drogen ließ nach, unangenehme Erinnerungen drohten zurückzukehren. Tiefer und tiefer stürzte er sich in seine Arbeit, konzentrierte sein ganzes Ich auf das Bild der Traumfrau. Solange er ihr alles geben konnte, was in ihm steckte, seine Seele, ja sogar sein eigenes Leben, so lange würden die dunklen Erinnerungen wegbleiben. Und nur allzugerne hätte er eine Rippe geopfert, um ihr Leben einzuhauchen.
Die Augen erwachten zum Leben. Joe fing an zu lachen und arbeitete weiter. Das Lachen war wild, hysterisch. Seine Finger werkelten fieberhaft – drückten und formten, bogen und höhlten aus. Sein kleines Skalpell tanzte blitzschnell über die Iris und die Linsen. Außer Atem hielt er inne, das Gesicht nach vorne geschoben, um sich seine Schöpfung zu betrachten. Sie war vollendet! Er hatte ihr ein Gesicht gegeben, ein Gesicht, das von jeher in seinem Unterbewußtsein lebendig gewesen war, das Gesicht einer Frau, die nie gelebt hatte. Er lachte wieder. Die Augen des Bildnisses schienen vor Freude über das gegebene Leben zu funkeln. Jubelnd breitete er die Arme aus und war gar nicht überrascht, als das Bildnis das gleiche tat.
Er badete in der Schönheit, die er geschaffen hatte, begab sich in die Arme seiner Schöpfung. Seine Arme schlangen sich um den Ton. Der Ton umschlang seinen Körper.

Und dann klärte sich Joes Blick mit einemmal. Alles drehte sich. Er schreckte auf, als würde er aus einem seltsamen Traum erwachen. Er war wieder in der Realität. Die Dunkelheit und die Angst waren da, beklemmend, drückend. Nur seine Schöpfung konnte ihn noch schützen. Jetzt erst fühlte er den kalten Ton um sich und hob voller Liebe sein Gesicht zu dem des Bildnisses.
Und dann schrie Joe, wie er noch nie in seinem Leben geschrien hatte.
Es war ein Hirngespinst gewesen, diese Vorstellung, eine perfekte Frau zu schaffen. Seine Hände waren von einer anderen Macht geleitet worden. Er hatte nicht erkannt, welches tönerne Grauen er da geschaffen hatte.
Der Ton umschlang seinen Kopf, saugte hungrig Joes Gesicht in seinen kalten Schlund, erstickte seine Entsetzensschreie, die Arme der Statue wanden sich fest um ihn und verzehrten seinen Körper in einer gnadenlosen Umarmung. Bei Joes Todeskampf fiel der Ölofen zu Boden. Gierige Flammen verschlangen Joes Beine, das flüssige Feuer fraß sich über den kahlen Holzboden zum Zeichenbrett und den Vorhängen.
Ton schleimte und troff.
In Minutenschnelle stand das Studio in Flammen. Der tote Bildhauer und sein tönerner Alptraum waren verschwunden.
Joe hatte das Gesicht des Phantoms gesehen.

7

»Es jagt mit Radio oder Fernsehen?« wiederholte Stan.
»Ich glaube schon.«
»Wie?«
»Woher soll ich denn das wissen?« Richard kämpfte gegen das Zittern in seinen Händen, seit sie ihre Fahrt fortgesetzt hatten.
»Ich glaube, ich kann's mir vorstellen«, sagte Diane. Es überrasch-

te sie selbst, wie ruhig ihre Stimme war. »Irgendwas da draußen – ein Phantom, wie ihr vom Byker Chapter so schön sagt – spürt euch einen nach dem anderen auf *(Uns! Es jagt* uns *einen nach dem anderen. O Gott!)*. Wir wissen nicht, was es ist oder warum es das macht, aber es könnte überall im Land sein. Wenn es Radio oder Fernsehwellen für seine Zwecke verwenden kann, könnte es aus jedem Empfänger ein *Auge* machen ... das uns sucht *(Da, jetzt hab' ich's gesagt!)*.«

»Aber es gibt Abermillionen von Fernsehgeräten und Radios«, sagte Stan. »Wie, zum Teufel, kann es uns da finden ... ?«

»Wir haben es da mit nichts Menschlichem zu tun, Stan«, sagte Richard.

»Ich weiß nicht ...«, Richard sah im Rückspiegel, wie Stan den Kopf schüttelte. »Es ist verrückt. Alles. Wie einer von den Filmen ab achtzehn, wo wir uns als Kinder ins Imperial reingeschmuggelt haben.«

»Stan, du weißt, wir haben es mit etwas Bösem zu tun, etwas Übernatürlichem. Du bist wahrscheinlich als erster zu dem Schluß gekommen.«

»So? Na, dann holen wir doch Peter Cushing. Der weiß sicher, was zu tun ist.« Stan lachte; oranges Licht von der Autobahn blitzte über sein Gesicht. »Warte! Die Geschichte mit der Puppe? Was haben Radio und Fernsehen damit zu tun?«

»Ich glaube ...« begann Diane. Sie schluckte, packte das Steuerrad fester und gab dem schrecklichen *Instinkt* nach, den sie von Kindheit an verdrängt hatte. »Ich glaube ... als das Phantom aus Dereks Fernseher oder Radio gekommen ist ... ist es in die Puppe gekrochen. Ich glaube, es ist in der Puppe geblieben, nachdem es Derek umgebracht hat. Als es die Polizei mitgenommen hat, ist eine Art ... *Macht* ... dringeblieben, hat abgewartet. Der Puppe ist es dann gelungen, aus dem Polizeirevier zu fliehen. Dann ist sie zur Wohnung zurückgekrochen ...«

»Also wirklich, Diane! Wie kannst du das alles wissen?«

»Halt den Mund, Stan, laß sie ausreden.«

»... ist sie zurück in die Wohnung gekrochen, weil sie gewußt hat ... einfach gewußt hat ... daß ein anderes Mitglied des Byker Chapter ... kommen würde, um nachzuschauen, was passiert war. Und das warst du, Richard.«
Stan sagte nichts mehr. Richard und Diane warteten auf seine Reaktion. Er schwieg weiter. Richard drehte sich zu ihm. Stan saß mit gebeugtem Kopf da. Er schaute hoch, sein Gesicht war aschfahl. Richard sah, daß er eins der Fotos vom Byker Chapter in der Hand hatte.
»Es ist Joe«, sagte er. »Er ist aus dem Foto verschwunden.«

Weit nach Mitternacht kamen sie schließlich vor Joes Wohnung an. Keine Spur von seinem Auto, und die Tür war verschlossen. Nachdem niemand auf ihr Klopfen reagierte, brachen Stan und Richard die Tür auf. Joe war offensichtlich überhaupt noch nicht in der Wohnung gewesen. Dann fiel Stan das Studio ein. Joe hatte auf dem Weg nach Newcastle dauernd davon erzählt. Jetzt hatten sie die Wahl: Entweder hatte Joe das Auto schon auf der Autobahn geliefert, oder er hatte es irgendwie nach Liverpool geschafft, hatte sich nicht getraut, in die Wohnung zu gehen, und war statt dessen ins Studio gefahren.
Der Feuerwehr war es gelungen, die Flammen zu löschen, als Diane auf der gegenüberliegenden Seite des Anwesens das Auto abstellte. Auf der anderen Seite standen zwei Löschzüge; die Zufahrt zum Studio war total versperrt. Rote Lichter blinkten in der Dunkelheit. Drei Wasserschläuche waren durch die Schmiedeeisengitter verlegt. Hinter der Steinmauer, die das Anwesen umschloß, verhüllte dichter schwarzer Rauch die Bäume. Diane bekam eine Gänsehaut. Der Rauch erinnerte sie an den Nebel auf der Autobahn. Die Polizei und die Feuerwehr waren so beschäftigt, daß ihnen der Fiat und seine drei Insassen überhaupt nicht auffielen.
»O mein Gott, nein ...«, stöhnte Stan und kletterte aus dem Auto. Der Körper war mit einem weißen Laken zugedeckt, aber als

sie die Bahre in den wartenden Krankenwagen manövrierten, fiel ein verkohlter Arm heraus. Richard fühlte, wie sich ihm der Magen umdrehte. Stan ließ sich gegen das Auto fallen, die Hände an den Hüften, den Kopf gesenkt. »O mein Gott.« Nach einiger Zeit stieg er wieder ein.

»Wohin jetzt?« fragte Diane, obwohl sie die Antwort schon kannte.

»Barry Clark.«

»Wenn er noch lebt«, sagte Richard.

»Er ist immer noch auf dem Foto, Herr Lehrer«, sagte Stan.

Sie rasten hinaus in die Nacht.

Eine Erinnerung in Richards Verstand.

Ein Sonntagnachmittag in Byker. Das Byker Chapter lag auf einer Wiese neben der Ouseburn Primary School. Die Luft flimmerte vor Hitze, als Derek mit einem Tablett Getränke aus dem Pub ging und sie vorsichtig zu ihnen trug. Die merkwürdig verschnörkelten Türmchen und Türme der Schule bohrten sich in einen wolkenlosen, blauen Himmel. In dem Park hinter der Schule, der seltsamerweise Omas Park hieß, spielten Kinder Fußball. Dahinter schimmerte der Verkehr auf der Byker Bridge. Zu ihrer Linken kam ein Schiff den Tyne hinauf. Seine Masten glitten langsam an den Gebäuden vorbei, die die Aussicht zum Fluß versperrten.

Pandora lag auf dem Bauch, die Ellbogen im Gras aufgestützt, das Kinn auf den Händen. Barry kaute an einem Grashalm. Richard beobachtete, wie Barry Pandora musterte, und fragte sich, was er wohl dachte. Die anderen rappelten sich aus dem Gras hoch, um die bernsteingoldenen Bierkrüge von Dereks Tablett entgegenzunehmen. Irgendwo zirpten fleißige Grashüpfer. Pandora lächelte geheimnisvoll, drehte sich auf den Rücken und ließ sich ein Glas kalten Wein vom Tablett geben. Ihre Augen waren so blau wie der Himmel.

Barry sah, wie Richard ihn beobachtete, und lächelte.

»Tiefschürfende Gedanken, Barry?«

»Ja ...« Er drehte sich um, schaute zuerst zur Schule, dann zu den Gestalten auf dem Gras. »Ich hab' an die Ouseburn School gedacht. Wir sind alle da zur Schule gegangen, nur Pandora nicht. Wir sind alle in Byker aufgewachsen. Sind alle zusammengeblieben. Das ist gut. Aber das Leben ist anders. Alles ändert sich irgendwann einmal. Ich meine, schau dir Byker an. Sie reißen es um uns herum ab. Es ist wirklich eine Schande, daß nicht alles so bleiben kann. Alles wird sich ändern. Bald wird's das alles hier nicht mehr geben. Und wir werden auch nicht mehr dasein.«

Pandora drehte sich wieder um. Ihre Haare waren voller Pusteblumensamen. Sie stieß Barry am Fuß. »Wir haben die Sonne, wir haben einen Drink, und wir haben uns. Laßt uns das Leben heute genießen.«

Richard lächelte und hob sein Glas. »Das Byker Chapter wird sich nicht verändern. Wir werden immer zusammensein. Wir werden immer Freunde bleiben.«

»Mir wird ganz schlecht von dem ganzen sentimentalen Quatsch«, sagte Stan und prustete in sein Bier.

Barry lachte. Seine nachdenkliche Stimmung verflog.

Richard dachte: *Von uns allen ist Barry der Empfindlichste. Er braucht Freunde mehr als jeder andere. Irgendwas in ihm wehrt sich immer dagegen.*

»Ganz gleich, was ihr sagt«, verkündete Pandora und legte den Arm um Barry. »Solange wir einander haben, kann nichts schiefgehen. Was wir haben, ist etwas ganz Besonderes. Etwas Magisches.«

»Glaubst du an Magie?« fragte Phil.

»Newcastle Exhibition Ale«, mischte sich Derek ein. »Da steckt wirklich Magie drin.«

»Natürlich glaub' ich an Magie«, erwiderte Pandora. »Mit einem Namen wie Pandora muß ich doch wohl an Magie glauben, oder?«

»Ja, was ist das überhaupt für ein Name?« fragte Joe.

Pandora ließ Barry los und schlug aus Spaß nach Joe, der auswich. »Das ist ein guter, alter Name aus Cornwall. Ich bin nicht aus Byker, wißt ihr noch? Ich bin Ausländerin.«

»Du bist adoptiert«, sagte Richard. »Wir haben dich adoptiert.« Er lehnte sich wieder zurück und schaute hinüber zum Fluß. Heute ging's ihm richtig gut. Wirklich gut. Eine tolle Sache, so gute Freunde zu haben. Sie glaubten alle an das Chapter. Sie glaubten alle an Freundschaft. Er wandte sich wieder zu Barry, nippte an seinem Bier. Das angedeutete Lächeln in seinem Gesicht bestätigte, was Richard fühlte: Er war der Angreifbarste. Seine Unsicherheit brauchte Schutz. Und das würden sie ihm immer geben.

Das Byker Chapter würde überleben.

8

Das Personal des Imperial war fertig mit Aufräumen und verschwand per Taxi in der Dunkelheit. Gläser waren gewaschen und gestapelt, Aschenbecher ausgeleert. Deejay hatte die hauseigenen LPs und Singles im Büro eingesperrt und seine eigenen wie immer mit nach Hause genommen. Die Diskolichter waren abgeschaltet und ausgesteckt. Die Sicherheitstüren waren verschlossen, der Einbrecheralarm in Betrieb.

Das Imperial war eingehüllt in jener absoluten Dunkelheit, die es aus den Jahren als Ruine kannte, aus jener Zeit, in der es wieder einmal auf seine neueste Transformation wartete.

Und im Herzen der Dunkelheit stand Pearson, der Submanager, und labte sich am Schweigen in der Mitte der Tanzfläche.

Lange stand er so mit gefalteten Händen da, den Kopf gesenkt. Er genoß die Nacht, roch die Stille, atmete tief durch. Jetzt endlich, nach so vielen Jahren des Wartens, würde geschehen, worum er gebetet hatte.

Schauder freudiger Erwartung liefen ihm über den Rücken. Irgendwo draußen raste ein Auto vorbei, seine Scheinwerfer erhellten kurz die Haupteingangstür, schickten lange Strahlen Bernsteinlicht über die Nachtklubwände und die Mosaikkacheln hinter der Bar. Pearson drehte sich forsch um und ging schnell über die Tanzfläche. Die Schwärze, die er liebte, behinderte ihn nicht. Er ging eilig die Treppe hoch. Das Echo seiner Schritte wurde schnell von der Finsternis verschluckt.

Die Sicherheitstür am oberen Treppenabsatz ging von alleine auf. Oranges Licht durchdrang die Dunkelheit, zeichnete seine Silhouette messerscharf an die Wand. Irgendwo hinter der Tür, an der Quelle des Lichts, sagte eine leise Frauenstimme:

»Der dritte Vater ist tot.«

Pearson blieb an der Schwelle stehen.

»Dann sind wir bereit, anzufangen«, sagte er.

Eine kleine Gestalt trat an die Schwelle. Lange stand sie da und schaute Pearson an. Pearson streckte die Hand aus. Die kleine Gestalt nahm sie. Zusammen stiegen sie die Treppe wieder hinunter. Die Tür schloß sich lautlos hinter ihnen. Sie überquerten die Tanzfläche, dann stießen sie die gepolsterte Tür zum Foyer auf. In Sekundenschnelle war der Einbruchsalarm deaktiviert.

Der Mann und sein kleiner Begleiter gingen hinaus auf den regennassen Gehsteig. Schmutziges, sprudelndes Wasser jagte Abfall im Rinnstein. Ein Vollmond segelte zwischen Wolkenfetzen am Himmel. Sie gingen in Richtung Hauptstraße.

Auf der leeren Straße wechselten Ampeln schweigend das Licht – rot, orange, grün, orange. Rot, orange, grün, orange – genau wie die Diskolichter im Imperial. Pearson und die kleine Gestalt blieben neben einem Schaufenster stehen. Zusammen drehten sie sich zum Fenster.

»Unser Bote ist da drinnen«, sagte Pearson.

»Ja«, sagte eine kleine Stimme.

»*Imago ... Pacter ... Emergo ...*«, begann Pearson und hob die Hände gen Himmel. »Erscheine!«

Die Ampeln auf der Shields Road glühten blutrot im Schaufenster.

»Gorgus ... Imago ... Absavel ...«
»Erscheine!«
Auf der anderen Seite des Glases bewegte sich etwas.

Grahams Kleiderladen stand zwischen einem Gefrierschrank-Center und einem Pub auf der Shields Road, eine Minute zu Fuß vom Imperial-Nachtklub auf der Byker Bank im Osten, eine Minute vom Polizeirevier auf der Clifford Street.
Folglich war die Polizei in kürzester Zeit zur Stelle, als an diesem Donnerstagabend der Einbruchsalarm ausgelöst wurde. Wesentlich schwieriger erwies es sich, den Manager zu erreichen. Police Constable Brewers Nerven waren also schon reichlich durch das Getöse des Alarms strapaziert, als er endlich eintraf. Der Manager, Mr. Benson, sah etwas verstört aus, seine Augen wirkten sehr verschlafen. Er trug nur einen Mantel über seinem Pyjama; Schuhe hatte er an, aber keine Socken. Seine Haare waren ungekämmt.
»Verfluchte Scheiße«, lautete sein einziger Kommentar, während er sich den Schaden ansah. Die Hauptfenster waren zertrümmert. Glas schimmerte auf dem Gehsteig.
Die kalte Nachtluft war tief in den Laden eingedrungen, als Benson ihn öffnete und sie eintraten. Ihr Atem machte kleine Wolken. Brewer schaute sich um, während Benson hektisch das Safe und die Warenbestände überprüfte. Es war ein kleiner Laden, der schon alle Arten Handel beherbergt hatte. Mal war es ein Zeitungsladen gewesen, mal ein Schnaps- und mal ein Secondhand-Buchladen. Momentan stellte er ein Kleidergeschäft dar. Bunte Pappschilder versprachen einen Räumungsverkauf, der nun schon dreizehn Monate dauerte. Ein halbes Dutzend schäbiger Kleiderpuppen standen unbeholfen herum. Auf beiden Seiten des Ladens hingen Hemden und Hosen in ordentlichen Reihen.
»Der Safe ist okay«, sagte Benson schließlich und tauchte aus dem Hinterzimmer auf. »Soweit ich sehen kann, fehlt keine Ware.«
Brewer stand neben dem zertrümmerten Schaufenster.

»Wahrscheinlich ein betrunkener Jugendlicher«, sagte Benson und stellte sich neben ihn. »Diese Schweine! Haben bestimmt einen Ziegel durchs Fenster geworfen.«
»Ziegel haben wir nicht gefunden«, sagte Brewer nachdenklich. »Die müssen ...«
»Scheiße«, rief Benson plötzlich.
»Was?«
»Die Puppe. Sie haben eine von meinen Schaufensterpuppen gestohlen.« Er drehte sich um, suchte nach weiteren Beweisen, bückte sich und hob ein Jackett und eine Hose vom Boden auf. »Das versteh' ich nicht.« Er hielt die Kleidungsstücke hoch, um sie Brewer zu zeigen. »Die Puppe hat die Sachen angehabt. Warum, zum Teufel, haben die eine Puppe ausgezogen? Warum klauen die eine schäbige alte Schaufensterpuppe und nehmen sonst nichts mit?«
»Kinder«, sagte Brewer. »Wahrscheinlich Kinder ...« Er studierte immer noch den Ladenboden und den Gehsteig davor. Irgendwie war ihm nicht ganz wohl in seiner Haut, und er wußte nicht, warum. Es hatte was mit dem Fenster zu tun.
»Komisch ist das, nicht wahr?« sagte er schließlich.
»Was?«
»Auf dem Ladenboden ist überhaupt kein Glas. Nur auf dem Gehsteig draußen.«
Benson räusperte sich energisch. »Vielleicht wollte die Puppe einfach einen Spaziergang machen?« Insgeheim dachte er: *Scheißpolizei. Die halten sich alle für Starsky und Hutch.* »Aber so was machen Schaufensterpuppen einfach nicht, oder?«
»Nein«, sagte Brewer betreten und schaute in die Nacht hinaus. »Natürlich nicht.«

9

Für einen Freitagabend war es im Imperial sehr ruhig heute. Das erste Mal wünschte sich Angie, es wäre mehr los. Normalerweise gingen ihr das Gedränge am Tresen, die Streitereien und das dämliche Gerede auf die Nerven. Vor lauter Rennen hatte man gar keine Zeit zum Nachdenken. Und gerade das wäre ihr heute abend lieb gewesen, ihr ging viel zuviel durch den Kopf. In letzter Zeit waren ihr die Probleme ein bißchen über den Kopf gewachsen. Sie hatte zwar inzwischen gegen das betrunkene Gefasel, die Klischees und die Anmacherei ein recht dickes Fell entwickelt, aber heute abend wären sie ihr gerade recht gekommen.

Jason, ihr zweijähriger Sohn, kränkelte. Er hatte vor zwei Tagen Fieber gekriegt, und es war nicht runterzukriegen. Ohne ihre Mutter hätte sie es überhaupt nicht geschafft. Die Arbeitszeit im Nachtklub war beschissen. Sie hatte sich schon fast entschieden, aufzuhören, und sich woanders einen Job zu suchen. Aber so leicht konnte sie den Job auch nicht in den Wind schießen, heutzutage war's gar nicht so einfach, was zu finden. Um sich zu beschäftigen, polierte sie Gläser, die eigentlich schon poliert waren. Josh redete auf sie ein, erzählte ihr von einem neuen Nachtklub, der gerade auf der anderen Seite der Stadt aufgemacht hatte, aber Angie hörte kaum, was er sagte. Drüben auf der Tanzfläche legte Deejay automatisch Platten auf, redete fast nichts. Er brauchte Leute, um in Fahrt zu kommen, nicht die paar Freier, die heute da waren. Ab und zu erwischte sie ihn dabei, wie er sie anstarrte. Er hatte einmal versucht, bei ihr zu landen, aber sie hatte ihm ihre beste kalte Schulter gezeigt. Er hatte sich nie wieder bemüht.

Mit ihren stolzen zweiundzwanzig Jahren hatte Angie schon einiges hinter sich: Kellnerin, Aufpasserin im Waschsalon, und einmal hatte sie mit einer Partnerin eine Tournee als Sängerin durch Arbeiternachtklubs gemacht. Dabei hatte sie Johnny kennengelernt – Johnny und sein großspuriges Gerede von wegen, was er werden wollte und wo er mit ihr überall hinfahren würde.

Sie war schwanger geworden, und Johnny war aus ihrem Leben verschwunden, hatte seine großen Pläne mitgenommen. Wenn sie mal wieder schlecht drauf war, so wie heute, träumte sie von dem Tag, an dem er im Imperial einlaufen würde. Sie hatte sich schon oft vorgestellt, was dann passieren würde. Sie musterte die Kunden an der Bar und auf der Tanzfläche. Ein Typ mit Goldkette stand mit dem Rücken zur Bar, das Hemd fast bis zum Bauchnabel offen, und beobachtete zwei Mädchen, die miteinander tanzten. Seine Absichten waren ihm ins Gesicht geschrieben. Das war genauso einer wie Johnny. Hoffentlich kommt er an die Bar und versucht mich anzumachen. Dann stell' ich mir einfach vor, es ist Johnny. Dann kann ich gleich mal üben. Der Wichser soll es bloß versuchen. Sie trocknete das Glas ab und stellte es auf den Tresen. Und dann kam der Typ rein.

Sie hatte ihn noch nie zuvor gesehen, aber es ging ihr durch und durch, als sie ihn sah. Er war groß, sehr gut angezogen, braungebrannt – bestimmt nicht von der Sonne in Newcastle. Er war auf Anhieb unheimlich anziehend. Er schaute sich kurz im Klub um, dann ging er schnurstracks zur Bar. Er sah sie und lächelte. Das Lächeln war schön, sexy und einladend. Angie fühlte, wie Jahre der Bitterkeit von ihr abfielen. *Kann das wirklich passieren?* dachte sie. Das Lächeln verzauberte sie. Er ließ ihre Augen nicht los, zog sich einen Hocker her und setzte sich. Sie ging zu ihm, verlegen wie eine Fünfzehnjährige in Anwesenheit eines Filmstars. *So was ist mir ja schon ewig nicht mehr passiert. Was ist überhaupt los?*

»Was zu trinken?« hörte sie sich selbst fragen.

»Whisky, bitte.« Wieder dieses Lächeln. Perfekte weiße Zähne. Funkelnde Augen. Sie spürte förmlich seine Aura, eine fast magische Aura. Angie war völlig hingerissen. Sie reichte ihm sein Glas Whisky.

»Du heißt Angie, stimmt's?«

» ... Richtig ...« *Warum klopft mein Herz denn so? Warum bin ich so nervös?* »Woher haben Sie das gewußt?«

»Ich bin ein Freund von Mr. Pearson ... und dem Weib. Ich weiß alles über das Imperial und wer hier arbeitet. Ich hab' gehofft, ich würde Sie kennenlernen ...« Er gab ihr eine Fünfpfundnote und hielt sehr lange ihre Hand. Verwirrt und ganz aufgeregt schaute sie ihm direkt in die Augen. Als er wieder lächelte, wurde ihr ganz warm ums Herz. Wohlige Schauer liefen ihr über den Rücken.
»Wir haben viele Dinge zu besprechen, Angie«, sagte er.
»Dinge?« fragte Angie. Sie konnte kaum atmen.
»Über dich und mich.«
Plötzlich wollte Angie seine Hand nicht mehr loslassen.

Josh hatte schon gesehen, daß Angie mit den Gedanken woanders war, aber er redete trotzdem weiter auf sie ein. Sie war sehr launisch, manchmal war überhaupt kein Rankommen an sie. Aber heute abend war er genauso schlecht drauf und brauchte jemanden, mit dem er reden konnte – egal worüber. Angie war deprimiert, na schön, er auch, also redete er einfach weiter, auch wenn sie ihm nicht zuhörte.
Josh wohnte in Heaton, ein Vorort von Newcastle, den die Hauptstraße, Shields Road, von Byker trennte. Er lebte schon drei Jahre mit David in der Wohnung; allmählich hatte er die Schallgrenze erreicht. Sie hatten schon einige Krisen hinter sich, aber diesmal war's schlimmer. Josh wußte, es lag daran, daß David keinen Job fand. Er hatte als Buchhalter bei einer Spedition gearbeitet. Verdient hatte er nicht viel, aber es reichte zum Leben. Dann war die Firma pleite gegangen. David war überflüssig geworden, und seither ging alles schief. Die Reibereien waren vorprogrammiert, da Josh arbeitete und Geld nach Hause brachte und David nichts dazu beisteuern konnte. Josh hatte versucht, ihm beizubringen, es wäre egal, aber in den letzten Wochen war alles eskaliert. Die große Trennung stand unmittelbar bevor. Herzzerreißend, aber absolut unvermeidbar. David war viel aggressiver als er; manchmal sah Josh direkt, wie er vor Wut und Frust förmlich schäumte. Sehr bald würde der Tag kommen, an dem der große Streit

stattfinden würde – der endgültige Streit –, und dann würde David für immer aus seiner Wohnung und aus seinem Leben verschwinden.

Josh hörte auf zu reden, als der neue Kerl reinkam. Er war wirklich sehr attraktiv, und Josh versuchte, ihn auf sich aufmerksam zu machen, aber der Typ ging einfach schnurstracks an die Ecke der Bar und fing an, mit Angie zu reden. Josh verließ die Theke, nahm sich ein Tablett und beschloß, eine Runde durch den Klub zu machen – leere Gläser einsammeln. Sie hatten zwar heute abend nicht viel verkauft, aber Pearson war da immer recht pingelig. Am Haupteingang lehnten Paul und Andy, die Türsteher, mit ihren schwarzen Anzügen und den komischen Fliegen. Um Paul machte er immer einen möglichst großen Bogen. Er war klein, gedrungen, gebaut wie ein Boxer und hatte auch die dazugehörige gebrochene Nase und die Schweinsaugen. Pauls glatte blonde Haare waren brutal hinter seine kleinen Ohren gekämmt. Der Mann war ein verblödeter, aufgeblasener Miesnick, der sich damit brüstete, wieviel Tunten er schon umgehauen hätte. Er hatte Joe gegenüber vage – und weniger vage – Drohungen ausgestoßen. Er war nur auf Ärger aus. Je weiter er von ihm weg war, desto lieber. Er hatte Joe auch jetzt schon erspäht, als er um die Kurve zur Tanzfläche kam. Er sagte etwas zu ihm, aber Josh hörte ihn nicht, weil die Musik so laut war. Er schaute auch nicht hoch, denn das gäbe sowieso nur Ärger. Er sammelte einfach die paar Gläser ein, die er finden konnte, spürte aber Pauls Spott von der Tür. Andy lachte ebenfalls.

»Die schwule Sau«, sagte Paul. »Dem sollten sie einen Rock und Glitzerstrumpfhosen anzieh'n. Das würd ihm besser stehn.«

Andy lachte wieder. Es war ein höfliches, verlegenes Lachen, aber Paul bemerkte es nicht. »Laß ihn doch, Paul. Er kann doch nichts dafür.«

»Stehst du auf ihn?« Paul drehte sich zu ihm um, seine Augen blitzten. Diesen blöden, brutalen Blick kannte Andy nur allzugut. Spontane Bemerkungen waren in Pauls Nähe nicht ratsam.

»Diese Schwuchtel! Also, Paul. Du weißt schon, was ich meine. Der ist doch einfach den Aufwand nicht wert.« Andy fühlte, wie sich der Schweiß unter seinem Kragen sammelte. Er lockerte ihn. Paul knurrte etwas Unverständliches und lehnte sich wieder mit verschränkten Armen an die Wand. Die Gefahr war vorübergehend gebannt.

»Ein Gesetz müßt' es geben. Irgendwie dürfte man die gar nicht auf die Straße lassen.«

»Wie geht's denn deinem Bruder, Paul?« fragte Andy und wechselte das Thema. »Hat er sich schon von dem Unfall erholt?«

Paul schien ihn gar nicht gehört zu haben, er stierte immer noch in den Nachtklub. »Und die! Die Kuh hinter der Bar. Der muß auch mal einer zeigen, wo's langgeht. Die glaubt, sie ist was Besseres. Die pack' ich irgendwann mal, und wie ihr das gefallen wird ...«

Andy hatte ihn schon ein paarmal so erlebt. Er hatte sich wieder vollaufen lassen. Wenn Pearson die Fahne roch, dann war die Kacke wieder am Dampfen. Paul war zwar viel zu dumm, um sich von den Drohungen eines Submanagers einschüchtern zu lassen, aber manchmal hatte Andy Angst, Paul würde Pearson den Schädel einschlagen, wenn er noch eine Bemekung machte. Er wußte, wozu Paul fähig war; der Mann war ein Monster. Wenn er was getrunken hatte, wurde er noch aufsässiger, irgendein armes Schwein hatte dann wieder nichts zu lachen. Es war Tatsache, daß Paul den Fahrer, der in den Unfall verwickelt war, bei dem sein Bruder verletzt wurde, aufgespürt und ihm dann die Beine mit einem Kricketschläger gebrochen hatte.

»Haben sie eigentlich je den anderen Fahrer ... ?« fing er noch mal an, aber es war zu spät. Paul war plötzlich wie ein Panzer in den Nachtklub davongeschossen.

»Ach du liebe Zeit ...« Andy drehte das Gesicht zur Wand. Er ging zur Tür, um frische Luft zu schnappen. Wenn's Ärger gab, dann wollte er nichts damit zu tun haben. Besoffene Freier rauswerfen war okay, aber sich jemanden suchen und ihn zusammenschlagen, weil einem die Nase nicht paßt, das war nicht gerade das Gelbe vom Ei ...

Paul ging direkt zur Bar. Die Kuh redete mit irgendeinem Schleimer, den er noch nie gesehn hatte. Sie plapperten beide munter drauflos und lächelten, so 'n richtiges Scheißlächeln. Den lächelte sie an, so wie sie ihn nie anlächelte. Sie hatte immer weggeschaut, wenn er mit ihr redete. Das war einfach zuviel, wie sie diese halbe Portion zum Lächeln brachte. Josh war jetzt vergessen. Paul wußte genau, was er tun würde, wenn er an der Bar angekommen war. Er spielte schon mal das Szenario durch, während er durch den Nachtklub stapfte.

Belästigt dich der Kerl, Angie?

Was? Nein ... nein, tut er nicht. Wir reden ...

Los, Mister. Sie haben zuviel getrunken. Zeit zu geh'n.

Wovon reden Sie überhaupt? Ich hab' gerade meinen ersten Drink bezahlt. Ich bin nicht betrunken. Ich unterhalt' mich bloß ...

Das ist Ihre letzte Chance. Entweder Sie gehn jetzt freiwillig, oder ich mach' Ihnen Beine.

Laß ihn in Ruhe, Paul. Wir unterhalten uns bloß. Alles okay. Laß uns in Ruhe.

Ja, alles okay. Bitte, ich will keinen Trabbel.

Eine Chance geb' ich Ihnen noch.

Wirklich, ich ...

Klatsch! Peng! Raus mit dir, du Schleimer ...

Angie schaute hoch, als Paul die Bar erreicht hatte. Der Schleimer reagierte überhaupt nicht. Paul sagte: »Belästigt dich der Kerl, Angie?«

»Was?« fragte Angie in diesem arroganten Ton, der ihn total wahnsinnig machte.

»Na schön, Mister. Sie haben zuviel getrunken. Es ist ...«

Und dann blickte Pauls potentielles Opfer auf.

Das sind die Diskolichter, dachte Paul voller Panik. *Das liegt bloß an den Diskolichtern, daß seine Augen so ausschaun. Das Licht spiegelt sich ...*

»Ja?« fragte der Mann.
Die Augen waren schwarz. Ein nasses, schimmerndes, uferloses Schwarz, wie schwarze Murmeln, die im Zwielicht glänzen. Keine Pupillen, keine Iris, nur dieses tiefe, tiefe Schwarz. Der Mann lächelte, und das Lächeln gab Paul das Gefühl, er würde am Rand eines unendlichen Abgrunds stehen. Der Vorsprung bröckelte schon, gleich würde er fallen.
»Ich hab' bloß gemeint ... bloß gemeint ...« hörte er sich murmeln. Angie schaute immer noch ihn an, hatte das Gesicht des Fremden nicht gesehen.
»Geh doch einfach, und such dir jemanden zum Rausschmeißen, Paul«, sagte sie. »Dafür wirst du doch schließlich bezahlt, oder ?«
»Was haben Sie bloß gemeint?« fragte der Fremde. Und Paul fühlte, wie er auf dem gefährlichen Vorsprung das Gleichgewicht verlor. Er würde fallen, fallen und fallen, in diese abgrundtiefen, höllischen, schwarzen Augen.
»Nichts ... Nichts ...« Er torkelte von der Bar weg, als wäre er der Kunde, der zuviel getrunken hatte. Er wollte nur weg von der Bar, zurück zum Eingang, bevor der Boden unter ihm verschwand und ihn mitriß. Er hörte nicht einmal Angies verächtliches Schnauben, als sie sich wieder dem Gast zuwandte.
Er lächelte sie an, tat die Episode mit dem Türsteher mit einem Schulterzucken ab.
»Sie brauchen sich nichts zu denken, der ist eben komisch«, sagte Angie. Sie beugte sich vor, um ihr Dekolleté besser zur Geltung zu bringen. Jetzt sah sie erst, wie attraktiv der Kerl wirklich war. Und diese Augen. Diese tiefblauen, lächelnden, kristallklaren Augen.

Josh kam gerade mit ein paar Gläsern an die Bar zurück, als Paul wortlos in Richtung Eingang davonstürmte. Josh machte einen Satz zur Seite und hob schützend die Arme vors Gesicht, aber Paul interessierte sich überhaupt nicht für ihn, sah ihn nicht einmal. Josh pochte das Herz bis zum Hals, als er Paul nachschaute, wie er im Empfangsbereich verschwand.

Er faßte sich wieder und glitt schnell unter der Falltür durch in die Bar. Angie war immer noch in die Unterhaltung mit diesem Kerl vertieft, ihrem Benehmen nach zu schließen, war sie sehr an dem Typen interessiert. Er beachtete die beiden einfach nicht und begann, die Gläser vom Tablett zu waschen. Dabei mußte er erneut an Paul und dessen merkwürdigen Abgang aus dem Nachtklub denken. Der hatte wahrscheinlich wieder zuviel getrunken. Josh hatte ihn schon ein paarmal draußen im Hof gesehen, durch den der Schnaps angeliefert wurde. Paul hatte da draußen eine Flasche versteckt – wahrscheinlich aus dem Lager geklaut – und bediente sich oft. Wahrscheinlich hatte er heute zuviel erwischt. Josh mußte lachen und polierte weiter Gläser. Er schaute zu Angie und ihrem neuen Freund. Und der schaute rüber zu ihm ... schaute und schaute ... mit einem netten Lächeln auf den Lippen. *Nein ... nein ... da stimmt doch was nicht. Er kann mich doch nicht anschaun, als wär' er an mir interessiert. Er macht doch Angie an. Der kann doch gar nicht an mir interessiert sein. Oder doch?*
Aber er schaute ihn *doch* an und sah erst weg, als Angie mit seinem Drink zurückkam. Widerwillig bediente sie dann einen neuen Kunden. Der neue Typ prostete Josh zu. Er nippte an seinem Drink und lächelte ironisch.
»Cheers«, sagte Josh. Sein Herz klopfte bis zum Hals, und er war ganz rot geworden. Dann kam Angie zurück, und der neue Typ unterhielt sich weiter mit ihr. Josh bediente einen anderen Kunden, immer noch ganz aufgeregt und außer Atem.

Nachdem er sich auf der Toilette übergeben hatte, dankbar, daß kein Freier ihm dabei zuschauen konnte, wusch sich Paul das Gesicht und hielt sich mit gesenktem Kopf am Waschbecken fest, bis er das Zittern unter Kontrolle hatte. Er verstand nicht, was da im Nachtklub passiert war, daß er so reagierte. Das Licht hatte alles verzerrt, das war alles. Das Licht und die Scheißmusik hatten ihn schwindlig gemacht. Wahrscheinlich war der letzte Schluck

Fusel draußen im Hof einfach zuviel gewesen. Er warf sich noch eine Handvoll Wasser ins Gesicht und schüttelte den Kopf wie eine große Bulldogge mit labbrigen Lefzen. Er atmete tief ein und blies ganz laut die Luft wieder raus. Das tat ihm gut. Er wischte sich das Gesicht ab. Dann holte er einen Kamm raus und strich sich seine blonden Haare zurecht. Ein Freier kam rein und ging zum Becken. Paul ließ ihn nicht aus den Augen, während er sich kämmte. Wenn der Typ auch nur einen Blick riskierte und merkte, wie mies es ihm ging, dann würde er ihn einfach hinausschmeißen, so schnell konnte der gar nicht schauen. Sein Glück, der Freier war vollauf mit Pinkeln beschäftigt. Paul schnaubte verächtlich und ging zurück in den Empfangsbereich.

Andy merkte schnell, daß er irgendwie anders war als sonst. Da war etwas in den kleinen Schweinsaugen, etwas, das er da noch nie gesehen hatte und das Paul vergeblich zu verstecken versuchte. Er ging zur Tür und schaute in den Nachtklub. Alles schien ganz normal. Angie redete immer noch mit dem Typen, der Typ lächelte immer noch. Vielleicht war er ein Karateexperte oder ein Bulle oder so was. Alles eins, er war immer noch am Leben und sollte sich glücklich schätzen.

Eine Truppe Freier mit Freikarten drängte plötzlich zur Tür herein, und Paul ließ sie widerwillig passieren. Andy hielt die Türen zur Garderobe auf. Irgendwo da drinnen las der kleine Jackie Trent ein Taschenbuch, mäuschenstill wie immer.

Paul stellte sich neben Andy an die Tür zum Nachtklub und starrte haßerfüllt hinein. Andy beobachtete ihn, sah, daß er den Typen, der sich mit Angie unterhielt, nicht aus den Augen ließ, und fragte sich, was, zum Teufel, da vorging. Paul murmelte wütend vor sich hin, aber sein Ärger war nicht sehr überzeugend: »Den Kerl krieg' ich. Wenn der probiert, morgen abend reinzukommen, dann find' ich schon einen Grund, dann schenk' ich ihm ein paar ein und werf' ihn raus. Da find' ich schon was! Seine Schuhe, seine Krawatte, seine verdammte Haarfarbe ...«

Andy wußte, daß er bloß versuchte, sich durch die Wut von etwas

abzulenken, das ihm noch nie im Leben passiert war, wahrscheinlich aus Dummheit und Ignoranz, nicht weil er so mutig war.
Er hatte Angst.

10

Um zwei Uhr hatten sie wenig Schwierigkeiten, den Nachtklub zu räumen. Das Geschäft war schlecht gewesen, und die paar Freier holten bald ihre Mäntel ab. Andy bemerkte, daß Paul trotz allem, was er vorher gesagt hatte, sich wohlweislich von der Barseite des Klubs fernhielt. Andy wechselte nur einen Satz mit dem Kerl, der Paul die Scheuklappen aufgesetzt hatte. Der war doch eigentlich ganz normal. Ziemlich dicke mit Angie, na und? Als Andy ihn aufforderte, auszutrinken, hatte er nur gelächelt und ihm zugeprostet zum Zeichen, er hätte verstanden. Was war da die Schwierigkeit? Andy war weitergegangen, hatte den anderen Freiern gesagt, sie sollten austrinken.
Während er im Empfangsbereich den Gästen, die gingen, die Tür aufhielt, bemerkte er, daß der Fremde immer noch an der Bar saß. Angie spülte die Gläser, die Josh eingesammelt hatte. Er schaute kurz zu Paul; der stand ganz in der Nähe unter einem der großen Mosaiken an der Nachtklubwand. Sein Blick war auf die Bar gerichtet, und er zitterte, aber aus der Entfernung konnte Andy nicht erkennen, ob aus Wut oder aus Angst. Auf jeden Fall würde da etwas passieren. Wenn ja, würde er einfach wegschauen. Paul hatte jetzt einen Anlaß, den starken Mann zu markieren. Der Fremde war aufgefordert worden, das Lokal zu verlassen, und saß immer noch da. Es war Pauls gutes Recht, rüberzugehen und ihn aufzumischen, wenn ihm danach war. Aber Paul stand einfach nur da und starrte, ballte die Hände immer wieder zu Fäusten.
Das Geräusch einer aufgehenden Tür lenkte Andys Aufmerksamkeit auf eine Treppe gleich hinter der Tanzfläche. Ein Lichtkegel wanderte die Stufen hinunter, kurz darauf erschien eine hagere

Silhouette in der Türschwelle und kam dann schnell aus der Wohnung des Weibes runter. Es war Pearson. Er sah aus wie ein Leichenbestatter aus einem Gruselfilm. Er wollte offensichtlich nachschauen, ob alles glatt lief und die Gäste das Lokal verließen. Andy scheuchte die Gäste; man mußte sehen, wie er arbeitete. Pearson nickte Deejay zu, als er die Tanzfläche überquerte; rote und grüne Farbflecken tanzten über seinen nüchternen schwarzen Anzug und seine schneeweißen Haare.

Andy beobachtete, wie Paul auf ihn zuging. Offensichtlich wollte er jetzt, wo der Boß da war, eine große Show abziehen und den Fremden rauswerfen. Nein, doch nicht. Überrascht stellte Andy fest, daß Paul nicht zur Bar ging, sondern auf Pearson zu. Er war zu weit weg, um zu verstehen, was Paul sagte, aber Pearson ging in Richtung Empfangsbereich. Was Paul zu sagen hatte, schien ihn nicht zu interessieren.

» ... wurde aufgefordert, zu gehen, Mr. Pearson.«

»Ach wirklich?« Und dann, zu den Gästen: »Ich hoffe, Sie hatten einen angenehmen Abend. Bitte beehren Sie uns wieder.«

»Soll ich ihn rauswerfen, Mr. Pearson?«

»Nein, Paul, sollen Sie nicht.«

»Aber es ist zwei Uhr, Mr. Pearson. Er ist zum Gehen aufgefordert worden und ist immer noch da.«

»Das Weib sagt, er kann bleiben.«

Pearson verließ lächelnd den Empfangsbereich und ging in Richtung Bar. Der Typ war also ein Freund der Chefetage. Andy beobachtete Paul. Sein Gesicht war ein Kaleidoskop von Verwirrung, Wut und Brutalität. Er sah aus, als würde er jeden Moment explodieren! Andy mußte sich das Lachen verkneifen. Wenn Paul das sah, würde er wahrscheinlich mit eingeschlagenen Zähnen im Rinnstein landen. Er beobachtete, wie Pearson an der Bar vorbeiging und dem Fremden kurz zuwinkte. Der Fremde lächelte ihn an, und Pearson verschwand in den tieferen Schatten des Nachtklubs.

Der letzte Kunde verschwand in der Nacht. Paul stürmte in den

Empfangsbereich, trat voller Wut gegen die Toilettentür und ging hinein.
Andy trat an den Schreibtisch, zündete sich eine Zigarette an und lehnte sich an die Wand. Das war vielleicht ein komischer Abend gewesen.

So gut hatte sich Josh noch nie gefühlt. Die ganze Nacht lang hatte sich dieses neue Gesicht mit Angie unterhalten. Sie hatten gelacht und geredet wie ein Liebespaar. Aber jedesmal, wenn Angie einen Gast bedient hatte oder noch was zu trinken holte, hatte der Fremde ihm diese Blicke zugeworfen. Josh hatte ein paarmal versucht, sich an dem Gespräch zu beteiligen, aber Angie hatte ihm zu verstehen gegeben, das wäre ihr Revier. Er mußte sich also zurückhalten, sonst hätte sie ihm eine Szene geschmissen. Angie konnte sehr zickig sein, wenn ihr danach zumute war. Josh wußte nichts von Pauls Auftritt mit dem Fremden, aber er hatte bemerkt, wie Mr. Pearson ihm kurz zuwinkte. Als Pearson außer Reichweite war, sah er, daß Angie sich scherzhaft verbeugte. Der Fremde lächelte.
»Gute Beziehungen«, sagte er.
»Ich bin hier fertig. Okay, wenn ich gehe?« Angie hatte es recht eilig. Josh war ganz geknickt, als er sah, daß der Fremde aufstand. Wollte er sie nach Hause bringen?
»Klar«, erwiderte er. »Ich glaub', es ist alles soweit fertig. Soll ich dir ein Taxi rufen?«
»Brauch' ich nicht. Mein Freund fährt mich nach Hause.«
»Okay.« Josh war total niedergeschlagen. Angie schlängelte sich an ihm vorbei, unter die Klappe, aus der Bar. Alles war nur ein schrecklicher, schrecklicher Scherz gewesen. Schon seit der Schule mußte er immer wieder diese Enttäuschungen hinnehmen. Er hätte es wissen müssen.
Aber plötzlich stand der Fremde direkt vor ihm an der Bar. Er lächelte immer noch, beugte sich vor und nahm Joshs Hand, während sich Angie unter der Platte durchschlängelte. Er drückte

Josh etwas in die Hand, lächelte wieder und ging auf Angie zu, als sie unter der Klappe auftauchte.
»Gute Nacht, Josh«, sagte Angie.
»Gute Nacht.«
»Gute Nacht, Josh«, sagte der Fremde. Wieso lag soviel Verheißungsvolles in einem einfachen Satz? Der Fremde wandte sich ab, Angie nahm seinen Arm, und beide verließen sie den Nachtklub.
Josh schaute sich an, was der Fremde ihm da in die Hand gedrückt hatte. Eine kleine Notiz, auf eine Serviette gekritzelt.
Geh nicht nach Hause. Warte draußen auf mich. Wir treffen uns um halb drei, wenn alle weg sind.
Josh war verwirrt.

11

Als Angie sich aus der Umarmung des Fremden löste, wußte sie, ihre Pechsträhne war vorbei. Sie war im siebten Himmel. Ihr war ganz schwindlig vor lauter Glück. Glück. Sie lachte und kuschelte sich enger an ihn. Solche Gefühle kannte sie bis jetzt nur aus Illustrierten. Von frühester Jugend an hatten sie schlechte Erfahrungen und die schlechten Karten, die ihr das Schicksal zugespielt hatte, davon überzeugt, daß solche Empfindungen Märchenscheiße waren.
Jetzt wurde ihr klar, daß sie sich geirrt hatte. Sie standen an der Spitze der Byker Bank und schauten den steilen Abhang zum Ouseburn hinunter. Am Fuß des Tales stieg die Byker Bank wieder steil nach oben in die Nacht an. Rechts sah Angie den Nachtverkehr über die Brücke, die das Tal überspannte, funkeln. Über ihnen donnerte eine Metro, schloß sich dem luftigen Rennen parallel zur Byker Bridge an. Sie gingen weiter, die Byker Bank hinunter. Sie klammerte sich fest an ihn.
»Wo steht dein Auto?« fragte sie.
»Unten, am Ouseburn.«

»Warum denn nicht auf dem Parkplatz gegenüber vom Imperial?«
»Da gibt's zu viele Vandalen.«
»Oh.« Eigentlich war es ganz egal, wo sein Auto stand. Sie hatte bloß etwas sagen wollen und genoß den Spaziergang. Zur Linken starrten die Schluchtenwände der Byker-Bank-Siedlung ins Leere. Alle schliefen schon. Sie war froh, daß es so steil bergab ging, das gab ihr Gelegenheit, sich an ihm festzuhalten. *Als ob ich einen Grund brauchte*, dachte sie.
»Hier haben mal viele, viele Leute gelebt«, sagte sie. »In Backsteinhäusern, auf beiden Seiten der Bank. Die haben sie abgerissen, haben behauptet, es sind Slums. Ein paar Leute sind in der Byker Wall wieder angesiedelt worden, aber die meisten sind über ganz Newcastle verstreut, in verschiedenen Siedlungen. Wirklich traurig.«
»Ich weiß.«
Sie waren am Fuß der Byker Bank angelangt, an der Brücke, die den Ouseburn überspannte. Kleine Boote drängten sich an den Betonufern des Flusses, gierig auf das glitzernde, schwarze Wasser. Der Fremde führte sie zur anderen Seite der Straße, zu den Schatten, wo die Boote vor Anker lagen.
»Mein Auto ist da unten.«
»Der Ouseburn«, sagte Angie verträumt. »So ist das Wasser jetzt da unten, ausgebrannt. Es kommt aus dem Hügel da unten und läuft ganz schwarz in den Tyne da unten. Das Wasser war früher mal ganz klar – voller Fische und so. Jetzt nicht mehr. Er ist eben ausgebrannt.«
Sie gingen die Allee hinunter in den Schatten.
»Mein Großvater hat mir immer erzählt, hier war alles mal voller Gras und Bäume und schöner Hütten und so was ...«
Der Fremde blieb plötzlich stehen. Er beugte sich zu ihr und küßte sie, sie schmolz in seiner fantastischen Umarmung dahin. Wie durch einen Nebel sah sie die Silhouette des Imperial oben auf der Bank thronen. Sie schloß die Augen. Ihr wurde wieder schwindlig vor lauter Glück, fast so, als hätte sie zuviel getrunken. Als er sie

losließ, glänzten seine Augen im Dunklen. Seltsam sah das aus, vielleicht spiegelte sich das schwarze Wasser des Ouseburn in seinen Augen.
»Du bist die erste«, sagte er leise.
Angie lachte. »Das kauf ich dir nie ab. Du hast doch schon viele Mädchen gehabt.«
Sie kuschelte sich wieder an ihn, drängte sich an seine Brust, weil sie fror.
Aber seine Brust war seltsamerweise nicht mehr warm und einladend. Sie war hart. Hart und kalt. Die Arme, die sie umfaßten, waren nicht mehr tröstlich, sie drückten sie zu fest, nahmen ihr den Atem. Seine Hände auf ihren Schultern und auf ihrem Rücken bohrten sich hart und grausam durch ihren Regenmantel ins Fleisch. Sie roch seinen Atem: kalt wie Frost – und faul, wie etwas Verwestes.
Sie wimmerte, riß ihren Kopf hoch, um ihn anzuschauen.
»Du bist die erste«, sagte er.
Sie konnte nicht mal mehr schreien.

Josh stand sehr nervös auf dem Parkplatz des Plough, direkt gegenüber vom Imperial. Nachdem das Lokal geschlossen hatte, war er einmal um den Block gelaufen, den Zettel des Fremden in der Hand. Glücklicherweise war es ihm gelungen, Paul aus dem Weg zu gehen. Der war heute abend noch aggressiver als sonst gewesen. Aus den Schatten des Parkplatzes beobachtete er, wie das Schwein im Taxi davonfuhr.
War das alles bloß ein grausamer Scherz? Lagen der Fremde und Angie vielleicht schon im Bett und lachten bei der Vorstellung, er würde hier draußen in der Kälte stehen? Warum, zum Teufel, stand er überhaupt hier rum? Warum setzte er sich solchen Geschichten aus? Er hatte so was, weiß Gott, schon oft genug durchgemacht, man hatte ihm sehr oft weh getan. Er tat es, weil er etwas suchte. Suchte nach einer Möglichkeit, glücklich zu werden. Er hatte geglaubt, das, was er suchte, bei David zu finden, aber er

wußte jetzt, daß das nicht möglich war. Deshalb ging er nicht gleich zum Taxibüro an der Shields Road und fuhr weg. Er hatte schon viele Parkplätze kennengelernt, viele Versprechungen bekommen, viele Chancen gehabt. Alles war im Sand verlaufen. Aber Josh ließ sich von den Schmerzen der Enttäuschung nicht abhalten, es immer und immer wieder zu versuchen, egal wie hoffnungslos es war. Er schaute auf die Uhr. Es war 2 Uhr 25. Bei seinem Glück bog jetzt wahrscheinlich Paul gleich um die Ecke, mit geballten Fäusten und bösen Schweinsaugen. Fünf Minuten und keine Sekunde mehr. Er würde stark sein. Wenn es ein Witz war, würde er das ertragen. Er würde nie zugeben, daß er die Verabredung eingehalten hatte. Falls Angie was sagte, würde er ihr sagen, er hätte ihren kleinen Plan durchschaut. Er würde ihr sagen, er hätte gedacht, sie wären Freunde, und sie sollte sich schämen ...

»Hallo, Josh.«

Josh schreckte zusammen. Aus dem Nichts war mit einemmal der Fremde neben ihm aufgetaucht. Groß, dunkel, beschattet. Die Straßenlampe auf der anderen Straßenseite warf eine gelbe Aura um seine Silhouette. Der einzig lichte Punkt waren seine Augen, kleine Funken blauen Lichts.

»Hallo«, sagte Josh. Er hatte seine Fassung wiedergefunden.

»Tut mir leid, daß du warten mußtest. Ich mußte noch was erledigen.«

»Ja, ich weiß, ich arbeite mit ihr.«

Der Fremde lachte, ein hartes, humorloses Geräusch. Josh bemerkte voller Neugier, daß der Atem des Fremden keine Wölkchen in der Luft bildete, im Gegensatz zu seinem, der in der klaren Morgenluft im schwachen Schein der Straßenlampe gut zu sehen war.

»So war's nicht, Josh«, sagte der Fremde schließlich. »Angie hat schwere Zeiten hinter sich, du weißt schon, mit dem Kind und so. Ich bin mit der Geschäftsleitung des Imperial befreundet. Ich weiß alles über jeden, der hier arbeitet. Angie war heute abend deprimiert. Aufgeregt.«

»Ist mir gar nicht aufgefallen.«

»War sie, das kannst du mir glauben. Ich hab sie nach Hause gebracht.«
»Und bist zurückgekommen?«
»Ja, ich bin zurückgekommen. Ich möchte dein Freund werden.«
»Ich hab schon in der Schule mit Zettel zuschieben aufgehört.«
»Ich verstehe. Dir wär's lieber gewesen, wenn Paul gesehen hätte, wie wir miteinander reden.«
»Tut mir leid. Du weißt wahrscheinlich auch über ihn Bescheid, nehm ich an ... ich hab nicht gewußt ...«
»Ich hab dich die ganze Nacht beobachtet, Josh. Ich würde dich wirklich gerne besser kennenlernen.«
»Du bist mir auch aufgefallen.«
»Laß uns doch zu mir auf einen Drink fahren.«
»Wohin?«
»Nach Shieldfields. Ist nicht weit von hier.«
»Okay. Gleich um die Ecke ist ein Taxibüro.«
»Nein, gehn wir doch über die Brücke, ich würde gerne ein bißchen reden.«
»Okay.«
Sie gingen die Byker Bank hoch, bogen links in die Shields Road und standen kurz darauf auf der menschenleeren Brücke.
»Dann weißt du also, wie Paul ist?« fragte Josh schließlich. Er suchte krampfhaft nach einem Thema, um das Schweigen zu brechen. »Der hat einen ganz schön miesen Ruf.«
»Er ist ein gefährlicher Mann«, erwiderte der Fremde und schaute zum fernen Tyne, der dunkel und einsam dahinfloß. »Er versteht Leute wie uns nicht.«
»Wie uns?«
»Du weißt schon, was ich meine.«
»Dann war's mit Angie tatsächlich nur Mitleid?«
»Natürlich.«
Sie hatten den höchsten Punkt der Brücke erreicht. Unter ihnen floß der Ouseburn schwarz glänzend vorbei an Fabriken und der kleinen Gemeindefarm, schlängelte sich weiter bis zu dem Punkt,

an dem er nach einer halben Meile in den Tyne mündete. Unter ihnen lag rechts das Dach des Ship Pub.
»War mal ein sehr beliebter Platz für Selbstmörder«, sagte der Fremde. Josh beugte sich über die Brüstung der Brücke. »Der höchste Punkt ist da drüben. Direkte Linie in den Hinterhof vom Ship Pub.«
»Das ist ja makaber«, sagte Josh und erschauderte.
»Komm, ich wärm dich.«
Der Fremde nahm Josh in die Arme, bevor er reagieren konnte. Er war überrascht, wie leicht er sich hatte überrumpeln lassen. Sein Mund war hungrig, und der Fremde erwiderte seine Küsse auf eine Art und Weise, die ihn all seine Ängste vergessen ließ. Als sie voneinander ließen, bemerkte Josh beschämt, daß eine Frau auf sie zuging. Er ließ den Fremden betreten los, blieb aber dicht neben ihm, als sie ihren Weg fortsetzten. Sein angeborener Pessimismus, seine Überzeugung, die Notiz des Fremden wäre bloß wieder ein schrecklicher Scherz gewesen, waren wie weggewischt. Er konnte endlich er selber sein.
Er versuchte seine Gedanken in Worte zu fassen, während sie weitergingen. Aber ihm fiel nichts ein, wenn er in dieses berükkende Gesicht schaute. Der Fremde lächelte, und Josh sah, daß er genauso empfand wie er. Es bedurfte keiner Worte, das wußten beide. Das genügte.
»Ich weiß nicht mal deinen Namen«, sagte Josh. Der Fremde nahm seine Hand. Lächelnd schmiegte sich Josh enger an ihn, hatte eigentlich das Gefühl, er müsse sich genieren – schließlich war die Frau schon ganz nahe. Aber es war ihm egal, was sie dachte.
Als der Fremde plötzlich stehenblieb, tat Josh das gleiche, schaute fragend in das dunkle Gesicht mit den glänzenden, schwarzen Augen. Würde er es einfach ganz frech noch mal tun? Gerade weil die Frau auf sie zuging? Offensichtlich war es eine Alkoholikerin. Sie schwankte hin und her. Josh begab sich wieder in die bereitwillige Umarmung des Fremden.

»*Josh* ...« sagte die Frau. Ihre Stimme war langsam, schleppend. Er drehte sich um und sah sie sich genauer an.
Es war Angie.
Ihr Gesicht war weiß, fast gespenstisch weiß. Und sie lächelte so seltsam, ihr Gesicht lächelte, aber ihre Augen waren wie aus Glas. Sie wirkte geistesabwesend, wahnsinnig. Sie hatte den Verstand verloren.
»Angie?« fragte Josh verunsichert. Irgend etwas war faul. Sie ging auf ihn zu, und Josh entdeckte plötzlich, daß er sich aus der Umarmung des Fremden nicht mehr befreien konnte.
Ihr Mund lächelte und lächelte und lächelte. Ein scharlachroter Schlitz über weißen, weißen Zähnen. Sie fauchte.
Und dann, kurz bevor sie ihn erreicht hatte, sah Josh das entsetzliche, entsetzliche Lächeln.

Man hatte Arthur vor zwei Stunden wegen Anstiftung einer Schlägerei aus dem Heilsarmeeheim an der City Road geworfen. Den ganzen Weg von seinem Zimmer, den Korridor entlang und die Treppen zum Gehsteig hinunter, hatte er seine Unschuld beteuert. Dann aber hatte er seine zweite Flasche Brown Ale durch das Eingangsfenster geworfen und ihnen zugebrüllt: ja, er hätte Andy Crabtree die erste Flasche über den Kopf gezogen. Der Kerl war sowieso so häßlich, er hätte doch bloß versucht, sein Gesicht ein bißchen aufzuhübschen.
Mit wackligen Knien hatte er sich theatralisch seinen geflickten Mantel zugeknöpft und war davongestakst. Seine Taschen bauschten sich unter der Last seiner Nachtration Brown Ale, ein sehr beliebtes Gebräu, das im ganzen Nordosten als »Reise ins Weltall« bekannt war.
Arthur hatte nicht die geringste Ahnung, wie er unter die Byker Bridge geraten war. Auf jeden Fall war er hier, egal warum und wie. Er kauerte in einem Gebüsch neben der Gemeindefarm. Gegen die Kälte stärkte er sich mit Brown Ale und starrte in den Ouseburn. Er erinnerte sich, wie er als Kind durch dieses Wasser

gewatet war und kleine Fische in einem Marmeladenglas gefangen hatte.
» ›Pflantschen‹ heißt das nämlich«, nuschelte er vor sich hin. Er wiederholte das Wort immer wieder, äffte das Geräusch nackter Füße im Wasser nach.
»Pflantsch, pflantsch, pflantsch, pflantsch ...«
Ein Schrei ließ ihn verstummen. Er schaute sich verängstigt um. Von seinem Standpunkt aus hatte er eine gute Aussicht über das ganze Tal. Die Schreie hörten nicht auf, aber es war niemand zu sehen.
Gespenster? Hier unten?
Dann klatschte unmittelbar flußaufwärts etwas Schweres ins Wasser. Eine Fontäne schmutziggelben Wassers schoß hoch und bespritzte Arthur von Kopf bis Fuß, brannte ihm in den Augen.
»Scheiße!«
Er wischte sich die Nässe von seinem schmutzigen, unrasierten Gesicht, ein grauer Film blieb zurück. Er kniff die Augen zusammen und suchte die Dunkelheit nach einer möglichen Erklärung ab. Er blieb aber in den Büschen hocken, weil er unfähig war, sich zu bewegen. Er wartete lange, sehr lange. Von seinem Platz aus konnte er den Fluß auf ungefähr zehn Meter Länge überschauen. Links ragte ein halbversunkenes Bettgestell aus dem schwarzen Wasser. Jetzt sah er, daß sich ein Lumpenbündel im Gestell verheddert hatte. Er nahm einen Schluck aus seiner Brown-Ale Flasche und fragte sich, ob dieses Bündel wohl der Grund für den großen Platsch gewesen war. Wahrscheinlich hatte es jemand die Byker Bridge hinuntergeworfen. Die Arschlöcher, hätten ja auch *ihn* treffen können.
Die Strömung zerrte an dem Bündel. Arthur beobachtete es fasziniert und wartete, ob das Wasser das Bündel losreißen würde. Als es schließlich passierte, klatschte er trunken in die Hände und prostete dem Bündel zu, als es an ihm vorbeitrieb auf den Luftpolstern, die sich in den Fetzen gebildet hatten. Jetzt konnte

nicht mal mehr sein Alkoholnebel verbergen, was dieses Bündel in Wirklichkeit war.

Es war eine Leiche.

Jetzt erst merkte Arthur, wie eisig kalt die Morgenluft war. Mit der Flasche in der Hand beobachtete er, wie das Bündel sich in der schmutzigen Brühe drehte und rollte. Eine blauweiße Hand streckte sich aus dem Wasser, als die Leiche sich mit dem Kopf nach unten drehte.

Aus dem Nichts erschienen plötzlich zwei Leute auf dem gegenüberliegenden Betonufer. Ein Mann und eine Frau. Arthur konnte nur ihre Silhouetten erkennen. Sie starrten der Leiche nach, die in Richtung Tyne trieb. Irgendwas an der Art, wie sie dastanden, ließ ihn noch weiter in die Schatten zurückweichen. Mit ihren steifen Armen und gesenkten Köpfen sahen sie so schrecklich *hungrig* aus. Arthur fürchtete sich instinktiv vor diesem Hunger.

Oh Gott, bitte lieber Gott ... mach, daß sie mich nicht sehen ... laß sie nicht ...

Ein leises Plätschern im Fluß lenkte seinen verängstigten Blick aufs Wasser. Das Bündel im Wasser bewegte sich, drehte sich herum.

Ganz langsam und ungelenk, mit allergrößter Anstrengung ... richtete sich die Leiche im Wasser auf.

Aber der war doch tot ... mußte tot sein ... wie könnte er nicht tot sein?

Das schwarze Wasser floß um die Leiche, die einfach mit gebeugtem Haupt dastand. Ein eingefrorenes Bild im kalten Straßenlicht: der Mann und die Frau am Ufer und der triefende Mann im Wasser.

Die Leiche drehte sich weg von Arthur und watete wie ein Roboter auf die Beobachter am anderen Ufer zu.

Pflantsch ... pflantsch ... pflantsch ... pflantsch ...

Die Leiche hievte sich aus dem Wasser und kletterte die Böschung zu ihren Kameraden hoch. Sie machten wie ein Mann kehrt und entfernten sich zu den Schatten unter der Brücke.

Arthur blieb sehr lange auf seinem Platz sitzen. Er hatte die Augen fest zugekniffen und preßte sich mit beiden Händen die Brown-Ale-Flasche gegen die Stirn.
Reise ins All, dachte er. *Das kommt davon. Ich hab das alles gar nicht gesehen. Dieser Scheißalkohol. Solche Sachen gibt's doch gar nicht. Die Leute laufen doch nicht einfach wie Zombies rum ... außer sie sind betrunken, so wie ich ... Ha! Aber die waren nicht betrunken. Allmächtiger Gott, die waren nicht ... Nein, nein ... es war ein Traum. Ich bin bloß besoffen, sonst nichts.*
Die Nacht und ihre Phantome waren einfach zuviel für Arthur. Er würde sein letztes Brown Ale vernichten – die ganze Flasche – und zurück zum Heilsarmeeheim gehen. Er würde das Trinken an den Nagel hängen, das schwor er bei Gott. Er würde das Zeug nicht mehr anrühren. Er würde zurückgehen und um ein Bett betteln. Die würden ihn reinlassen.
Viel später stand er auf, hielt sich im Unterholz fest, sein Kopf drehte sich. Er schüttelte den Kopf und kämpfte sich aus den Büschen. Und fiel genau in die wartenden Arme von Josh.

12

Barry Clark war am Freitag zu Hause in Nottingham angekommen. Zwei Wochen in Italien hatten endlich die merkwürdigen Depressionen, unter denen er in letzter Zeit gelitten hatte, vertrieben. Sein Leben war eigentlich sehr ausgeglichen, sowohl privat als auch geschäftlich. Er verstand sich bestens mit seiner Frau Sheila. Im Geschäft lief alles nach Wunsch. Warum war er dann bloß so launisch und verschlossen geworden? Warum hatte er plötzlich das Bedürfnis, sich vor der Welt zu verstecken, und hätte am liebsten seine Haustür überhaupt nicht mehr aufgemacht? Es war verrückt. Seine Frau Sheila hatte bemerkt, wie verwirrt er war, ihre Diagnose lautete Überarbeitung. Sie hatte ihn davon überzeugt, ein Urlaub würde ihm helfen. Sie hatte recht gehabt. Kaum waren sie in Italien, hatte er das Gefühl, eine große, dunkle Last wäre von seiner Seele genommen. Einige Zeit befürchtete er, daß die Stimmung wiederkehren würde, sobald er zu Hause war, aber das hatte sich gelegt, jetzt konnte er mit neuen Kräften an die Arbeit gehen.

Sheila packte noch zu Hause aus, während er schon in seinem Büro im Museum saß. Es war zwar Samstag morgen, aber er wollte gleich etwas von der liegengebliebenen Arbeit wegarbeiten. Sheila hatte sich gefreut, daß er sich so gut erholt hatte, aber seine Angst um seine Arbeit machte ihr Sorgen. Aber seine gute Laune hatte sie beruhigt. Barry hatte sich beim Wachmann gemeldet und voller Elan das Museum aufgesperrt. Er war in kürzester Zeit in die Korrespondenz, die Papiere und die Ausschußberichte vertieft, die sich während seiner Abwesenheit angesammelt hatten. Das Museum war wegen Umbaus der Ausstellungsräume geschlossen, aber die Baufirma war noch nicht erschienen.

Es war drei Uhr, und die nachmittäglichen Schatten wurden schon länger, als er beschloß, für heute Schluß zu machen. Er sperrte seine Bürotür zu und ging die Steintreppe von der oberen Galerie in die Empfangshalle hinunter. Seine Schritte hallten durchs leere Gebäude. Als er die ersten Schaukästen mit geographischen Ausstellungsstücken passierte, erregte ein Klappern an der Haupteingangstür seine Aufmerksamkeit. Draußen im Foyer standen drei Leute: zwei Männer und eine Frau. Einer der Männer, mit Bart und Wollmütze, schaute ihn durchs Glas an und klopfte an die Tür.

»Wir haben geschlossen«, sagte Barry laut. Seine Stimme verhallte im Nichts.

Der Mann mit der Wollmütze sagte etwas, seine Stimme wurde vom Glas gedämpft. Verärgert ging Barry zur Glastür, da trat der zweite Mann ins Blickfeld. »Tut mir leid, wir haben wegen Renovierung geschlossen. Draußen hängt der Zeitplan ...« Er verstummte, hatte plötzlich die beiden Männer erkannt. »Richard«, sagte er. »Richard Eden.«

»Ja, wo sind denn die Haare geblieben?« fragte Richard und deutete mit diesem vertrauten Lächeln auf Barrys angehende Glatze.
»Mein Gott! Und Stan the Man auch. Das glaub' ich einfach nicht.«
»Sehen heißt glauben, Bazza. Laß uns rein, Mann! Wir frieren hier draußen zu Tode.«
Barry holte schnell den Schlüssel aus seiner Hosentasche und ließ seine drei Besucher herein. Einen kurzen Augenblick lang glaubte er, das Mädchen mit den blonden Haaren wäre Pandora mit gefärbten Haaren. Er wußte nicht, sollte er enttäuscht oder erleichtert sein, als er merkte, daß er sie noch nie im Leben gesehen hatte.
Stan klopfte ihm auf die Schulter, als sie hereinkamen. »Nett hast du's hier, Barrry. Bloß die Möbel sind ein bißchen altmodisch.« Barry lachte, aber er hatte den verkrampften Unterton in Stans Stimme bemerkt. Er freute sich, seine Freunde zu sehen, ja mehr noch, er war überglücklich, sie nach so vielen Jahren wiederzusehen. Aber irgend etwas stimmte nicht. Das spürte er, als Stan sein Lächeln verkrampft erwiderte.
Barry führte sie zur Hauptgalerie. Auf dem Weg stellte ihm Richard Diane vor. Hier waren Bänke. Nicht gerade besonders bequem, aber er hatte das Gefühl, sie würden den drei Leuten, die aussahen, als hätten sie seit Tagen nicht mehr geschlafen, sehr willkommen sein. Sie setzten sich. Er lehnte sich über den Ausstellungstisch ihnen gegenüber. Seine Freude legte sich, als er ihre angespannten Gesichter betrachtete. Er seufzte theatralisch.
»Na schön, was habt ihr mir zu sagen? Offensichtlich ist irgendwas faul, also raus damit, bringen wir's hinter uns.«
»Kannst du dich an das Byker Chapter erinnern?« begann Richard.
»Selbstverständlich.«
»Außer Pandora – der Himmel weiß, wo sie ist – sind wir die

einzigen, die noch am Leben sind. Wir haben nicht viel Zeit, also werd ich gleich zur Sache kommen. Derek, Joe und Phil sind ermordet worden. Und was immer sie getötet hat, versucht uns auch umzubringen.«

Barry sagte nichts. Er saß auf dem Rand des Tisches und zeigte keinerlei Reaktion auf das, was Richard sagte. Stan brach das Schweigen: »Kannst du dich an das Foto erinnern, das ich zweiundsiebzig von uns allen gemacht habe? Bei mir zu Hause?«

»Ja, ich erinnere mich«, sagte Barry vorsichtig.

»Hast du's noch?«

»Nein, es ist bei einem Feuer in meinem Haus verbrannt.«

Stan langte in seinen Rucksack, holte den Umschlag mit den Fotos raus und reichte Barry einen Abzug.

»Fällt dir was auf?«

»Was soll das eigentlich?«

»Fällt dir auf, daß da irgendwas nicht stimmt?« fragte Richard eindringlich.

»Natürlich stimmt was nicht. Jemand hat daran rumgemacht. Derek, Joe und Phil sind nicht drauf.«

»Genau, jedesmal, wenn einer von uns stirbt, verschwindet sein Konterfei vom Foto.«

»Was soll das alles?« Barrys Stimme war jetzt wütend.

»Hör zu, Barry«, fuhr Richard fort. »Tut mir leid, wenn sich das alles total verrückt anhört oder wenn das, was ich dich jetzt fragen werde, dir indiskret vorkommt. Aber, wenn du das Klischee entschuldigst – unser Leben könnte davon abhängen. Hast du in der letzten Semesterwoche mit Pandora geschlafen?«

Barry sah sie lange an. Dann seufzte er und ging langsam zum Telefon auf der anderen Seite. Er nahm den Hörer.

»Was machen Sie denn?« fragte Diane.

»Ich werde die Polizei anrufen. Ich weiß nicht, wohin dieses Gespräch führen soll, aber Erpressung riech ich eine Meile gegen den Wind.«

»Erpressung?« schimpfte Stan. »Zählt bei dir die Vergangenheit überhaupt nicht, Barry? Weißt du noch, wie's war? Wir sind uns sehr nahegestanden.«

»Das ist schon lange her, Stan.«

»Vielleicht. Aber warum sollten wir dich denn erpressen? Wie, zum Teufel, könnten wir aus so einer Behauptung Kapital schlagen?«

»Das weiß ich nicht. Ich weiß noch nicht, worauf ihr hinauswollt. Vielleicht glaubt ihr, daß die Tatsache, daß ich vor so vielen Jahren mit Pandora geschlafen habe, bei meiner Frau was bewirken könnte ...«

»Nein, nein, nein, nein ...« sagte Richard verärgert. »Schau mal, Barry. Wir haben *alle* in dieser letzten Woche mit Pandora geschlafen. Aus irgendeinem uns unverständlichen Grund hat sie uns allen vorgemacht, wir wären das Wichtigste in ihrem Leben. Sie hat es geheimgehalten, *wir* haben es voreinander geheimgehalten. Gott weiß, was da vorgeht, aber aus irgendeinem unerfindlichen Grund ist die Geschichte der Anlaß für die Morde. Du weißt doch noch, wie es damals war, Barry. Das Byker Chapter war etwas Besonderes. Wir wußten alle, daß Pandora einer der Mittelpunkte war. Weißt du noch? Wir haben immer gesagt, wenn einer von uns den ... wie hieß das noch? ... den Kodex, ja, den Kodex verletzt ... und sich mit Pandora einläßt oder umgekehrt, dann würde das Byker Chapter auseinandergehen. Genau das ist passiert. Wir wußten alle, daß mit dem Chapter etwas schiefgelaufen war, aber wußten nicht was. Es war nicht nur, daß einer von uns mit Pandora geschlafen hatte ... sondern *alle*. Alle innerhalb einer Woche.«

»Barry«, fuhr Stan fort. »Das ist die Wahrheit. Die reine Wahrheit. Wir wissen nicht, was dieses Ding ist oder wie es vorgeht, aber es will unseren Tod.«

»Du sagst immer ›Ding‹ oder ›es‹. Worauf zum Teufel willst du hinaus?«

In den nächsten fünfzehn Minuten erzählten Richard, Diane und Stan den Alptraum. Während sie redeten, wurden die Schatten im

Museum länger. Als sie am Ende angelangt waren, herrschte lange Schweigen. Sie warteten auf Barrys Reaktion. Er schaute verständnislos von einem zum anderen, fuhr sich mit der Hand durchs Haar. Stans wütende Reaktion erschreckte sie alle.

»Also schön, Barry! Ich weiß, das hört sich alles wie totaler Quatsch an. Aber wir haben diese Dinge gesehen – ich habe diese Dinge gesehn –, und du mußt es einfach glauben, sonst wirst du auch sterben wie Joe und die andren armen Schweine! Das ist keine Bauernfängerei, das kannst du mir glauben. Wenn du willst, können wir einfach gehen, aber dann bist du auf dich allein gestellt. Wenn wir zusammen sind, sind wir wenigstens stärker. Da draußen ist etwas, Barry. Es ist nicht menschlich. Es kann Dinge tun – sehr seltsame Dinge –, und es will uns umbringen. Es ist das größte Phantom, dem wir je begegnet sind.«

»Phantom«, sagte Barry. Die Erinnerung schien ihn zu amüsieren.

»Wir haben es gehört«, sagte Diane. »Im Nebel. Es hat uns gesagt... es hätte seine Taktik geändert ... irgendwie muß es uns jetzt nicht mehr einzeln jagen.«

»Wenn wir bloß rausfinden könnten, was es ist und warum es ausgerechnet uns will«, fuhr Richard fort, »vielleicht finden wir dann einen Weg, es aufzuhalten.«

»Pandora ist der Schlüssel. Soviel wissen wir. Wenn wir nur wüßten, wo sie ist.«

»Ich weiß, wo sie ist«, sagte Barry resigniert.

»*Was?*« Richard fühlte, wie sein Puls sich beschleunigte.

»Wenigstens bin ich mir dessen ziemlich sicher«, fuhr Barry fort. »In jener letzten Woche hat sie mir gesagt, sie hätte jemand andres gefunden. Sie würde mich wegen eines Typen verlassen, den sie in der Stadt kennengelernt hätte. Ich war ... ziemlich am Boden zerstört ... ich bin wirklich auf sie gestanden ...« Barry räusperte sich, nahm die Brille ab und fing an die Gläser zu polieren. Diane spürte, daß ihm dieser Schmerz vertraut war. »Aber irgendwas an der Art, wie sie das sagte, überzeugte mich, daß sie log. Ich hab auf eigene Faust ein bißchen nachgeforscht. Ich hatte recht, sie log. Ich fand raus, daß es keinen andren gab. Sie ging nach dem College heim zu ihren Eltern, nach Megavissey. Das ist in Cornwall. Ich wollte ihr nachlaufen, sie bitten, doch ihre Meinung zu ändern. Aber die Tatsache, daß sie mich so angelogen hatte, um mich loszuwerden, hatte mich sehr verletzt. Ich habe ihre Gründe respektiert, auch wenn ich sie nicht verstanden habe.«

»Megavissey«, sagte Richard. »Da war ich einmal auf Urlaub.«

»Wir müssen sie finden, Barry«, sagte Stan. »Vielleicht hat sie eine Antwort auf diese verfluchte Geschichte.«

»Ich weiß nicht, Stan. Ich weiß es einfach nicht. Ich muß drüber nachdenken.« Barry schaute sich noch mal den Abzug an. »Was ist mit dem Negativ?«

»Genau dasselbe wie die Abzüge. Als ob die andren nie auf dem Foto gewesen wären. Aber ich würde mir das Negativ gerne noch mal anschaun, ein bißchen rumexperimentieren. Schauen, ob sich seit Joes Tod noch etwas verändert hat.«

»Das kannst du hier bei uns machen, wenn du willst.«

»Habt ihr eine Dunkelkammer?«

»Und alles Material, was du eventuell brauchst.«

»Super. Ich fang gleich an, wenn's recht ist.«

»Bedien dich. Ich zeig dir, wo's ist.«

»Barry?« sagte Richard.

»Ja ...«

»Ob uns das nun gefällt oder nicht, wir haben es hier mit etwas Übernatürlichem zu tun. Und damit meine ich nicht kettenrasselnde Gespenster auf Speichern, die mit dem Kopf unterm Arm herumlaufen. Wir sprechen von etwas Realem ... Tödlichem ... *und es kennt uns.*«

»Ich weiß nicht«, sagte Barry ratlos. »Ich weiß es einfach nicht. Kann ich dir in der Dunkelkammer zuschaun, Stan?«

»Klar. Gehn wir.«

Die Dunkelkammer lag am Ende der Galerie im Parterre. Barry gab Richard den Schlüssel zur Teeküche daneben, und Diane begleitete ihn, um Tee zu kochen, während Stan und Barry vorbeieilten an Vitrinen voller Eulen, Bären, Hyänen und Adlern, drei Steintreppen hinunter zur Dunkelkammer, die diskret hinter Transportkisten versteckt war, in denen noch vor kurzem Tierhäute auf ihre Behandlung durch den Präparator warteten.

Diane steckte den Wasserkocher an und lehnte sich gegen die Arbeitsplatte. Sie strich sich die Haare aus dem Gesicht und rieb sich die Augen. Als sie zu ihm hinüberschaute, bemerkte sie, daß Richard sie beobachtete. Sein Blick hatte etwas Resigniertes, Trauriges.

»Erinnerst du dich noch an mich?«

Richard lachte und ging zu ihr. Er goß den Tee auf und sagte: »Tut mir leid, Diane. Ich hätte dich nicht in die Sache mit hineinziehn dürfen.«

»Das braucht dir nicht leid zu tun. Ich bin ein erwachsenes Mädchen. Und wie ich schon sagte, es war meine Entscheidung.«

»Wir hatten noch nicht mal Gelegenheit, uns richtig kennenzulernen. Man hat uns einfach ins tiefe Wasser geschmissen.«

»Du willst wohl damit sagen, wir müssen nicht die üblichen Spielchen alle durchgehn.«

Richard lachte wieder. »So jemanden wie dich hab ich noch nie kennengelernt.« Er gab ihr eine Tasse. Sie nippten an ihrem Tee.

»Kannst du mit runter nach Megavissey fahren?« fragte Richard.

»Ich muß ein paar Anrufe machen. Es wird sich einrichten lassen.«

»Aber ich möchte nicht, daß du noch weiterfährst. Du bist sicher müde. Stan und ich werden uns ablösen.«

»Richard?«

»Ja?«

»Glaubst du, wir sind wirklich sicherer, wenn wir zusammenbleiben? Oder heißt das bloß, es kann uns alle auf einmal erwischen?«

»Es wird dich nicht erwischen, Diane, das versprech ich dir.«

» Leute sterben, stimmt's? Ich fühle es. Es tötet sie einen nach dem anderen.«

»Es ist notwendig. Ihr Tod ist notwendig, um dich vollkommen zu machen.«

»Du darfst es nicht mehr durchkommen lassen. Ich laß dich nicht!«

»VERWEIGERE DICH NIE! Es ist wieder Zeit. Wir brauchen keine Hilfsmittel mehr. Das Foto genügt. Schau tief und dunkel aus.«

»Bitte nicht wieder.«

»Schau tief und suche. Du mußt vollkommen werden. Gorgus ... Imago ... Pacter ...«

»Bitte ... bitte ...« Und dann: *» ... Ja ... ja ... JA!«*

13

Barry beobachtete, wie Stan alles ganz professionell vorbereitete. Er überprüfte in aller Eile die Ausrüstung, die Chemikalien, die er für die Arbeit brauchte, und das Papier für die Abzüge. Auf Barrys Konversationsversuche reagierte er nur mit Grunzen und Kopfnikken. Der gab schließlich auf und überließ Stan seiner Arbeit.

Die Dunkelkammer war ein umgebauter Lagerraum und somit viel größer als üblich. Die Wände waren gegen Lichtdurchlässigkeit bearbeitet worden. An einer Wand waren die Waschbecken und Wannen mit dem Entwicklungsgerät, das ins Zimmer ragte. Bill Tavistock, Barrys Assistent, hatte Tierfotos für die Galerie gemacht. Ein paar Abzüge waren noch an die Wand geheftet. Schließlich war Stan mit seinen Vorbereitungen fertig. Er schaute hoch und zeigte auf den Lichtschalter. Barry schaltete aus, absolute Dunkelheit umfing sie. Eine Sekunde später durchflutete rotes Licht das Zimmer. Stan hatte die Schnur über dem Entwicklertisch gezogen. Er machte weiter. Barry konnte sich nicht mehr zurückhalten.

»Also gut, Stan. Was für ein Spiel spielt ihr?«
»Was soll das heißen?« fragte Stan. Er war ganz in seine Arbeit vertieft.
»Du wirst doch nicht wirklich erwarten, daß ich alles, was ihr mir erzählt habt, glaube? Was steckt wirklich hinter dieser lächerlichen Scharade?«
Stan warf ihm einen langen, prüfenden Blick zu. Dann machte er sich wieder an die Arbeit und sagte: »Hör jetzt gut zu, Barry. Ich habe in den letzten Tagen genug mitgemacht. Ich habe nicht die Absicht, dir noch mal zu erklären, daß das kein Scherz ist. Alles, was wir dir erzählt haben, ist wahr. Es ist passiert ... passiert immer noch. Ich weiß, wir waren alle gute Freunde. Aber um ehrlich zu sein, es ist mir scheißegal, ob du uns glaubst oder nicht. Da draußen ist etwas Unmenschliches. Und es will uns umbringen. Zusammen haben wir vielleicht die Chance, es zu besiegen. Wenn nicht ... wer weiß? Wenn du uns nicht glaubst, bist du auf dich allein gestellt. Du hast die Wahl. Entscheide dich. Ich kann keine Zeit mehr drauf verschwenden, dich zu überzeugen.«
Barry beobachtete, wie Stan geschickt den Entwickler betätigte, das Papier in eine Wanne transferierte und es dabei überprüfte. Er überlegte sich, wie er antworten sollte, fand aber einfach nicht die richtigen Worte. Ein schwaches Bild begann auf dem Papier zu wachsen. Die Details der übriggebliebenen Mitglieder des Byker Chapter begannen ins Bild zu schwimmen. Jetzt waren vier Leute auf dem Bild: Stan, Richard, Pandora und Barry. Stan ging zum größeren Entwicklerbad und rollte ein größeres Stück Papier auf.
»Was machst du jetzt?«
»Ich möchte einen großen Abzug machen. Vielleicht sieht man da mehr.«
Er holte den Abzug aus dem Vergrößerungsgerät und legte ihn in das Entwicklungsbad. Barry stellte sich neben ihn. Ein Flecken verdüsterte das jungfräuliche Weiß. Die vergrößerten Details des

Fotos schwammen ins Bild. Barry beobachtete fasziniert, wie Stan den ersten Abzug aus dem Entwicklerbad holte und ihn an die Schiene über seinem Kopf heftete.
Barry studierte die Gesichter der vier übriggebliebenen Byker-Chapter-Mitglieder, Stan, Pandora, Richard und er selbst. Alle lächelten in die Kamera, als wäre die Welt in Ordnung. Er schaute lange Pandora an. Konnte das wahr sein? Hatte sie ihn wirklich angelogen? Ihm wirklich vorgemacht, er wäre etwas ganz Besonderes, und gleichzeitig mit allen andren Mitgliedern des Byker Chapter in die Kiste gestiegen? Oder hatten Stan und Richard irgendwie von seiner Affäre mit Pandora erfahren und rächten ihre Eifersucht mit diesem ausgekochten Schwindel? Barry schaute ihr schönes Gesicht an und wußte nicht, was er glauben sollte. Was sie jetzt wohl machte? Wo war sie? Und warum hatte sie ihn einfach ohne Grund und ohne Erklärung verlassen?
Er schaute sich sein eigenes Abbild an. Die Jahre schmolzen dahin, es war, als wäre das Foto erst gestern gemacht worden. Was hatte Stan getan, um das Negativ so hinzufrisieren? Wenn es ein Trick war, dann ein sehr komplizierter und geheimnisvoller. Wo die anderen Figuren gestanden oder gesessen hatten, gab es keine Flecken. Es war, als wären sie nie auf dem Bild gewesen. Die Hintergrunddetails von Stans Wohnung, die vorher von den Byker-Chapter-Mitgliedern verdeckt worden waren, stimmten bis ins kleinste Detail. Barry schaute sich sein eigenes Gesicht noch mal ganz genau an. Vielleicht hatte Stan eine ganz genaue Kopie seines eigenen Zimmers aufgebaut, die Figuren aus dem Originalfoto ausgeschnitten und dann auf die neue Aufnahme kopiert. Wenn ja, dann konnte man vielleicht bei seinem eigenen Bild noch sehen, wo er die Schere angesetzt hatte. Es war eine Vergrößerung; da müßten doch eigentlich die Details sehr gut zu erkennen sein. Der Kopf war leicht zur Seite gedreht, weg von der Kamera, obwohl er in die Kamera geschaut hatte, als der Blitz losging.
Und dann, plötzlich, drehte sich sein eigenes Abbild auf dem Foto um und schaute ihn direkt an.

Barry wich entsetzt zurück, seine Augen tränten, und ihm war schwindlig. Er hatte zu lange vornübergebeugt gestanden, das Blut war ihm in den Kopf geschossen, trübte seinen Blick. Er schaute noch mal.

Sein Konterfei grinste ihn mit funkelnden Augen an. Er fluchte leise, rieb sich die Augen, da ihnen das rote Licht zu schaffen machte, und schaute noch einmal hin. Das Konterfei grinste immer noch, die Augen sprühten förmlich. Das Grinsen wurde breiter, entblößte lange, weiße Zähne. Die Augen wurden schmäler, das Grinsen zog sich übers ganze Gesicht, verzerrte es. Die Lippen wurden wie ein riesiger, scharlachroter Halbmond. Seine Zähne wuchsen, bekamen scharfe Spitzen. Speichel troff aus den Mundwinkeln, lief übers Kinn. Die Ohren spitzten sich irgendwie zu. Der altmodische Haarschnitt war auch aus allen Fugen geraten, hatte sich während der Gesichtsveränderung ausgebreitet. Die Haare waren gewachsen, den Hals entlang, ins Gesicht hinein, bis der ganze Kopf in eine zottige, verfilzte Mähne eingehüllt war. Die Augen waren nicht mehr die eines Menschen: eingefallene, gelbe Augäpfel, von schwarzen, halbmondförmigen Iris geteilt. Es war das Gesicht eines Tieres, eine irrwitzige, mutierte Parodie einer wilden Bestie. Obszöne, klauenähnliche Hände stützten sich auf das Sofa. Die Gestalt kam langsam hinter dem Sofa vor. Sie bewegte sich auf die Kamera zu.

Barry erwachte mit einem Schrei aus seinem tranceähnlichen Zustand. Stan hatte gerade wieder einen Abzug auf die Schiene oben geheftet.

»Was ist los? Murkst du etwa mit den Chemikalien rum?«

»Das Bild ...« sagte Barry leise.

»Was ist mit dem Bild?«

»Nichts ... nichts ...« Barry versuchte sich zu fassen, redete sich ein, er wäre nicht ganz dicht, und schaute wieder auf die Vergrößerung in dem Entwicklerbad. Er machte sofort einen Satz rückwärts und stieß gegen Stan. Sein Konterfei war durchs ganze Bild gegangen und starrte jetzt höllisch, direkt in die Linse.

»Das ist wirklich nicht komisch, Stan! Hör mit der Blödelei auf und sag, was du von mir willst. Die Scherze heut abend reichen mir für den Rest meines Lebens ...«
»Mann, wovon redest du überhaupt?« fragte Stan. Dann fiel ihm die Vergrößerung ein: »Hast du vielleicht was auf dem Foto gesehen? Etwas, was wir übersehen haben ... ?«
»Hör gut zu, du Schwein! Ich will wissen, was hier vorgeht! Ich will wissen, was du von mir willst und warum du diese Sachen machst und sagst! Sag's mir! Sag's mir! SAG'S MIR!« Barry packte Stan am Hals und drückte ihn gegen die Wand. Stan versuchte seine Hände wegzureißen, sie wirbelten herum, tauschten Plätze. Stan klatschte ihn hart gegen die Wand, erinnerte sich plötzlich, wie er Joe gegen Richards Wohnzimmerwand geklatscht hatte, als er ihn beruhigen wollte. Aber Barrys Hände hatten sich gelöst, waren von Stans Hals gefallen, Stan fühlte, wie sein Körper zusammensackte. Sogar im höllischen, roten Licht der Dunkelkammer sah er, wie Barry sich mit einemmal verändert hatte. Seine Augen waren angsterfüllt, waren auf etwas hinter Stans Rücken fixiert, in Richtung des großen Entwicklerbads. Er begann zu stöhnen, wimmerte leise vor sich hin. Stan drehte sich um. Wasser plätscherte, irgend etwas bewegte sich im Entwicklerbad. Er machte einen Schritt vorwärts, dann blieb er, starr vor Schreck, stehen.
Eine Hand streckte sich aus dem Bad.
Klauenähnliche Finger reckten sich in die Luft, bedeckt von einer schwarzen, schleimigen Substanz, die nicht von den Chemikalien, die er hineingetan hatte, kommen konnte. Die triefende Hand stieg senkrecht aus dem Bad. Eine andere Hand erschien am Rand des Bads, Klauenfinger tasteten nach Halt. Etwas kletterte aus dem Bad, als wäre es eine Falltür zur Hölle.
Stan ging zum Lichtschalter und schaltete sechsmal ganz schnell aus und ein. Das Licht ging nicht an. Im unheimlichen Rotlicht sah er, wie ein kopfähnliches Etwas aus der Schale auftauchte und geschickt aus dem Bad in die Dunkelkammer kletterte.

Barry kauerte in einer Ecke, sagte immer wieder: »Ich kauf dir deine blöden Tricks nicht ab ... kauf dir deine blöden Tricks nicht ab ...«
Stan warf sich gegen die Dunkelkammertür. Der Griff ließ sich nicht drehen, war festgeklemmt, als hätte jemand die Tür versiegelt. Er zog verzweifelt an der Klinke und schlug gegen das Holz.
»Richard! Richard! Diane! Hilfe! Macht um Gottes willen die Tür auf!«
Stan hörte hinter sich ein plätscherndes, schlurfendes Geräusch, drehte sich schnell um und sah, wie eine groteske, menschenähnliche Gestalt aus dem Bad auf den Arbeitstisch kroch. Es war gigantisch. Schwarzer Schleim troff und spritzte auf den Boden. Nur noch Sekunden, dann würde es frei sein. Barry erwachte plötzlich aus seiner Starre und warf sich wie ein Verrückter mit Stan gegen die Tür und krallte sich schreiend ins Holz. Stan hämmerte mit der flachen Hand an die Tür, schrie immer wieder Richards Namen.
Hinter ihnen ein dumpfer Aufprall.
Die Angst saß wie ein wildes Tier in seinem Nacken. Er drehte sich um, die Kreatur hatte sich aus dem Entwicklerbad befreit. Sie war am hinteren Ende des Tisches auf den Boden gerutscht und war nicht mehr zu sehen. Stan kam es vor wie eine abscheuliche Geburt. Das Bad war die Gebärmutter gewesen. Der dicke Schleim, der die Monstrosität bedeckte, eine widerliche Travestie des Fruchtwassers.
Langsam und bedrohlich erhob sich das Ding, dem man förmlich ansah, wie es Kräfte sammelte, von der anderen Seite des Tisches. Dort wo kein Schleim mehr auf dem Gesicht war, sah Stan stumpf-gelbe, böse Augen in einem wolfsähnlichen Gesicht. Ein wahnsinniges, triefendes Grinsen entblößte unregelmäßige, spitze, gelbe Zähne. Es knurrte beim Aufstehen, Speichel troff aus seinem Maul. Jetzt drehten sich die Augen in seine Richtung. Das Ding mußte sich bücken, die Dunkelkammer war ihm zu niedrig. Es bewegte sich brummend und fauchend auf sie zu. Das Knurren

wurde zu Worten, Worte aus einem widerlichen Maul, das nicht zum Reden geschaffen war. »*Necrolan ... Absavel ... Gorgus ...*« Und dann, ein entsetzliches Echo des Dinges im Nebel: »*Verstecken und suchen ... Suchen und finden ... JEDEN EINZELNEN!*«

Stan drehte sich um und hämmerte wieder gegen die Tür. Er wußte, sie würden beide sterben. Hinter ihnen krachte etwas auf den Boden, der Tisch wurde zur Seite geschleudert. Ein Regal mit Chemikalien ging zu Bruch. Barry schrie wie am Spieß. Ein grauenhafter Schatten fiel über sie.

» *... GOOORRRGGGUUUSSS ...*«

Dann flog die Tür auf, und beide Männer fielen hinaus in die Galerie. Stan registrierte Richard und Diane nur am Rande, drehte sich blitzschnell um und schlug die Tür zu. In panischer Angst zerrte er die leeren Verpackungskisten vor die Tür. Barry blieb da, wo er zusammengebrochen war, sitzen und rang nach Luft.

»Wer hat die Scheißtür abgesperrt?« brüllte Stan, während er weiter Kisten davorstapelte.

Richard war jetzt neben ihm, half ihm, ohne Fragen zu stellen. »Keiner. Die Tür war offen. Wir haben euch schreien hören. Was geht hier vor, Stan ... ?« Er verstummte, als sich etwas von der anderen Seite gegen die Dunkelkammertür warf. Die Holzpaneele krachten und splitterten mit Getöse. Alle standen zu Salzsäulen erstarrt da. Dann herrschte für einige Zeit Schweigen. Stan wurde das Gefühl nicht los, das Ding auf der anderen Seite, was immer es war, überlegte sich seine nächste Aktion. Ein brutaler Aufprall, die Tür splitterte in den Angeln. Alle vier erwachten aus ihrer Starre, sie zogen noch mehr Kisten vor die Tür.

»*Was, zum Teufel, ist das?*« brüllte Richard, aber die unmittelbare Gefahr, in der sie sich befanden, ließ ihnen keine Zeit zum Antworten. Der Angriff ging weiter. Schlag auf Schlag donnerte gegen die Dunkelkammertür. Höllisches, rotes Licht sprühte durch die stattlichen Risse im Holz.

»Wir müssen hier raus!« brüllte Stan. »Die Tür hält nicht mehr lange.« Eine Kiste fiel aus der Barrikade zu Boden. Scharniere quietschten. Jetzt erst hörte Richard das Knurren und Fauchen durch die Geräusche der Zerstörung.

Er drehte sich um, wollte Diane packen und sie wegzerren. Stan wollte flüchten, da fiel ihm Barry ein, der noch am Boden lag, er ging auf ihn zu. Die Tür krachte entzwei, Bretter wirbelten in die Galerie. Die Kisten kamen ins Rutschen, ein ungeheures Brüllen und Heulen ließ den Raum erzittern. Eine Holzlatte krachte gegen Richards Schulter und schleuderte ihn weg von Diane. Eine Kiste fiel auf Stans Beine, drückte ihn zu Boden. Das Grauen aus der Dunkelkammer hatte sich befreit, das Phantom hatte sie wiedergefunden. Stan wartete auf den Tod. Das Getöse wurde ein tobender Wind, der heulte, hallte und höhnisch lachte wie der Nebel auf der Autobahn.

Aber der Tod kam nicht.

Das Brüllen und der tobende Wind verschwanden mit einemmal. Richard rappelte sich auf, packte Diane. Sie war neben ihn gefallen, war aber anscheinend nicht verletzt. Barry lag stöhnend neben Stan, der jetzt die Kiste von seinen Beinen zerrte. Sie schauten in das klaffende Loch, wo einmal die Dunkelkammer gewesen war. Die Tür war total zertrümmert, Holz und Plastik lagen über den Boden verstreut. Ein einzelnes, zersplittertes Brett hing ächzend an einem Scharnier. Dahinter, in der zerstörten Dunkelkammer, keine Spur mehr von dem Ding, das aus dem Entwicklerbad gestiegen war. Es war verschwunden, genau wie die Geisterbilder auf dem Foto. Stan stieß die Kiste beiseite und schwankte in die Dunkelkammer, schaute sich nach dem Monster um. Er hob die Reste des großen Abzugs auf, der in Stücke zerrissen in den Trümmern der Dunkelkammer lag, und untersuchte ihn voller Angst. Richard sah an seinem Gesichtsausdruck, daß sich nichts verändert hatte. Er schaute verzweifelt hoch zu ihnen.

»Nichts. Genau wie vorher.«

Er ging auf sie zu, das Foto in der Hand. »Das versteh ich nicht. Es war doch kein Radio und kein Fernsehen eingeschaltet. Wie hat es uns gefunden?«
»Du hast doch gehört, was es im Nebel gesagt hat«, sagte Richard. »Vielleicht braucht es das nicht mehr. Vielleicht ist es stark genug, selbst zu ... jagen.«
Barry stand mühsam auf, betrachtete völlig verwirrt die Zerstörung. Richard bemerkte die Verwirrung; bald würde daraus wieder nacktes Entsetzen werden ... und dann ... Vielleicht Wahnsinn? Barry versuchte mit aller Macht, sich in die Gewalt zu bekommen. Er richtete sich auf, drehte sich zu ihnen.
»Raus hier! Alle! Raus hier!«
»Mal langsam, Barry ...« sagte Stan.
»Raus hier, verdammt noch mal, oder ich hol die Polizei! Ihr wollt mich wohl für dumm verkaufen! Habt ihr geglaubt, ich fall auf diesen faulen Zauber rein? Raus hier! Raus ...«
»Du hast das Ding da drinnen gesehen«, sagte Stan. »Du hast es doch gesehn! Du kannst doch nicht einfach den Kopf in den Sand stecken ...«
»Raus hier, hab ich gesagt. Raus ... raus ... RAUS!«
»Du Idiot! Du hast es doch gesehn, oder? Ich kann gar nicht glauben, daß wir noch leben. Es hätte uns alle umbringen können. *Aber es spielt mit uns, siehst du das denn nicht?* Wir müssen zusammenhalten. Wir ...«
»Ich gebe euch noch zehn Sekunden, wenn ihr dann noch nicht weg seid ...« Barry zitterte am ganzen Körper.
»Sag uns wenigstens, wo in Megavissey Pandora wohnt«, sagte Richard, so ruhig er konnte.
» ... Raus hier ...«
Stan wollte sich auf Barry stürzen. Richard hielt ihn fest. »Es hat keinen Sinn, Stan. Siehst du das nicht? Er kann uns nicht glauben, selbst wenn er es wollte. Wir können ihn einfach nicht retten.«
Plötzlich hatte er den sonnigen Nachmittag wieder vor Augen, an dem das Byker Chapter auf der Wiese neben der Ouseburn School

gelegen hatte, diesen Augenblick, in dem ihm bewußt geworden war, wie verletzbar Barry war, wie er, derjenige, der das Chapter am meisten brauchte, in Frage gestellt hatte, wie lange ihre Freundschaft dauern würde. Seine Angst und seine Lossagung vom Chapter waren die einzige logische Konsequenz.
Er holte einen Stift aus seiner Jackentasche, kritzelte etwas auf ein Stück Papier und schob es Barry in die Anzugtasche. »Wir übernachten in einem Motel, Barry. Du kannst uns anrufen, wenn du dir's anders überlegst oder ...«
Barrys Augen blieben haßerfüllt. Es war hoffnungslos.
Kurz darauf hatten sie die Galerie verlassen. Barry stand zitternd, mit gesenktem Kopf, zwischen den Kisten und den Trümmern der Dunkelkammer.
Er war allein.

14

Barry blieb lange vor der Dunkelkammer stehen, versuchte das Geschehene zu rationalisieren. Schließlich machte er sich auf den Weg zum Lager am anderen Ende der Galerie. In einer der Kisten, neben den Putzmitteln und einem Stapel Wischtücher stand eine Flasche Whisky, ein Überbleibsel von der letzten Weihnachtsfeier. Er holte sie, ging zurück durch die Galerie, ohne die Reste der Dunkelkammer eines Blickes zu würdigen, stieg die Treppe hoch und sperrte sein Büro wieder auf. Er setzte sich hinter seinen Schreibtisch, nahm einen kräftigen Schluck und dann noch einen. Die langen Abendschatten krochen verstohlen durch die Galerie, die Treppe hoch und über den Teppich in seinem Büro. Was er gesehen hatte, war nicht mit rationalen Mitteln zu erklären, aber sein Verstand mußte irgendwie damit klarkommen.
Es wurde Abend, der Alkohol tat seine Wirkung. Er kam immer mehr zur Überzeugung, daß alles ein bizarrer, seltsamer Streich oder ein fehlgeschlagener Erpressungsversuch gewesen sei. Die

waren ja alle stoned gewesen. Hatten die sich vielleicht was gespritzt? Hatten eine Halluzination von diesem Ding gehabt und sie irgendwie auf ihn projiziert? Ja, das war die Lösung. Er war ziemlich lange mit Stan in der Dunkelkammer gewesen. Während er das Bild untersucht hatte, hatte Stan entwickelt. Vielleicht hatte er da irgendwie eine halluzinogene Chemikalie freigesetzt. Oder die Dämpfe aus dem Entwicklerbad hatten ihn vergiftet. Ja, das war's. Der Alptraum, wie sein Abbild plötzlich zum Leben erwacht war, war eine Halluzination gewesen. Jetzt war die Wirkung verflogen, und er hatte die Schweine rausgeschmissen. Alles würde wieder gut werden.

Der Whisky tat ihm gut. Jetzt, nachdem er für alles eine Erklärung gefunden hatte, konnte er auch Sheila anrufen. Es gelang ihm, das Zittern, das immer noch in seiner Stimme war, unter Kontrolle zu bringen und ihr zu sagen, er wolle heute abend noch einiges wegarbeiten. Besorgt wollte sie ihn überreden, doch so bald wie möglich nach Hause zu kommen. Barry versprach, in einer Stunde zu Hause zu sein. Er legte den Hörer auf und kippte einen dreifachen Whisky hinunter. Er schaltete das Licht an und holte tief Luft. Jetzt fühlte er sich besser ... der Alptraum war vorüber ...

Plötzlich Schritte auf dem Korridor. Die Angst war wieder da. Die Bürotür öffnete sich langsam. Etwas kam herein. Barry unterdrückte einen Schrei, stand auf. Und dann sagte eine Stimme:

»Sind Sie das, Mr. Clark?«

Barry ließ sich in den Stuhl zurückfallen. Frank Jameson stand in der Tür. Der Wachmann.

»Ja, Frank. Ich bin's. Gott, haben Sie mich erschreckt.«

»Tut mir leid«, sagte Frank und kam ins Licht. »Ich hab hier oben was gehört. Wollte mal nachschaun. Was, zum Teufel, ist denn da unten in der Dunkelkammer passiert, Mr. Clark?«

»Oh ... das ... ja ...«

»Haben Sie denn nichts gehört?«

»Was gehört? Ja ... ja ... hab ich. Vandalen, Frank. Die müssen die Hintertür aufgebrochen haben. Sie waren schon weg, als ich runtergekommen bin.«

»Hintertür? Das kann nicht sein, Mr. Clark. Hab sie selbst zugesperrt. Die ist immer noch zugesperrt.« Jetzt erst sah Frank die Whiskyflasche auf dem Tisch, roch Barrys Fahne, merkte, daß etwas faul war. Er sagte: »Alles in Ordnung bei Ihnen, Mr. Clark? Irgendwas passiert, was ich wissen sollte?«

»Mir geht's gut. Sie trifft keine Schuld. Ich trage allein die Verantwortung ...«

»*Sssschch ...*« Frank hielt sich einen Finger an die Lippen, drehte sich zur Tür. Er flüsterte: »Haben Sie das gehört? Da war was unten in der Galerie. Ich glaub, die Schweine sind wiedergekommen.«

Er ging zur Tür. Unwillkürlich stand Barry auf, die Angst kroch wieder über seine Haut. »Nein, Frank. Da ist nichts ... wir rufen die Polizei ... die machen das schon ...«

Er nahm den Telefonhörer, aber Frank war schon weg. Barry hörte seine leisen Schritte auf der Steintreppe in Richtung Galerie. Er unterdrückte ein Schluchzen und lief ihm nach.

Frank war schon halb die Treppe runter, als Barry den Absatz erreichte. Wut stieg in ihm auf. Die waren zurückgekommen, wollten noch mal ihre Tricks versuchen. Irgendwo unten raschelte etwas. Frank hatte das Geräusch auch gehört und eilte nach unten. Barry lief Frank die Treppe hinunter nach. Als Frank ihn hörte, drehte er sich um und bedeutete ihm, leise zu sein. Barry rauschte an ihm vorbei, seine Schritte hallten durch das dunkle Museum. Entschlossen ging er direkt zur Galerie, Frank versuchte ihn einzuholen.

»Jetzt haben sie uns bestimmt gehört«, keuchte Frank verächtlich. Barry streckte die Hand nach dem Lichtschalter für die Naturgeschichtliche Ausstellung aus. Er war nicht sonderlich überrascht, als das Licht nicht anging. Wieder ein Trick. Eine Straßenlaterne warf in der hinteren Ecke langes Licht über die Vitrinen und die Fotos an der Wand.

»Also gut!« rief Barry wütend, er mußte immer noch das Zittern in seiner Stimme unterdrücken. »Komm raus, Stan! Jetzt reicht's, Richard! Die Party ist vorbei!«
Frank versuchte noch mal das Licht anzuschalten. »Sie wissen doch etwas über diese Schweinerei in der Dunkelkammer, stimmt's? Haben Sie 'ne Party gemacht oder so was, Mr. Clark?« Frank ging an ihm vorbei in die Galerie.
»Rauskommen!« Der Strahl seiner Taschenlampe wanderte über die Ausstellungsstücke, aber es war nichts mehr zu hören. Die Dunkelheit schien seine Stimme verschluckt zu haben.
Barry ging hinterher, zusammen suchten sie zwischen den Glaskästen, dann weiter unten, wo das Lager und die Dunkelkammer waren. Da war nichts. Frank ging ins Lager und in die Dunkelkammer. Sekunden später tauchte er wieder auf: nichts. Er lief schnell zur Hintertür, rüttelte an der Eisenstange vor der Tür. Sie war immer noch abgesperrt. Er versuchte den Lichtschalter hier unten, aber der ging auch nicht.
»Da muß eine Sicherung rausgeflogen sein oder so was ...«
Barry hatte sich entschlossen, Frank in diese wahnsinnige Geschichte einzuweihen – den Besuch seiner früheren Freunde und die Beschwörung des entsetzlichen Monsters –, da sah er plötzlich eine Bewegung aus dem Augenwinkel. Er wirbelte herum. Eine langsame, rollende Bewegung neben der Vitrine an der Wand war es gewesen. Er konzentrierte sich auf den Fleck, wo er glaubte, etwas gesehen zu haben. Frank sah seine Reaktion und richtete die Taschenlampe auf die Vitrine. Hinter dem Glas stand ein riesiger Grizzlybär mit drohend gefletschten Zähnen. Er erinnerte Barry an den Alptraum, den er gesehen hatte – den er *geglaubt hatte zu sehen* in der Dunkelkammer. Die Glasaugen des Bären reflektierten das Licht der Taschenlampe. Aber es bewegte sich nichts mehr. Frank machte einen Schritt nach vorn.
Und dann brandete plötzlich wieder dieses entsetzliche, schwindelerregende Angstgefühl über Barry zusammen, genau wie vor seinem Urlaub in Italien. Ihm wurde schlecht. Er hielt sich den Bauch, beugte den Kopf und würgte vor Angst.

»Was ist los ...«, fragte Frank.
Ein Glaskasten neben dem Ausgang explodierte plötzlich wie eine Bombe, etwas wirbelte und flatterte durch die Galerie.
Auf der anderen Seite explodierte eine weitere Vitrine, der Strahl von Franks Taschenlampe schwang herum und erleuchtete einen Glasregen, der auf die Bodenkacheln herunterprasselte. Baß erstaunt sah er, wie eine Eule durch das Glas brach und kreischend durch die Galerie flatterte.
»Was, zum Teufel, geht hier vor?« rief er. Ein weiterer Glaskasten explodierte, dann noch einer und noch einer. Die Galerie war mit einemmal voller Vögel, sie flatterten laut zwitschernd umher, prallten gegen die anderen Vitrinen. In drei Metern Entfernung barst eine Möwe aus ihrem Schaukasten, mit laut flatternden Schwingen. Im Vorbeifliegen schnappte sie nach Frank. Er schlug mit der Taschenlampe nach ihr, sie verschwand nach oben.
»Sie werden lebendig«, sagte Barry. *»Die Ausstellungsstücke werden lebendig.«* Er sagte es, als wäre das eine ganz normale Sache. Ein weiterer Glaskasten detonierte, Frank machte einen Satz zurück, als etwas Weiches über seine Füße huschte. Plötzlich stürzte sich die Eule von oben herunter und attackierte Barry. Er schlug danach, schrie verzweifelt nach Frank, sie flatterte um seinen Kopf. Er schwankte im Kreis, dann lief er in Richtung Ausgang. Die Eule griff erneut an, Barry ging zu Boden. Schreiend kreiste der Vogel in Richtung Decke. Barry hielt sich die Ohren zu, versuchte das entsetzliche Geräusch auszuschalten, die ganze Galerie vibrierte unter dem Gezirpe und Gekreische der lebendig gewordenen Menagerie.
Er schaute vom Boden hoch, sah, wie Frank mit dem Rücken zum Schaukasten mit dem Bären stand. Er starrte Barry fassungslos an, während über ihm die gefiederten Körper hin- und her folgten. Er schüttelte den Kopf, traute seinen Augen nicht.
Und dann sah Barry wieder die Bewegung. Jetzt wurde ihm klar: Der Alptraum war noch nicht vorbei, er war hier in der Galerie und hatte nur auf seine Rückkehr gewartet. Die erste verstohlene

Bewegung, die er wahrgenommen hatte, war aus dem Inneren der Vitrine gekommen, nicht außerhalb. Es war derselbe Blick wie in der Dunkelkammer, dieselbe knurrende Fratze. Was immer in der Dunkelkammer gewesen war, was immer für eine Form es da drinnen angenommen hatte: Es war nicht im tosenden Wirbelwind verschwunden. Es war in die Galerie herausgekommen, und da war es die ganze Zeit gewesen, hatte nach einem Wirt gesucht, dessen Körper es benutzen konnte. Es hatte sich die Vitrine an der hinteren Wand ausgesucht ...

Eine furchterregend große gebogene Klaue reckte und streckte sich knarzend. *Es probiert die Größe,* dachte Barry. *Es probiert die Größe.* Der Kopf des Bären drehte sich, schaute runter zu Frank. Der hatte das knarzende Geräusch gehört, aber die Bewegung nicht bemerkt, er war zu beschäftigt mit den lärmenden, wirbelnden Vögeln über ihm. Er drehte sich schnell um, schwang die Taschenlampe wie eine Keule über seinen Kopf, suchte nach der Ursache dieses neuen Geräuschs, aber immer noch mit dem Rücken zu der monströsen Gestalt in der Vitrine. Barry konnte sich nicht bewegen, brachte keinen Ton heraus. Er versuchte Frank eine Warnung zuzuflüstern, ihm zu sagen, er solle weglaufen, versuchte selber wegzulaufen. Das Bärending bewegte sich wieder.

Während Barry versuchte, sich vom Boden aufzurappeln, richtete das dunkle Etwas in der Vitrine hinter Frank sich plötzlich auf, im selben Moment fand Barry seine Stimme wieder.

»Lauf, Frank! Um Himmels willen, lauf!«

Der Bärenkasten zerbarst. Glas splitterte und krachte, legte ein glitzerndes Leichentuch um Frank. Ein entsetzlich lautes, hallendes Röhren erschütterte die Galerie. Die schwarze Gestalt stürzte sich auf Frank, die menschenähnlichen Arme packten ihn. Barry schrie auf, als der Körper des Wachmanns in der grauenhaften Umarmung verschwand und zu dem entsetzlichen, brüllenden Kopf hochgerissen wurde. Franks Schreie erstickten in gräßlichem Gegrunze und Geknurre.

Die Eule schlug Barry plötzlich ihren Schnabel mitten ins Gesicht, er fiel wieder hin. Andere schlossen sich ihr an, alle kreischten und krächzten, rupften an seinem Fleisch. Barry schlug um sich, fühlte, wie seine Faust ihr Ziel fand. Er hielt sich den Arm vor die Augen, stolperte durch die Galerie. Etwas verfing sich in seinen Haaren. Er packte es, fühlte, wie etwas in seine Hand hackte, warf sich zur Seite, klatschte den gefiederten Körper gegen die Wand, bis das pickende, flatternde Ding sich nicht mehr rührte. Sägemehl rieselte auf den Boden. Aber schon flatterte der nächste Alptraumvogel an seinen Kragen, pickte und hackte in seinen Hals. Ein anderer flatterte an seinem Gesicht vorbei, suchte seine Augen. Laut schreiend wirbelte Barry von der Wand weg. Hinter ihm knirschte Glas, zerriß Stoff. Franks Schreie waren verstummt. Barry sah, wie die zusammengekauerte Gestalt an einer zerfledderten Masse herumrupfte, die irgendwie nicht mehr groß genug war für einen Wachmann. Im orangen Licht der Straßenlampe sah er, daß es Franks Oberkörper war – der Kopf und der Unterleib waren weggebissen. Jetzt bewegte sich die gebückte, entsetzliche Gestalt auf ihn zu.
Barry floh aus der Galerie in Richtung Hauptausgang. Er warf sich auf die Tür. Sie war verschlossen und seine Schlüssel waren oben. Er schaute sich um, sah einen reich verzierten Mülleimer, hob ihn hoch und warf ihn in Taillenhöhe durch die Glasscheibe. Das Glas zerschmetterte, die Scherben fielen nach draußen. Er bahnte sich eilig einen Weg durch das zerbrochene Glas und versuchte rauszuklettern. Zu seiner Rechten erschien eine furchterregende Gestalt am Galerieeingang, richtete sich auf, scharfe Krallen kratzten an der Wandtäfelung. Es war zu spät. Barry rannte zur Steintreppe, sprintete die Treppe hoch in einer Geschwindigkeit, die er sich selbst gar nicht zugetraut hätte. Hinter sich hörte er das Grunzen und schwere Atmen eines großen Tiers.
In seinem Büro zerrte er einen Karteischrank über den Teppich vor die Tür. Er keuchte hektisch nach Luft. Er schob den Schrank gegen die Tür, dann ging er rückwärts zu seinem Schreibtisch. Er

horchte, aber sein pfeifender Atem und das Pochen seines Herzens übertönten alles. Schließlich hörte er unter sich ein Stapfen und das trockene Kratzen von Klauen auf Stein.
In panischer Angst packte er das Telefon, suchte verzweifelt nach dem Stück Papier in seiner Anzugtasche.

Richard schloß gerade die Tür zu ihrem Motelzimmer auf, als das Telefon klingelte. Sie hatten ein paar Einkäufe gemacht für ihre Reise nach Megavissey, nur das Nötigste. Diane stieß die Tür mit der Hüfte zu. Stan ging zur Verbindungstür zu seinem Zimmer. Richard warf Diane einen fragenden Blick zu, dann nahm er den Hörer ab.
»Hallo?«
»Richard, ich bin's! Was soll ich machen, um Gottes willen, was soll ich machen?«
»Barry? Was ist los? Beruhig dich. Erzähl mir ...«
»Im Museum. Mein Gott, Richard. Die Ausstellungsstücke. Die Vögel. Der Bär – *die sind lebendig geworden!«*
»Sssch ...« Jetzt flüsterte er. » ... Der Bär ... jetzt steht er vor meiner Bürotür. O Gott, ich kann ihn durchs Glas sehen ... er torkelt hin und her. O Gott ... ich werde mucksmäuschenstill sein ... es wird weggehen ... ich werde aufwachen, und dann wird es weg sein ... ich ...« Ein plötzliches, wütendes Hämmern, ein Splittern. Das Geräusch zertrümmerten Holzes, quietschend wurde etwas von der Tür weggeschoben. »O GOTT, RICHARD, HILF MIR, RICHARD, ES BRICHT DIE TÜR AUF!«
Krachen, Splittern, Reißen und Kratzen. Und über allem das kehlige, entsetzliche Röhren und Knurren eines großen Tieres.
»Lauf, Barry! Um Himmels willen, lauf!«
Schnaufen. Tapsende Schritte. Krachende Möbel. Ein Knurren. Ein furchtbarer, verzweifelter Schrei, der abrupt in einem *flüssigen* erstickten Gurgeln endete. Schnauben, Reißen.
Dann das Summen einer unterbrochenen Leitung.
Diane nahm Richard den Hörer aus seiner gefühllosen Hand,

schob ihn auf einen Stuhl. Sein Gesicht war aschfahl. Diane drehte sich zu Stan, ihr war ganz schlecht. Stan war auch schneeweiß. Und dann griff Richard in seine Anzugtasche und holte den Abzug der Byker-Chapter-Fotografie raus.
»O mein Gott ... schau ... schau«
Stan drängte sich zu ihnen, Diane packte Richards Handgelenk und starrte, traute ihren Augen nicht.
Barry verblaßte aus dem Foto wie eine billige Trickaufnahme aus einem zweitklassigen Horrorfilm. Die schlichte pastellrosa Wand von Stan the Mans Wohnung war deutlich durch die transparente Gestalt zu erkennen. Und dann war er verschwunden.
Richard schaute hoch.
»Jetzt aber auf nach Megavissey, sofort«, sagte er.

Teil 3

KINDER DER NACHT

Listen to them – the children of the night.
What music they make!

Bram Stoker, *Dracula*

1

Deejay genoß heute abend seinen eigenen Raptalk. Er war genau in der richtigen Stimmung, alles lief bestens. Das Imperial war gesteckt voll, da war er immer in Hochform. Für einen, der im Schatten der Dockkräne am Tyne geboren war, hatte er sich einen der seltsamsten Midlands-Dialekte angeeignet, der je im Nordosten gehört wurde. Wenn er Platten auflegte, schwankte er vom lokalen Dialekt – Geordie – bis Memphis, Tennessee. Heute nacht würde eine gute Nacht werden, das fühlte er. Zwei Weiberclicquen, und einer der Jungs von hier verließ seine Fabrik, um »runter in den Süden« zu ziehen. Seine Kollegen gaben eine Abschiedsparty für ihn. Es hagelte Plattenwünsche. Die, die Deejay nicht in seiner Sammlung hatte, ignorierte er einfach. Er hatte schon drei Frauen auf der Latte, bei denen er später vielleicht landen konnte. Es ging ihm gut, richtig gut.

Warum also ging ihm Angie heute so auf den Keks?

Sie war auch nicht anders als sonst, arbeitete hinter der Bar, wie immer. Sie redete sehr wenig mit den Gästen, servierte Drinks, wusch Gläser. Sie sah blasser aus als sonst und trug ein schwarzes Satinband um den Hals. Josh war auch ziemlich schweigsam. Wahrscheinlich hatten sie sich gestritten. Sie hatten den ganzen Abend noch kein einziges Wort miteinander geredet. Immer wieder mußte er Angie anschauen. Irgendwas an ihr ... irgendwas störte ihn und drohte seine gute Laune zu verderben.

Heute abend war ein neues Gesicht im Imperial. Pearson hatte einen alten Typen als Kellner eingestellt. Im Augenblick ging er von Tisch zu Tisch und sammelte Gläser ein. Er sah wirklich komisch aus in der Imperialuniform, wie hineingequetscht: die Fliege um seinen Hals biß sich direkt ins Fleisch. Deejay konnte sich nicht helfen: Da hatte Pearson aber total danebengelangt. Wie

ein Kellner sah der wirklich nicht aus. Wenn er nicht die Uniform angehabt hätte, dann würde der Typ ausschauen wie einer der besoffenen Penner, die immer am Quaiside rumhingen.
Seine Aufmerksamkeit richtete sich wieder auf Angie und Josh. Die beiden arbeiteten wie Zombies hinter der Bar, total mechanisch, sehr effektiv. Er schaute auf die Uhr. Normalerweise machte er um diese Zeit eine kleine Pause. Aber heute abend war er so gut drauf, daß er keine machen wollte. Er brauchte eigentlich keine. Aber dieses komische Gefühl gegenüber der Barbesatzung machte ihm zu schaffen, drohte ihn abzuturnen. Vielleicht sollte er mal runter gehn und ein bißchen mit ihnen plauschen? Bloß um sich zu beruhigen ...
Deejay stellte die Plattenspieler ab und schaltete auf Band.
»So, Leute – jetzt ein Faß voll Soul. Bin bald wieder bei euch!«
Deejay glitt aus seiner Kabine in der Mitte der Tanzfläche und rockte zwischen den zwei Mädchen durch, auf die er ein Auge geworfen hatte. Keine von beiden reagierte, das drückte seine Stimmung noch mehr. Er ging verdrossen weiter zur Bar. Der neue Typ ging einfach an ihm vorbei, als wäre er Luft, seine glasigen Augen auf den nächsten Tisch und die leeren Gläser darauf gerichtet. Er rümpfte die Nase. Der Typ stank penetrant nach Schweiß. Und da war noch ein anderer Geruch. Irgendwas Krankhaftes – Süßliches, nicht ganz Koscheres. Deejay zuckte mit der Schulter und setzte sich auf einen Hocker am Ende der Bar.
»Wie wär's denn mit einem Wodka, Angie?«
Angie nahm die Flasche, ohne ihn anzuschauen, und goß ein. Sie sah noch abwesender aus als sonst. Aus der Nähe war sie noch blasser, als er gedacht hatte. Trotz Make-up sah man die tiefen Ringe unter ihren Augen. *War wohl 'ne lange Nacht heut nacht,* dachte Deejay. *Der Sugardaddy hat sie ganz schön hergenommen.*
»Wie läuft's denn?«
Angie stellte das Glas vor ihn hin, ging weg und fuhr fort, Gläser zu waschen. Hinter ihr bediente Josh mechanisch einen anderen Kunden. Immer noch keine Antwort von Angie.

Miststück! »Ganz schön voll heute abend ...«
Das Miststück behandelte ihn einfach wie Luft! Deejay nippte an seinem Wodka und schaute sich in der Disko um. Am Eingang lehnte Paul, der Rausschmeißer, und ließ ihn nicht aus den Augen, während er versuchte mit Angie zu reden. Deejay leerte seinen Wodka und stand auf. Er wußte, daß Paul auf Angie scharf war. Würde ihm gerade ähnlich sehn, hierherzukommen und Deejay eine Abreibung zu verpassen, bloß weil er sich für sie interessierte. Der Mann war ein Tier.
Er ging zu einem Tisch in der Nähe. Das junge Pärchen, das da saß, war so ineinander vertieft, daß sie ihn überhaupt nicht sahen. Er hob sein Glas, verfluchte Angie und den Scheißmuskelprotz am Eingang. Er schaute den Tänzern zu, plötzlich sah er, wie eine hagere Gestalt sich aus der Menge löste und forsch auf die Bar zuging. Es war Pearson. Offensichtlich machte er gerade wieder eine von seinen ›Alles-in-Ordnung‹-Rundgängen durch den Nachtklub. Deejay warf einen hastigen Blick auf seine Uhr, um zu sehen, ob er die Pause auch ja in der vorgeschriebenen Zeit machte. Er beobachtete, wie Pearson Angie und Josh zu sich herwinkte. Sie stellten sich zu ihm, und Deejay sah, wie Pearson mit ihnen redete. Sie verzogen keine Miene, nickten zustimmend. Dann drehte sich Pearson weg von der Bar und ging auf ihn zu.
»Abend, Mr. Pearson.«
»Guten Abend, David. Sie machen es sehr gut heute abend.«
»Danke.«
»Hätten Sie vielleicht kurz Zeit? Ich möchte etwas Privates mit Ihnen besprechen. Oben.«
»Oben?« *Keiner* durfte je nach oben.
»Richtig. Sagen wir mal ...« Pearson schaute auf seine Uhr. »In zehn Minuten?«
Deejay leerte schnell sein Glas. »In zehn Minuten. Klar. Sicher.«
Pearson verschwand wieder in der Menge. Deejay streckte sich und sah, wie der Manager schnell die Treppe zur Wohnung des Weibs hochstieg. Es kam ihm vor, als hätte er sich noch mal

umgedreht und ihm zugelächelt, aber bei dieser Beleuchtung war er sich nicht sicher. Deejay stand auf, um besser sehen zu können. Die Tür stand offen. Das war ja überhaupt noch *nie* passiert. Die große, grüne Tür war immer zu. Keiner außer Pearson ging da aus und ein. Deejay hatte oft beobachtet, wie er die Tür gewissenhaft auf- und zusperrte, hatte oft leise vor sich hingesungen: »Grüne Tür, welches Geheimnis versteckst du?« Jetzt hatte er eine direkte Einladung bekommen und wußte nicht: Sollte er sich geehrt fühlen oder sich Sorgen machen. Vielleicht hatte es etwas mit dem zu tun, was er gerade zu Josh und Angie gesagt hatte? Deejay schaute rüber, da, wo Paul an der Wand lehnte. Er war nicht mehr da. Gut! Deejay ging schnell zurück zur Bar und wartete, bis Angie eine Gruppe junger Mädchen bedient hatte.
»Was ist denn los, Angie? Was wollte der große Boß denn?« Angie behandelte ihn immer noch wie Luft.
»Sag schon. Was wollte er denn?« Angie drehte sich weg und bediente einen anderen Gast. Deejay ging die Bar entlang zu Josh.
»Okay, Josh? Was ist los?«
Josh polierte ein Glas zu Ende, dann bediente er einen Gast. Er schaute einfach durch ihn durch.
»Ihr Arschlöcher!« Deejay schwang sich von der Bar weg und ging schnell zu seiner Kabine auf der Tanzfläche zurück. Er legte ein weiteres Band ein und ging in Richtung Treppe. Er schaute auf die Uhr. Zehn Minuten, hatte Pearson gesagt. Es waren erst fünf vergangen, aber Teufel noch mal, er konnte genausogut jetzt raufgehn, solange die Tür noch offen war. Er sprintete die Treppe hoch zur grünen Tür. Oranges Licht fiel unter der Schwelle durch. Er blieb kurz am Treppenabsatz stehen, genoß den Anblick von oben über die Disko. Von hier oben konnte man alles überschauen: die Disko, die Bar, den bestuhlten Teil, den Eingang. Alles. *Herrin über alles, soweit das Auge reicht*, dachte er voller Neid. Und dann ging er durch die Tür.
Vor ihm lag ein Korridor. Die Wände waren mit schweren Tapeten bedeckt, der Boden mit hochflorigem Teppich ausgelegt. Ein

oranger Lampenschirm mit Quasten hing über ihm. Auf jeder Seite des Korridors war eine Tür. Beide waren geschlossen. Aber am Ende des Korridors, genau gegenüber, war noch eine grüne Tür. Sie stand halb offen. Deejay ging darauf zu, der Teppich dämpfte seine Schritte. Hinter sich hörte er ein leises Klicken. Die Außentür hatte sich hinter ihm geschlossen. Er zuckte mit der Schulter, versuchte beschwingt weiterzugehen, aber irgendwie wollte ihm das nicht so leicht gelingen. Die Türen links und rechts verunsicherten ihn. Er hatte das Gefühl, sie könnten jeden Moment aufspringen, und jemand würde sich auf ihn stürzen.

Jemand ... oder etwas? Also, warum, zum Teufel, denk ich denn so was?

Die innere grüne Tür ragte riesengroß vor ihm auf. Deejay beugte sich vor und berührte sie. Sie schwang langsam auf.

»Mr. Pearson ... ?«

Er stand lange an der Schwelle und schaute hinein. Er sah zwei reich gepolsterte Sessel und ein Sofa. In einer provisorischen Wandnische hing ein Gasheizer. An der Wand daneben hing ein Foto – ein Foto von zwei Typen, zwischen denen ein Mädchen saß.

»Mr. Pearson? Ich bin's, David.« Deejay betrat das Zimmer. Da war ein leises Zischen und flackerndes Licht. In der Ecke stand ein Fernseher. Er war eingeschaltet, aber das Bild war nicht eingestellt. Ein Schneesturm summte über den Bildschirm. »Mr. Pearson?« Deejay ging zu der Tür, hinter der er das Bad vermutete, fühlte sich in bißchen unwohl, weil er schon so lange unbemerkt hier drin war. Jetzt kam er sich vor wie ein Eindringling. Hoffentlich würde ihn bald jemand bemerken. Er lugte durch die Türöffnung. Im Bad war keiner, eine Reihe Damenkosmetika stand auf einem Regal. Vielleicht würde er sogar das Weib selbst kennenlernen?

Das Klicken des Türgriffs und das Zischen der Tür auf dem Teppich lenkten seine Aufmerksamkeit wieder auf den Korridor. Er ging schnell zur Wohnzimmertür, öffnete sie und schaute raus. Er hatte Pearson erwartet oder bestenfalls das Weib. Was er da sah,

traf ihn völlig unvorbereitet. Erschrocken wich er einen Schritt zurück.
Es war ein kleiner Junge, vielleicht zehn Jahre alt. Seine blonden Haare waren streng zur Seite gekämmt, gegen den Strich. Er trug einen schwarzen Blazer und Hosen, was sein weißes, sommersprossiges Gesicht noch mehr betonte. Ein so trauriges Kind hatte Deejay in seinem ganzen Leben noch nicht gesehen. In seinen großen, glänzenden Augen spiegelte sich das orange Licht aus dem Korridor. Er hatte noch den Türgriff zur Tür neben dem Wohnzimmer in der Hand und schaute überrascht hoch, als er Deejay sah.
Lange standen die beiden so da, sagten nichts.
Dann warf der Junge einen nervösen Blick zurück zum Zimmer, aus dem er gekommen war, zog leise die Tür zu und schaute Deejay aus seinen großen, glänzenden Augen an.
»Bist du mein Daddy?« fragte er leise.
»Was?« Die Frage brachte Deejay in Verlegenheit. »Nein ... nein ... wo ist denn Mr. Pearson?«
Die Augen wurden vor Enttäuschung stumpf. Deejay sah, daß er gleich zu weinen anfangen würde. Der Junge ließ den Kopf hängen. »Ich dachte, Sie wärn's vielleicht. Ich hab auf ihn gewartet.«
Deejay ging auf ihn zu.
Plötzlich ging die Tür wieder auf. Das Kind zuckte vor Schreck zusammen. Pearson stand in der Tür. Sein Gesicht war wutverzerrt. Als er Deejay da stehen sah, war die Wut wie weggewischt. »David!« strahlte er. »Du kommst zu früh. Ich bin noch gar nicht soweit.«
»Tut mir leid«. Deejay schaute verlegen auf seine Uhr.
»Egal, Egal. Kommen Sie rein.«
Pearson hielt die Tür auf. Das Zimmer war etwa genauso groß wie das Wohnzimmer, in dem Deejay gerade gewesen war, aber sehr sparsam eingerichtet. Ein künstliches Kaminfeuer war die einzige Lichtquelle. Die falschen, orangen Flammen flackerten und tanz-

ten, warfen flatternde, kriechende Schatten an die Wände. Links, im tiefen Schatten, stand ein Korbstuhl mit hoher Lehne. In dem Stuhl saß jemand, aber Deejay konnte keine Details erkennen, nur die Silhouette. Rosa Finger klammerten sich seltsam um die Armlehnen. War das vielleicht das Weib?

Er hörte die Tür ins Schloß fallen und sah, daß Pearson das Kind ins Zimmer geführt hatte.

»Setzen wir uns doch«, sagte Pearson und deutete auf einen Stuhl direkt gegenüber dem Korbstuhl und seinem Insassen. »Ich glaube, das wird Sie interessieren.«

»Interessieren?« fragte Deejay.

»O ja. Das wird Ihnen alles sehr geheimnisvoll vorkommen, aber haben Sie Geduld mit mir, junger Mann. Sie werden sehr bald alles verstehen.«

Pearson zog einen anderen Stuhl in die Mitte des Zimmers und winkte dem Jungen. Er setzte sich brav, ließ seine Beine baumeln und starrte ins Feuer. Pearson ging zum Korbstuhl und drehte ihn ein Stück, so daß er mit den anderen ein Dreieck bildete. Das seltsame, schleichende Gefühl des Unbehagens kroch wieder über Deejay, genau wie vorhin, als die grüne Tür sich hinter ihm geschlossen hatte und die Discomusik ausgesperrt blieb. Am liebsten wäre er aufgestanden und aus dem Zimmer gegangen.

Er räusperte sich. »Was soll denn die Schaufensterpuppe, Mr. Pearson?«

Pearson drehte sich zu der Puppe im Korbstuhl, dann zurück zu Deejay und tat überrascht, als wolle er ihn auf den Arm nehmen.

»Wie bitte?«

»Die Puppe.« Deejay räusperte sich wieder. »Das ist eine Schaufensterpuppe.«

»Richtig«, lächelte Pearson, ging zu der schäbigen Puppe und rückte die Arme auf den Lehnen zurecht, als wolle er es ihr bequemer machen. Es war eine alte Kaufhauspuppe, die offensichtlich einiges hinter sich hatte. Dieser ovale graurosa Kopf hatte nur angedeutete Gesichtszüge: eine horizontale Rille für den

Mund, leichte Höhlen für die Augen, die Ohren eng am Kopf, Rillen statt Haare. Die Nase war abgeschlagen, rosa Farbe abgeblättert. Pearson hatte die fleckigen graurosa Hände zurechtgerückt und richtete sich auf.

»Mr. Pearson, ich hab unten ein Band eingelegt. Ich kann nicht sehr lange bleiben. Das Band wird bald zu Ende sein. Ich muß ein anderes auflegen oder ein paar Platten ...«

»Sehr lobenswert, David. Die Arbeit geht immer vor. Aber es wird nicht lange dauern, das verspreche ich Ihnen.«

»Ja?« Wieder dieser verlegene Blick auf die Uhr.

»Natürlich. Wenn Sie jetzt bitte ... ich möchte, daß Sie sich ein paar Minuten ganz stillhalten.«

Pearson ging zu dem Kind, und Deejay sah zu, wie er das Gesicht des Jungen mit einem Finger unterm Kinn hochhob.

»Fühlst du dich gut, Timothy?«

So hieß der Kleine also.

Der Junge nickte, schlug schüchtern die Augen nieder vor Pearsons durchdringendem Blick.

»Ich brauche noch ein Ausdunkeln, Timothy. Verstehst du?«

»Ja.«

»Gut, dann werden wir anfangen. Mach deinen Verstand leer. Such dir einen Punkt auf dem Teppich und schau ihn an. Da, eine von den Spiralen. Gut. Dann leer deinen Verstand. Genau wie wenn du den leeren Bildschirm anschaust ...«

Was, zum Teufel, geht hier vor? dachte Deejay. *Für so was hab ich keine Zeit.*

»Gut. So, Timothy. Ausdunkeln. *Absavel ... Ausdunkeln ... Imago ... Ausdunkeln ... Pacter ... Laß es kommen ... laß es übernehmen ...*«

Der Kopf des Jungen war gesenkt. Er starrte auf den Teppich unter seinen Füßen. Seine Beine hatten aufgehört zu baumeln, seit Pearson in diesem komischen Singsang redete. Deejay rutschte unruhig auf seinem Stuhl hin und her. Was hatte der schräge Vogel jetzt vor? *Warum sag ich ihm nicht einfach, er soll sich verpissen und sich einen anderen Diskjockey suchen? Ich hab Verbindungen. Ich kann woanders einen Job kriegen. Es gibt noch andere Nachtklubs in der Stadt. Und ich wette, da krieg ich mehr, als der alte Arsch mir zahlt. Da war doch diese Annonce im* Evening Chronicle *gewesen. Im Tuxedo Princess suchen sie einen neuen Diskjockey. Ja, das war vielleicht was ...*

Der Junge schaute hoch.

Zuerst dachte Deejay, es läge am wenigen Licht und den dicken, schwarzen Schatten, daß das Gesicht des Jungen so komisch aussah. Seine Augen sahen aus wie glänzende schwarze Murmeln. Pearson stand da, lächelnd, die Arme selbstzufrieden über der Brust verschränkt, als wäre ihm gerade ein besonders schöner Zaubertrick gelungen. Das Kind saß aufrecht und reglos da, die Augen blitzten wie die eines Insekts aus dem Dunklen. Ja, wie die Augen eines lauernden hungrigen Insekts, das nur darauf wartete, daß er sich bewegte, um wie ein Alptraum aus seinem Nest zu springen und ihn zu fangen.

Jetzt reicht's! Deejay stand auf und ging entschlossen zur Tür. »Das ist alles sehr ... interessant ... Mr. Pearson. Genau wie Sie gesagt haben. Aber in zwölf Minuten ist das Band abgelaufen. Wenn Sie also nichts dagegen haben, möchte ich wieder runter in die Disko. Vielleicht können wir uns ein andermal unterhalten ...«

Die Tür war versperrt.

Deejay drehte sich zurück, seufzte. Pearson stand immer noch aufrecht und reglos da, lächelte.

»Und?« fragte Deejay, fühlte, wie die Wut in ihm hochstieg.

»Und«, sagte Pearson schlicht.

»Die Tür ist abgesperrt.«

»Natürlich, David. Ich hab sie selbst zugesperrt.«

»Würden Sie sie bitte öffnen?«

»Nein.«

»Nein?«

»Nein. Wir sind noch nicht fertig. *Absavel, Timothy. Otmo nos Andophant Vermini Pacter Imago* ...«

Deejay spürte etwas im Raum, wie ein Geräusch, aber man hörte nichts. Es war eine Vibration, aber doch keine Vibration. Die Luft war geladen, als würde man neben einem riesigen Dynamo stehen, der vor unsichtbarer Kraft pulsierte. Dann sah er etwas, das sein Verstand nicht fassen konnte.

Aus den Nasenlöchern des Jungen floß Rauch. Dicker, blauer Rauch, als würde er an einer riesigen Zigarre paffen. Der Rauch wirbelte in dicken Schwaden durch den Raum. Unter den erstaunten Augen von Deejay schlängelte der Rauch auf die Schaufensterpuppe im Korbstuhl zu. Der Rauch hatte fast etwas Lebendiges. Lebendig ... *und er glühte.* Der Rauch hüllte die Puppe ein in dichten blauen Dunst. Deejay bekam mit einemmal Angst, zerrte am unnachgiebigen Türgriff.

Imago Palcusat Non Enno ... Absavel ... Gorgus ...

»Pearson, was, zum Teufel ... ?« Seine Worte erstickten im Nichts.

Die Schaufensterpuppe stand plötzlich mitten im Zimmer und starrte ihn an.

Pearson hat sie dahin gestellt. Er hat sie aus dem Stuhl gehoben und sie dahin gestellt, als ich nicht hingeschaut habe. Schaufensterpuppen bewegen sich nicht von alleine.

Die Schaufensterpuppe fing an, ungelenk, mit knarzenden Gelenken, auf ihn zuzugehen. Ihre Arme streckten sich nach ihm aus. Und jetzt wußte Deejay, daß es nicht am Licht lag, daß das Gesicht der Puppe sich veränderte. Das graurosa Gesicht war eine Leinwand, und ein unsichtbarer Maler veränderte, arrangierte neu, schuf Gesichter und wischte sie wieder weg. Er war wie hypnotisiert. Er beobachtete das wirbelnde, wechselnde Oval von Augen und Zähnen. Da waren Hunderte von Gesichtern, verzerrt, verschoben, schleimend, fließend. Es war ein Spiegel der Hölle, ihre Dämonen drängten sich, um einen Blick von der anderen Seite zu erhaschen.

Deejay schrie, die Augen starr auf den sich nähernden Horror gerichtet.

»Also wirklich, David«, sagte Pearson. »Sie sollten doch zumindest wissen, daß hier oben alles schallisoliert ist.«
Kurz bevor die brutalen Arme ihn umfingen und das schreckliche Gesicht sich anschickte, sein eigenes zu verschlingen, sah Deejay ein bekanntes Gesicht. Zu guter Letzt, kurz bevor er seinen Verstand und sein Leben aushauchte, erkannte er das Gesicht.
Es war sein eigenes.

2

Paul hatte die Tür zur Straße den ganzen Abend nicht aus den Augen gelassen. Jedesmal wenn eine neue Truppe Freier hinein wollte, schaute er sie sich ganz genau an, suchte den Schleimer, der Angie gestern nacht angemacht hatte.
Er hatte sich vorgestellt, was er dem Arschloch antun würde. Nach der Schande gestern abend wollte er ihm weh tun, so richtig weh tun. Er hatte sich entschlossen, ihn reinzulassen und ihn im Auge zu behalten. Sobald er dann von seinem Stuhl aufstand und zur Toilette ging, würde Paul zuschlagen. Er konnte sich genau vorstellen, wie dumm der Wichser schauen würde, wenn er sich mit dem Schwanz in der Hand vom Pißbecken umdrehte. Dann würde er Angst kriegen. Mit dem ersten Schlag würde er ihm die Zähne ausschlagen. Mit dem zweiten würden ihm die Därme platzen. Der dritte, der vierte, der fünfte ... dann würde Paul die Halbliterflasche Whisky aus seiner Tasche ziehen und sie dem Schwein über seine eingeschlagene Fresse kippen. Falls Pearson auftauchen sollte, war sein Alibi perfekt: Der Mann war sturzhagelvoll gewesen und hatte Paul angegriffen. Andy würde ihm den Rücken decken – wenn ihm sein Leben lieb war. Paul lächelte und ging zurück zur Tür, die unmittelbar ins Lokal führte.
Deejay war jetzt schon eine ganze Weile weg. Paul ließ den Blick durch den Nachtklub schweifen, fragte sich, wo der wohl abgeblieben war. Angie gab an der Bar schweigend Drinks aus, aber da war

auch keine Spur von Deejay – wollte er ihm auch geraten haben. Er war nirgends zu sehen. Das Band war sicher bald zu Ende. Pearson würde das nicht gefallen, wenn Deejay blaumachte. Paul grunzte vor Vergnügen. Hoffentlich machte er wirklich blau. Dem kleinen Wichser würden ein paar auf den Deckel überhaupt nicht schaden.

Oben, hinter den Tänzern, ging die grüne Tür auf. Paul schaute hoch, erwartete, daß Pearson erscheinen würde.

Deejay kam zur Tür raus und stieg gelassen die Treppe runter. Paul traute seinen Augen nicht. Was ging da oben in der Privatwohnung des Weibs vor? War der Kerl vielleicht bei ihr gelandet oder so was? War er ihr privater, kleiner Gigolo? Paul rasten die verschiedensten Möglichkeiten durch den Kopf, während Deejay über die Tanzfläche ging, sich cool einen Weg durch die Tänzer bahnte.

Josh beugte sich über die Bar, als Deejay dran vorbeikam und ihm etwas zuflüsterte, genau wie vorher Pearson. Was, zum Teufel, war hier eigentlich los? War da eine Verschwörung im Gang? Deejay huschte zurück zur Tanzfläche und schwang sich in seine Kabine, seine Hände tanzten über die Bänder und Plattenspieler. »Dave Johnson ist meine Name, Musik mein Spiel! DJ, der Deejay!«

Pauls Überraschung und Neugier schlugen wie immer in Wut um. Keiner außer Pearson ging je durch diese grüne Tür. Da war was im Gang. Paul war noch nie da oben gewesen, und wenn einer das Recht hatte, da mal reinzugehen, dann war er das. Alle Leute hatten was zu tuscheln! Angie und der Fremde. Pearson und Angie und Josh, jetzt Deejay und Josh.

Josh war unter der Klappe aus der Bar gehuscht, nachdem Deejay in seine Kabine zurückgekehrt war. Paul bemerkte nicht, wie er sich näherte und Gläser auf einem Tablett einsammelte. Josh ließ ihn nicht aus den Augen, die roten und grünen Diskolichter spiegelten sich in seinem blassen Gesicht, bis er nur noch drei Meter von ihm entfernt war, ihn schweigend beobachtete.

Josh pfiff.
Paul warf ihm einen wütenden Blick zu. Joshs Gesichtsausdruck war sarkastisch, herausfordernd.
»Ich hab geglaubt, Pearson hätte diesen komischen alten Macker zum Gläsereinsammeln eingestellt«, sagte Paul. »Ein schräger Macker und eine Schwuchtel. Tolle Sammlung.«
»Gib's doch zu, Paul. Du bist doch selber 'ne verkappte Tunte. Trau dich doch.«
Zum zweitenmal an diesem Abend war Paul sprachlos.
»Du brauchst, glaub ich, eine kleine Lektion. Kannste haben. Draußen im Hof«, sagte Josh. »Haste Lust?«
Paul schäumte vor Wut. Knurrend stapfte er auf ihn zu. Plötzlich erschien Andy und packte ihn am Arm. »Nun mal langsam, Paul. Nicht hier. Das ist es nicht wert. Du verlierst deinen Job.«
»Verdräng deine Gefühle nicht, Paul«, fuhr Josh fort. »Sogar so ein häßlicher kleiner Scheißer wie du braucht ab und zu ein bißchen Spaß.«
»Du kleines Arschloch ...«
Andy versuchte vergeblich, ihn am Arm festzuhalten.
»In zehn Minuten«, sagte Paul mit zusammengepreßten Zähnen. »Draußen im Hof.«
Andy fühlte, wie Pauls Körper vor Wut zitterte. Er konnte ihn ganz bestimmt nicht aufhalten, wenn er sich in den Kopf gesetzt hatte, diesen kleinen Idioten auseinanderzunehmen. Was hatte sich Josh eigentlich dabei gedacht? Paul würde ihn umbringen.
Josh lachte. Ein seltsames, hohles, leeres Geräusch. Er drehte sich weg, sogar sein Rücken wirkte herausfordernd. Andy hatte ihn noch nie so erlebt, er war Paul bis jetzt immer aus dem Weg gegangen.
»Zehn Minuten«, wiederholte Paul und ballte die Fäuste. »Zehn Minuten.«
Josh ging zurück zur Bar und stellte das Tablett ab. Einige Augenblicke lang standen er und Angie sich schweigend gegenüber und starrten sich an. Dann drehte sich Josh plötzlich um

und schaute zu ihnen. Er hob langsam zwei Finger zum Siegeszeichen.
Paul riß sich von Andy los und stapfte auf die Bar zu.
»O nein ... nicht hier, Paul ... um Gottes willen nicht hier.«
Josh wirbelte herum und ging zum Ausgang in den Hinterhof.
Paul folgte. Und Andy, der geschworen hatte, sich da rauszuhalten, im Foyer zu bleiben und auf die Freier aufzupassen, wofür er auch bezahlt wurde, ging hinterher.

Es hatte angefangen zu regnen, als Paul durch die Tür in den Hof hinauskam. Ein Scheinwerfer erleuchtete die Bierkästen und Müllsäcke, die zum Abholen bereitgestellt waren. Pearson hatte das Licht anbringen lassen, um potentielle Gatecrasher und Einbrecher abzuschrecken. Die hellerleuchteten verrosteten Mülltonnen, die glänzenden, schwarzen Plastiksäcke voller Müll und die verdreckten schwarzen Wände waren ein erstaunlicher Kontrast zu dem Stromlinienchrom und dem schicken Velours des Nachtklubs nur ein paar Meter weiter. Aber Paul war nicht in der Stimmung für solche Vergleiche, als er in den Nieselregen hinauskam und nach Josh Ausschau hielt. Wo war er?
Paul ging über den Hof, trat einen Müllsack beiseite, der Müll ergoß sich auf den Boden.
Josh war nicht da.
Paul schaute sich um. Wenn er mit dem kleinen Scheißer fertig war, würden sie sechs solche Müllbeutel brauchen, um ihn wegzuschaffen.
»Komm raus, du kleiner Scheißer. Das geht ganz schnell.«
»Hier drüben bin ich.«
Paul wirbelte herum. Josh kam gelassen hinter den Bierkisten vor.
Paul grinste, senkte den Kopf und ging auf ihn los.
Und dann blieb er stehen.
Das Licht des Scheinwerfers war taghell, Paul konnte jedes Detail der schmalen Schwuchtel mit dem weißen Hemd und der schwarzen Hose erkennen. Der Regen durchnäßte Joshs Hemd, entblößte

das magere, rosa Fleisch darunter. Seine Haare klebten am Kopf. Er lächelte. Alles an ihm war vertraut, alles außer den Augen. Sie waren schwarz, glänzend naßschwarz, genau wie die Augen des Fremden am Abend vorher. Paul blieb wie gelähmt stehen, konnte sich nicht bewegen, als Josh langsam auf ihn zuging. Er spürte den warmen Urinstrahl nicht auf seinen Beinen, als Josh näherkam.
Und lächelte, lächelte, lächelte.

Andy schlug die Ausgangstür mit beiden Händen auf. Seine schlimmsten Befürchtungen bestätigten sich. Paul verprügelte Josh nach allen Regeln der Kunst.
Andy konnte sie nicht sehen, aber sehr wohl hören. Sie waren hinter einem Berg von Müllsäcken, die Säcke bäumten sich und verrutschten mit jedem Schlag. Ein widerliches bestialisches Grunzen kam von da hinten. Ein Schuh flog durch den Regen. Beine trommelten auf dem Betonboden.
»Laß ihn in Ruhe, Paul! Das reicht!« Er sprintete durch den Regen, wich einem Sack aus, der aus dem Haufen vor ihm fiel. Dann bog er um den Haufen und stand vor ihnen, wollte Paul von Josh wegzerren.
Josh kauerte über Paul, der am Boden lag, die Arme weit ausgebreitet, zitternd. Er wehrte sich nicht. Pauls Beine zuckten, und Andy erkannte, das schreckliche, gurgelnde, *sterbende Geräusch* kam nicht von Josh, sondern von Paul. Josh schaute hoch, sein Gesicht war eine Fratze mit funkelnden Augen, sein Mund und sein Kinn blutverschmiert – mit Pauls Blut. Andy sah, wie das Blut aus der Ruine von Pauls Hals auf den Beton sprudelte, im Regen versickerte. Seine glasigen Augen hatten sich schon dem Tod ergeben.
»O mein Gott ... nein ... nein ...«
Die Hände, die Andys Gesicht jetzt packten, waren Klauen, sie drehten ihn. Er fiel in Ohnmacht, bevor das Ding, das einmal Josh gewesen war, seinen Kopf gegen die Hofwand klatschte.

Bald lagen zwei reglose Körper im Regen.
Aber die Hüllen würden nicht lange leerbleiben.

3

Das Haus stand allein, eingehüllt von verwachsenen Weiden, seine Mauern bröckelten unter dem Ansturm der gnadenlosen Winde von Cornwall. Wer immer es gebaut hatte, hatte wenig Rücksicht auf die Verwüstungen von Wind und Wetter genommen. Die Straße aus der Stadt verlief im Nichts, als die Reste des Byker Chapters schließlich die Klippen über dem Hafen von Megavissey erreicht hatten. In einer in den Fels geschlagenen Nische über dem Meer lagen die Grundmauern des Hauses. Das Gebäude kauerte in der Nische, als wäre es tatsächlich aus dem Felsen gewachsen. Seine verwitterte Fassade schaute aufs Meer hinaus. Vielleicht war's mal malerisch altenglisch gewesen. Aber jetzt war es verfallen. Der zerfurchte, überwachsene Weg, der einmal eine Straße gewesen war, bezeugte, daß das Haus und wer immer drin gelebt hatte, längst vergessen war.
Weit unten schwebten Möwen über dem dunklen Wasser und warteten auf Fischstücke, die ihnen von den Makrelenbooten zugeworfen wurden, oder auf die Abfälle der wenigen Touristen, die sich außerhalb der Saison hierhergewagt hatten. Heute war's wärmer als sonst, der Dunst über dem Hafen hatte dieselbe Farbe wie das Meer. Sie hatten sich zu einem endlosen Nichts vereint, eine blaugraue Endlosigkeit, flankiert von steil nach oben strebenden Häusern auf beiden Seiten des Hafens.
Als sie endlich, nachdem sie die ganze Nacht durchgefahren waren, in Megavissey ankamen, war es Richard so vorgekommen, als wären Meer und Himmel verschwunden, und sie würden wie auf dem Bug eines Schiffes am Ende des Universums stehen, vielleicht sogar am Ende der Realität. Das Haus der Ellisons hatten sie überraschend schnell gefunden. Sie hatten am ersten Pub

angehalten, um etwas zu essen. Der Wirt hatte ihnen bereitwillig Auskunft gegeben.

»Seid ihr von der Steuer oder so was?« hatte er gefragt. Den Stammkunden, die am Tresen lehnten, gefiel sein Sarkasmus offensichtlich.

»Nein, warum?« erwiderte Richard.

»Bei den Ellisons war seit ewigen Zeiten keiner mehr, nur der Laufbursche vom Kramer und der Postbote.«

»Lebt ihre Tochter noch bei ihnen? Pandora Ellison?« fragte Stan, vielleicht ein bißchen voreilig.

»Die kleine Pandora? Keine Ahnung. Hab sie seit Jahren nicht mehr gesehn. Könnte sein.«

Weitere Fragen brachten keine neuen Ergebnisse. Sie aßen, dann fuhren sie zum Haus der Ellisons. Richard war in der Jukebox eine spezielle Platte aufgefallen: »Layla« von Derek und den Dominoes. Merkwürdig, hier, so weit weg von Byker eine Byker-Chapter-Platte zu finden.

Stan saß am Steuer, als sie um die Kurve über dem Hafen bogen und das Haus der Ellisons vor ihnen lag. Er hielt ein ganzes Stück vom Haus weg an. Es war das Ende ihrer Reise, das wußten sie alle. Der Schatten des Phantom's hatte sie nie verlassen. Das Flüstern der See und das Toben des Windes klangen drohend.

Richard fühlte Dianes Hand auf seinem Arm. Er griff nach ihr. Sie zitterte. »Endstation«, sagte Stan grimmig und drehte sich zu ihnen um. »Glaubt ihr, wir finden da die Antwort?«

»Wir müssen«, sagte Richard entschlossen. Stan fuhr weiter. Sie parkten das Auto neben dem Weg, in einem Alkoven an der Seite des Hauses. Weidenzweige klopften auf das Autodach. Stan ging zur schäbigen Eingangstür, packte den reich verzierten Türklopfer – ein grinsendes Fabelwesen – und klopfte energisch. Er hüpfte genauso nervös herum wie neulich vor Richards Haus. Die Tür ging sofort auf, als hätte, wer immer darin lebte, sie kommen sehen. Stan machte vorsichtig einen Schritt zurück.

Ein gebrechlicher älterer Mann trat aus der Tür. Er hatte dickes,

drahtiges, schneeweißes Haar. Zwei weiße Haarbüschel wackelten über dicken Brillen. Trotz seiner gebückten Haltung war er sehr groß. Seine braune Wolljacke war von oben bis unten falsch geknöpft. Er strahlte vor Freude.
»Mr. Ellison ... ?« fragte Stan.
»Ja ... ja ...«
»Äh ... mein Name ist Stan Shaftoe. Das sind Richard Eden und Diane Drew. Wir sind aus Newcastle. Wir wollten sehen, ob ...«
»Pandora?« fragte der freudig erregte alte Mann. »Hab ich recht? Es ist wegen Pandora?«
»Ja«, sagte Stan mit einem gequälten Lächeln. Er schaute sich hilfesuchend nach Richard um.
»Ja, Mr. Ellison«, sagte Richard ganz ruhig. »Wegen Pandora.«
»Kommen Sie rein, kommen Sie rein.«
Die Tür öffnete sich einladend. Stan betrat als erster das Haus, Richard und Diane folgten ihm ins Dunkle. Ein warmer, fauliger Geruch drang in ihre Nasen. Der warme, feuchte Geruch eines Stalls.
Das Zimmer war stockdunkel, Richard versuchte etwas zu erkennen. Irgendwo schlug leise eine Uhr. Der alte Mann fummelte in einer Ecke herum. Einen Augenblick später ging eine Lampe an, warf ihr schwaches Licht durch das Zimmer. Aus irgendeinem Grund waren die Vorhänge zugezogen, obwohl es noch heller lichter Tag war. Eine Wand des Zimmers war voller Regale. Reihen zerfledderter Bücher zogen sich vom Boden zur Decke. Die wenigen Möbelstücke waren voller Bücher: ein Eichentisch, ein kleines Sofa, ein Lehnstuhl. Auf dem Tisch standen vier gebrauchte Teetassen.
»Bitte, bitte«, sagte der alte Mann. »Nehmen Sie doch Platz.« Er ließ sich in den schäbigen Lehnstuhl fallen und gestikulierte in Richtung der anderen Möbel. Diane setzte sich auf die Sofakante, jederzeit bereit, aufzuspringen. Richard setzte sich neben sie. Stan blieb stehen, hüpfte immer noch nervös von einem Fuß auf den anderen. Der alte Mann hatte das Gehabe von jemandem, der

glaubt, man würde ihm jetzt eröffnen, er hätte im Lotto gewonnen.
Allmählich dämmerte ihnen, daß Mr. Ellison drauf wartete, daß einer von ihnen das Wort ergriff. »Ist Pandora da?« fragte Richard schließlich und schaute neugierig die seltsame Eichentür in der Wand an. Der alte Mann schien ihn nicht gehört zu haben.
»Na, es mußte wohl eines Tages soweit kommen«, sagte er. »Es ist eine Schande, eine Schande. Aber irgendwann trifft es uns alle. Ihr seit wahrscheinlich ihre Freunde aus Byker? Aha. Ja, eine Schande ...«
»Mr. Ellison«, sagte Richard wieder, ganz betont. »Wir sind gekommen, um Pandora zu sehen. Es war eine lange Reise. Können wir sie bitte sprechen?«
Mr. Ellisons Gesicht verdüsterte sich, als er endlich registriert hatte, was Richard da gesagt hatte. Er schaute sie verwirrt an, als würde er ihre Anwesenheit jetzt erst bemerken. Er rutschte auf seinem Stuhl vor, musterte sie.
»Was soll das?« fragte er schließlich. Seine Euphorie war wie weggeblasen. Jetzt war er aggressiv und einschüchternd. »Was soll das heißen: ›Ist Pandora hier?‹ Ihr wißt ganz genau, daß sie nicht hier ist. Ihr seid doch gekommen, um mir zu sagen, daß sie tot ist, stimmt's? Ihr seid gekommen, um mir zu sagen, daß unsere Tochter endlich gestorben ist.«
»Tot?« fragte Stan. »Was soll das heißen, Mr. Ellison?«
»Ihr seid doch ihre Freunde aus Newcastle, ja? Ich erwarte euch schon seit Jahren. Ich wußte, ihr würdet irgendwann kommen. Sie muß tot sein.«
»Mr. Ellison«, sagte Richard, »ich bin mit Pandora aufs College gegangen. Aber das war vor zehn Jahren. Sie ist doch hierher zurückgezogen, oder?«
»Natürlich ist sie zurückgekommen!« schrie der alte Mann. Er zitterte jetzt vor Wut. »Und sie hat das verfluchte Ding mit zurückgebracht! Wie könnten wir das je vergessen? Aber jetzt ist sie nicht hier! Wir haben sie vor zehn Jahren das letzte Mal

gesehn. Sie *muß* einfach tot sein. Bitte, sagt mir, daß sie tot ist. Wir ertragen das nicht mehr ...« Der alte Mann brach plötzlich schluchzend zusammen. »Sie muß tot sein ... muß einfach tot sein ... muß uns erlösen ...«
Sie rutschten verlegen auf ihren Stühlen herum, wußten nicht, wie sie ihn trösten sollten. Irgendwo aus dem Inneren des Hauses hörte man ein rhythmisches, gedämpftes Klopfen. Mr. Ellison war mit einemmal still, erstickte seine Schluchzer mit einem verdreckten Taschentuch aus seiner Jackentasche. Er wischte sich die Augen, horchte angestrengt. Wieder das Klopfen. Er stand schnell auf und huschte zu der schweren Eichentür am Ende des Zimmers. In Windeseile verschwand er außer Sichtweite, schloß ohne ein Wort die Tür hinter sich.
»Ja, wie findet ihr denn das?« fragte Stan ratlos. Er lief im Zimmer auf und ab, die Hände in die Luft gestreckt. »Wovon, zum Teufel, hat der überhaupt geredet?«
»Sie ist offensichtlich nicht hier.«
»Also reine Zeitverschwendung ...« Stan wurde von Stimmen hinter der Tür unterbrochen. Sie konnten nichts verstehen. Eine der Stimmen war die von Mr. Ellison. Die andere unverkennbar eine gedämpfte Frauenstimme.
»Könnte es Pandora sein?« fragte Diane. Dann verstummten die Stimmen.
Die Tür ging auf, und Mr. Ellison kam herein. Mit tränenerstickter Stimme sagte er: »Sie will mit Ihnen reden.«
»Pandora ist also doch hier?« fragte Stan.
»Nein, nicht Pandora. Meine Frau, Margaret.« Mr. Ellison hielt die Tür auf und bedeutete ihnen, reinzugehn. »Aber ich muß Sie bitten, Abstand zu halten. Meine Frau ist sehr ... krank. Sie hat seit zehn Jahren niemanden außer mir gesehn. Ich persönlich halte das für einen Fehler, aber sie will Sie sehen, und wenn sie etwas will, kann sie sehr stur sein ...« Mr. Ellison unterdrückte ein Schluchzen, beugte den Kopf. Sie standen auf und gingen in Richtung Tür.

»Richard«, flüsterte Diane ihm ins Ohr. »Das gefällt mir überhaupt nicht. In diesem Haus stimmt etwas nicht. Da ist irgendwas faul. Ich glaube, wir sollten da nicht reingehn.«

»Haben wir denn eine andere Wahl, Diane? Jetzt sind wir schon bis hierher gefahren. Wir müssen rausfinden, was das alles soll.«

Richard ging zuerst durch die Tür, Diane dicht hinter ihm, Stan als letzter. Hinter der Tür war eine abenteuerliche Holztreppe, die unter ihrem Gewicht ächzte. Eine verrostete Sturmlampe hing in der Türfüllung, sie gab gerade genug Licht, um ihnen den Weg zu zeigen. Hier war der feuchte kränkliche, nasse Geruch stärker, die faulen Balken über seinem Kopf erinnerten Richard an das Innere einer alten Galeone. Am oberen Treppenabsatz hing noch eine Sturmlampe. Eine Tür stand offen, warf einen schwachen Lichtkegel auf den kahlen Holzboden. Richard hörte, wie Mr. Ellison hinter ihnen die Tür leise zumachte. Unwillkürlich erwartete er, zu hören, wie ein Schlüssel sich im Schloß drehte, um sie für immer hier einzuschließen. Es war nichts zu hören. Er schob langsam die Tür auf. Die Zimmerwände waren voller Schimmel. Die Einrichtung bestand aus einem einzelnen Stuhl und einem kleinen Tisch. In der hinteren Ecke des Zimmers stand neben einem mit Läden verschlossenen Fenster ein Bett mit Baldachin. Eine mottenzerfressene, schüttere Decke hing von oben herunter, versperrte den Blick auf die Person im Bett.

»Kommen Sie rein«, sagte eine gedämpfte Stimme vom Bett.

Eine Kerze brannte auf dem Fenstersims. Ihr nacktes Licht warf den Schatten der Frau im Bett gegen die Decke.

»Ich fürchte, es gibt nur einen Stuhl, aber bitte, machen Sie sich's bequem.«

Diane schaute den verklebten, fleckigen Stuhl an und brachte es nicht fertig, sich draufzusetzen. Stan balancierte auf der Armlehne. Diane hielt sich nahe zur Tür, fragte sich voller Angst, wie sie wohl reagieren würde, wenn sie zufallen sollte.

»Arnold sagt mir, Sie wären Freunde von Pandora aus Newcastle?«

»Das ist richtig, Mrs. Ellison«, sagte Richard. »Wir waren vor Jahren ganz dicke Freunde. Wo ist sie jetzt? Ihr Mann scheint zu glauben, sie ...«
»Mein Mann«, sagte Mrs. Ellison nachdenklich. »Der arme Arnold, fürchte ich, ist nicht mehr ganz richtig im Kopf. Er betet nun schon seit Jahren um Pandoras Tod. Er glaubt, ihr Tod würde unser Leiden beenden. Der arme Mann. Er weiß so wenig. Er war immer so stark. Und jetzt ... also jetzt ...«
»Wo ist sie, Mrs. Ellison?« fragte Stan. »Wir müssen sie unbedingt finden.«
»Etwas Böses hat euch mit dem Tod gezeichnet. Ich weiß es. Und ihr tut richtig, wenn ihr Pandora sucht. Aber sie ist nicht hier.«
»Woher wissen Sie ...«, fing Richard an.
»Ich warte schon viele Jahre auf den Beginn des Grauens. Jetzt ist es, glaube ich, stark genug. Ihr seid doch die, die sich Byker Chapter genannt haben, hab ich recht?«
»Das stimmt«, sagte Richard leise. »Was passiert mit uns, Mrs. Ellison?«
Der Schatten hinter der Decke krümmte sich in einem schrecklichen Hustenanfall. Nach einiger Zeit fing er wieder an zu reden. »Ich hab gewußt, Sie würden zu guter Letzt hierherkommen, die Wahrheit suchen. Aber ich fürchte, das wird Ihnen jetzt sehr wenig helfen. Es hat zehn Jahre gehabt, um stark zu werden. Was mit Ihnen passiert? Nun, Sie werden sterben, stimmt's? Aber warum? Und wie? Das sind die Fragen, für die Sie Antworten haben wollen. Na schön. Hören Sie gut zu ...«
Eine lange Pause, Mrs. Ellison setzte sich auf. Richard hatte das Gefühl, sie hatte sich schon seit vielen Jahren auf diese Rede vorbereitet. Schließlich begann der Schatten zu reden:
»Ihr glaubt, ihr hättet meine Tochter Pandora sehr gut gekannt. Sie war sehr beliebt. Als sie auf dem College in Newcastle anfing, hat sie mir sehr oft geschrieben, mir alles über ihre Freunde in Byker erzählt. Ich war froh, daß sie glücklich war und das Schreckliche verdrängt hatte, das ihr als Kind passiert war. Natür-

lich war es unsere Schuld, daß es überhaupt passiert ist, aber ... ich schweife ab ... Sie war ein gutes, normales Mädchen im College. Oder ich hab mir das jedenfalls eingeredet. Aber sie hatte das Erlebnis nicht überwunden. Tief in ihrem Inneren lauerte es. Mein Mann und ich haben viele Dummheiten gemacht, als wir jung waren. Sehr viele Dummheiten. Arnold war ein sehr attraktiver Mann, und ich ... ich war mal eine sehr schöne Frau. Damals hatten wir sehr viel Geld, hatten von Arnolds Tante geerbt. Wir haben das Geld zum Fenster hinausgeschmissen. Wir hatten exzessive Laster, gönnten uns alles. Damals waren wir sehr beliebt, wir zogen Leute mit demselben Hang zur Extravaganz an. Wenn wir etwas oder jemanden haben wollten, besorgten wir's uns. Unsere Begierden wurden immer exzessiver, unsere Wünsche immer ausschweifender.

Irgendwann waren wir übersättigt – unsere, na, nennen wir es einmal Erfahrungen – langweilten uns. Da lernten wir Hugh Barnard kennen. Wir wußten natürlich, was für einen schlechten Ruf er hatte. Anständige Leute wollten nichts mit ihm zu tun haben. Aber gerade das zog uns an ihm und an seinem Freundeskreis an.

Barnards Forte war Mystizismus. In den Illustrierten nennen sie es ›Schwarze Magie‹. Sowohl Arnold als auch ich waren überzeugt, daß alles bloß fauler Zauber wäre, den er für seine Freunde veranstaltete. Trotzdem machten wir bei seinen Parties mit und spielten mit. Es war aufregend und amüsant. Es gab Arnold und mir die Möglichkeit zu Sex mit den verschiedensten Leuten. Das war die große Attraktion. Barnard nahm die ganze Sache natürlich sehr ernst. ›Den Stein schleudern‹ nannte er es. Kennen Sie den Ausdruck? Wahrscheinlich nicht. Es ist ein kompliziertes, sexuelles Ritual, bei dem beide Partner Kräfte auswerfen und ihre Wünsche am Zenit des Orgasmus in Erfüllung gehen.«

Diane rutschte verlegen herum, weil die alte Frau so frei über solche Dinge redete. Irgendwie war das nicht richtig. Ihre Worte ließen ihr die Haare zu Berge stehen. Sie rückte näher zu Richard.

Mrs. Ellison fuhr fort: »Auf Barnards Parties fanden wir beide, was wir suchten, den Reiz des Verbotenen. Wir haben nicht eine Sekunde geglaubt, daß er alles, was er sagte, ernst meinte. Der Sex und die Drogen, die Schauspielerei, die Rituale, das Kostümieren – es war alles nur ein neues Spiel für uns. Barnard hat uns immer erzählt, daß ›den Stein schleudern‹ nur eine zahme Version von etwas viel Großartigerem wäre, etwas, das er das ›Ritual der Scharlachroten Frau‹ nannte und in Vorbereitung hatte. Er war ein großer Anhänger von Alasteir Crowley – wahrscheinlich der verrufenste Magier unserer Zeit –, der angeblich Kontakt hergestellt hatte mit dem, was er transmundane Einheiten nannte, auch bekannt als die ›Tiefgründigen‹. Barnard behauptete, er selbst hätte das Ritual vervollkommnet. Dabei mußte man mit einem sorgsam ausgewählten weiblichen Mitglied des Zirkels Geschlechtsverkehr haben, der in symbolischer Form das Tor zum Nichts öffnen sollte. Soweit ich es verstanden habe, war es seine Absicht, eine Öffnung im Raum zu schaffen, durch die die äußeren Kräfte – die ›Tiefgründigen‹ – eintreten und sich auf der Erde manifestieren konnten. Barnard hat uns erzählt, daß das Ding, das er auf die Erde zurückbringen wollte, schon vor Tausenden von Jahren hier existiert hat. In der Mythologie war es als Gorgo bekannt ...«

Die Gorgo, dachte Richard. *Die Kreatur mit Schlangen statt Haaren. Es verwandelte alle, die ihm ins Gesicht schauten, zu Stein.* Er fühlte, wie Diane seinen Arm fester packte, erinnerte sich an die ektoplasmischen, schlangenähnlichen Tentakel aus dem Bildschirm und das Monster im Nebel.

»Natürlich«, fuhr die alte Frau fort, »hab ich nichts von alledem geglaubt. Aber so wie er mich anschaute, als er mir die Geschichte erzählte, war mir klar, er wollte das Ganze inszenieren, um mit mir zu schlafen. Aber daran hatte er überhaupt nicht gedacht. Er glaubte jedes Wort seiner Geschichte. Wenn ich gewußt hätte, was ich jetzt weiß, hätte ich ihn damals sofort umgebracht.

Er hat uns alle mit der Scharlachroten Frau reingelegt. Wer würde es sein? Wem würde die Ehre zuteil werden? Er sagte uns, er hätte die Konstellationen der Sterne untersucht und dabei die korrekte Form des Rituals entdeckt. Er hat sogar einen Hasen geschlachtet und sein Blut getrunken! Genau hier. In diesem Haus. Wie wir alle gelacht haben.

Eine Nacht für das Ritual wurde festgelegt. Ich war mir ganz sicher, ich wäre die Auserwählte.

Dann, als Pandora an diesem Tag nicht von der Schule nach Hause kam, wußte ich, was passiert war. Ich glaube, ich hatte die ganze Zeit gewußt, daß Barnard verrückt war. Aber ich hätte nie geglaubt, daß dieser Abschaum Pandora etwas antun würde. Sie war bloß ein Kind, zehn Jahre alt. Sie war zwei Tage verschwunden. Natürlich sind wir sofort zur Polizei und haben alles über Barnard erzählt. Als sie in sein Haus eindrangen, war alles verschwunden, inklusive Barnard. Die Polizei startete eine Riesensuchaktion mit Straßensperren und allem Drum und Dran. Aber er wurde nie gefunden, wir haben nie wieder etwas von ihm gehört. Und dann, gerade als wir fast keine Hoffnung mehr hatten, Pandora je wieder lebend zu sehen, stand sie plötzlich vor der Tür. Total abgerissen und erschöpft, als hätte sie zwei Tage in den Klippen verbracht. Sie litt an Unterkühlung, sie war geschlagen worden.

Und natürlich war sie vergewaltigt worden.

Wir erzählten der Polizei nie etwas über Barnards Rituale. Wir steckten selbst zu tief drin, wegen anderer ... Vorfälle ... Wir haben ihnen nie erzählt, daß er Pandora in seinem Ritual der Scharlachroten Frau benutzt hat. Aber wir logen ihnen etwas vor, das klarstellte, daß Barnard für ihre Entführung verantwortlich war und die Vergewaltigung.

Pandora erinnerte sich an nichts mehr. Sie hatte es einfach verdrängt, oder Barnard hatte es sie irgendwie vergessen lassen. Das Letzte, woran sie sich erinnern konnte, war, wie sie in die Schule gegangen war. Und dann wieder an ihre Ankunft zu Hause, benebelt und müde. Gott sei Dank ist ihr die Erinnerung an das, was ihr in Barnards Haus passiert war, erspart geblieben.

Der Polizeiarzt sagte uns, sie müßte ins Krankenhaus. Sie war nicht bloß vergewaltigt worden, sondern man hatte ihr ... im Unterleib ... Dinge angetan ... Nach zwei Operationen wußten wir, Pandora würde nie ein Kind kriegen können.

Wir taten alles, um sie zu schützen. Wir hatten immer unsere schlimmsten Exzesse vor ihr geheimgehalten, wir wollten sie normal aufwachsen lassen. Wir machten ihr Mut. Es gelang ihr, die schlimme Zeit zu verdrängen. Als sie von zu Hause, aus Cornwall, wegziehen wollte, halfen wir ihr dabei auch. Als sie ein Stipendium im College von Newcastle bekam, war sie überglücklich. Es war so weit weg, gab ihr eine Chance, erwachsen zu werden. Wir halfen ihr auch dabei.

Jahre vergingen. Die Schatten von dem, was Pandora passiert war, hatten Arnold und mich verändert. Das Feuer in uns war erloschen. Wir sahen ein, daß das das Beste war. Wir versuchten unser Leben zu ändern. Pandora hatte während des College ständig Kontakt zu uns, und wir waren froh, daß sie so glücklich war. So haben wir auch vom Byker Chapter erfahren. Sie war ganz sicher, sie würde die Abschlußprüfung schaffen.

Dann, in der letzten Woche, veränderte sich etwas. Es war, als würde jemand anders ihre Briefe schreiben. Wirres Zeug stand drin. Sie schrieb, sie wäre verunsichert und wüßte nicht warum. Zuerst dachte ich, es wäre Prüfungsangst. Aber dann stellte sich heraus, es war viel, viel schlimmer. Irgend etwas passierte mit Pandora. Ihre Briefe wurden bösartig, obszön, bedrohlich. Es schien, als hätte sie einen Nervenzusammenbruch gehabt. Sie drohte uns umzubringen, wenn wir nach Newcastle kommen würden. Ich war überzeugt, sie würde den Verstand verlieren. Dann veränderte sich wieder alles. Sie entschuldigte sich für ihr Verhalten, sagte, es hätte am Streß gelegen. Alles wäre wieder in Ordnung. Sie war wieder zuversichtlich, wie die alte Pandora, die wir kannten und liebten. Der Schatten dessen, was ihr passiert war, hatte mich immer verfolgt. Irgendwie fühlte ich, daß alles zum Ausbruch kommen würde.

Ohne jede Vorwarnung stand sie eines Tages am Semesterende vor unserer Tür. Irgendwas stimmte nicht. Ich sah's an ihren Augen. Sie sagte, sie wäre für immer zurück nach Hause gekommen, weil sie hierhin gehören würde. Aber sie hatte sich verändert.

Und, so wahr mir Gott helfe, sie war schwanger.«

Wieder eine lange Pause. Der Schatten hinter dem Vorhang ließ den Kopf hängen, und Richard glaubte Schluchzen zu hören. Die Kerze flackerte, der Schatten schwoll grotesk an. Das Gesicht Dianes neben ihm war schneeweiß. Stans Gesicht war eine Maske. Der Schatten hustete und spuckte Schleim.

»Natürlich konnte Pandora gar nicht schwanger werden. Das wußten wir ganz genau. Es war physisch einfach nicht möglich. Ich wußte, daß das Monster Barnard meine Tochter verdorben hatte. In einem ihrer lichten Momente sagte sie mir, daß ihr in der letzten Semesterwoche am College etwas passiert war. Eine innere Stimme hatte sie dazu gezwungen. Etwas Unerklärliches. Jeder dieser Männer konnte der Vater sein, sie wußte nicht wer. Voller Schuldgefühle war sie nach Hause geflüchtet, nachdem sie die Besessenheit verlassen hatte. Nach Hause zu mir ... zu ihrer Mutter. Gott vergebe mir, daß ihre Mutter dafür verantwortlich war.

Barnards Ritual war fehlgeschlagen. Er hatte meine Tochter, meine jungfräuliche Tochter als seine Pforte verwenden wollen. Er wollte, daß sie einen der ›Tiefgründigen‹ – die Gorgo – gebiert, hatte aber versagt. Daraufhin hatte er dafür gesorgt, daß sie nie wieder ein Kind bekommen konnte. Aber Barnard hatte den Samen gepflanzt, er hatte jahrelang geruht. Dann war er zum Leben erwacht, Jahre später, hatte Pandora das Ritual noch mal durchleben lassen, sie gezwungen, sich Liebhaber zu nehmen ... ja, *euch* ... ihre Liebhaber ... damit eure Samen dem Ding aus dem Jenseits zum Leben verhelfen konnten. Ich wußte, daß sie kein menschliches Kind unter dem Herzen tragen konnte. O ja, ihr seid alle Väter von dem Ding, das sie austrug ... aber der wahre

Vater war der, der sich aus dem Jenseits von eurem Samen genährt hat und dadurch seine eigene Wiedergeburt durch Pandora ermöglichte – die Gorgo.
Natürlich durfte keiner etwas wissen. Ich wußte, das Kind mußte zu Hause auf die Welt kommen, mit mir als Hebamme. Wir behielten Pandora bei uns. Sie hat es nie richtig verstanden, das arme Kind. Die Schwangerschaft war nicht leicht. Es war kein normales Kind. Es war die Essenz der Gorgo, der Tiefgründigen ...«

Pandoras weißes Gesicht war schweißgebadet. Ihre Augen waren auf irgendeinen inneren Punkt fixiert, vielleicht auf den zentralen Punkt des Schmerzes selbst – ihr bis jetzt ungeborenes Kind –, als Margaret ihre Tochter sanft ins Bett brachte. Pandora stöhnte einmal kurz mit zusammengebissenen Zähnen, als sie ihr unter die Decke half. Die Wehen setzten wieder ein.
Unten in der Küche kniete Pandoras Vater im Zentrum eines mit Kreide gemalten Pentagramms auf dem Boden. Schwarze Kerzen flackerten. Draußen in der Nacht rüttelte ein kalter Wind an den Fensterscheiben. Er zog ein juwelenbesetztes Messer aus seiner Scheide auf dem Boden neben sich. Die scharfe Kante der Klinge war wie Eis auf dem Fleisch seines Arms. Blut lief ungehindert, tropfte innerhalb des Pentagramms auf den Boden.
»Schütze uns diese Nacht ...
Oben tupfte Margaret Pandoras Stirn. Ihre Hand zitterte. Das Gesicht ihrer Tochter war wie aus Marmor gemeißelt. Mechanisch, instinktiv und ohne Unterstützung von Margaret hatten bei Pandora die Preßwehen eingesetzt. Auf dem Nachttisch stand eine Flasche Gin. Margaret hob sie auf und nahm einen tiefen Zug, wischte sich mit zittriger Hand den Mund ab. Heute nacht hatten neun Monate Angst ihren Höhepunkt erreicht. Pandora hatte sich immer mehr zurückgezogen, war Nacht für Nacht schweigend dagesessen, als würde sie auf das Leben, das in ihr wuchs, horchen. Margarets innere Angst war proportional dazu gewachsen, wie ein siamesischer Zwilling, der im Leib einer anderen Mutter heran-

wuchs. Margaret betete, daß Arnold unten das Ritual richtig durchführte. Alle Anrufungen mußten genauestens ausgeführt werden, sonst war Schutz nicht garantiert.

Pandora hielt die Decke mit ihren Fäusten umklammert. Sie bäumte sich auf, atmete keuchend ein und aus. Das Baby war unterwegs.

»So ist's richtig, Pandora! So ist's richtig!« *Schütz uns heute nacht vor dem Ungeborenen.*

Jetzt versuchte Pandora zu sprechen, rang keuchend nach Luft. »Mu ... Mu ... Mu ... Mutter!«

Der Schrei nährte Margarets Angst. Sie zitterte vor Entsetzen, aber etwas zwang sie, sich nach vorn zu beugen, zwischen die weit offenen Beine ihrer Tochter zu schauen.

»Mutter ... hilf mir ... hilf ...« Pandora krümmte sich, ihr Gesicht glänzte vor Schweiß. Margaret griff nach unten, beobachtete ihre eigenen Hände, als gehörten sie jemand anderem. Ein Kopf erschien. Etwas zwang Margaret, die kleine, glänzende Kugel anzufassen. Das Baby begann herauszugleiten.

Alles in Ordnung! dachte Margaret in Panik. *Alles ist in Ordnung! Es ist ein Baby, sonst nichts. Nur ein Baby ...*

Und dann sah sie, was es wirklich war.

Wo ist sein Gesicht? WO IST SEIN GESICHT?

Sie bemerkte kaum, daß sie vom Bett wegtorkelte, daß sie das Ding, das gerade geboren worden war, hochhielt und schrie. Schrie, schrie und schrie – wie eine Irre. Sie nahm kaum wahr, daß ihr Körper zuckte und sich krümmte, als hätte sie einen Anfall. Etwas war in ihren Leib eingedrungen, in ihren Verstand: eine entsetzliche, pulsierende, lebende Macht, eine Macht, die von dem *Ding* ausging, das sie hielt – nur hielt nicht sie es, sondern es hielt sie. Und die Macht brandete durch ihren Verstand, strömte durch ihre Nervenstränge, pulsierte in ihren Venen. Sie stocherte, suchte und untersuchte.

»Gott steh mir bei ... steh mir bei ... was willst du? Laß mich in Ruhe ... bitte ... BITTE!«

Geschlechtslos, anspruchslos, lebenshungrig, schwärmte und analysierte es, nahm von ihr, was es brauchte. Jetzt fühlte sie, daß es gewählt hatte. Sie war eine Frau, es würde ein Junge sein. Es begann sich zu nehmen, was es brauchte, das lebendige Gewebe ihres Körpers, ihre lebenswichtigen Organe, ihr Herz, ihren Verstand.

Ihr Gesicht.

»Nein ... bitte ... nein ...«

Brutale, stickige Dunkelheit senkte sich über Margaret. Sie erstickte in einem schwarzen, giftigen, würgenden Morast. Die Schreie kamen nur noch aus ihrem Unterbewußtsein. Kurz bevor sie die Besinnung verlor, hörte sie weit weg etwas. Das kräftige, gesunde Schreien eines neugeborenen Babys ...

Die alte Frau war verstummt, versunken in ihre schrecklichen Erinnerungen. Sie warteten auf die Fortsetzung der Geschichte. Als nichts kam, fragte Richard.

»Was ist es, Mrs. Ellison?« Seine Stimme klang trocken und rostig. »Was ist die Gorgo? Wir kennen, glaube ich, die Legende von dieser Frau – Medusa –, die Leute in Stein verwandeln konnte ...«

»Vergeßt die Mythen!« keifte die Frau und löste sich aus ihrer Trance. »Die Gorgo ist Herrin und Meister der Shape-Changer. Sie haben doch sicher schon von den Shape-Changern gehört? Diese Kreaturen existieren schon seit Beginn der Zeit. Sie haben hier mit uns in den finsteren Plätzen der Welt, den finsteren Plätzen unserer Seele gelebt. Früher einmal nannte man sie Vampire oder Werwölfe. Barnard hat sie als kleinere Nebenerscheinungen abgetan, die nur in sehr begrenztem Maß andere Gestalt annehmen konnten. Er sagte, die Gorgo hätte einstmals über die Shape-Changer auf der Erde geherrscht, ehe ihr Körper ermordet und ihr Geist in die Zwischenwelt zu den anderen alten Göttern verbannt wurde. Die Gorgo war der absolute Shape-Changer ... denn die Gorgo hatte keine eigene Gestalt ... sie konnte die Gestalt anderer Dinge verändern ... konnte in andere Dinge hineinschlüpfen und sie ihrem Willen untertan machen ...«

Mein Gott, dachte Richard. *Die Puppe. Der Bär.* Und dann bemerkte er mit Schrecken, daß Diane stöhnte. Er schaute sich nach ihr um, sie torkelte hin und her, stützte sich mit einer Hand an der Wand ab. Richard packte sie. Wie kalt ihr Fleisch war, sie zitterte.

»Die Gorgo konnte den Gestaltlosen Gestalt geben«, fuhr Mrs. Ellison fort. »Den Leblosen Leben einhauchen. Wenn es ihr gelang, hier wiedergeboren zu werden ...«

»Die Gorgo ... das Phantom ...« Diane begann wie in Trance zu reden. Richard versuchte, sie aus dieser Trance zu schütteln, aber irgendeine Macht hatte einfach übernommen. »Das, was keine Form oder Substanz hat. Das, was physisch nicht existiert. Und doch begehrt es, giert nach Existenz vor allem anderen. Es ist böse. Wie könnte es besser leben als in den verworfenen Träumen, Hoffnungen und Sehnsüchten eines Menschen? Der Mensch formt Leben aus Ton, Farbe und Stein. Er verleiht toten Gegenständen Leben. Eine motivierende Kraft ist der Drang zur Schöpfung. Dieses unheilige Ding nimmt die Bilder und haucht ihnen Leben ein. Und wenn es diesem gestaltlosen, formlosen Ding, das nach Leben giert, gelingt, in die richtige Welt geboren zu werden, was dann? Wenn die Bedingungen richtig waren, könnte dann nicht das Formlose Form annehmen, das Gestaltlose Gestalt? Unvollkommen, ja, aber fähig, zu wachsen. Fähig, sich von dem zu nähren, was ihm Leben gegeben hatte. Und, nachdem es kein Selbst hatte, mußte es sich von den Persönlichkeiten seiner Väter ernähren und wachsen. Die Sünden der Väter ...« Diane fiel besinnungslos gegen Richard.

»Sie weiß!« rief die alte Frau aufgeregt und keuchte asthmatisch. »Sie hat das Gesicht! Die Gorgo wurde wiedergeboren – hier, in diesem Haus. Ich selbst habe sie entbunden. Und ich weiß, was es ist. Ich weiß, daß sie im Lauf der Jahre Kräfte gesammelt hat.

Schwach noch zuerst muß sie die Väter, die ihr Leben gegeben haben, töten und absorbieren. Sie muß euch alle töten, bevor sie wirklich frei sein kann, bevor sie die volle Kraft erreicht hat, die es ihr ermöglicht, hier für immer zu leben.«

»Wie können wir sie aufhalten?« fragte Stan.

»Aufhalten? Aufhalten?« lachte Mrs. Ellison. »Ihr könnt sie nicht aufhalten. Versteht ihr denn nicht? Wie könnt ihr etwas aufhalten, das im Augenblick seiner Geburt das tun konnte ...«

In einer Wolke Schimmelstaub riß der Schatten plötzlich die Decke weg, die ihn verhüllte. Stan sah als erster, was sie verborgen hatte. Mit einem Schrei der Abscheu machte er einen Satz rückwärts weg vom Bett. Zuerst konnte Richard, der versuchte die halbbewußtlose Diane festzuhalten, nichts erkennen. Als er die Frau dann sah, war er froh, daß Diane sie nicht sehen konnte.

»Seht ihr? Seht ihr?« krächzte Mrs. Elison. »Und ihr glaubt, ihr könnt das aufhalten?«

Der gemeinsame Alptraum des Byker Chapter war wahr geworden: ein entsetzliches Gesicht, *glattgewischt* wie Töpferton. Die alte Frau hatte weder Augen noch Mund, ihr Gesicht war eine glatte, rosa Maske mit einem Schlitz als Mund. Sie rang keuchend nach Luft, ein pfeifendes Geräusch, man wußte nicht, lachte oder weinte sie. Dann zog sie die Decke wieder hoch, um ihr schreckliches Antigesicht zu verbergen.

»Sie hat sich von mir genommen, was sie brauchte«, keuchte die gräßliche Gestalt hinter der Decke. »Sie hat sich von mir genommen, was sie zum Leben brauchte. *Und dann hat sie mein Gesicht genommen!*« Richard erinnerte sich an die Träume von Gesichtern ohne Mund und Augen, ihm wurde schlecht.

Draußen auf der Treppe klapperten eilige Schritte. Die Tür schwang auf, und Mr. Ellison trat ein. In den Händen hielt er ein doppelläufiges Gewehr.

»Ich hab gewußt, daß es ein Fehler ist, Margaret! Raus hier, alle! Raus, bevor ich euch umbringe!«

Richard schob Diane an dem alten Mann vorbei. Er sah den

Wahnsinn aus seinen Augen blitzen, der Lauf des Gewehrs bewegte sich zwischen Stan und ihm hin und her. Die alte Frau machte immer noch diese widerlichen Geräusche. Stan ging zu ihm, und zusammen brachten sie Diane die wacklige Holztreppe zum Wohnzimmer hinunter. Hinter sich hörten sie Stimmen, wieder gefolgt von diesem siechen Keuchen. Die Schlafzimmertür wurde zugeschlagen, und Richard hörte, wie Mr. Ellison die Treppe runterkam. Er hatte nicht das geringste Bedürfnis, noch länger in diesem Haus zu bleiben. Irgendwie fühlte er, es würde Diane noch mehr schaden, wenn sie noch länger in diesem Haus blieben. Sie hatte recht gehabt, die Atmosphäre in diesem Haus war ungesund, sie mußten raus hier. Er stolperte durchs Zimmer, stieß dabei einen kleinen Tisch um, Teetassen zerschellten am Boden. Er hatte gerade die Tür erreicht, als er hinter sich Kampfgeräusche hörte. Mit Dianes Arm um die Schulter drehte er sich um und sah, daß Stan sich hinter der Tür am Fuß der Treppe versteckt hatte. Als Mr. Ellison ins Wohnzimmer gehen wollte, hatte er den Gewehrlauf gepackt, ihm die Waffe aus der Hand gerissen und ihn in den Lehnstuhl geschubst. Der alte Mann fiel in sich zusammen wie ein Sack Lumpen.

»Laß ihn, Stan!« rief Richard. Er wollte nur so schnell wie möglich hier raus.

»Nein, Richard! Wir können nicht einfach so gehen!« Stan richtete das Gewehr auf Mr. Ellison. Die Mündung des Laufs war nur ein paar Zentimeter von seiner Nase entfernt. Er kauerte sich in seinen Stuhl, versuchte, so weit wie möglich weg vom Gewehr zu gelangen. »Hör zu, alter Mann ...« Das Gewehr lag ganz ruhig in Stans Hand. »Ich hab keinen Bock, mich abschlachten zu lassen. Es muß einen Weg geben, das zu verhindern. Also ... deine Frau hat uns erzählt, Pandora ist hierher zurückgekommen, um ein ... *Baby* zu kriegen. Was ist nach der Geburt des Babys passiert? Wohin ist sie danach gegangen?«

»Ihr legt mich nicht mit blöden Fragen rein! Ich weiß nicht, was ihr sonst noch wollt, aber ihr wißt doch ganz genau, wo sie ist ...«

Stan spannte beide Abzüge des Gewehrs.
»Wo ist sie?«
»Aber ihr wißt doch, wo sie ist«, sagte der alte Mann. »Sie lebt seitdem in Byker. Sie ist dahin zurückgegangen, nachdem das ... Ding ... auf der Welt war. Sie hat einen Nachtklub auf der Byker Bank. Ein Nachtklub, der Imperial heißt.«
»O mein Gott«, sagte Richard kaum hörbar. »O mein Gott ...«
Sie war die ganze Zeit dagewesen. Sie hatten sie gejagt, während etwas Unmenschliches sie gejagt hatte. Und die ganze Zeit über saß sie direkt vor ihrer Haustür.
Das Imperial.
»Das Weib«, sagte Richard.

4

Es war Nacht. Sie fuhren schon seit Stunden.
»Wir müssen anhalten.« Richard bog in eine Ausfahrt ein. Direkt vor ihnen lockte ein Neonschild: *Essen. Benzin. Motel.* »Und wenn wir bloß einen Kaffee trinken. Wenn wir so weiterrasen, sind wir fix und fertig, bevor wir nach Newcastle kommen. Wenn wir uns hier ausgeruht haben, werden wir abwechselnd fahren und schlafen.«
»Du hast recht«, grunzte Stan von hinten. »Wir müssen uns ausruhen, bevor wir ...«
Bevor wir was?
Der Gedanke hing schwer im Raum, unausgesprochen.
Auf dem Platz hinter der Tankstelle waren viele Parkplätze. Richard schwang das Auto vorbei an drei anderen und an ungefähr zehn Motorrädern, die an der Wand der Tankstelle abgestellt waren. Er stellte sich neben sie. Kurz darauf stiegen sie die Treppe des Vielzweckgebäudes hoch und folgten den Pfeilen zur Cafeteria. Ihr Erlebnis im Haus der Ellisons hatte sie physisch und psychisch ausgelaugt, Diane hatte widerliche Kopfschmerzen, seit

sie das Haus verlassen hatten. Sie kniff sich in die Schläfen, als sie die Cafeteriatür erreicht hatten.
»Alles in Ordnung, Diane?« Richard war sofort besorgt.
»Ja«, erwiderte sie leise. »Aber wir müssen sehr vorsichtig sein, Richard. Es ist uns schon sehr nahe. Nicht in physischem Sinn. Aber *psychisch* ist es ganz nahe. Wir dürfen nichts riskieren.«
»Das Kind«, sagte Richard leise.
»*Unser* Kind«, sagte Stan.
Sie betraten die Cafeteria. Das grelle, harte Neonlicht in dem antiseptischen, gekachelten Raum tat ihren Augen weh. Sie gingen vorbei an Reihen leerer Tische und Stühle. Die Cafeteria war leer, bis auf eine Gruppe Motorradfahrer in schwarzen Lederjakken – denen gehörten wahrscheinlich die Maschinen auf dem Parkplatz –, die sich um einen der Tische neben der Theke drängten. Eine verärgerte Frau mit Schürze versuchte die genuschelten Bestellungen eines unfrisierten Mädchens in Jeans und T-Shirt zu verstehen. Das Mädchen war etwas wacklig auf den Beinen: betrunken oder stoned, oder beides.
Stan meldete sich freiwillig zum Kaffeeholen. Richard suchte einen Tisch aus, Diane und er setzten sich. Richard nahm Dianes Hand und drückte sie.
»Es ist wie ein Alptraum, aus dem man nicht aufwachen kann«, sagte Diane nach einiger Zeit. Richard fühlte, wie sie unwillkürlich erschauderte – als wäre plötzlich ein bitterkalter Wind durchs Zimmer gefegt.
»Geht's dir wirklich gut?«
»Ich hab es dort irgendwie gefühlt. Ich hab gefühlt, wie *gierig* es ist, begierig darauf, uns zu töten.«
»Wie, in Gottes Namen, können wir es aufhalten?«
Ein plötzlicher Aufruhr an der Theke erregte ihre Aufmerksamkeit. Zwei der Lederjackentypen hatten offensichtlich Stan geschubst, als er mit den drei Kaffeetassen auf einem Tablett an ihnen vorbeiging. Stan sagte etwas zu einem von ihnen, der spuckte ihm vor die Füße und machte das Siegeszeichen. Die

anderen Lederjacken fingen an zu lachen. Stan ging zu Richard und Diane.

Stan warf einen wütenden Blick auf die Lederjacken, während er ihnen den Kaffee hinstellte. »Rocker. Hell's Angels – ich weiß es nicht. Wollten mich anmachen.«

Die Rocker waren jetzt still, starrten aggressiv zu ihnen rüber. Das unfrisierte Mädchen stand mit gesenktem Kopf da, schwankte hin und her, als würde sie zu unhörbarer Musik tanzen. Richard spürte die Aggression, und das gefiel ihm nicht. Drei Rocker standen auf und gingen auf ihren Tisch zu. Richard und Stan schauten ihnen nach, wie sie an ihnen vorbeigingen, mit stierem Blick von Alkohol oder Drogen und gefährlicher, hirnloser Gewalttätigkeit. Sie blieben am Zigarettenautomaten neben dem Ausgang stehen. Einer von ihnen kramte in seiner Jeanstasche nach Kleingeld.

Plötzlich dröhnte harte Heavy-Metal-Musik durch die Cafeteria, ein Gitarrensolo kreischte durch den Raum. Die Rocker hatten sich abgewandt. Diane packte ganz fest seine Hand.

»O Gott, Richard, die haben ein Radio. *Es wird uns finden!*«

Richard drehte sich zu den Rockern.

»Entschuldigen Sie bitte. Könnten Sie das Radio abschalten?«

Die feindseligen Blicke richteten sich wieder auf sie. Einer der Rocker, ein bärtiger, gedrungener Mann, der auf seiner Nietenjacke ›Motorhead‹ eingestickt hatte, beugte sich zum Radio und machte es lauter. Dröhnende Keyboards gesellten sich zur kreischenden Gitarre.

»Bitte, stellen Sie das ab!« schrie Diane.

Einer der Rocker räusperte sich und spuckte auf den Boden.

»Scheiße!« sagte Stan. »Los. Wir müssen hier raus.«

Sie schoben schnell ihre Stühle zurück. Dianes Kaffeetasse kippte um, eine dampfende braune Pfütze bildete sich auf dem Tisch.

»Es kommt, Richard!« rief Diane. *»Es jagt!«*

Sie liefen zum Ausgang. Richard sah die drei Rocker neben dem Zigarettenautomaten stehen, sie lehnten sich an die Ausgangstür. Er wußte schon, was jetzt kommen würde.

»Was ist denn los?« fragte ein verpickeltes Gesicht, als sie vor ihnen standen. »Gefällt euch unsere Musik nicht?« Die Lederjakken versperrten ihnen den Ausgang.
»Lassen Sie uns bitte vorbei?« fragte Richard. Hinter sich hörte er, wie die anderen Rocker aufstanden und hinter ihnen hergingen. Die Musik wurde lauter. Sie brachten das Radio mit.
Stan ging drohend auf sie zu. Plötzlich blitzte Stahl in einer der Fäuste der Rocker. Stan blieb stehen. Der Rocker grinste und fing an, sich mit dem gefährlich aussehenden Gegenstand die Fingernägel zu putzen. Richard sah, daß es ein Stahlkamm war. Das Ende war wie ein Stilett geschliffen.
»Es weiß, daß wir hier sind«, sagte Diane ruhig. *»Es kommt!«*
»Wir wollen keinen Ärger«, fuhr Richard fort. »Bitte, wir wollen bloß gehen.« Einen Augenblick lang erkannte Richard Joes trunkenen Blick in den Augen eines Rockers, auch die kalte angeborene Brutalität, die er in den Augen des Rausschmeißers im Imperial gesehen hatte.
Diane drehte sich erschrocken um. Richard sah, daß die anderen Rocker direkt hinter ihnen waren. Einer der Männer bückte sich und steckte seine Hand zwischen Dianes Beine. Die anderen kicherten und lachten. Diane schlug dem Mann ins Gesicht, er schwankte rückwärts und hielt sich die Backe. Das Lachen hatte aufgehört. Der Mann nahm die Hand vom Gesicht. Der rosa Abdruck der Ohrfeige war auf der ungesunden weißen Haut deutlich zu sehen.
»Schnappt sie euch!« schrie einer der Rocker. Und dann ging alles drunter und drüber.
Stan holte mit dem Ellenbogen nach hinten aus, und Richard hörte, wie das Nasenbein des Rockers mit dem Bart brach. Er torkelte rückwärts, hielt sich das Gesicht. Der Stahlkamm blitzte durch die Luft. Richard packte den Arm und das Gelenk mit dem improvisierten Messer und drehte ihn um. Irgendwo im Hintergrund schrie die Kellnerin: »Polizei! Polizei! Ich ruf die Polizei, wenn ihr nicht sofort ...« Ein Tisch krachte zusammen. Stan

rollte auf dem Boden, zwei Lederjacken versuchten ihn zu treten. Diane rang mit dem ungekämmten Mädchen, das wie am Spieß schrie. Richard schleuderte den Rocker von sich. Sein Gegner stolperte, rutschte auf dem Kachelboden aus, fing sich aber schnell wieder. Sie gingen aufeinander los. Dann grinste der Rocker plötzlich. Jemand packte Richard von hinten, hielt seine Arme fest. Richard strampelte und schlug mit den Füßen. Vergeblich. Der Rocker mit dem »Messer« ging langsam auf ihn zu, grinste, leckte sich die Lippen. Die Heavy-Metal-Musik plärrte wie wahnsinnig ...

Oben an der Decke flackerten plötzlich die Lichter, wurden schwächer. Schatten tanzten auf dem Kachelboden.

»Richard!« Dianes Stimme war voller Todesangst. *»Es ist hier! Es hat uns gefunden!«*

Die Lichter gingen aus.

Die Heavy-Metal-Musik verstummte. Auch der Kampf hatte aufgehört.

Irgendwo zu seiner Linken begann ein neues Licht zu glühen. Seine Arme wurden plötzlich losgelassen, er drehte sich um, packte Dianes Hand und zog sie zurück. Er schaute zu der Lichtquelle.

Es war das Radio. Einer der Rocker hatte es auf einen Tisch in der Nähe gestellt. Jetzt pulsierte es mit fluoreszierendem blauen Licht, und Richard hörte, wie das statische Krachen immer lauter wurde, Stan stand wieder aufrecht, bewegte sich rückwärts. Den Lederjacken schien das Phänomen zu gefallen. Einer von ihnen lächelte tatsächlich, er glaubte wohl, die Musik wäre zum Leben erwacht. Die Statik wurde zu einem entsetzlichen, vertrauten Geräusch: das Zischen hungriger Schlangen, ein obszönes, gieriges Geschlabber. Glühende elektrisch-blaue Ranken wanden sich aus dem Lautsprecher, krochen über das Radio, schlossen es in einen lebendigen Käfig ein.

Richard zog Diane Schritt für Schritt zurück, Angst ließ das Blut in seinen Adern gefrieren. Diane schien von dem Anblick genauso

fasziniert wie die Lederjacken. Das Mädchen mit den zerzausten Haaren lachte, ging mit ausgestreckten Armen auf das Radio zu.
»Nein! Nicht!« schrie Stan. Er stand jetzt neben Richard.
Es war zu spät.
Das Mädchen berührte das Radio mit beiden Händen, lachte, lachte, lachte. Dann wurde das Lachen zu spitzen, verzweifelten Schreien, elektrisierende blaue Knäuel wanden sich um ihre Hände und schlängelten sich ihre Arme hoch. Die Lederjacken standen vor Entsetzen zu Salzsäulen erstarrt da, als das gierige, schlängelnde Grauen den Körper des Mädchens in seine würgende Umarmung sog.
»Los, kommt!« hörte Richard sich selbst schreien. Er zog Diane hinter sich her, Stan packte ihren anderen Arm. Sie stolperten zum Ausgang. Blauschwarze Schatten flackerten und krochen über die Wände, aus dem Radio zuckten Lichtblitze. Das irrwitzige Zischen, Klappen und Schlabbern wurde stetig lauter. Die entsetzlichen Schreie des Mädchens hatten ein Crescendo erreicht, als sie die Tür aufstießen und die Treppe hinunterliefen.
Sie rannten über den Parkplatz zu ihrem Auto. Richard warf einen Blick zurück und sah blaue Lichtblitze in den Fenstern der Cafeteria zucken, als würde da drinnen ein elektrischer Sturm wüten. Sogar hier hörte man noch das wütende Zischen des Phantoms und die Entsetzensschreie der anderen Lederjacken, als das Ding sein grausiges Werk fortsetzte.
In Windeseile sprangen sie ins Auto. Richard legte den Rückwärtsgang ein, wendete und raste mit quietschenden Reifen zur Ausfahrt, verbrannter Gummi blieb auf dem Teer zurück. Sie mußten an der Cafeteria vorbei. Er warf einen ängstlichen Blick nach oben, als sie vorbeirasten.
Ein Schatten am Fenster, ferne Schreie, dann zerberstendes Glas.
»Vorsicht!« brüllte Diane.
Die zerbrochene, verrenkte Gestalt eines Rockers prallte mit einem entsetzlichen Knall auf die Motorhaube.
»Verfluchte Scheiße!« Richard riß das Steuer herum, prallte mit

dem linken Kotflügel gegen die Cafeteriawand. Der zerschmetterte Körper des Rockers rollte von der Haube, die Arme flatterten leblos, und verschwand außer Sicht. Richard trat das Gaspedal durch. Das Auto raste mit Vollgas aus dem Parkplatz und die Ausfahrt zur Autobahn hinunter.

Bald war der Schrecken der Cafeteria weit hinter ihnen.

Das Auto brach kurz vor Darlington zusammen. Der Motor stotterte, dann ging er auf einer Standspur völlig aus. Diane kam es vor wie ein weiterer Nagel zu ihrem Sarg dieses schrecklichen Schicksals, das sie erwartete. Sie hatten den ganzen Weg von Megavissey diskutiert und sich beraten, waren aber zu keinem Schluß gekommen, was sie nun konkret machen wollten. Nur eins war sicher: Sie mußten zurück nach Newcastle. Ganz schnell. Sie hatten keine Ahnung, wieviel Zeit ihnen noch bleiben würde, aber der drohende Schatten des Phantoms war allgegenwärtig, beobachtete sie, wartete, spielte mit ihnen. Nach dreißig Minuten unter der Motorhaube erklärte Stan den Motor für untauglich. Sie nahmen den ersten Zug nach Newcastle.

»Was, zum *Teufel*, sollen wir tun?« fragte Stan nach einer längeren Pause. Der Zug raste ihrem Ziel entgegen. »Wir haben alles schon so oft durchgekaut, aber wir sind noch keinen Schritt vorwärtsgekommen. Wie sollen wir es aufhalten?«

»Sie hat gesagt, es wäre nicht aufzuhalten«, sagte Richard.

»Scheiß drauf!« schimpfte Stan. »Das glaub' ich einfach nicht. Es muß eine Möglichkeit geben.« Sein Wutanfall tat ihnen allen gut, erfrischte sie. Aber es gab immer noch keinen Ausweg aus ihrem Dilemma.

»Das Kind«, murmelte Diane, als wäre das die Antwort. »Alles beginnt und endet mit dem Kind.«

»Aber was für ein Kind?« fragte Stan. »Richard hat dir von Mrs. Ellisons Gesicht erzählt. Was für ein Kind muß das sein, das im Augenblick, wo es geboren wird, so etwas tun kann?«

»Wir reden jetzt schon seit Stunden davon«, sagte Richard ruhig. »Aber wir wissen alle, daß wir nur eins tun können. Wir müssen zurück ins Imperial. Wir müssen diesem Ding von Angesicht zu Angesicht gegenüberstehen.«

»Und dann wird es uns töten«, sagte Stan ganz sachlich.

Richard schlug mit der geballten Faust auf den Tisch. »Wir können nichts anderes tun. Die einzige andere Alternative ist weglaufen oder uns irgendwo einsperren. Und ihr wißt selbst, daß es das nicht aufhalten wird. Früher oder später kriegt es uns sowieso.«

»Der Teufel oder das tiefe blaue Meer«, sagte Diane.

»Es ist wirklich der Teufel«, sagte Richard. »Ein Teufel, den wir selbst geschaffen haben.«

Stan stieß mit dem Fuß gegen den Leinensack, um sich zu versichern, daß er auch noch da war. In dem Sack waren zwei Pistolen und das Gewehr, das er Mr. Ellison abgenommen hatte. Die Berührung mit dem harten, destruktiven Metall beruhigte ihn aber nicht sonderlich. Aber irgendwie war es doch ein gutes Gefühl. Er wußte zwar nicht, was für eine Wirkung ein doppelläufiges Gewehr auf ein Phantom, das ständig die Gestalt wechselte, hatte, aber er hätte es nicht für alles Gold der Welt gegen einen Knoblauchzopf, ein Kruzifix oder ein Fläschchen Weihwasser eingetauscht.

Die Luft im Bahnhof von Newcastle war vom Atem des Winters eingefroren. Sie gingen direkt zum Taxistand, vorbei an Hunderten Montagmorgenpendlern. Richard wich einem Mann mit einem seltsam gehetzten Gesichtsausdruck und einem Gehstock aus – er sah aus wie ein wandelndes Phantom – und ließ Diane schnell ins nächste Taxi einsteigen.

Das Phantom wartete hier in Newcastle auf sie. Das Taxi raste los auf die andere Seite der Stadt. Sie fühlten die Präsenz des Phantoms den ganzen Weg. Es lauerte im Schatten, an den dunklen Stellen der Büroblocks, Läden und Parkplätze. Es stand an jeder Straßenecke und beobachtete sie. Es lugte aus jedem Spiegelbild in den Schaufenstern, an denen sie vorbeifuhren. Sie fühlten, wie es ihren Verstand und ihre Seelen berührte.

Es ist hier, und es war immer hier. Es wartet. Es hat Zeit. Es muß

sich nicht beeilen. Richard wußte diese Dinge, und wenn er die anderen anschaute, wußte er instinktiv, daß sie es auch wußten. Aber etwas anderes ließ die Angst wieder in ihm hochsteigen: Das Ding ... das Phantom ... die Gorgo ... *spürte* ihre Anwesenheit. *Es weiß, daß wir wieder da sind. Es hockt einfach da und wartet auf unsere Rückkehr. Weil, wenn wir nicht zu ihm kommen, dann wird es zu uns kommen.*
Sie hielten kurz an Dianes Wohnung, damit sie sich umziehen konnte und um etwas zu essen. Sie schmeckten nichts von dem, was sie aßen. Die nächste Station war Richards Wohnung, und dann ...
Und dann stehen wir dem Alptraum gegenüber.

5

In den letzten drei Wochen hatte Harrow Electrics nicht viel Geschäft gemacht. Außer ein paar kleinen Jobs – Haushaltsgeräte reparieren – war fast gar nichts gewesen. Die Lage deprimierte Eric Harrow sehr, das bedeutete, daß fünfzig Prozent der Arbeitskraft von Harrow Electrics mies drauf waren. Die anderen fünfzig Prozent, Tony Jameson, waren auch nicht gerade strahlendster Laune. Seit drei Tagen war keine Menschenseele mehr in dem kleinen Laden an der Shields Road gewesen, nur ein kleiner Typ, der einen Zeitungsladen suchte. Die Lage war nicht gerade rosig: Die Miete und die Stromrechnung waren fällig.
Deshalb war Harrow Electrics auch sofort bereit, den Auftrag anzunehmen, als am Samstag das Telefon klingelte und der Manager des Imperial Nachtklubs fragte, ob sie gewillt wären, etwas sofort zu erledigen. Eric lebte schon fast sein ganzes Leben lang in Byker, aber seltsamerweise hatte er es noch nie ins Imperial nach seiner Reinkarnation als Nachtklub geschafft. Er hatte lediglich ein paar Filme dort gesehen, als es noch ein Kino war. Pearson kam ihm irgendwie komisch vor, aber er wußte

offensichtlich, was er wollte. Das Imperial wechselte gerade seine Geschäftsleitung, könnte Harrow Electrics bis Montag das Neonschild auswechseln?
»Ja, also ich weiß nicht, Mr. Pearson. Neonschilder sind so 'ne Sache. Das ist was anderes als Sicherungen einschrauben oder sowas ....«
»Es muß innerhalb dieses Zeitraums ausgewechselt werden, wenn Sie diesen Termin nicht einhalten können, dann muß ich mir jemanden suchen, der es kann.«
»Nein! Einen Augenblick bitte, Mr. Pearson. Ich bin sicher, wir können etwas arrangieren. Es wird höchstwahrscheinlich nur davon abhängen, wie ausgefallen das Schild sein muß und ob wir das Material zusammenkriegen.«
»Montag, Mr. Harrow?«
»Ja ... ja ... wir sind gleich Montag früh da.«
»Ich möchte das Schild fertig haben, um den Besitzwechsel zu feiern. Es muß unter allen Umständen am Abend fertig sein.«
Pearson hatte Erics ersten Kostenvoranschlag akzeptiert, der mit Absicht viel zu hoch war. Der Preis war astronomisch, aber Pearson hatte ohne mit der Wimper zu zucken akzeptiert. Eric konnte sich kaum erlauben, so einen Auftrag zu verlieren, also traten Eric und Tony Montag morgen im Imperial an und arbeiteten den ganzen Tag an der Fassade. Den Neonschriftzug zu kriegen war einfacher gewesen, als Eric sich das vorgestellt hatte. Pearson hatte nur einfache Buchstaben gewollt, nichts Aufwendiges. Er wollte nur den Namen ändern. Während der Arbeit auf dem Gerüst, das in aller Eile aufgestellt worden war, hatte Tony gesagt: »Scheißkomischer Name für einen Nachtklub, nicht wahr?«
»Eigentlich nicht. Was ist denn so komisch dran?«
»Weiß auch nicht. Kommt mir wahrscheinlich bloß komisch vor.«
»Na, und die anderen Nachtklubs in Newcastle? Ein paar haben auch ganz schön komische Namen, stimmt's?«
Tony hatte nichts mehr gesagt, aber Eric fühlte, daß er seltsam

drauf war. Hatte sich wahrscheinlich wieder mit Yvonne gestritten. Am besten in Ruhe lassen, der würde sich schon wieder beruhigen.
Tony hatte den ganzen Tag versucht, ein mieses Gefühl loszuwerden. Er wußte nicht, woher dieses Gefühl kam, aber seit Eric den Auftrag angenommen hatte, hatte er sich ... *mulmig* gefühlt. Ein anderes Wort fiel ihm einfach nicht dafür ein. Dieses Gefühl hatte er erst einmal im Leben gehabt: Vor ein paar Jahren hatte er zwei Tage lang dieses komische Gefühl gehabt. Dann hatte er erfahren, daß sein Bruder auf den Falkland-Inseln von einer Exocet Rakete getötet worden war. Tony hatte *gewußt*, daß etwas passiert war, hatte es vielleicht sogar gewußt, *bevor* es passiert war. Jetzt, bei den Arbeiten am Imperial, hatte er genau dasselbe Gefühl.
Zu allem Überfluß ging auch noch seine Fantasie mit ihm durch. Direkt unter ihrem Arbeitsplatz konnte man durch die Glasfront ins Lokal schauen. Innen war alles stockdunkel, aber Tony wurde das Gefühl nicht los, da unten würden Leute schweigend in der Dunkelheit stehen und sie bei der Arbeit an dem neuen Schild beobachten. Einmal glaubte er ganz sicher den Umriß eines Kopfes gesehen zu haben. Aber das war natürlich totaler Quatsch. Warum, zum Teufel, sollten da Leute im Dunkeln rumstehen und bloß schauen? Das war doch verrückt! Trotzdem war er froh, als die Arbeit zu Ende war. War's bloß Zufall, daß Pearson genau in dem Augenblick, in dem sie fertig waren und anfingen das Gerüst abzubauen, aus dem Nachtklub kam? Eric hatte die Verdrahtung innen kontrolliert, Tony hatte sich geweigert, in das Haus zu gehen. Pearson bezahlte sie auf der Straße bar auf die Hand. Eric war ganz aus dem Häuschen wegen des Verdienstes. Der alte Trottel hatte ihnen sogar noch einen Bonus bezahlt, weil sie vor der Zeit fertig waren! Aber Tony konnte Erics Begeisterung nicht teilen, als Pearson ihnen Freikarten für die Eröffnungsnacht anbot. Er hätte an dem Abend schon was anderes vor. *Wie zum Beispiel zu Hause bleiben, die Tür verrie-*

geln, ein paar Dosen Bier kippen und ja nicht die Tür aufmachen, egal wer da behauptet, draußen zu stehen.
Tony konnte Pearson nicht in die Augen schauen, während sie ihr Werkzeug in den Lieferwagen packten. Der hatte ganz komische Augen, irgendwie unnatürlich. Er überließ Eric das Reden. Er stand schon neben dem Auto, und ihm wurde wieder ganz seltsam zumute, als er hörte, wie Pearson zu Eric sagte:
»Sie bringen also heute abend Ihre Freunde mit, Mr. Harrow?«
»Da können Sie drauf wetten. Ich war noch nie im Imperial.«
»Aber jetzt ist es natürlich nicht mehr das Imperial, oder?«
»O ja!« sagte Eric lachend. »Hab ich ganz vergessen.«
»Ich kann Ihnen einen Abend versprechen, den Sie bestimmt nicht vergessen werden. Die heutige Nacht wird etwas ganz Besonderes.«
»Ich kann's kaum erwarten, Mr. Pearson. Ich will mal so richtig einen draufmachen.«
»O ja, Mr. Harrow«, sagte Pearson. »Ich glaube, ich kann Ihnen versprechen, dazu werden Sie Gelegenheit haben.«

6

»Könnt ihr's fühlen?« fragte Stan.
»Ja«, erwiderte Richard, »... Es greift an ... greift meinen Verstand an. Es versucht, meine geistigen Barrieren zu sprengen.«
»Es will, daß wir die Hoffnung verlieren, Richard. Daß wir verzweifeln.«
»Es startet einen *geistigen* Angriff, genau wie bei Phil und den anderen.«
»Jedesmal, wenn wir depressive Phasen hatten, wenn wir das Gefühl hatten, wir würden langsam den Verstand verlieren – war es das Phantom. Es hetzt uns zu Tode. Saugt unsere Energien ab.«
»Wir können es bekämpfen! Wir müssen uns dagegen wehren ...«
»O mein Gott, Richard ...«

»Was? Was denn, Diane?«
»Schau ... das Foto ... du und Stan ... ihr beide ... werdet durchsichtig ... man sieht es kaum, aber wenn man genau hinschaut ...«
»Phil ... Barry ... Joe ... Derek ... alle tot. Alle aus dem Foto verschwunden, als wären sie nie dagewesen. Das ist der pure Wahnsinn.«
»Bleiben wir einfach still hier sitzen, bis es uns gefunden hat, Stan? Oder suchen wir es selbst?«
»Und wenn wir's finden, was machen wir dann?«
»Wir leben noch, oder? Solange wir leben, können wir uns wehren!«
»Aber wie, Herr Lehrer? Wie? Es hockt einfach im Imperial und wartet auf uns. Wie irgendeine Scheißspinne in ihrem Netz. Wie sollen wir's bekämpfen? Wir haben gesehen, was es tun kann.«
»Es muß eine Möglichkeit geben. Irgendwie ... auf irgendeine Art und Weise ... wir müssen Pandora finden. Sie ist der Schlüssel zu allem.«
»Und das Kind – wo immer es ist.«
»Gott steh uns bei.«

7

Der Nachtklub wartete schweigend.
Winter dräute über dem Dezemberhimmel. Das kurze Tageslicht verblaßte früh zur Nacht. Bald würden die Nachtschwärmer unterwegs sein, nach Unterhaltung suchen.
Und der Nachtklub war bereit, zu unterhalten.
Es regnete wieder, die Straßenlampen warfen merkwürdige, kantige Schatten oben auf die Byker Bank. Irgendwo im Nachtklub drückte jemand einen Schalter, das neue blaue Neonschild erwachte zum Leben. Das Schild zwinkerte einladend.
Im Plough, dem Pub auf der anderen Straßenseite, bemerkte ein

frühabendlicher Gast das blaue Licht und drehte sich zu dem Mann an der Bar. »He, wie findest du denn das?«

»Wie finde ich was?«

»Das Imperial. Hat einen neuen Namen.«

Der Barmann füllte einen Krug am Zapfhahn und ging dann langsam hinüber zur anderen Seite der Bar zum Fenster und schaute hinaus in die Nacht. »Tatsächlich.« Er schüttelte den Kopf. »Komischer Haufen da drüben. Eine Frau, die sich nie sehen läßt. Ganz seltsam. Und der Manager ist auch nicht viel besser. Wie heißt er noch?«

»Pearson?«

»Ja, genau, Pearson. Der ist nicht von hier, oder?«

»Nein. Oder sagen wir mal, er ist nicht aus Byker. Auch nicht aus Newcastle. Komischer Akzent. Vielleicht aus dem Süden, was meinst du?«

»Ein Haufen Gespenster, wenn du mich fragst.«

»Na, dann paßt ja der neue Name.« Der Kunde grunzte amüsiert und wandte sich wieder seinem Bier zu. Das Gespräch drehte sich nun um den Newcastle-United-Fußballklub und dessen Chancen im nächsten Spiel.

Draußen auf der Straße blitzte das blaue Neonlicht brav immer wieder das eine Wort über den Gehsteig, wartete geduldig auf die Kinder der Nacht.

»PHANTOME«.

Eric Harrow amüsierte sich blendend. Er war seit ewigen Zeiten nicht mehr in einem Nachtklub gewesen, aber er fand, er würde einen tollen Nachtklubschwärmer abgeben. Seine Frau, Shirley, hatte ihm extra zu diesem Anlaß ein neues Hemd und eine neue Krawatte gekauft. Sie tanzte gerade mit seinem Cousin Jack und amüsierte sich anscheinend genausogut. Sie hatte vorgeschlagen, zwei der sechs Freikarten, die ihm Mr. Pearson gegeben hatte, seinem Cousin und seiner Frau für die »Eröffnung« zu geben. Eric wollte, daß sein Arbeitskollege Tony Jameson die anderen zwei nahm, aber Tony hatte abgesagt. Er würde sich nicht wohl fühlen. Eric hatte bemerkt, wie blaß und zittrig er gewesen war, nachdem sie das »Phantome«-Schild installiert hatten. Vielleicht hatte er einen Virus aufgeschnappt. Schade, aber die vier genossen ihren Abend in vollen Zügen. Neben ihm lachte die Frau seines Cousins, Doreen, über die übertriebene Tanzerei ihres Mannes. Eric stieß mit ihr an und ließ den Blick durch den Nachtklub schweifen. Obwohl keinerlei Reklame wegen des Besitzerwechsels gemacht worden war, war der Klub gut besucht. Die Freigetränkekarten, die am Eingang ausgegeben wurden, garantierten gute Stimmung. Die blitzenden Diskolichter blendeten Eric, die hämmernde Musik machte jedes Gespräch unmöglich, und er fragte sich, wie die Galaxie männlicher und weiblicher Akteure, die alle krampfhaft versuchten, lässig und schick auszusehen, sich verständigte. Der DJ des Hauses arbeitete fast mechanisch, seine aalglatten Zwischentexte – anscheinend bei diesem Job unbedingt erforderlich – waren aufs Minimum reduziert, und er hatte nicht diesen amerikanischen Akzent, den sonst fast alle DJs drauf hatten. Er trug einen weißen Rollkragenpullover, das fand Eric ein bißchen merkwürdig bei der Hitze. Schwitzte der denn nicht? Aber die Herde junger Mädchen, die direkt unter der Kanzel tanzten, in der seine LPs und Plattenspieler standen, schienen ihn recht attraktiv zu finden. Eric erinnerte sich an seine früheren Nachtklubbesuche, in der guten, alten Zeit, als er noch ein ganz junger Spund war. Damals waren die Türsteher aggressiv, schroff gewesen, die duldeten keinen Widerspruch, die schreckten einen schon ab, ehe man reinkam. Aber die Türsteher vom Imperial (Phantome) waren aus einem anderen Holz geschnitzt. Sie hatten gelächelt, als sie zur Tür reingekommen waren, hatten ihnen die Mäntel abgenommen, die Tür aufgehalten. Sie redeten nicht viel, hatten aber Zeit, jedem eine gute Nacht zu wünschen, der das Lokal verließ. Die Barmannschaft war auch ungewöhnlich schweigsam. Das blonde Mädchen hatte über die Witze der Jungs gelacht, hatte aber kein Wort gesagt.

Erics Blick schweifte zu den vier Fernseh-Videomonitoren, die an jeder Ecke über der Tanzfläche angebracht waren. Sie zeigten eine Auswahl der neuesten Videos aus den Top Twenty Charts. Ein Lieblingsstreifen von ihm lief gerade, aber man hörte die Musik nicht. So was Dämliches. Warum denn einen DJ für Platten *und* eine Videowand?

Es war neun Uhr, als der DJ – mit dem sinnigen Spitznamen ›Deejay‹ – die Musik leiser drehte und ins Mikrophon sagte:

»Wenn ich euch mal für zehn Sekunden unterbrechen dürfte, Leutchen. Ich bitte um eure Aufmerksamkeit. Ich sehe viele alte und viele neue Gesichter. Ihr habt euch wahrscheinlich gefragt, was das soll mit der neuen Geschäftsleitung und der Namensänderung. Also, ich würde euch gerne Mr. Pearson vorstellen, den Manager von ›Phantome‹ ...«

Ein hagerer, sechzigjähriger Mann stand mit einemmal in der Kabine, die Hände vorne gefaltet, das weiße Haar grüngefärbt vom Diskolicht.

»... und er würde gerne ein paar erklärende Worte an Sie richten.«

Ein bißchen Applaus, ein paar Buhrufe, der Mann namens Pearson trat ans Mikrophon und fing an zu reden:

»Sie können sich gar nicht vorstellen, wie glücklich ich bin, daß Sie heute abend so zahlreich erschienen sind. Wie Sie wissen, hat die Geschäftsleitung gewechselt, und ich glaube, ich kann Ihnen allen etwas ganz Besonderes versprechen. Etwas ganz Besonderes.«

Wieder Applaus von der Gruppe an der Bar, die ihm eigentlich überhaupt nicht zuhörte.

»Es ist ein Privileg für Sie, hierzusein. Ein Privileg, die ersten zu sein. Ein Privileg, etwas zu vollbringen, was schon Tausende von Jahren hinausgezögert wurde ...«

»Was, zum Teufel, faselt denn der da?«

»Frag mich nicht ...«

»Bis jetzt war es nicht möglich gewesen. Die Umstände waren nicht richtig. Jetzt aber ist die Macht groß genug. Ihr werdet das

Große Opfer für die Tiefgründigen werden, die ein neues Zeitalter einleiten werden.«

»Also auf jeden Fall hat Michelle zu mir gesagt: ›Hör mal, wenn der glaubt, er kann mich so herumschubsen, dann schneidet er sich aber, ich meine, wer läßt sich denn so was von jemand gefallen, der‹ ...«

»Nur zwei Väter müssen noch vertilgt werden. Wenn das einmal geschehen ist, dann wird das Kind völlig umgewandelt sein. Dann gibt es keine Verzögerung mehr, keinen Grund mehr, sich zu verstecken und zu warten, im Lauf der Jahre Kräfte zu sammeln. Die Macht des Kindes wird vollkommen sein, und er wird selbst zu Ende bringen, was euer Privileg ist, einzuleiten.«

»Was faselt der alte Scheißer da eigentlich? He, ich nehm eine Maß Scotch, wenn du schon an die Bar gehst ...«

»Was ist jetzt überhaupt mit dieser Überraschung?«

Pearson lächelte und drehte sich zu Deejay. »Lichter.«

Eric hatte nur mit halbem Ohr gehört, was der Manager gesagt hatte, aber das wenige, das er verstanden hatte, ergab überhaupt keinen Sinn. Jetzt drehte der DJ die Lichter runter, bis die vier Monitoren die einzige Beleuchtung im Raum waren. Auf den Bildschirmen war nichts zu sehen, nur ein weißer, zischender Schneesturm. Pearson hatte sich plötzlich aus dem Staub gemacht, war die Treppe auf der anderen Seite hochgestiegen und hinter einer grünen Tür verschwunden.

»Es ist wieder Zeit, Junge.«

»Nein ... bitte ...«

»Ich hab dir gesagt, was getan werden muß.«

Ein Klicken. Der zischende Schneesturm auf einem Bildschirm ohne Bild.

»Schau tief und dunkel aus, Timothy. Du bist nicht volllkommen, solange deine Väter noch leben, aber jetzt muß die versprochene Rache beginnen.«

»Nein! Ich werd's nicht tun! Ich kann's nicht tun!«

»Absavel ... Imago ... Pacter ... Gorgus ...«
»Nein, nein, nein, nein. Nein ...«
»Otmo Nos Andophant Vermini Pacter Imago.«
»Nein ... nein ...« Und dann: »Ja ... ja ... Absavel ... Imago ... GORRRGUS!«

Die Leute wurden unruhig. Die Lichter waren schon zu lange aus, und der Witz ließ zu lange auf sich warten. Die vier Bildschirme über der Tanzfläche flackerten und blitzten leer. Wann würde denn endlich was passieren. Eric dachte, hoffentlich verdirbt das nicht die Partystimmung.
Irgendwo schrie im Scherz ein Mädchen, weil jemand ihr Bein angefaßt hatte. Neben Eric rutschte Doreen unruhig hin und her, während sie dem Gemurre der Menge lauschten. Es passierte nichts. Jemand rief: »He, warum sind denn hier alle Türen abgeschlossen? Mann, ich muß auf die Toilette.«
Und dann wurde aus Erics unruhigem Gefühl allmählich so etwas wie Panik. Nebenbei wurde ihm bewußt, daß die Barmannschaft die Bar durch die Klappe am Ende verlassen und sich an den Türen aufgestellt hatte, als würden sie auf etwas warten. Der Diskjockey war nirgends zu sehen. Eric wußte, ohne hinzuschauen, daß er mit der Barmannschaft an den Ausgängen stand.
Klar, da war er, man sah ihn besser wegen seines weißen Rollkragenpullovers. In der Nähe schrie jemand, aber diesmal nicht aus Witz, sondern aus nacktem Entsetzen. Und als sich der Knoten von Gästen von der Gestalt löste, zurückwich, schien es Eric, als würde der Diskjockey ... ja ... nein, sicher nicht, das lag wohl an der mangelnden Beleuchtung. Das gab's doch nicht, daß sein Körper sich so verzerrte, sein Gesicht konnte doch nicht wirklich so ondulieren und sich verändern? Es war die schlechte Beleuchtung, konnte gar nichts anderes sein. Dann schrie plötzlich jemand von der anderen Seite des Nachtklubs, und die Angst breitete sich wie eine wilde, ansteckende Krankheit aus. Eine andere Gruppe Leute wich vor einer Gestalt zurück, die sich von der anderen Seite

der Kabine näherte. Eric erkannte einen der Türsteher. Und wieder, kurz bevor die Menge verängstigter Gäste ihm die Sicht versperrte, hatte er den Eindruck, daß die Gestalt sich beim Gehen *änderte*.

»Shirley!« schrie er, suchte verzweifelt sie im Gewühl auf der Tanzfläche zu sehen. Dann schaute er hoch zum nächstgelegenen Bildschirm und sah, was alle anderen im ganzen Raum sehen konnten. Jetzt brach Panik aus, die Nachtklubgäste wurden zu einem schreienden, verängstigten Mob. Die zischende Leinwand war plötzlich der Hintergrund für einen Film geworden. *»Das ist bloß ein Horrorfilm«*, dachte Eric. Eine sich windende Masse von Tentakeln und Zähnen klapperte und schlabberte gegen den Bildschirm. Der Lärm war ohrenbetäubend. Die Tentakel schlängelten sich aus dem Bildschirm, krochen über den Rand des Bildschirms, jagten die Leute. Am hinteren Ende der Disco sah er die sich ändernde Gestalt des Türstehers, der mit glänzenden Augen einen jungen Mann bei der Schulter packte und sein Gesicht in dessen Hals vergrub. Gleich dahinter hatte ein Knäuel schlängelnder Tentakel ein Mädchen am Arm gepackt und zerrte es durch die Luft in das Grauen auf dem Bildschirm.

Der Nachtklub war zur Hölle geworden.

Eric hörte das Schreien, das Klirren zerbrochenen Glases, die Angstschreie, als die *Formen* die Ausgänge blockierten. Ein blutbeflecktes Gesicht krachte gegen seins, er ging unter Dutzenden trampelnder Füße zu Boden. Benommen kauerte er auf der Erde, die Arme schützend über dem Kopf. Plötzlich schwärmte die Menge von ihm weg, sie wurden in die Mitte der Tanzfläche getrieben.

»Helft mir ... helft mir ... so helft mir doch ...« Eric hatte einen Arm bittend in die Luft gestreckt, Blut lief ihm aus der Nase. Etwas nahm seine Hand.

Eric schaute hoch und schrie. Es war das Mädchen von der Bar, das Mädchen, das gerade vorhin über die Witze der Jungs gelacht hatte, das Mädchen mit den langen, goldenen Haaren. Aber jetzt waren die blonden Locken Schlangen und die Augen schwarze Pforten zur Hölle. Die Schlangen wickelten sich um sein Handgelenk, bissen sich fest, wanden sich enger, er wurde langsam hochgezogen. Mehr zischende, speiende Schlangen reckten sich in sein Gesicht, als er vor Angst starb.

8

»Jetzt?« fragte Richard.

»Jetzt«, erwiderte Stan. Richard wählte die zuständige Taxizentrale, und zehn Minuten später stiegen sie in einen blauen Morris Marina. Stan hatte den Leinensack auf dem Schoß. Angst nagte an ihrem Inneren, als Richard dem westindischen Fahrer die Adresse gab.

»Zum Imperial. Byker Bank.«

Diane packte seine Hand. Sie war genauso eisig wie ihre.

Richard merkte, wie ein anderes Gefühl die Kälte vertrieb, wenn er Diane anschaute: ihr entschlossenes, weißes Gesicht und ihre funkelnden, schönen Augen. Für kurze Zeit taute es die Angst auf, er liebte sie mehr, als er in Worte fassen konnte. Er wußte, sie kennenzulernen war das Beste, was ihm je passiert war.

Vielleicht war's auch das letzte Gute, was mir je passiert ist. Und dann, wütend: *Du egoistisches Arschloch! Und sie? Was hast du Diane angetan? Wenn sie dich nie kennengelernt hätte, dann würde sie jetzt nicht mit dir zum Sterben gehen!*

Er machte den Mund auf, um etwas zu sagen. Diane lächelte und schüttelte den Kopf.

Er las von ihren Lippen: *»Nicht. Tu's nicht.«*

Ich liebe dich, Diane.

»Sie gehn wohl groß aus, heute abend«, fragte der Taxifahrer.

»Das kann man wohl sagen«, erwiderte Stan und legte den Leinensack auf seinen Knien zurecht.

»Hab ich doch gerade gemacht, Mann.«

»Viel Geschäft heute abend?«

»So eine schlechte Nacht hab ich seit Jahren nicht mehr gehabt. Kein Schwein unterwegs. Total schräg.« Das Taxi schoß über die Brücke und auf die Shields Road in Richtung Byker Bridge. »Die Stadt ist heute abend wie ausgestorben.«

Warum wird mir ganz schlecht, wenn er das sagt? dachte Stan. *Weil,* sagte eine kleine Stimme, *der Tod unterwegs ist. Und der wird sich durch die Nacht ausbreiten. Sich ausbreiten ... suchen ... finden ...*

Ein Metrozug raste rechts an ihnen vorbei, als das Taxi bei Gelb eine Ampel durchfuhr und mit Wucht und klappernden Stoßdämpfern auf der Byker Bridge landete. Dahinter lockten die Lichter aus den Wohnzimmerfenstern der Byker-Wall-Siedlung. Unter ihnen schlängelte sich der Ouseburn zum Tyne. In der Ferne drängten sich riesige Dinosaurierkräne ums Wasser. Vor ihnen und rechts ragte die bläulich leuchtende Silhouette des Imperial hoch.

Das Taxi erreichte das Ende der Brücke. Shields Road und die dichtgedrängten Läden zu beiden Seiten waren leergefegt. Richard beugte sich vor und klopfte dem Taxifahrer auf die Schulter, als das Auto die Spitze der Byker Bank erreicht hatte. »Hier können Sie uns rauslassen.«

»Soll ich nicht die Byker Bank runterfahren? Das Imperial ist gleich um die Ecke.«

»Nein, danke. Hier ist schon okay.«

Sie stiegen aus dem Taxi in die kühle Nachtluft. Die Tür des Taxis schlug mit einem lauten Klonk zu. Das Geräusch verschluckte die Dunkelheit. Das Taxi brauste davon, als sie die leere Straße überquerten. Die Straßenlaternen ließen den Asphalt unter ihren Füßen glitzern.

Richard hörte, wie Diane die Luft anhielt, als sie die Spitze der Bank erreicht hatten, und zog sie fester an sich. Er bemerkte sofort, daß etwas anders war. Geisterhaftes blaues Licht tränkte den nassen Gehsteig vor dem Imperial.

»Irgendwas ist anders.«
»Was?« fragte Stan. Seine Augen flackerten unruhig hin und her.
»Sie haben das Schild geändert. Es ist anders.«
Sie hielten sich auf der anderen Seite der Straße, bis sie den Nachtklub erreicht hatten. Jetzt sahen sie erst die Neonschrift.
»Phantome«, sagte Diane. »*Phantome.*«
»Es verspottet uns«, sagte Stan.
»Geh nicht rein«, flüsterte Diane. »Wir dürfen da nicht reingehn.«
Stan zog das Gewehr heraus, schwang sich den Sack über die Schulter und knickte den Lauf, überprüfte die Patronen. Er schnappte das Gewehr wieder zu.
Diane riß sich zusammen. »Tut mir leid, Richard. Wir *müssen* reingehn.«
»Dann laßt uns gehen«, sagte Richard und legte die Hand auf die Automatik, die ihm Stan vorhin gegeben hatte. Sein Herz schlug bis zum Hals, als sie die Straße zum Nachtklub überquerten. Sie kamen zur Eingangstür. Dahinter: nur Dunkelheit.
»Diane, vielleicht solltest du ...«, begann Richard.
Der Klang einer elektrischen Gitarre übertönte mit einemmal seine Worte. Jemand hatte eine Platte aufgelegt. Unverkennbar – Derek and the Dominoes spielten ›Layla‹.
Grüne und rote Lichter blitzten hinter der Tür.
»Man erwartet uns«, sagte Richard, schob die Türen auf und ging hinein, dicht gefolgt von Diane und Stan. Die Gitarre von Eric Clapton war jetzt ohrenbetäubend.
Das Foyer war leer.
Stan ging schnell zum Schreibtisch, schaute um die Ecke in die Garderobe, das Gewehr hielt er wie eine Sonde vor sich. Die Stangen waren voller Mäntel. Der doppelseitige Spiegel auf Rollen reflektierte die Lichter der Disko dahinter. Sonst war nichts zu sehen.
»Pandora? Wo bist du?« rief Richard und wünschte, er hätte nichts gesagt. Es hatte keinen Sinn, ihre Anwesenheit laut hinauszupo-

saunen. *Aber es weiß sowieso, daß wir hier sind,* dachte er. *Es kennt jeden unserer Schritte.*
Stan hatte die innere Tür mit dem Lauf des Gewehrs aufgestoßen
»*O mein Gott* ...«
Richard drängte sich an ihm vorbei und schaute hinein.
Der Nachtklub war zum Schlachthof geworden.
Verrenkte und zerschmetterte Leichen lagen in grotesken Posen im Nachtklub verstreut. Möbel waren zertrümmert, Gläser und Tische atomisiert. Einige der zerfetzten, verstümmelten Formen waren gar nicht mehr als Menschen erkennbar. Die roten und grünen Lichter wirbelten über ein unbeschreibliches Blutbad, spiegelten sich in den dunklen scharlachroten Pfützen auf dem Nachtklubboden. Es waren die Überbleibsel eines Maskenballs des Roten Todes, eine Szene aus der Hölle. Über allem das Stampfen und Hämmern von Eric Claptons Musik. Richard fühlte, wie ihm die Galle den Schlund hochstieg, und drehte sich zu Diane. Der Gestank des Todes verklebte ihm die Nase. Sie stand da, die Augen fest geschlossen, Schweißperlen auf der Stirn.
»Ich weiß«, sagte sie. »Ich hab's gefühlt.«
Richard stieß die Doppeltür auf und ging hinein. Die anderen folgten.
Stan bewegte sich wie ein Dschungelkämpfer im Manöver, stieg über die am Boden verteilten Leichen, schlitterte auf einer der glänzenden Lachen. Er erreichte die Bar, schaute schnell hinter den Tresen, ob dort Gefahr lauerte. Da war niemand. Richard schluckte und nahm Dianes Arm, ging dicht neben ihr, als er langsam auf die Kabine in der Mitte der Tanzfläche zuging. Ein totes weißes Gesicht grinste sie vom Boden an, das rote Licht blitzte in den toten Augen. Sie erreichten die leere Kabine. ›Layla‹ dröhnte durch den Nachtklub. Die Scheibe drehte sich schwarzglänzend auf dem Teller. Richard beugte sich in die Kabine und hob den Tonarm von der Platte. Die Musik verstummte.
»Willkommen daheim«, sagte eine leise Stimme hinter ihnen.
Richard riß die Automatik aus seiner Tasche und richtete sie auf

die Gestalt, die plötzlich auf der Tanzfläche erschienen war. Sofort stand Stan neben ihm, das Gewehr im Anschlag.
Die Gestalt trat ins rotgrüne Licht, die Hände wie zum Gebet gefaltet.
»Pearson«, sagte Richard, als er den Manager erkannte.
»Nein, das ist er nicht«, sagte Diane, ihre Stimme überschlug sich. »Er heißt nicht Pearson. Sein Name ist Barnard. Hugh Barnard.«
»Sie haben eine erstaunlich sensible Aura, meine Liebe. So eine ist mir noch nie begegnet.« Barnard machte noch einen Schritt vorwärts, lächelte dieses gütige Lächeln. Sein weißes Haar schien im Diskolicht zu wirbeln, die Augen funkelten rot. Stan spannte beide Hähne des Gewehrs.
»Also wirklich«, sagte Barnard. »So schlechte Manieren. Ja ... wie ich sehe, hat Margaret aus der Schule geplaudert. Aber ich hab' schließlich gewußt, daß sie das tun wird.«
»Sie haben gewußt, daß wir dort waren?« fragte Stan.
Barnard fing an zu lachen, schwankte hin und her. »Meine Lieben, ich weiß schon seit einiger Zeit, wo ihr seid. Eure detektivischen Fähigkeiten in allen Ehren, aber nach Barrys Tod waren wir stark genug, um ohne technische Hilfsmittel zu jagen. Ich muß zugeben, die Anwesenheit des Radios in der Cafeteria war eine zu große Versuchung.« Barnard lachte wieder und deutete mit der Hand auf einen der Bildschirme. »Sieben Väter – sechs Byker-Chapter-Mitglieder. Ihr selbst ... und die Gorgo, die sich selbst gesät hat. Margaret hat euch natürlich von dem Kind erzählt. Es war notwendig – ist notwendig –, daß die sechs menschlichen Väter sterben und von der Gorgo *absorbiert* werden. Mit jedem Tod wächst die Kraft.«
»Was, in Gottes Namen, ist denn hier passiert?« fragte Richard.
»Wohl kaum in Gottes Namen«, erwiderte Barnard amüsiert. »Im Namen der Gorgo, ein Opfer. Um den Weg für die Erscheinung der Tiefen zu ebnen.«
»Wo ist Pandora?« fragte Stan.
»Pandora?«

»Keine Spielchen, Barnard. Du hast sie hier, sie und das Kind. Also, wo ist sie?«
»Wie ungeduldig Sie doch sind, junger Mann. Merken Sie denn nicht, daß dieser Augenblick genossen werden will? Wir dürfen nichts überstürzen, jetzt, wo Sie hier sind.«
»Zeig mir Pandora, du Arsch! Oder ich blas dir ein Loch in den Bauch, durch das man Laster fahren kann.«
Barnard lachte wieder, als würde er jeden Augenblick genießen. Er wandte sich der Treppe auf der anderen Seite der Disko zu und winkte.
»Pandora, meine Liebe. Du hast Besucher.«
Die Silhouette einer jungen Frau erschien oben an der Treppe und schaute runter zu ihnen. Sie trug ein leichtes Gewand, ihr Haar flatterte in einer unsichtbaren Brise. Ihr Gesicht konnten sie nicht sehen. Sie stieg schnell die Treppe hinunter und ging über die Tanzfläche auf sie zu. Stan sah sie als erster deutlich.
»Pandora?« fragte er zweifelnd.
Die Frau lächelte, als sie ins Licht trat, es war, als wären die dazwischenliegenden Jahre überhaupt nicht gewesen: Ihr schönes Haar fiel bis auf die Schultern, ihre blasse Haut und ihre blauen Augen waren noch genauso schön wie eh und je.
»Stan«, sagte sie. Dann drehte sie sich um: »Richard.«
Richard hatte nicht bemerkt, daß Diane seine Hand losgelassen hatte und einen Schritt zurückgegangen war, als Pandora auf ihn mit weitausgebreiteten Armen zuglitt. Es war so lange her, und seitdem hatten alle soviel mitgemacht. Jetzt hatten sie sie endlich gefunden.
»Richard«, sagte sie noch mal, als sie sich umarmten.
Aber als sie ihm ihr Gesicht zum Kuß hochstreckte, war irgend etwas faul.
Ihre Arme waren hart und unnachgiebig. Die Hände fühlten sich wie Klauen an. Vor Richards Augen verschob und verzerrte sich ihr Gesicht wie eine schreckliche, schmelzende Wachsmaske. Ihre schönen, geraden Zähne wurden länger und spitzten sich zu. Eine

gespaltene Zunge zuckte aus dem klaffenden roten Schlund, der einmal ein Mund gewesen war.

»*Du lieber Gott im Himmel!*« Richard riß sich los, ehe das Gesicht sich in seinem festbeißen konnte. Er stieß das widerliche Wesen von sich weg, stolperte rückwärts. Und dann drückte Stan das Gewehr ab. Der Knall dröhnte in Richards Ohren. Das Ding hatte die Breitseite voll abgekriegt, wirbelte im Kreis rückwärts über die Tanzfläche. Es fiel vornüber. Das Gesicht veränderte sich laufend, während es zur Bar kroch. Richard sah Dutzende von Männer- und Frauengesichtern auf der Visage. Er sah die pelzige Schnauze eines Bären, die Zähne einer Hyäne, die bösartigen Augen einer Schlange. Er sah wieder die Schlangenzunge, als das Ding Blut hustete, das sich in Säure verwandelte und sich in den Boden fraß. Es kroch weiter zur Bar, den Mund weit aufgerissen, heulend und brüllend vor Wut. Das Ding stand jetzt wieder aufrecht, drehte sich und stapfte auf sie zu, das Gesicht mutierte laufend. Das fließend weiße Gewand war ein zerrissenes verfaultes Leichentuch geworden. Starr vor Angst schauten sie zu, wie das Ding die Arme ausstreckte und einen Torso entblößte, der von gierigen, hungrigen Mäulern mit Dolchzähnen wimmelte. Der Schuß hatte ihm ein Loch in die Brust gerissen. Darin wanden und krümmten sich schlängelnde Tentakel.

Es stürzte sich mit lautem Gebrüll auf sie.

»*Absavel! Imago! Terminet!*« rief Barnard plötzlich.

Das Ding blieb stehen. Das Brüllen verebbte zu Gurgeln.

»*Terminet!*«

Die wirbelnden Bilder auf dem Antlitz des Dings verblaßten. Es ließ die Arme hängen. Der Körper begann zu zucken. Es fiel, von Krämpfen geschüttelt, auf die Knie. Der Kopf hing runter, die Arme hatte es um den Leib geschlungen, als hätte es Schmerzen. Es erschauderte, zischte leise giftig und fiel zur Seite.

Es war tot.

Jetzt sahen sie erst, was dieses zerfetzte, zertrümmerte Ding wirklich war, das sie angegriffen hatte.

Es war eine Puppe. Eine Schaufensterpuppe.

»Eine Schande«, sagte Barnard, er lächelte immer noch. »Sie hat uns so gute Dienste geleistet.« Er bewegte sich auf die verstümmelte Puppe zu.

»Bleib stehen, Barnard, sonst blas ich dir den Kopf weg«, warnte Stan. Barnard beachtete ihn gar nicht. Er ging vorbei an den rauchenden Trümmern der Puppe, tauchte hinter die Bar und goß sich seelenruhig einen großen Whisky ein.

»Ich warne Sie!«

»Sie werden nicht auf mich schießen, Stan. Nicht, bis Sie nicht alles wissen, was vorgeht.«

Woher, zum Teufel, weiß der unsere Namen? dachte Richard.

Barnard lachte, nippte an seinem Whisky. »Das ist alles immer noch recht rätselhaft für euch, stimmt's?«

»Abbilder«, sagte Diane abwesend.

»Abbilder«, wiederholte Richard und setzte sich auf einen Hocker hinter der Bar. »Ihre Auffassungsgabe ist wirklich erstaunlich, meine Liebe. Ich muß eine Aufgabe für Sie finden. Ja, Abbilder sind der Schlüssel.«

»Und das Kind«, sagte Stan. »Was ist das?«

»Das. Wie gefühllos. Aber ja, das Kind ist auch der Schlüssel. Sein Fleisch beherbergt etwas Besonderes. Margaret hat euch natürlich vom Ritual der Scharlachroten Frau erzählt. Ich fürchte, da hab ich vor zwanzig Jahren einiges falsch gemacht. Wenn ich gewußt hätte, was ich jetzt weiß ... Aber das wäre ...«

»Über verschüttetes Blut weinen?« sagte Richard verbittert.

»Ja ... sehr gut ... Wo war ich stehengeblieben? O, ja. Das Ritual war nur zum Teil erfolgreich. Damals dachte ich, es wäre ein kompletter Fehlschlag gewesen. Aber ich irrte mich. Es war mir nämlich gelungen, *den geheimnisvollen Samen zu pflanzen*, wenn Sie so wollen. Er schlummerte bis vor zehn Jahren in Pandora, wie eine Zeitbombe ... oder ein Wecker ... wie immer Sie das nennen wollen. Sie stand unter Zwang, das zu tun, was sie getan hat. Sie hat mit euch allen geschlafen und euren Samen genommen. Der mystische Samen und euer eigener Samen ermöglichten es ihr, zu gebären – bemerkenswert, wenn man die physischen Gegebenheiten bedenkt, finden Sie nicht?«

»Schwein«, murmelte Stan und machte einen Schritt auf ihn zu.

»Ihr, die Väter, wart zum Teil verantwortlich für den physischen Teil der Geburt. Ich, meinerseits, habe der Gorgo die Möglichkeit gegeben, ihren eigenen Samen zu pflanzen.«

»Die Gorgo«, sagte Richard. »Was, zum Teufel, ist das eigentlich?«

»Sie drücken sich so bildlich aus, Richard. Es ist eine der vielen Termini, deren man sich bedient, um die Macht zu beschreiben, die in unmittelbarer Zukunft entfesselt werden wird. Aber das Kind, obwohl es den Geist der Gorgo enthält, ist trotzdem menschlich. Die Kraft muß ihm entlockt werden. Er ist, im wahrsten Sinne des Wortes, eine gespaltene Persönlichkeit. Mit der richtigen Formel ist es mir gelungen, die dunkle Seite seiner ›Persönlichkeit‹ heraufzubeschwören. Mit dem Tod jedes einzelnen Vaters ist seine Kraft gewachsen. Er hat sie nicht nur getötet, sondern ›absorbiert‹, als Teil seines Ichs, seiner Ganzheit. Wenn alle Väter vertilgt sind, dann wird die Gorgo tatsächlich wiedergeboren.«

»Wie, zum Teufel, haben Sie uns gefunden?« fragte Stan, obwohl er die Antwort schon kannte. Er wollte sie nur noch mal aus Barnards Mund hören.

»Erstaunliche Geräte, Radio und Fernsehen. Das Kind hat sich bei seiner Suche die Technologie der Menschheit zunutze gemacht. Wenn ich seine dunkle Seite heraufbeschwöre, ist er fähig, die Sendewellen abzusuchen.«

Richard erinnerte sich an das Fernsehgerät, das plötzlich ein lebendiges, tödliches Schlangennest geworden war. *Die Wolke, die Zähne, die schlangenartigen Tentakel. Schlangen. Der Kopf der Gorgo. Er hatte Schlangen statt Haare.*

Barnard goß sich noch einen Drink ein, lächelte ihnen zu. »Es ist so angenehm, wenn man nach so vielen Jahren der Heimlichkeit offen über sein Lebenswerk sprechen kann. Ich hoffe, ich langweile Sie nicht ...«

»Reden Sie nur weiter, Barnard«, sagte Richard.

»Das Erstaunlichste an meiner Berufung war die Möglichkeit, die Wahrheit hinter den ältesten Aberglauben, Mythen und Ängsten der Menschheit zu erforschen und zu entdecken. ›Jede Legende hat einen wahren Hintergrund‹ – so heißt es doch, stimmt's. Es hat wie alle Klischees einen wahren Hintergrund.«

»Ersparen Sie uns die Geschichtsstunde«, sagte Stan.

»Nein, laß ihn reden«, sagte Richard.

»Danke. Laut der griechischen Mythologie waren die Gorgonen Schwestern: Stheno, Euryale und Medusa. Ihr Blick konnte Menschen zu Stein verwandeln. Perseus, der Held, tötete Medusa, indem er ihr sein poliertes Schild als Spiegel vorhielt. Laut Barnard – aus Mangel einer besseren Bezeichnung – ist es eine Einheit, die der Mensch von der Erde verbannte vor Beginn der Geschichte. Ihr Blick konnte einen Menschen selbstverständlich vor Entsetzen töten, aber ›in Stein verwandeln‹ ist mehr eine symbolische Interpretation. Die Juden kannten sie als Golem, in der indischen Kultur ist sie Kali, Bringerin der Rache. Für die Ägypter war sie Anubis. Aber für euch bedeuten all diese Namen dasselbe: Tod. Bald, nach eurem Tod, wird Sie wieder auf Erden wandeln, die Verbannung ein Ende haben. In kürzester Zeit, meine Lieben, wird die Menschheit ausgestorben sein.«

»Und was ist mit Ihnen, Barnard«, fragte Diane. »Was haben Sie davon, wenn alle tot sind?«

»Meine Belohnungen überschreiten Ihre Vorstellungskraft.«

»Sie sind krank«, sagte Diane.

»Und die Abbilder?« fragte Richard. »Was ist mit den Abbildern?«

»Gestalt verändern«, sagte Barnard. »Ich glaube, Margaret hat Ihnen diesen Begriff erklärt, hab ich recht? Die Gorgo besitzt die Möglichkeit, Abbildern Leben einzuhauchen. Sie kann das Unbeseelte beseelen – Puppen, Statuen, Ausstellungsgegenstände in Museen –, Sie haben diese verschiedenen Hüllen kennengelernt.

Und, wie Sie bereits erraten haben, war das Foto des Byker Chapter der Kernpunkt: Das Kind konnte seine Kräfte freisetzen, indem es sich auf Pandoras Foto konzentrierte. Sie haben sicher schon von Hellsehern gehört, die mit derselben Methode vermißte Leute suchen.«

»Jedesmal, wenn einer von uns gestorben ist – umgebracht wurde –, sind wir nicht bloß gestorben, sondern sind ...« Richard ließ den Abzug der Pistole los. Es wäre so einfach, diesen perversen Irren zu töten.

»Eure Identität ist in die Gorgo assimiliert worden. Und die Abbilder verschwanden vom Foto.« Barnard nippte an seinem Drink. »Haben Sie gewußt, daß bestimmte Eingeborenenstämme sich weigern, sich fotografieren zu lassen, aus Angst, man würde ihnen die Seelen stehlen und in diese Fotografie einsperren? Wie passend, unter den gegebenen Umständen. Natürlich braucht das ungezähmte Talent des Jungen eine leitende Hand, bis alle Väter vertilgt sind. Diese leitende Hand muß es führen, nähren und richtig zum Leben erwecken.«

»Warum hier? Warum im Imperial?« fragte Richard.

»Sie meinen im ›Phantome‹? Das ist eine lange Geschichte. Um es kurz zu machen: Pandora hat ihr Zuhause verloren, nachdem ihr Baby geboren war – sie war selbstverständlich nicht ganz bei Trost. Sie wurde angeleitet, mich zu suchen, das war nicht ganz einfach. Nach der unglückseligen Publicity in Cornwall war ich gezwungen, mich inkognito anderswo auf den Britischen Inseln anzusiedeln. Aber sie hat mich gefunden: Stärkere Mächte als sie selbst waren am Werk. Die ersten Jahre waren relativ einfach. Die Kräfte des Kindes schliefen zum Großteil noch – nach dem unglückseligen Zusammentreffen mit Margaret –, aber je größer es wurde, desto größer wurde seine psychische Kraft. Pandora und das Kind standen sich immer sehr nahe, sowohl physisch als auch psychisch. Sie hat, nennen wir es mal Mutterautorität, in begrenztem Maße. Leider hatte ihr Verstand bleibende Schäden erlitten – bloß natürlich unter den gegebenen Umständen. Sie schöpfte aus ihren Erinnerungen viel Kraft, die sie über Wasser hielt. Sie erzählte mir alles über die Erlebnisse des Byker Chapter. Schließlich kam es zu dem Punkt, daß ihre Sehnsucht, nach Byker zurückzukehren, nicht mehr gebremst werden konnte. Ihr ›innerer Frieden‹, um mal wieder eine unangebrachte Phrase zu verwenden, war für die Entwicklung des Kindes von entscheidender Bedeutung. Also ...

Meine Nachforschungen ergaben, daß dieser Nachtklub – das Imperial – Phantome – wieder zum Verkauf stand. Ich kaufte ihn, investierte mein Kapital und machte es zu einem gutgehenden Geschäft mit unserem Hauptquartier im ersten Stock. Pandoras Freude über ihre Umgebung erwies sich als äußerst günstig für die Entwicklung des Jungen. Ich für meinen Teil habe meine Rolle als Manager genossen. Eine erfreuliche Abwechslung gegenüber dem Verstecken in einem Landhaus weit weg von allem. Und ich habe mich so gefreut auf diesen Tag, an dem ich die Früchte meiner Arbeit ernten kann ...«

Barnard trank wieder, dann lachte er lauthals. »Richard ... Richard ... wie amüsant! Sie sind schon so lange Stammkunde im ›Phantome‹. Wir hätten Sie schon lange fangen können. Wenn das Kind und ich ... *auf der Jagd waren* ... war die Versuchung groß. Die Gorgo hat das Byker Chapter, einen nach dem anderen, gefangen ... *in derselben Reihenfolge, wie Sie mit Pandora geschlafen haben.* Philip war der erste gewesen, deshalb mußte er als erster sterben. Richard, du warst der letzte, also mußt du auch als letzter sterben.« Er lachte wieder, verschluckte sich an seinem Whisky. »Ich muß sagen, es hat mich einige Mühe gekostet, Charlie zurückzuhalten, die Bauchrednerpuppe. Es wäre unpassend gewesen, wenn Sie zu diesem Zeitpunkt schon gestorben wären, aber die Gorgo war so hungrig ... Erinnern Sie sich noch an die Träume, die Sie alle hatten? Die *gesichtslosen* Träume? Das war eine kleine Anlage von mir. Nennen wir's vielleicht einen kleinen Scherz.«

»Das Nachtklubschild ...« begann Stan.

»Ein kleiner Insiderscherz für das Byker Chapter, mein Lieber. Pandora hat mir im Delirium von eurem Byker Chapter Slang erzählt. Ich hoffe, der Witz ist ihnen nicht entgangen.«

»Also sind Pandora und das Kind ...«

»Im ersten Stock«, endete Barnard.

»Wollen Sie damit sagen, Sie hatten die beiden – Pandora und das Kind – all die Jahre da oben eingesperrt?«

»Aber natürlich! Jeder Kontakt außer mit mir ist verboten. Es ist absolut notwendig, die korrekten Riten einzuhalten, den notwendigen ... na, sagen wir mal, ›Zauber‹. Das Kind brauchte Einsamkeit, um sich zu entwickeln. Die menschliche Seite seiner Natur ist, gelinde gesagt, rebellisch, fürchte ich. Meine Riten nahmen von der Mutter und gaben dem Kind. Außerdem muß das Kind geschützt werden.« Barnard leerte sein Glas mit einer dramatischen Geste. »*Perseus Amago non Imagi Palcutat.* Das Kind hat eine Aversion gegen Spiegel.«

»Es ist pervers«, sagte Diane, »pervers.«

»Ah ja«, fuhr Barnard fort. »Sie erinnern mich: Es ist Zeit, sich der Sache wieder zuzuwenden.« Er stand auf, nahm sich eine Handvoll Erdnüsse von der Bar und schob sie sich genüßlich eine nach der anderen in den Mund.

»Richard und Stan. Ihr müßt selbstverständlich sterben. Aber Diane ... Sie sind gerade zum richtigen Zeitpunkt gekommen. Das Massenopfer hat die perfekte Atmosphäre für das Erscheinen der Gorgo geschaffen. Ich glaube, die zusätzliche Inszenierung eines *Qualitäts*-Rituals, mit Ihrer Person als Hauptattraktion, wird der Gorgo gefallen, bevor sie ihre endgültige Metamorphose in dem Kind durchmacht, nach dem Tod des letzten Vaters.« Barnards Augen schienen zu glühen, spiegelten das Diskolicht. Richard sah, daß seine Hände vor Aufregung zitterten.

»Es tut so gut, darüber zu reden. Sie sind so geduldige Zuhörer. Jetzt werde ich eure Geduld mit der größten aller Offenbarungen belohnen. Ich bin Pandoras Epithemus, Hüter der Truhe, die alles Böse über der Welt entfesselt hat. Aber die Gorgo, wenn sie nach

eurem Tod endgültig erscheint, *ist auch eine Pforte*, eine Pforte zwischen den Welten! Die Tiefgründigen, die auch in eine andere Dimension verbannt waren, werden wieder gerufen werden nach der vollkommenen Wiedergeburt der Gorgo. Die alten Götter werden auf die Erde zurückkehren. Sie werden sich die Welt unterwerfen – und die Menschheit wird aussterben. Ihr fragt nach meiner Belohnung? *Ich werde auch ein Gott werden!*«
Barnard deutete mit zittrigem Finger auf die Tanzfläche. »Die Gorgo wird einen Tunnel durch Zeit und Raum schaffen. Die Tiefen werden mir meine Belohnung geben.«
»O Gott, Richard«, sagte Diane. »Schau dir die Tanzfläche an.«
Jetzt erst sah Richard, daß der leichenbedeckte Boden die Form eines fünfzackigen Sterns hatte.
»Es ist ein Pentagramm«, sagte Diane.
»Wieder sehr gut beobachtet!« sagte Barnard. »Die mystische Form. Ein perfekter Ort der Verehrung ... und der Opfer. Zuerst werden Sie, Diane, meine Liebe, sterben. Dann werden wir uns begatten. Ich glaube, das wird der Gorgo gefallen.«
»Und ich glaube, ich schieß Ihnen die Birne mit diesem Gewehr ab«, sagte Stan.
»Vielleicht sollten Sie ihre Munition für etwas anderes aufheben«, sagte Barnard leise.
Vier Gestalten waren aus der Dunkelheit erschienen, drängten sie auf einem engen Viereck zusammen. Richard erkannte sofort das Personal des Nachtklubs: Angie und Josh, die Barmannschaft – und Paul und Andy, die Rausschmeißer.
»Tote«, sagte Diane instinktiv. »Das sind alles Tote.«
Während sie auf sie zugingen, wickelte sich Angie das schwarze Satinband vom Hals und enthüllte die klaffende Wunde.
»Sind sie nicht ein perfektes Abbild ihrer selbst?« kicherte Barnard. »Wie ich euch gesagt habe – wie euch Margaret erzählt hat –, die Gorgo haucht unbeseelten Gegenständen Leben ein und Abbildern auch. Was für perfekte Abbilder! Leere Hüllen, Abbilder ihres früheren Selbst, die nur darauf warten, mit einer motivie-

renden Kraft gefüllt zu werden. Beinahe poetisch, finden Sie nicht?«
»Ich bring dich um, wenn du sie nicht zurückpfeifst!« rief Stan. Seine Waffe schwankte zwischen Barnard und den höllisch grinsenden Monstern, die immer näher kamen, hin und her.
»Das wird sie nicht aufhalten, Stan.«
»Sie bluffen!«
»Dann versuchen Sie's doch.«
»Schwein!« Stan schwang das Gewehr und richtete es auf Andy. Das Gewehr knallte, sprühte Funken. Der Schuß zerfetzte Andys rechten Arm, riß ihn von der Schulter und schleuderte ihn durch den Raum. Andy schwankte unter der Wucht des Schusses, fiel auf die Knie. Grinsend stand er wieder auf und ging auf sie zu. Barnard glitt unter der Bar durch, huschte vorbei an den vorwärtsmarschierenden Gestalten. Richard riß den Arm hoch und feuerte. Die Kugel pflügte eine Rille über die Theke. Barnard verschwand in der Dunkelheit. Und lachte, lachte, lachte.
Diane schnappte sich einen großen Aschenbecher von der Bar und schleuderte ihn auf Angie. Der Aufprall riß ihr den Kopf zur Seite, ein weiterer Riß entstand, parallel zu ihrem Hals. Trotzdem ging sie weiter. Richard zog Diane näher an sich, richtete die Pistole auf die näherkommenden Gestalten, die Angst hauchte in sein Gesicht. Er bemerkte, daß Stan neue Patronen in das Gewehr lud, dann war plötzlich Joshs gespenstisch weißes Gesicht mit seinen bösartigen schwarzen Marmoraugen direkt vor seinem. Entsetzt schlug Richard mit der Pistole zu und drückte gleichzeitig ab. Die Pistole und die Kugel schlugen gleichzeitig in Joshs Gesicht ein, er torkelte rückwärts. Ein riesiges schwarzes Loch klaffte da, wo seine Augenhöhle gewesen war, sein Hinterkopf war nur noch eine zerfetzte Masse.
»*Richard!*« brüllte Diane.
Paul griff bereits nach ihrem Hals. Richard warf sich verzweifelt nach vorne, als beide Schüsse aus Stans Gewehr losgingen. Eine Klauenhand packte seinen Kopf, griff in seine Haare. Sein Gesicht

wurde gegen die Bar geklatscht, blutroter, violetter Schmerz füllte seinen Kopf. Völlig hilflos mit Dianes Schreien in den Ohren, versank er in einem schwarzen, erstickenden Graben der Ohnmacht.
Es war das Ende.

9

Schwärze. Nichts als Schwärze.
Richard war wieder bei Bewußtsein, aber die allumfassende Dunkelheit erlaubte kein wirkliches Gefühl des Wachseins. *Bin ich tot?* dachte er. *Fühlt es sich so an, wenn man tot ist? Nein. Wenn ich nämlich tot wäre, würden mir meine Arme nicht so weh tun und mein Kopf nicht wie eine Blechtrommel hämmern.*
Dann wurde ihm klar, daß er auf seinen Armen lag. Man hatte sie ihm am Rücken zusammengebunden, die Schmerzen kamen von der Blutleere. Seine Stirn fühlte sich verkrustet an – wahrscheinlich getrocknetes Blut von dem Schlag auf die Bar. Er versuchte sich umzudrehen, was ihm neuerliche Schmerzen verursachte, und entdeckte, daß seine Knöchel auch gefesselt waren. Er lag auf einem rauhen Holzboden, ein Splitter hatte sich in das Fleisch unterm Handgelenk gebohrt. Er rollte stöhnend auf die Seite, suchte vergeblich nach einer Lichtquelle. Das Geräusch klang hohl, irgendwie gedämpft – er war offensichtlich in einem kleinen, geschlossenen Raum, vielleicht in einem großen Schrank oder in einem kleinen Zimmer. Seine letzten klaren Momente, ehe er die Besinnung verloren hatte, kristallisierten sich in seinem Gedächtnis. Panik erfaßte ihn. Er mußte sich befreien und rausfinden, was mit den anderen passiert war. »Diane«, sagte er. *Lieber Gott, laß sie jetzt bitte hier bei mir sein.* Er rollte sich zurück auf den Bauch. Das Blut schoß ihm in die Arme, brachte neue Agonie. Er stützte sich mit seiner verschwollenen Stirn auf dem Boden ab und kniete

sich mühsam hin. Er versuchte vorwärts zu rutschen, aber fiel bloß wieder zu Boden. Es war hoffnungslos.

»Diane, bist du da?«

Nur die Dunkelheit. Die erstickende Dunkelheit und das Schweigen.

Ein Lichtstrahl durchbrach plötzlich das Dunkel, begleitet von knarzendem Holz. Jemand hatte eine Tür geöffnet. Der Spalt wurde größer, als Richard sich in die Richtung drehte. Langsam schwang die Tür bis zur Wand auf, in dem Quadrat orangen Lichts stand die Silhouette eines kleinen Kindes.

Gott! Das Kind! Die Gorgo! In seiner totalen Panik war Richard überzeugt, er wäre gestorben und in die Hölle gekommen. Das Grauen hätte von ihm Besitz ergriffen und würde ihn bis in alle Ewigkeit binden. Das Kind betrat leise das Zimmer. Das Licht aus dem Korridor beleuchtete ihn, er trug einen Blazer und Hose, eine ordentliche Krawatte. Er hatte rostrote Haare und große fragende Augen. Die Augen eines Kindes, nicht eines Monsters.

»Bist du mein Daddy?« fragte der Junge.

»Wo ist Barnard?« fragte Richard und studierte das Kind ganz genau. Das war also der Kern des Alptraums? Das war die Quelle des Entsetzens, das fast das ganze Byker Chapter das Leben gekostet hatte. Das war Pandoras Kind. Ihre Schöpfung.

»Wer?«

»Barnard ... Mr. Pearson. Wo ist er?« Richard versuchte krampfhaft, sich seine Panik nicht anmerken zu lassen.

»Er ist drunten in der Disko, wo ich nicht hindarf. Bist du mein Daddy?«

»Wie heißt du denn?«

»Timothy.«

»Deine Mutter, die heißt Pandora, richtig?«

»Pandora, ja. Aber ... aber ...« Die glänzenden Augen des Kindes waren irgendwie glasig. Er neigte den Kopf zur Seite, als würde er horchen. » ... aber ...« sein Kopf rollte zur Seite, Atem zischte langsam aus seinem Mund.

Etwas passierte.
Der Kopf des Jungen senkte sich, sein Kinn fiel auf die Brust.
Angst umfing Richards Seele in einem Leichentuchkokon. Er wußte, vor ihm stand das Ding, das so gierig das Byker Chapter gejagt hatte.
Das Kind hob den Kopf. Marmoraugen glänzten. Es lächelte. Richard versuchte wegzurutschen, fühlte, wie ihm die Fesseln ins Fleisch schnitten. Die Lippen des Kindes bewegten sich ungelenk, als würde es ihm größte Mühe bereiten, sich zu artikulieren.
»Rich ... Rich ... RICHAAARD!« Das Ding, das einmal ausgesehen hatte wie ein Kind, hatte einen tiefen, entsetzlichen, knurrenden Bariton, der Eispfeile in Richards Seele bohrte. *»Jetzt ... jetzt ... hab ich dich!«* Das Kind-Ding begann zu lachen. Richard erkannte die Stimme. Es war die Stimme des Monsters im Nebel, das sie auf der Autobahn angegriffen hatte. *»Bald werd ich vollkommen sein. Ich werde wiedergeboren sein. Und dann werden die Tiefen zurückkehren und ihr ... ihr ... ...«*
Die schwarzen Augen wurden stumpf. Verwirrung machte sich auf dem Gesicht des Kind-Dinges bemerkbar. Es fing an den Kopf zu schütteln. Richard fühlte, daß ein heftiger Kampf in seinem Inneren tobte. »NEIIIIN ... *Nein* ...« Das Kinn des Kind-Dings lag wieder auf der Brust, die Arme waren stocksteif, die Hände arbeiteten.
Das Kind hob den Kopf. Das Gesicht war schweißgebadet. Aber es war wieder das eines Kindes, nicht eines Monsters. Er keuchte, als hätte er gerade eine fürchterliche Anstrengung hinter sich. Seine Stimme war wieder die eines normalen kleinen Jungen.
»Ich ... ich ... ich hab's wieder weggeschickt. Du hast nach ... meiner Mutter gefragt. Ja, sie heißt Pandora.«
Richard versuchte seine Stimme ruhig klingen zu lassen, versuchte seine Angst zu unterdrücken. »Ist sie hier?«
»Ja.«
Mein Gott, was hab ich denn zu verlieren? Ich muß was riskieren. Wie sollte ich mich sonst befreien?

»Wirst du mich losbinden?«

Eine Pause. Dann: »Ja.«

Das Kind ging leise zu Richard und begann an den Schnüren zu zerren, die seine Handgelenke fesselten. Der fragende Blick ließ ihn nicht los.

»Da waren noch ein anderer Mann und eine Frau mit mir. Weißt du, wo die sind?«

»Vielleicht.«

Nicht drängen! Verärger das Kind nicht, solange du noch gefesselt bist!

»Mr. Pearson hat noch mit nichts angefangen«, fuhr der Junge fort. »Du mußt dir keine Sorgen um deine Freunde machen. Du hast noch Zeit. Bist du ... ?«

»Bring mich zu deiner Mutter«, sagte Richard. *Wenn ich sie finden kann, kann sie ihn vielleicht aufhalten. Ich weiß nicht, ob die Gorgo wiederkommt und von dem Kind Besitz ergreift ... mein Kind ... Aber Barnard sagt, Pandora hätte ein begrenztes Maß an mütterlicher Autorität über das Kind. Vielleicht kann sie diesen Wahnsinn aufhalten ...*

Die Fesseln um seine Arme waren jetzt locker. Er setzte sich auf, riß sie weg und befreite hastig seine Beine. Er massierte sich Hände und Füße, dann rappelte er sich mühsam hoch. Er widerstand dem Impuls, sich auf das Kind zu stützen, als er kaum auf seinen eingeschlafenen Füßen stehen konnte. Das Kind ging schweigend in den Korridor hinaus. Richard sah jetzt, daß er in einer Art Schlafzimmer gelegen hatte. Die Möbel waren mit Staubfängern verhängt. Offensichtlich war der Raum schon lange nicht mehr in Gebrauch gewesen. Das Kind öffnete eine andere Tür genau gegenüber und schaute zurück zu ihm. Da mußte Pandora sein. Er lief hinter dem Kind her durch die Tür.

Es war eine Art Wohnzimmer. Es gab kein Licht außer einem elektrischen Feuer, das die Wand anstrahlte. Daneben stand ein hoher Korbstuhl, dessen Insasse offensichtlich eine Frau war – aber sie saß im Schatten. Das Kind schloß die Tür hinter ihnen.

Langsam näherte sich Richard der schweigenden, reglosen Gestalt im Stuhl. Ihre Finger bewegten sich auf der Armlehne, der Kopf drehte sich und schaute ihn aus den Schatten an.
»Pandora?«
»Richard?« Die Stimme war entsetzlich vertraut, unsicher, zitterte. Es war Pandoras Stimme. Aber irgend etwas war ganz faul. Fast gegen seinen Willen stellte er sich vor den Korbstuhl und schaute zu ihr runter. *Was ist bloß mit ihrer Stimme los? Sie klingt so ... so ... so alt.* Die Frau beugte sich vor, um ihn besser zu sehen, ihr Gesicht wurde vom Feuerlicht enthüllt. Richard war übermannt von seinen Gefühlen, begann zu schluchzen. Er fiel auf die Knie.
»Pandora. O Pandora. Was hat er mit dir gemacht, mein Schatz? Was hat er *getan?*«
Es war Pandora, die ihm die Arme entgegenstreckte, der die Tränen übers Gesicht liefen. Es war Pandora, die seinen Schmerz teilte über dieses herzzerreißende Wiedersehen nach soviel Pein, so vielen Jahren und soviel Entsetzen. Aber es war das Gesicht einer achtzigjährigen Pandora, nicht einer mit dreißig. Ihr altes, faltiges Gesicht war das einer Großmutter, nicht das einer Freundin oder Geliebten. Instinktiv wußte Richard, was mit ihr passiert war, als er neben ihr auf die Knie sank und ihren zerbrechlichen Körper in seinen Armen hielt.
Das Kind brauchte Einsamkeit, um sich zu entwickeln, hatte Barnard gesagt. *Meine Riten nahmen von der Mutter und gaben dem Kind.* Pandoras Lebenskraft war abgesogen worden, hatte die übernatürlichen Kräfte ihres Sohnes nähren müssen.
»Dieses Schwein Barnard«, schluchzte Richard. »Er hat dir das angetan.«
»Ich hab so lange gewartet, Richard. So lange.«
Richard fühlte heiße Tränen auf seinen Händen. Der Junge hatte sich neben sie gekniet. Er nahm jetzt Pandoras Hand und drückte sie wortlos an seine Backe. Wieder mußte er denken: *Kann dieses Kind wirklich der Angelpunkt für das ganze Grauen sein?*

»Pandora. Kannst du Barnard aufhalten?«
Er sah die Hoffnungslosigkeit in ihren Augen, ehe sie antwortete.
»Nein.«
Er wandte sich an den Jungen. »Wie lange war ich bewußtlos?«
»Nicht lange«, sagte das Kind, den Blick unverwandt auf das Gesicht seiner Mutter gerichtet.
»Du machst dir Sorgen um die Frau. Aber er hat noch nicht angefangen. Es bleibt noch Zeit.«
»Sind diese ... Monster ... noch unten bei Barnard ... bei Pearson?«
»Nur einer«, erwiderte das Kind, die Augen immer noch auf die Mutter gerichtet. »Die anderen sind terminiert worden. Er braucht sie nicht mehr.«
Richard erinnerte sich, wie Barnard der Schaufensterpuppe einfach die motivierende Kraft genommen hatte, nur durch einen gesprochenen Befehl.
»Kannst *du* ihn aufhalten?« fragte er den Jungen.
Eine Träne bildete sich auf Timothys Wimpern. Sie zitterte, dann tropfte sie auf seine Backe. »Nein. Er kontrolliert alles. Und was immer in mir ist, ist stärker als ich. Es wird ständig stärker.«
»Wo ist Stan?«
Der Junge schwieg.
»Hilf ihm«, sagte die alte Frau. Das Kind und die Frau schauten sich lange an. »Hilf ihm«, sagte sie noch mal. »Du mußt dich gegen das, was in dir ist, wehren, Timothy. Ich weiß, du kannst es. Du darfst nicht zulassen, daß es wieder die Kontrolle übernimmt.«
»Ich weiß nicht ... ich weiß nicht, ob ich's kann, Mutter. Ich weiß nicht ...«
»Liebst du mich, Timothy?«
»Ja.«
»Dann mußt du dich wehren. Und du mußt diesem Mann helfen. Das wirst du doch, oder?«
Der Junge holte tief Luft, raffte sich zusammen, sein Gesicht war wild entschlossen. Er wischte sich langsam die Tränen aus dem

Gesicht. Dann ging er schnell weg von seiner Mutter, huschte aus dem Zimmer in den Korridor. Richard folgte. Das Kind stieß eine andere Tür auf und blieb still stehen, als Richard ins Zimmer stürmte.

Wie in den anderen Zimmern standen auch hier sehr wenig Möbel, Richard sah aber nur, was in der Mitte des Zimmers stand. Stan saß auf einem hölzernen Stuhl. Die Arme hatte man ihm an die Streben der Lehne gefesselt. Er war bei Bewußtsein, aber man hatte ihn geknebelt. Er begann zu strampeln und zu stöhnen. Richard lief zu ihm. In kürzester Zeit hatte er ihn vom Knebel befreit und stürzte sich auf die Fesseln.

»Was, zum Teufel, ist da unten passiert?« flüsterte Richard, während er an den Knoten riß. »Ich dachte, wir wären tot.«

»Diese verfluchten Dinger«, keuchte Stan. »Richard, so was hab ich in meinem Leben noch nicht gesehn. Einer hat mir das Gewehr weggenommen und es einfach mit bloßen Händen in Stücke gerissen. Nachdem sie dich niedergeschlagen hatten, haben sie uns hier hoch gezerrt. Barnard hat mich gefesselt und ist wieder runtergegangen.«

»Diane?«

»Eins der Dinger hat sie unten behalten. Sie ist noch dort.«

»Er wird sie zuerst umbringen, Stan.«

»Er wird uns alle umbringen.«

»Warum, zum Teufel, hat er's denn nicht gleich da unten getan?«

»Er will es genießen«, sagte das Kind an der Tür.

Stan schaute das Kind genau so ängstlich an wie er auch zuerst.

»Es ist okay, Stan. Der Junge ist in Ordnung.«

»Ist Pandora hier?« fragte Stan schließlich. Er ließ den Jungen nicht aus den Augen.

»Sie ist da hinten. Aber wir haben keine Zeit.«

»Wie, zum Teufel, halten wir ihn auf?«

»Wir müssen da runter, zu Diane«, sagte Richard, die Frage ignorierte er einfach. »Sie braucht uns.«

»Wir können nicht so einfach da runterstürmen. Diese verfluchten Dinger würden uns in Stücke reißen.«

»Es ist nur noch einer unten«, sagte Richard. Er lief wieder in den Korridor, packte den Jungen am Arm und zischte ihm ins Ohr: »Die Kraft kommt erst, wenn er deine dunkle Seite herauslockt. Ist das richtig?«

»Er läßt mich ›ausdunkeln‹, ja.«

»Wie macht er das?«

»Er sagt Worte. Ausländische Worte. Danach weiß ich nicht mehr, was passiert.«

»Wie macht er es, daß diese Zombies – oder was, zum Teufel, die sind – herumgehen und seine Befehle befolgen? Du bist jetzt nicht ›dunkel‹ oder?«

»Er beschwört sie durch meine dunkle Seite herbei. Wenn er sie dann mal hat, machen sie alle, was er will.«

»Und du kannst sie überhaupt nicht kontrollieren?«

»Nein, nur wenn ich ›ausdunkle‹.«

»Du kannst also dieses Ding da unten nicht kontrollieren?«

Der Junge schüttelte den Kopf.

»Timothy, du hast gehört, was deine Mutter gesagt hat. Sie hat gesagt, du mußt ...«

»Bist du mein Daddy?«

» ... sie hat gesagt, du mußt mir helfen. Und das wirst du doch, oder?«

Der Junge nickte.

»Ich möchte, daß du die Treppe in den Nachtklub hinuntergehst, wenn ich's dir sage. Ich möchte, daß du ...«

»Ich darf da nicht runtergehn! Ich war noch *nie* da unten. Es ist verboten!«

» ... zu Mr. Pearson gehst und ihm sagst, du verlierst die Kraft. Sag ihm, du stirbst. Und lock ihn von der Tanzfläche weg. Hast du verstanden?«

Das Kind suchte mit den Augen in Richards Gesicht, als läge darin die Antwort auf eine unergründliche Frage.

»Deine Mutter will, daß du uns hilfst. Das machst du doch, nicht wahr, Timothy?«

»Ja.«
Stan hatte sich neben sie gestellt, während sie redeten. Zusammen gingen sie den teppichbedeckten Korridor zur äußeren grünen Tür hinunter. Richard zog sie vorsichtig auf.

Unten beleuchteten die Diskolichter den fünfzackigen Stern auf dem Boden, ein schimmernder Astralleib von rot, grün, rot, grün, rot, grün. Die Leichen waren weggeschafft und in einer Ecke aufgestapelt worden. Barnard stand mit gesenktem Kopf an der Spitze des Sterns wie in ein Gebet vertieft. In der Mitte des Sterns lag Diane mit ausgebreiteten Armen und Beinen. Sie war bewußtlos. Licht reflektierte von einer Blechdose, die neben ihrem Kopf stand. Links blitzte ein rasiermesserscharfes Metzgermesser, das Barnard aus der Küche des Lokals geholt hatte. Richard hätte beinahe die Fassung verloren und sich auf ihn gestürzt, aber Stans Hand auf seinem Arm brachte ihn wieder zur Vernunft.
»Also gut, Timothy«, sagte Richard mit zusammengebissenen Zähnen. »Tu's!«
Ein paar Sekunden lang zögerte der Junge an der Schwelle. Dann holte er tief Luft und ging um die Tür herum. Richard und Stan zogen sich zurück, als seine Schritte auf den Kacheln hallten. Barnard sah ihn sofort.
»WAS MACHST DU DA?«
Die Schritte des Kindes hielten inne. Seine Stimme flötete verloren und ängstlich zu ihnen zurück. »Mir geht's nicht gut. Ich fühl mich schlecht.«
Richard erwischte sich dabei, wie er dachte: *Das ist nicht fair. Er ist doch nur ein verängstigter kleiner Junge.*
»GEH ZURÜCK!« donnerte Barnards Stimme.
»Los, geh weiter, Kleiner. Geh weiter!« zischte Stan leise.
»Meine Kraft verläßt mich, Mr. Pearson. Ich fühl es. Es stirbt in mir.« Wieder das Geräusch von Schritten. Er stieg die Treppe hinunter.
»Du lügst mich an, Timothy.« Wieder Barnards Stimme, aber

diesmal zuckersüß, bedrohlich. »Das könntest du nicht wissen. Du mußt zu deiner Mutter zurückgehen. Hier unten sind zu viele Gefahren für dich.«

» Ich bin krank, Mr. Pearson. Ich fühl etwas Schlechtes in mir. Ich glaube, ich sterbe.« Das Geräusch der Schritte hatte sich verändert. Das Kind hatte den Fuß der Treppe erreicht. »Mutter wollte nicht hören. Ich brauch Hilfe.«

»Du darfst nicht krank sein. Es ist wichtig, daß du gesund bist.« Ein zweifelnder Unterton hatte sich in Barnards Stimme eingeschlichen. »Du bist der Wirt, mein Kind. Du bist das Fleisch, das den Großen beherbergt, den Tiefen. Wir sind zu nahe am Schlußakt, du kannst einfach nicht krank werden.«

Richard lugte um die Tür. Timothy war um die Tanzfläche herumgegangen bis zur Empfangstür. Er stand mit dem Gesicht zur Treppe. Er war zusammengekrümmt und hielt sich den Bauch. Barnard hatte sich zu ihm gedreht, den Rücken zur Treppe. Rechts von Barnard sah Richard Paul, den Türsteher. Er sah aus wie eine Leiche am Fleischerhaken, sein Kopf hing nach vorne und war blutüberströmt. Diane lag reglos auf dem Boden.

Lieber Gott, bitte mach, daß ihr nichts passiert ist.

Barnard drehte sich zu Paul, hob die Hand, als wolle er ihm etwas befehlen. Richard zuckte zurück, aber Timothy hatte die Möglichkeit der Entdeckung einkalkuliert und ließ sich würgend auf die Knie fallen. Barnard beugte sich nach vorne, streckte die Hand nach dem Kind aus.

Im selben Augenblick waren Richard und Stan auf der Treppe, liefen schnell geduckt hinunter. Das Stöhnen des Jungen überdeckte jedes Geräusch. Richard sprintete herunter und um den fünfzackigen Stern. Stan blieb dicht an seiner Seite, zwischen ihm und Paul. Zusammen packten sie Diane und hievten sie hoch. Das Rascheln alarmierte Barnard, Richard sah das knurrende weiße, fast animalische Gesicht, als er sich von dem Jungen abwandte, immer noch gebückt. Er lachte. Ein Lachen des Hohnes, ohne jeden Humor.

»Wie einfallsreich ihr doch seid, meine Lieben. Wie ich sehe, war mein Zögern, euch zu töten, ein Fehler. Zweifellos spricht die kleine Charade des Knaben dafür, daß er eine Allianz mit euch eingegangen ist.« Barnard packte Timothy bei den Haaren, riß ihn zurück. »Das muß ich wohl gleich wieder in Ordnung bringen.« Er wandte sich an den Türsteher. »Die Sünden der Väter mögen belohnt werden, Paul. *Bring sie um! Bring sie sofort um!*«
Pauls Kopf hob sich langsam, die Augen glänzten schwarz. Er schaute sie an. Er machte einen Schritt vor, dann noch einen, langsam und ungeschickt, als müsse er nach einer langen Periode der Untätigkeit wieder lernen, sich zu bewegen. Er grinste. Seine Kräfte kamen zurück.
Richard lief in Richtung Treppe. Diane roch merkwürdig aus dem Mund, man hatte sie unter Drogen gesetzt. Stan war plötzlich zwischen Richard und Paul. Er schob Richard zur Treppe, die Augen auf die sich langsam nähernde Gestalt gerichtet.
»Schaff sie nach oben«, zischte er. »Sperr die Tür ab. Ich werd versuchen, das Ding aufzuhalten. Wenn ich nur wüßte, wo er die Scheißknarren hingetan hat ...«
»BRING SIE UM!« schrie Barnard. »BRING SIE ALLE UM!«
Mit einemmal schlug Paul wie eine Natter zu und packte Stan an der Schulter. Die Wucht des Aufschlags katapultierte Stan auf Richard, warf ihn gegen die Treppe. Richard versuchte, mit Dianes leblosem Gewicht in den Armen das Gleichgewicht zu halten. Es gelang ihm gerade, als Stan und Paul davonwirbelten, fest ineinander verschlungen. Pauls gespenstisch weißes Gesicht schlug gegen Stans Hals. Richard hörte Stoff reißen und sah, daß der Türsteher ein Stück von Stans Kragen zwischen seinen blutverschmierten Zähnen hatte. Der Kopf holte zu einem weiteren Schlag aus, das idiotische Grinsen wurde breiter, sein Atem zischte wie eine Kobra.
Ich kann ihn nicht allein lassen!
Der Kopf kam näher, Stan konnte ihn nicht aufhalten. Irgendwo hinten lachte Barnard.

Nein!
Richard legte Diane vorsichtig auf die Treppe.
Nein!
Er warf sich die Treppe hinunter. Durch den Schwung gingen alle drei in einem Wirbel strampelnder Arme und Beine zu Boden. Richard hatte den Arm des Dinges gepackt und hielt ihn mit aller Kraft fest, ein Knie auf dem Ellenbogen. Stan riß sich los und hielt den anderen Arm fest. Der Kopf des Dinges schlug nach allen Seiten zu, die Zähne knirschten, Speichel spritzte. Seine Füße trommelten wie wild auf den Kachelboden.
Es war zu stark.
Es richtete sich auf, hob sie beide an den Armen hoch, wie strampelnde Kinder. Das Ding schleuderte Richard mit einem Arm weg. Er fiel auf den Boden wie ein verunglückter Breakdancer und rutschte weg. Das Ding packte Stan mit seiner befreiten Hand wieder am Hals.
Richard wollte sich an einem Stuhlbein hochhieven. Es rutschte weg, er hatte vergessen, daß die Stühle um die Tanzfläche nicht festgeschraubt waren. Er stand auf, nahm im Hochgehen den Metallstuhl mit, schwang ihn mit beiden Händen über den Kopf und schlug ihn mit aller Macht auf Pauls Rücken. Das Ding prallte gegen die Diskjockey-Kabine, seine wildkreisenden Arme zerschlugen die Lampe darüber. Aber der Schlag hatte Stan nicht befreit. Es schob Stan gegen die Kabine, drosselte ihn. Stan riß an den Händen. *»Barnard ...«*, keuchte er. *»Hol Barnard!«*
Richard stürzte auf Barnard zu, der immer noch neben dem Jungen kauerte. Er schien mit ihm zu reden, wie ein Lehrer, der das Einmaleins erklärt.
»Tekel ... upharsin ... Gorgus ... Imago ...«
Timothy hockte neben ihm. Er schüttelte den Kopf, als wolle er etwas vertreiben.
Richard trat vor. Hinter ihm würgte und keuchte Stan, der immer noch mit dem Mensch-Ding rang. Hin und her gerissen machte Richard zuerst einen Schritt auf Barnard zu, dann zurück zu Stan.

Und dann: »*Verdammt noch mal!*«
Er sprintete zur Tanzfläche zu Barnard, der gerade im Begriff war, sich umzudrehen. Ein gut plazierter, brutaler Tritt gegen den Kopf schleuderte ihn zur Seite. Das Geräusch des Aufschlags hallte durch die ganze Disko. Richard lief wieder zurück. Stan hielt das Gesicht des Dinges von seinem Hals weg. Richard packte einen Arm und riß ihn weg. Sie stießen wieder gegen die Kabine. Irgendwo da drinnen hatte sich ein Mechanismus verklemmt, eine Nadel kratzte über eine LP, und plötzlich hämmerte Eric Clapton ›Layla‹ über die Lautsprecher an der Decke.
Die Lichter begannen sich zu drehen. Die drei pirouettierten weg von der Tanzfläche in Richtung Bar.
Das Ding drehte sich abrupt, Stan wurde der Länge nach über die Tische geschleudert. Es drehte sich um und packte Richard. Tische und Gläser zerschmetterten, die Musik hämmerte, die Lichter drehten sich im Kreis. Grün, rot, grün, rot, grün, rot. Richard fühlte, wie sich Klauen in seinen Hals bohrten. Das Ding hielt ihn hoch, Fingernägel bissen in sein Fleisch. Zischend marschierte es nach vorne, hielt ihn in die Luft wie ein bizarres Opfer. Rote Lichter blitzten aus seinen Augen. Das Ding klatschte ihn gegen die Bar, das entsetzliche weiße Gesicht schlug zu. Richards Hemd zerriß, Schmerz strömte von seiner linken Seite. Als das Gesicht des Dinges wieder in sein Blickfeld kam, sah er, daß es Blut an den Zähnen hatte. Sein Blut. *Und es kaute.*
Glas zerbarst rechts von Richard. Stan erschien plötzlich. Er hatte die Whiskyflasche gepackt, die Barnard an der Bar gelassen hatte, und sie abgeschlagen. Er stieß die zerbrochene Flasche dem Ding brutal ins Gesicht. Es zischte. Stan stieß noch mal zu. Und noch mal. Das Ding holte noch mal aus, schlug zu, und Stan war mit einemmal verschwunden.
Mein Gott, laß es nicht ... Stan ... um Himmels willen ... Hilfe ...
Plötzlich war Richard wieder ein Kind. Er hing an einem Streben unter der Byker Bridge, unter ihm wartete der Tod. Aber Stans

Hand war nicht da, um ihn zu retten. Die Augen des Dinges glitzerten schwarz wie die Wasser des Ouseburn unter der Brücke, und Richard wußte: Diesmal würde er fallen. Das blutige Gesicht kam wieder auf ihn zu, die blutbesudelten Lippen gierten nach ihm, die Zähne klapperten.

Neben Richard röhrte etwas, etwas, das Flammen spuckte. Es röhrte noch einmal, der Kopf des Dinges schlug zurück. Richard fühlte sich fallen, erkannte, daß es Pistolenschüsse waren. Er wartete auf den Aufprall im schwarzen Wasser und war überrascht, als er unter seinen Händen den gekachelten Boden des Nachtklubs spürte. Als er sich umdrehte und keuchend nach Luft rang, sah er, daß Stan die Pistolen gefunden hatte. *Die müssen auf der Bar gewesen sein*, dachte er. Stan stand mit grimmigem Gesicht an der Bar, hielt die Pistole genau wie Diane, in klassischer Schützenposition. Ganz bedacht feuerte er den nächsten Schuß ab. Das Ding kam auf ihn zu, schwankte unter dem Aufprall der Kugeln. Stan drückte noch einmal gezielt ab, ein Stück vom Gesicht des Dinges flog weg.

Richard keuchte, brachte immer noch keinen Ton heraus, nickte ihm zu: *Ja, ja, mach weiter so ... der Kopf ... der Kopf ... Und dann, verrückterweise: Sie haben den Film gesehen, das Buch gelesen, erleben Sie jetzt den Alptraum.*

Paul machte noch einen Schritt.

Stan feuerte wieder und wich zurück. Ein Stück Schädeldecke flog durch den Nachtklub.

Noch einen Schritt.

Die Pistole knallte wieder. Das Gesicht war nicht mehr als etwas Menschliches erkennbar.

Noch einen Schritt. Zögernd.

Stan ließ die erste Pistole fallen, fummelte an der zweiten. Vier Schüsse unmittelbar hintereinander.

Der Kopf des Dings zerbarst. Es blieb mit rudernden Armen stehen und fiel auf die Knie.

Wieder schossen Richard verrückte Gedanken durch den Kopf:

Paul ist nicht der Mann, der er war. Er ist nur ein Abbild seines früheren Ich.

Das Ding fiel zur Seite und blieb reglos liegen.

Paul war zum zweitenmal tot.

Stan ging um den entsetzlichen Haufen am Boden herum, hob Richard auf und führte ihn zu einem Barhocker. Die Angst hatte sich in seinem Inneren zu einem Eisklumpen verfestigt. Sie blieb da, kalt und hart, aber kontrolliert. Er zog Richards Jacke zur Seite und untersuchte die Wunde an seinem Brustkorb. Das Ding hatte ein Stück aus ihm herausgebissen, die Wunde blutete heftig, das Hemd klebte an der scharlachroten Masse. Stan holte ein sauberes Tuch vom Tresen, faltete es zusammen und drückte es gegen die Wunde, um die Blutung zu stoppen.

Auf der Treppe bewegte sich etwas.

Stan wirbelte herum und schnappte sich die Pistole von der Bar. Sein Herz klopfte bis zum Hals, die Angst schnürte ihm die Kehle zu.

Eine alte Frau saß auf der Treppe. Sie hielt Diane wie ein Kind im Arm, schaukelte hin und her, sang leise vor sich hin. Stan sprang auf sie zu, die Pistole in der Hand.

»Nein!« Richard packte ihn am Ärmel. »Das ist okay. Sie ist keine von denen.«

»Wer ... ?«

»Das ist Pandora.«

Ist der im Delirium? dachte Stan. *Das muß der Schock sein. Was, zum Teufel, meint er denn? Das ist eine alte Frau. Pandora ist genauso alt wie ich ...* Und dann sah er das Gesicht der alten Frau erst richtig. Das Gesicht war tatsächlich eine achtzigjährige Version von Pandora. *Nein ... ich kann nicht ... will nicht ... glauben.* Aber sein Instinkt sagte ihm, daß Richard recht hatte. Verzweiflung überkam ihn. Die Hand mit der Pistole senkte sich. Er konnte vor Trauer kaum reden.

»O mein Gott, Pandora. Was ist mit dir passiert?«

»Stan!« schrie Richard plötzlich. »Du mußt Barnard aufhalten!«

Richards Warnung holte ihn aus seiner Lethargie. Er schaute schnell dahin, wo der Nachtklubmanager gelegen hatte, und sah, daß Barnard wieder bei Bewußtsein war und zu dem Kind zurückkroch, Blut glänzte auf seiner Stirn.

»*Absavel ... Imago ... Gorgus ...*«, krächzte er und packte das Kind am Kragen. Timothy kauerte neben ihm, den Kopf gebeugt, horchte, aber schüttelte den Kopf, als wolle er die Worte nicht hören.

»Haltet ihn auf«, keuchte Pandora von der Treppe, ihre Augen funkelten. »Er zwingt Timothy auszudunkeln. Er wird das Phantom rufen.«

Stan prüfte seine Pistole, fühlte wieder den eisigen Käfig der Angst um sein Herz. Er ging mit entschlossenem Gesicht quer über die Tanzfläche auf Barnard und das Kind zu.

»*Imago ... Impactus ...*«

Er stand vor den beiden, hob die Pistole und zielte auf Barnards Kopf.

Das Kind hob den Kopf.

Stan sah die insektenschwarzen, glänzenden Augen und wußte, es war zu spät. Das Kind hatte ausgedunkelt. Jetzt war *Macht* in der Luft, strahlte unsichtbar von Timothy aus und brandete über Stan zusammen. Er konnte sich nicht bewegen. Etwas hielt ihn unsichtbar umarmt. Die Haare des Kindes flogen in einem Wind, der aus dem Nichts aufgekommen war, Statik knisterte in der Luft. Brüllen erfüllte den Raum, und die Diskolichter wirbelten wie verrückt im Kreis. Es war, als würde man im Auge eines Hurrikans stehen. Schmerz schoß durch Stans ausgestreckte Hand, eine eiserne Faust umklammerte seine Finger. Stan versuchte mit aller Macht abzudrücken, aber vergebens. Die Pistole fiel klappernd zu Boden.

»Bring ihn um«, keuchte Barnard. »Bring ihn jetzt um.«

Richard klammerte sich immer noch zusammengekrümmt an den Barhocker, Schmerz nagte an seinen Rippen. Ein Wirbelwind

materialisierte sich in der Mitte des Zimmers. Er versuchte sich aufzurichten, als Stan die Pistole fallen ließ.
»Nein, Timothy ... nein ...«
Das Kind hob langsam die Arme. Richard mußte hilflos mitansehen, wie eine unsichtbare Kraft Stan packte und mit baumelnden Beinen in die Luft hob. Blaue Rauchfetzen strömten aus Mund und Nase des Jungen. Ein lauter Knall, als wäre eine Sicherung durchgebrannt, und Stan flog dreißig Meter durch den Raum. Er krachte gegen die Tür zum Foyer und verschwand außer Sicht.
»*O Gott, nein!*« Stan war bestimmt tot. Richard stolperte auf Barnard zu. Jetzt war ihm egal, was ihm passieren würde. Seine Wut ließ ihn die Schmerzen vergessen, hielt ihn in Gang. Das Byker Chapter. Alle tot. Einer nach dem anderen waren sie entsetzlich umgekommen. Und das alles wegen diesem Wahnsinnigen, Barnard. Er war der Ursprung des Alptraums. Ein widerlicher Kinderschänder. Ein Seelendieb. Ein Ding, das einfach nicht existieren durfte. Richard würde jetzt die Pistole vom Boden aufheben. Er würde diesem Monster die übriggebliebenen Kugeln in den Kopf jagen. Er würde diesem Alptraum ein für allemal ein Ende machen ...
Das Kind wirbelte auf ihn zu. Richard fühlte, wie unsichtbare Mächte durch den Nachtklub jagten, ihn erstickten, ihn packten wie eine mächtige Faust. Das Kind lächelte, als Richard versuchte sich freizustrampeln. Hinter ihm kicherte Barnard: »Gut, gut, gut ...«
Der Junge hob wieder die Arme, und Richards Füße verließen den Boden. Die unsichtbare Faust schloß sich. Seine Rippen brannten wie Feuer, er fühlte, wie sein Körper zerquetscht wurde. Er schrie laut auf, Barnards Kichern eskalierte. Der höllische Wind zerrte an dem Kind, verwuschelte seine Haare und Kleider. Rote und grüne Lichter wirbelten um sie herum wie ein Kaleidoskop aus dem Hades. Richards Lungen wurden zusammengepreßt, er konnte nicht atmen. Er rang keuchend nach Luft, schrie auf, als etwas in ihm knickte. Eine Rippe war unter dem Druck gebrochen.

Barnard stand lachend auf. »Du kannst ihn nicht aufhalten. Jetzt kann nichts mehr das Kind aufhalten. Töte ihn. Töte ihn, und erscheine in deiner ganzen Pracht. Die Väter werden absorbiert werden, und du wirst mit all deiner Macht zurückgekehrt sein. Töte ihn und beschwöre die anderen Alten. Beginne die Rache an denen, die dich für immer verbannt hätten. *Absavel ... Imago ... Tekel ...*«

Richard schmeckte das Salz in seinem Mund und wußte, daß es Blut war. Sein Blick trübte sich. Der Tod war sicher nicht mehr weit. *Ist das das Ende?*

Etwas bewegte sich neben ihm, Pandora war zu dem Jungen gestolpert. Sie kniete zu seinen Füßen. Durch den Wirbelwind hörte Richard, wie sie auf ihn einredete.

»Timothy, hilf uns. Laß es nicht gewinnen. Laß es nicht durch. Halte es auf.«

»Aufhalten, du Miststück?« Barnard lachte wieder. »Nichts kann es mehr aufhalten. Sein menschlicher Teil hat seine Schuldigkeit getan. Er existiert nicht mehr. Die Gorgo erscheint.«

»Hilf uns, Timothy. Töte ihn nicht. Laß es nicht durch.«

Barnard, wütend: *»Impactus ... Imago ... Dursit ...«*

»Bitte, Timothy. Hilf uns!«

10

Dianes Verstand trieb durch dunkle gefährliche Orte. Sie spürte im Unterbewußtsein, daß man sie unter Drogen gesetzt hatte. Sie erinnerte sich, wie Barnard ihr die ekelhafte Flüssigkeit eingeflößt hatte. Ihr Unterbewußtsein war auf Forschungsreise, und sie wußte, daß sie der Antwort zum Greifen nahe war, der Quelle des Phantoms.

Plötzlich hatte sie sie gefunden. Es war so einfach! Das Erbe ihrer Mutter hatte die Natur der Bestie erkannt. Verzweifelt kämpfte sie gegen den Drogennebel an, der ihr Bewußtsein gefangenhielt, aber ihrem Unterbewußtsein freien Lauf gelassen hatte.

»Wach auf ... wach auf! ... WACH AUF!«
Rot, grün, rot, grün, rot, grün.
Sie kroch über einen glatten, dunklen Boden voller Pfützen. Über ihr und um sie herum tobte ein Wirbelwind. Die Präsenz einer großen Gefahr krampfte ihr den Magen zusammen, aber die Gewißheit, daß einer, den sie liebte, mit dem Tod rang, half ihr weiter. Sie wußte, was zu tun war, wenn sie nur die Kraft dazu aufbringen konnte.
Sie kroch weiter.

Der rote, summende Schmerz hinter Stans Augen verzog sich allmählich, er wachte auf. Mit sieben Jahren war er auf einer hohen Ziegelmauer zur Schule gegangen. Er hatte den Halt verloren und war runtergefallen, war mit dem Kopf auf den Betonboden geschlagen. Er war zur Schule gegangen. Nach einer halben Stunde Mathe war er zusammengebrochen. Er hatte eine Gehirnerschütterung gehabt. Jetzt erinnerte er sich wieder an den Schmerz. Alles verschwamm vor seinen Augen, er fragte sich, ob er wieder sieben Jahre alt sei und auf dem Gehsteig läge. Er stützte sich auf einen Ellbogen, sein Gehirn pochte in einem hauchdünnen Schädel. Er schaute sich um. Er lag im Foyer, am Fuß der Garderobe. Rote und grüne Lichter blinkten durch das Glas der Türen zur Disko. Dort tobte unfaßbarerweise ein Wirbelwind.
Stan erinnerte sich.
Er drehte den Kopf und sah sein eigenes Gesicht verkehrt herum. Er kroch nach vorn und rappelte sich mühsam hoch, zerrte sich am Schreibtisch hoch. Er hatte sein eigenes Spiegelbild in dem großen zweiseitigen Spiegel hinter der Theke gesehen. Er umklammerte mit beiden Armen den Tresen und rang nach Luft. Er beobachtete, wie sein Spiegelbild genau dasselbe tat.
Der schaut überhaupt nicht aus wie ich, dachte er verrückterweise. *Dieses wilde, weiße Gesicht, die zerzausten Haare.*
Hinter ihm bewegte sich etwas. Die Doppeltüren in den Nachtklub öffneten sich langsam. Eine zerzauste Gestalt kroch heraus.

Es war Diane.

Schmerz fraß sich wie Krebs in sein Gehirn, er stolperte auf sie zu. Sie stöhnte, als er sie hochzerrte und versuchte, sie zu einem der Stühle im Foyer zu führen. Er konnte kaum verstehen, was sie sagte.

»Die Gorgo ... Abbilder ... Spiegelbilder der Angst ... das Foto ... verschwindende Abbilder ... Spiegelbilder ... Spiegel ...« Sie versuchte, sich an ihm vorbeizudrängen, streckte die Hand nach etwas hinter ihm aus. »Perseus, der Held, hat Medusa getötet, indem er ihr ihr eigenes Spiegelbild in seinem polierten Schild zeigte ...«

Stan wurde schlecht, er versuchte sie festzuhalten. »Wir müssen es aufhalten, Diane. Wir müssen ...«

Und dann sah er, wonach sie die Hand ausstreckte.

Den großen Spiegel hinter der Garderobe.

»Es ist die einzige Möglichkeit, Stan«, keuchte sie. »Der einzige Weg, die Gorgo aufzuhalten, ist, wenn man ihre Macht gegen sie einsetzt. Wir müssen ihr ... müssen ... *ihr ihre Macht im Spiegel zeigen.*«

Stan betrachtete sich und Diane im Spiegel. Diane streckte immer noch die Hand danach aus. Fast schien es ihm, als höre er Barnards Worte: *»Hier gibt es zu viele Gefahren. Der Junge hat eine Aversion gegen Spiegel.«*

Jetzt endlich hatte er verstanden.

Diane fiel plötzlich in seinen Armen zusammen. Sie atmete schwer. Er legte sie vorsichtig über die Foyersitze. Sie stöhnte immer noch, murmelte Unverständliches. Er drehte sich zum Spiegel zurück. Die Alptraumlichter aus der Disko blitzten ihm ins Gesicht. Er schwankte um die Garderobentheke herum und ging auf den Spiegel zu.

»*Imago ... Impactus ...*«
»Nein, Timothy. Bitte, ich liebe dich. Versuch es. Laß es nicht durch. Hilf uns. Kämpfe gegen das, was in dir ist!«
Der Junge blieb einfach stehen, seine Haare wirbelten im Wind, die schwarzen Augen glänzten. Pandora klammerte sich an seine Hände, starrte hoch zu ihm.
»*Palcutat ... Emergo ... Non Enno ...*« Barnards Augen funkelten vor Vergnügen.
Etwas passierte in der Luft über der pentagrammförmigen Tanzfläche. Ein schimmernder Dunst hatte sich gebildet, waberte und ondulierte.
»Erscheine!« brüllte Barnard. »Eris, Phobos, Metus, Demius, Pallor ... Die Gorgo hat euch den Weg geebnet!«
Eine schlängelnde, blubbernde Ektoplasmawolke materialisierte sich aus dem Dunst. Sie waberte, schwoll an, ätherisch, substanzlos, aber sie wuchs ... und wuchs ...
»Chimaera! Hydra! Erscheint!«
»Halt es auf, Timothy! Du hast es versprochen! Du mußt dich wehren!«
Der Junge starrte unverwandt Pandora an. Etwas beinahe Menschliches flackerte über sein Gesicht.
»Pandora!« schrie Barnard. »Ich bin dein Epimetheus! Du wirst mir gehorchen! Laß den Jungen. Die Gorgo giert auf ihre Rückkehr ... die Tiefen gieren auf ihre Rückkehr! Und ich werde zum Gott werden, wie sie. Es ist versprochen. Es ist meine Belohnung. *Meine Belohnung!*«
Über der Tanzfläche waren seltsame neue Lichter in der Wolke aufgetaucht. Sie vermischten sich mit den Discolichtern zu einem höllischen Kaleidoskop. Sie waberten und bewegten sich wie lebendige Wesen. Ungeduldig. Abwartend. Aber die Wolke hatte aufgehört zu wachsen.
Barnard drehte sich tobsüchtig wieder zu dem Jungen. »Töte sie!

Töte sie, und dann töte den letzten Vater! Es muß getan werden.«
Er stand da, ballte die Hände zu Fäusten. Sein Gesicht war wutverzerrt. Warum dieses Zögern? Warum starrte das Kind seine Mutter so an? Waren da etwa *Zweifel* im Gesicht des Jungen?
Er schritt zu der Stelle, an der die Pistole lag, hob sie auf und richtete sie auf Pandora.
»Miststück!« Er drückte ab.
Der Schuß traf Pandora seitlich am Kopf. Die Wucht des Aufpralls schleuderte sie weg von dem Jungen. Ein dunkler Teich bildete sich unter ihr. Richard schwebte immer noch in der Luft und weinte. Barnard schaute lächelnd den Jungen an.
»Absavel ... Imago ... Gorgus ...
Timothy hatte sich nicht bewegt. Sein Kopf war immer noch gebeugt, als Barnard ihn ansprach. Die Wolke schwebte über dem Tanzboden, unverändert, hielt ungeduldig Wache. Aber jetzt war ein leises Stöhnen zu hören, man konnte es sogar durch das Brüllen des Sturms wahrnehmen. Es kam von Timothy. *»Absavel ... Imago ...«*, befahl Barnard.
Richard fühlte, wie die unsichtbare Macht, die ihn hielt, verschwand. Er fiel wie ein Stein zu Boden. Der Schmerz in seiner Seite war zu einem dumpfen, roten Brennen geworden. Seine gebrochene Rippe stach bei jedem Atemzug. Barnard verstummte. Sein Gesichtsausdruck war eine Mischung aus Wut und Verblüffung.
»Imago! Tekel! Dursit!«
Der Krieg im Inneren des Jungen spiegelte sich in seinem Gesicht. Schatten von Menschlichem und Unmenschlichem huschten über sein Gesicht. Das Stöhnen wuchs zu einem Crescendo, der Wechsel zwischen kleinem Jungen und Bestie beschleunigte sich. Einen Augenblick lang waren die Augen schwarz und voller Haß, im nächsten kristallklar, menschlich, schmerzerfüllt. Timothys Kopf fiel wieder auf seine Brust. Über ihm wartete die blubbernde, substanzlose Wolke.

»*Absavel! Impactus!*« Barnard machte einen Schritt vorwärts. Der Kopf des Jungen flog hoch. »Mu ... Mu ... MUTTER!« Richard sah das wutverzerrte Gesicht, die glänzenden, schwarzen Augen voller Haß. Barnards Lächeln verflog.

»Nein ...«

Der Junge zuckte mit dem Kopf. Barnard wurde schreiend durch den Nachtklub geschleudert, überschlug sich in der Luft. Richard beobachtete, wie er hinter der Bar auf der Mosaikwand aufklatschte. Dort blieb er hängen, fünf Meter über dem Boden, eine zappelnde Fliege, gefangen in einem Netz zerbrochener Mosaiksteine.

Timothy ging langsam an Richard vorbei zur Bar. Barnard stöhnte, strampelte vergeblich, um sich aus dieser Lage zu befreien. Der Junge hatte die Bar erreicht und schaute hoch.

»Timothy«, stöhnte Barnard. »Laß mich runter ... laß mich runter ... bitte ...«

Timothy, eine lebendige Symbiose aus Gorgo und Kind, starrte ihn an. Die Kräfte waren momentan sehr ausgeglichen, wogen einander auf. Der Junge sprach mit zwei Stimmen: der Stimme von Timothy, dem Jungen, voller kindischer Wut und Rachegelüste, und der Stimme der Gorgo – des Phantoms –, diese unmenschliche Stimme aus dem Nebel, die ihre Fühler durch die Jahrtausende ausstreckte.

»Du hast meine Mu ... Mu ... Mutter ... getötet ... *Baaarnaard! Warum hab ich so lange gewartet?* Du ... du ... hast sie umgebracht. *Du willst deine Belohnung? Du sagst, du wärst Pandoras Epimetheus? Na schön, deine Belohnung wird es sein, das Schicksal deines Bruders Prometheus zu teilen* ... Sie werden bezahlen, Mr. Pearson! Ich lass' Sie ... lass' Sie ... *an eine Klippe im Kaukasus schmieden und dreißigtausend Jahre von einem Geier verzehren. Ich werde* ... Sie büßen lassen, Mr. Pearson ... *werde dein Geier sein, Barnard!*«

»Nein ... Nein, Timothy ... nein ...«

Richard beobachtete, wie der Junge noch mal mit dem Kopf

zuckte. Barnard fing an zu schreien. Sein Arm wurde abgerissen, flog durch den Nachtklub, sein Bein wurde aus dem Torso gerissen. Richard wandte sich entsetzt ab und kroch zu Pandora. Er streichelte ihren Arm. »Pandora ... Pandy ...« Es war nur eine Frage der Zeit, bis ihn dasselbe Schicksal ereilte. Hinter ihm wurden Barnards Schreie leiser. Er rappelte sich hoch. Er mußte zu Diane und sie von diesem höllischen Ort fortbringen. Aber Diane lag nicht mehr auf der Treppe. Sie war nirgends zu sehen.

»Diane ...«

Ein Schwall unsichtbarer Kraft warf ihn wieder zu Boden. Seine gebrochene Rippe brannte wie Feuer, seine Wunde blutete heftig. Fluchend drehte er sich um und sah, wie Timothy auf ihn zuging. Barnard war verschwunden, nur ein großer scharlachroter Fleck auf der Mosaikwand war von ihm übrig. Über der Tanzfläche erzitterte die Wolke in neuer Vitalität.

»Timothy«, begann Richard und hielt eine Hand hoch. Und dann packte ihn die unsichtbare Macht am Knöchel und riß ihn wieder in die Luft, ließ ihn mit dem Kopf nach unten hängen. Dann drehte etwas ihn in der Luft wie eine Puppe, er schwebte aufrecht in der Luft und schaute hinunter. Hilflos mußte er mitansehen, wie wieder blauer Rauch aus Nase und Mund des Jungen aufstieg. Der gnadenlose, entsetzliche Druck auf Richards Körper war wieder da. Jetzt wußte er, daß er sterben mußte, zu Tode gequetscht werden würde. Das Kind war unterworfen worden nach Barnards schrecklichem Tod, und die Gorgo würde jeden Moment erscheinen.

Timothy veränderte sich langsam.

Das Gesicht des Jungen verfinsterte sich, hohle Augen glühten plötzlich vor schwarzem Feuer. Seine Haut war wie die eines Reptils geworden, Ranken blauen Rauchs wanden sich aus seiner Nase und seinem Mund, schwärmten um seinen Kopf wie ein Kranz ektoplasmischer, sich windender Schlangen, zischend, giftig und bedrohlich – ein lebendes Abbild der Medusa.

»Timothy«, krächzte Richard. »Denk dran, was deine Mutter gesagt hat. Sie wollte, daß du uns hilfst.«

Die Schlangen zischten wieder, lauter als der tosende Wind. Es waren dieselben tödlichen, fluoreszierenden Schlangen, die Richard schon einmal gesehen hatte.
»Hilf uns, Timothy, laß es nicht durchkommen.« Der Schmerz war irgendwie dumpfer geworden. *Ich sterbe. Es bringt mich um.*
Das Ding, das einmal Timothy gewesen war, wurde plötzlich von einem wogenden Leichentuch eingehüllt, monströs und entsetzlich. Da war nichts Menschliches mehr. Über ihm schwoll und wuchs die brodelnde Wolke. Die flackernden, *lebendigen* Lichter aus dem Spektrum einer anderen Dimension waren hungrig. Die Tiefen waren im Kommen. Die Gorgo heulte triumphierend.
»*Timothy!*« kam ein Schrei von der anderen Seite des Nachtklubs.
Die Macht stockte, als die Kreatur zu der Gestalt hochblickte, die durch die Tür zum Foyer kam. Mit großer Anstrengung drehte Richard den Kopf und sah eine vertraute Gestalt auf sich zukommen.
Es war Stan. Er war nicht tot. Und er hielt den großen Spiegel aus der Garderobe vor sich. Die Diskolichter spiegelten sich darin.
»Schau mich an, Timothy! Schau in den Spiegel!«
Das Ding rührte sich nicht von der Stelle, beobachtete Stan, wie er näherkam. Der Wind heulte und tobte immer noch durch den Nachtklub. Richard kam es vor, als würde sich seine Macht jetzt gegen Stan richten. Er kämpfte Schritt für Schritt dagegen an. Trümmer flogen durch die Luft auf ihn zu. Ein Weinglas zerschellte am Rahmen des Spiegels, ein Stuhl hüpfte über die Tanzfläche.
Richard stürzte zum zweitenmal auf den Boden, der Aufprall entflammte die Schmerzen aufs neue. Er lag auf dem Rücken, sah, wie die wabernde Wolke über ihm brodelte und sich ausbreitete. Er rollte sich auf die andere Seite. Stan kämpfte sich auf die Gorgo zu, der Spiegel war immer noch heil, er trug ihn vor sich her. Hinter ihm lehnte Diane an der Tür zum Foyer. Sie versuchte zu schreien, aber das Toben des Windes riß ihr die Worte aus dem Mund.

»Stell dich dir selbst!« brüllte Stan durch den heulenden Wind. »Schau dich selbst an!«

Das Spiegelbild der Gorgo fing sich plötzlich im Glas. Richard kam es vor, als wäre sie mit einemmal zu Eis erstarrt, mit hochgerissenen Armen, um den nahenden Spiegel abzuwehren. Der Wind zupfte und wirbelte immer noch im Nachtklub herum, aber seine ganze Kraft war nicht mehr gegen Stan gerichtet. Der Anblick erinnerte Richard an die Vampire, denen man ein Kreuz vorhielt, in den Horrorfilmen, die sie immer im Imperial angeschaut hatten. Die reflektierenden Diskolichter blendeten ihn für einen Augenblick, versetzten ihn sofort zurück an jenen Tag, an dem er unter der Byker Bridge gekauert war und ihn das Sonnenlicht geblendet hatte, damals, als Stan ihm das Leben gerettet hatte. Jetzt versuchte er wieder, sie zu retten.

»Schau dir das Spiegelbild an, Timothy! Schau es an! Kämpfe gegen das, was in dir ist! Es ist der einzige Weg.« Starr stand das Phantom da, hielt die Arme schützend vor sein Gesicht, das eine Maske des Entsetzens war. Richard spürte ein Schreien in der Luft. Die Macht des Spiegels wurde irgendwie vom Spiegel zurückgeworfen, bauschte sich auf, brodelte über. Stan schien die tobende Macht auch zu spüren. Sie war wie das Wasser hinter einem gebrochenen Damm. Er bewegte sich vorwärts. »Schau hin, Tim! Schau hin!« Die Fundamente des Nachtklubs erzitterten unter dem immensen Druck. Das zertrümmerte Mosaik hinter der Bar zerfiel, Scherben regneten zu Boden. Staub rieselte von der Decke. Die Diskolichter explodierten der Reihe nach.

»Kämpfe dagegen, Timothy! *Wehr dich!*« Stan rückte noch weiter vor.

Der kreisende Spiegelglobus über der Tanzfläche stürzte herab, zerbarst in tausend Stücke. Die Gläser hinter der Bar explodierten in den Regalen. Eine Scherbe streifte Richards Gesicht. Risse klafften in der Wand.

Ein unmenschliches Brüllen kam aus dem Mund der Gorgo. Der Spiegel zerbarst, implodierte gegen Stan, eine wirbelnde Sense aus messerscharfen Scherben.

»*Nein!*« brüllte Richard, so laut er konnte. Der Spiegelrahmen kreiselte in die Dunkelheit davon. Stan brach zusammen. Dutzende von Glasspeeren steckten in seinem Körper.

Der Wind jaulte wie ein Tier in Todesangst. Das Ding stand immer noch aufrecht, mit ausgestreckten Armen und starren, schwarzen Augen.

»Stan ...« Richard kroch auf ihn zu.

Die Wolke über ihnen bewegte sich nach unten und breitete sich zu einer wogenden Masse grauen Nebels aus. Sie wickelte die Gorgo in wehende, graue Leichentücher, schwärmte durch den Nachtklub und hüllte alles in giftigen, rollenden Rauch. Geblendet rieb sich Richard die Augen, hustete. Der bittere, *tote* Geschmack verklebte ihm Mund und Nase.

Schweigen. Der kreischende Wind und das entsetzliche Heulen der Gorgo waren plötzlich verschwunden.

Die Wolke verdampfte, löste sich in wirbelnde graue Fetzen auf. Richards Augen tränten, jedesmal, wenn er hustete, krümmte er sich vor Schmerz. Er schlug sich die Hände vors Gesicht.

Plötzlich das Klappern von Schritten durch die Trümmer neben ihm. Jemand nahm seinen Arm und half ihm auf.

Es war Diane.

»Richard! Gott sei Dank! Bist du ...«

»Ja ... ja ... mir geht's gut ...«

Die graue Wolke mit ihren unsichtbaren Dämonen war verschwunden. Richard schaute zu der Stelle, an der die Gorgo gestanden hatte.

Ein kleiner, verängstigter Junge stand in der Mitte des Nachtklubs und rieb sich die Augen.

Mit Dianes Unterstützung kämpfte sich Richard durch die trümmerübersäte Disko hin zu der zusammengebrochenen Gestalt, die nicht weit von Pandora lag.

»Stan? Stan ...« *Er kann doch nicht tot sein. Er nicht auch noch. Er darf nicht tot sein.*

Er fiel auf die Knie und drehte Stan um.

»Ich hab's aufgehalten, Herr Lehrer«, flüsterte Stan mit schmerzverzerrter Stimme. »Wir brauchen Peter Cushing doch nicht.« Sein Gesicht war eine Maske aus Dreck und Blut. Er hustete. Richard hörte Blut in seinen Lungen gurgeln. Jetzt erst sah er den Glasspeer in Stans Brust stecken.

»Beweg dich nicht, Stan. Nicht ...«

»Du machst wohl Scherze?« Er lächelte, mußte wieder husten. Blut befleckte sein Kinn. »Meine Tasche ... Tasche ...« Er fummelte an seinem Jackett herum. Richard langte in seine Tasche und zog das zerknüllte Foto des Byker Chapter heraus. »Laß mich ... laß mich sehen ...«

Richard hielt das Bild hoch. »O mein Gott, Stan. Nein ...« Pandora war aus dem Foto verschwunden. Richard war etwas verblaßt, aber sein Konterfei schien kräftiger zu werden. Stan verblaßte zusehends. Stan hustete wieder, sein Gesicht war schmerzverzerrt.

»*Verflucht noch mal!*« schimpfte Richard. »Ich lass' das nicht zu! Es ist vorbei! Vorbei!« Er packte Stans Hand. Das Grauen war besiegt. *Mußte* einfach besiegt sein. Plötzlich war es, als wären sie wieder Kinder unter der Byker Bridge. Nur diesmal war Stan am Abrutschen, und Richard versuchte ihn wieder hochzuzerren.

Stans Abbild verblaßte weiter.

»Die Gorgo ist verschwunden! Man hat sie wieder dorthin verbannt, wo sie hergekommen ist, zusammen mit den anderen höllischen Dingern. Wieviel Tod will sie noch? War es noch nicht genug?«

» ... schau ... schau ...« Stan deutete wieder auf das Foto.

Das Bild festigte sich, verlor seine geisterhafte Transparenz.

» ... Schau ...«

Richard beobachtete, wie die Mitglieder des Byker Chapter einer nach dem anderen wieder auf dem Foto erschienen.

»Gott sei Dank«, sagte Richard. »Gott sei Dank.«

Das Foto war komplett. Sieben lächelnde Gesichter, sieben Freunde auf einer Party, die vor einem Jahrzehnt stattgefunden hatte.

»Dank Diane ... haben wir's besiegt, Richard«, sagte Stan. »Wir haben es aufgehalten.« Sein Handgriff wurde schwächer.
»Nein, Stan. Du kannst nicht sterben. Nicht jetzt. Nicht nach allem, was passiert ist, was wir durchgemacht haben.«
»Leb mein Leben für mich, Richard.«
»Nein, Stan. Ich lass' das nicht zu.«
»Den Sturz muß ich alleine machen, Herr Lehrer. Bis bald.«
Stans Finger lösten sich von seiner Hand. Er hustete wieder. Seine Augen schlossen sich.
»Stan ...«
Diane stand neben Richard, als er Stans Hand sanft auf den Boden legte. Er stand auf und nahm sie in die Arme. Sie weinte.
»Es ist vorbei, Diane. Es ist vorbei.«
Diane versuchte das Weinen zu unterdrücken. Aber irgendwo hörten sie immer noch Weinen. Sie drehten sich um und sahen, daß es der Junge war, Timothy. Er schluchzte, hatte die Hände vorm Gesicht, versuchte das Schluchzen mit seinem Ärmel zu unterdrücken. Richard ging zu ihm, nahm ihm die Hand von den Augen. Timothy schaute hoch zu ihm. Seine Augen waren kristallblau, ein bißchen gerötet von den Tränen und dem herumwirbelnden Staub. Richard zog das Kind an sich. Timothy fiel ihm in die Arme. Jetzt ließ er den Tränen freien Lauf. Richard streichelte seinen Kopf, schaute hinüber, wo Stans Leiche lag. Stan hatte es geschafft. Er hatte die höllischen Dinger dahin zurückgeschickt, wo sie herkamen. Sie verdankten ihm ihr Leben und ihre Seelen. Um sie herum stöhnte das Imperial – Phantome – und beruhigte sich.

12

Sie gingen zusammen die Northumberland Street hinunter.
Der Alptraum in Byker war vorüber. Vor drei Tagen waren sie heimlich, ehe die Polizei kam, aus dem Nachtklub geflüchtet. Timothy ging zwischen Richard und Diane. Sie hielten sich die Hände. Einkäufer schwärmten um sie herum. Timothy konnte nicht fassen, wie viele Menschen es auf dieser Welt gab.
Richard schaute hinunter zu ihm, strich ihm durchs Haar. Eine große Welt wartete da draußen auf den Jungen. Eine Welt voller Erfahrungen. Diane beobachtete Richard. Sie kannte seine Gedanken und beugte sich herüber, um ihn zu küssen. Die letzten drei Nächte hatte ihn das Ereignis im Schlaf verfolgt, würde ihn sicher auch noch lange verfolgen. Letzte Nacht war er schreiend aufgewacht, schweißgebadet. Aber zusammen würden sie es schon schaffen. Timothy schaute hoch, seine Augen waren himmelblau und klar. Er hatte schon länger nichts gesagt, hatte sich die Leute angeschaut. Er hatte alles, was vor den letzten drei Tagen war, vergessen. Es war, als wäre er gerade zur Welt gekommen.
»Bist du mein Daddy?«
Richard schaute ihn an, drückte seine Hand.
»Nein, Timothy«, sagte er schließlich. »Ich bin nicht dein Daddy.«
Sie spiegelten sich im Vorbeigehen in einem Schaufenster.
Diane pfiff vor Schreck leise durch die Zähne.
Timothys Spiegelbild war nicht da.
Und jetzt fühlte Diane wieder diese vertraute, eisige Angst. Sie beugte sich vor, um besser ins Schaufenster sehen zu können, aber ein vorbeifahrender Bus versperrte ihr die Sicht. Jetzt gingen sie weiter. *Das hab ich mir bestimmt eingebildet!* Jetzt sah sie das Spiegelbild des Kindes in einem anderen Fenster. Ja, es war nur ein Lichtreflex. Oder? Aber warum blieb das schlechte Gefühl, als sie in Timothys junges, unschuldiges Gesicht schaute? Warum schien der Schatten des Phantoms noch über ihnen zu hängen? Sie schüttelte sich, verdrängte das Gefühl tief in ihr Inneres.

Sie fühlte, wie Richard ihre Hand fester nahm, und schaute hoch. Er hatte sie beobachtet. Er schaute hinab auf das Kind, dann erwiderte er ihren Blick. Sie verständigten sich ohne Worte. Richard schaute wieder hinunter zu Timothy.

»Du bist nicht mein Daddy?« wiederholte der Junge.

Richard blieb stehen, drückte noch mal Dianes Hand.

»Nein«, sagte er. »Ich bin dein Wächter.«

Sie gingen weiter. Ein altes Ehepaar ging an ihnen vorbei. Die alte Frau schaute zu ihrem Partner hoch, lächelte über die bezaubernde Familie.

»Hast du das Kind gesehen?« fragte sie. »So ein hübscher Junge.« Nach einiger Zeit schaute sie sich noch mal um und lächelte wieder.

»Er ist dem Vater wie aus dem Gesicht geschnitten«, sagte sie.

Anmerkung des Autors

Das Byker-Viertel in Newcastle upon Tyne (in Nordostengland) existiert tatsächlich, wie seine Bewohner nur allzugut wissen. Ich bin in Byker aufgewachsen, also kann ich selbst bezeugen, wie ausgeprägt der Gemeinschaftsgeist war und immer noch ist. Alle Orts- und Landschaftsbezeichnungen in *Angst* entsprechen der Wirklichkeit, aber die in diesem Buch beschriebenen Personen sind frei erfunden, jede Ähnlichkeit mit lebendigen oder toten Personen ist, wie man so schön sagt, rein zufällig.

Das Imperial-Kino existierte tatsächlich. Der letzte Film wurde 1962 darin gezeigt. Für kurze Zeit beherbergte es eine Gemeindegruppe, ansonsten stand es leer. Seine Reinkarnation als Bingohalle und Nachtklub ist frei erfunden. In den letzten Jahren gehörte es einer Autowerkstatt und wurde als Lager verwendet. Es stand verwittert und heruntergekommen jahrelang auf der Byker Bank und wartete auf seine nächste Inkarnation: ein vergessener Tempel kinematographischer Träume.

Während ich hier schreibe, stehen schon die Bulldozer bereit, um es dem Erdboden gleichzumachen. Wenn Sie diese Worte lesen, wird das Imperial der Vergangenheit angehören, aber viele werden sich immer daran erinnern. Besonders ein kleiner Junge, dessen Fantasie von den flackernden Bildern seiner verzauberten Leinwand gefangen und beflügelt wurde.

S.L.
November, 1985